Leonard Heffels
Sieben

Leonard Heffels studierte Kunst in Maastricht und Pädagogik in Amsterdam. In seinem literarischen Werk setzt er sich immer wieder mit biblischen Themen auseinander. Dabei bewegt er sich im Grenzbereich zwischen Lyrik und Prosa. Immer wieder spürt er dem Sinngehalt der archaischen biblischen Gestalten nach. Bei TWENTYSIX erschienen die Novellen „Marthas Geschick" und „Hiobs Freunde" sowie die epische Dichtung „Wer mit Gott geht", ferner die Romane „Daniels Vermächtnis" und „Dinahs Ehre" und der Gedichtband „Urtypisch". Leonard Heffels lebt mit seiner Frau in München.

Leonard Heffels

Sieben

Du lebst, was du glaubst

Roman

TWENTYSIX – Der Self-Publishing-Verlag
Eine Kooperation zwischen der Verlagsgruppe Random
House und BoD – Books on Demand

© 2018 Heffels, Leonard
2. Auflage, 2019

Herstellung und Verlag:
BoD – Books on Demand, Norderstedt.

ISBN: 9783740743680

1. Dissonanzen

Der Gang zur Garderobe war eng und schwach beleuchtet. Mit seinem durchaus stattlichen Körper schien Joachim Schwan zu groß für den schmalen Flur. Tatsächlich ging er leicht gebückt, was ihm eigentlich gar nicht entsprach. Es war eine spontane Idee gewesen, die ihn hierhergeführt hatte, hinter die Bühne dieses kleinen Theaters. Er machte es gern so, ging seiner Intuition nach, folgte seinen Einfällen und war damit immer gut beraten gewesen. Nun stand er also vor der Tür einer Umkleide, hinter der er den Star des heutigen Abends anzutreffen hoffte. Einen kurzen Augenblick fragte er sich, wozu der Mann überhaupt eine Umkleide brauchte. Kostümiert war der auf jeden Fall nicht gewesen. Nun ja, duschen würde er wohl müssen. Joachim Schwan horchte kurz, aber von der anderen Seite der Tür war nichts zu hören. Er richtete sich zu seiner vollen Größe auf und klopfte an, kurz und energisch, wie er es immer zu tun pflegte. Die dumpfe Luft im schmucklosen Korridor schien jeden Laut zu verschlucken. Nichts rührte sich und er klopfte ein zweites Mal.

„Ist offen!", klang es durch die Tür.

Noch ehe er seine Hand auf die Klinke gelegt hatte, war Joachim Schwan bewusstgeworden, dass der Mann, dem diese Stimme gehörte, gereizt war, ungeduldig. Er war sich dessen sofort ziemlich sicher. Aber er bemerkte nicht, dass der Klang dieser Stimme ihn innerlich kleiner werden ließ. Für den Bruchteil einer Sekunde schlüpfte er in eine sehr ungewohnte Rolle: Er wurde zum Bittsteller. Hätte er damals diese subtile Veränderung an sich wahrgenommen, wäre ihm später einiges an Ärger erspart geblieben. Zumindest wäre er in der Lage gewesen manche Entscheidungen vorausschauender zu treffen.

Der Mann saß auf einem Drehstuhl, der eher wie ein Chefsessel aussah. Er hatte sich dem unerwarteten Besucher zugewandt, den großen Schminktisch im Rücken. Die Leuchten des Spiegels umgaben seine Gestalt wie eine Pop-Art-Aura. Der Anflug eines höhnischen Grinsens lag auf dem Gesicht.

Perfekt inszeniert, dachte Schwan, dem der schrille Kontrast zwischen der lichten Umrahmung und der dunklen Gestalt natürlich ins Auge sprang. Der Mann trug eine modische schwarze Lederjacke mit weitem Revers und verschiedenen Reißverschlüssen und Schnallen. Er hatte sie sich lässig übergeworfen, so als ob er gerade im Gehen gewesen war, als Schwan anklopfte. Hatte er sich extra nochmal hingesetzt, Platz genommen auf seinem goldumkränzten Thron? Sein kahlrasierter Schädel glänzte matt, die Augen lagen dunkel in ihren Höhlen. Er sagte kein Wort und machte auch keine Anstalten sich zu erheben. Trotzdem war seine Wirkung äußerst lebendig. In der Ankündigung der heutigen Vorstellung war von einer kraftvollen Bühnenpräsenz die Rede gewesen. Hier in der Enge dieser kleinen Garderobe schien sie dem Besucher noch stärker als vorhin im Saal, wo er eine der hinteren Reihen gewählt hatte. Schwan, der die Stille nie lange aushielt, sah sich genötigt, etwas zu sagen. „Herr Feig, ich …"

Weiter kam er nicht, denn der Angesprochene gebot ihm mit einer großen, schlanken Hand zu schweigen. Er hatte sie kaum richtig erhoben. Es war mehr ein leichtes Zucken gewesen wie der intime Wink eines Dirigenten an ein ihm ergebenes Orchester. „Sie sind … lassen Sie mich raten … Sie sind Unternehmer, nein, Personalchef einer Bank wahrscheinlich." Er winkte den Besucher herbei und der konnte nicht anders, als dieser Aufforderung Folge zu leisten.

Schwans Statur war imposant und doch schien er vor diesem Mann zu schrumpfen. „Herr Feig, ich …"

„Man hat Sie beauftragt", unterbrach ihn der Bühnenkünstler abermals, „die nächste Betriebsfeier zu organisieren, stimmt's? Und jetzt möchten Sie mich engagieren um Ihrer totlangweiligen Veranstaltung ein bisschen Leben einzuhauchen."

Schwan war zu verblüfft um etwas sagen zu können. Das passierte ihm nicht oft, war er doch für seine Schlagfertigkeit bekannt.

„Vergessen Sie es"", entschied der Kahlköpfige, „kein Interesse!"

Kurz schien es, als müsste Schwan unverrichteter Dinge wieder gehen, doch da befreite er sich mit einem amüsierten Lachen aus der verqueren Situation. „Tolle Vorstellung!", brachte er prustend hervor, „große Klasse!" Er genoss es, so schnell und geschickt wieder die Oberhand gewonnen zu haben, denn er sah wohl, dass er sein Gegenüber verunsicherte.

Ernst Feig, der gefeierte Kabarettist, der Meister gnadenloser Worte, *der letzte Realist*, wie er sich gerne nannte, verlor einen Moment die Vorherrschaft über die Szene. Gab ihm dieser joviale Besucher ein Lob, ein giftiges Kompliment zu seiner heutigen Show, oder machte er sich über ihn lustig und weigerte sich, seine Ablehnung ernst zu nehmen? Feig pfiff auf Anerkennung ebenso wie auf Kritik und hatte es im Grunde immer getan. Das wollte er diesem Banker auch zeigen. „Ihre ist dagegen ganz miserabel", entgegnete er kühl, fast desinteressiert. „Was wollen Sie?"

„Joachim Schwan, Unternehmensberater", stellte sich Schwan vor. Mit einem fragenden, leicht spöttischen Blick reichte er dem Bühnenmann die Hand, die dieser tatsächlich ergriff. „Das mit dem Unternehmer war also gar nicht so verkehrt. Mich aber für einen Banker zu halten, werte ich mal als eine gezielte Gemeinheit – eine *Déformation professionelle*, wenn Sie so wollen – und nicht als ein seriös gemeintes *Assessment*, ein bisschen frech, ein bisschen autoritär. Egal! Sie können eben auch nicht aus Ihrer Haut heraus, stimmt's? Und genau so habe ich mir Sie auch vorgestellt. Übrigens:

Ihre Furcht vor langweiligen, leblosen Veranstaltungen ist wohl ebenfalls berufsbedingt. Langweilig ist ja die verheerendste Kritik für jeden Entertainer." Das letzte Wort sagte Schwan fast genüsslich und er dachte an eine Behauptung Nietzsches, nach der eine kleine Rache oft gerechter sei als gar keine.

Ernst Feig war inzwischen aufgestanden, nahm sein Handy vom Schminktisch, blickte kurz darauf, steckte es ein. Seine Bewegungen waren von einer eindrucksvollen Gelassenheit. Er war es gewöhnt, im Mittelpunkt der Aufmerksamkeit zu stehen und hatte es tatsächlich geschafft, sich von diesem Interesse nicht abhängig zu machen. So merkwürdig das anmutete, gründete doch sein Erfolg zum größten Teil darin, dass er Applaus und applaudierende Zuschauer stillschweigend verachtete. Auch jetzt, während sein ungebetener Gast plapperte, hielt er es nicht für nötig, höflichkeitshalber zuzuhören. Er lehnte diesen Typen nicht ab, er beachtete ihn gar nicht und nahm ihn im Grunde nicht intensiver wahr als das spärliche Mobiliar in dieser Garderobe.

Schwan spürte das und fragte sich kurz, ob der Mann vielleicht ein Autist wäre. Als Feig auf die Tür zustrebte, stellte er sich ihm in den Weg. „Wollen Sie mal runter von der Bühne?"

Feig blickte ihn an. „Wo ich bin, ist immer Bühne. Also, was soll das?"

„Ich habe einen Beratungsauftrag und möchte Sie an meiner Seite dabeihaben."

Feig gelang das Kunststück auf Schwan herabzublicken, obwohl dieser fast ein Kopf größer war. Dann sprach er mit Nachdruck, als würde er zu einem Begriffsstutzigen reden. „Ich habe keine Lust borniert Banker zu beraten, wie sie besser in ihrem bornierten System zurechtkommen können."

„Keine Banker, Herr Feig, Christen!"

„Was?" Jetzt war der Kabarettist zum ersten Mal ehrlich überrascht.

„Ja, Christen, Kirchenleute."

Mike Mehrings nickte immer wieder weg. Weder die schmucklosen Wände des Wartezimmers, noch die gedämpften Stimmen der Kranken und Verletzten, noch die typischen Krankenhausgerüche boten ausreichend Anreiz ihn wachzuhalten. Vor allem aber setzte ihm das untätige Herumsitzen zu. Dabei sollte die Sorge um seinen Sohn Mehrings Physis eigentlich mit Adrenalin so sehr überschwemmt haben, dass er hellwach sein müsste. Aber irgendwie hatte die Ruhe der Ärztin ihm so viel Vertrauen eingeflößt, dass sein Kontrollbedürfnis nun gänzlich befriedigt war.

Mehrings hatte ein ausgeprägtes Kontrollbedürfnis, immer schon gehabt. Die Gründung einer eigenen Security-Firma, die er seitdem leitete, schien da schon fast unausweichlich, zumindest aber konsequent. Ihm war durchaus bewusst, dass er unmöglich jedes Detail im Griff haben konnte, doch er tat alles in seiner Macht Stehende, um möglichst nichts dem Zufall zu überlassen. Deshalb war er noch bis tief in der Nacht an den neuen Einsatzplänen für mehrere Großveranstaltungen gesessen. Er hatte sich schon vor Jahren auf die Ausbildung und Vermittlung von Security-Personal spezialisiert. Dank der inzwischen allgegenwärtigen Terrorangst boomte das Geschäft und Mehrings war gezwungen gewesen, reihenweise neue Leute einzustellen und auszubilden. Unter diesen Umständen war es schwer, das neu erarbeitete Konzept richtig zu implementieren. Im Grunde wuchs die Firma zu schnell. Beim Anfertigen der Einsatzpläne hatte er genau überlegen müssen, wem er was zutrauen, und welchen Neuen er welchem Alten zur Seite stellen konnte. Da galt es Konflikten aber auch unerwünschter Kumpanei vorzubeugen. Außerdem wollte er auf junge Familien Rücksicht nehmen, denn er sah sich als moderner, gewissenhafter Arbeitgeber dem Wohl seiner Leute verpflichtet. Diese umsichtige Personalführung, das Feintuning der Pläne, hatte ihn die halbe Nacht gekostet. Nach wenigen Stunden Schlaf war er aufgestanden, um seinem sechsjährigen Sohn André das Frühstück zu machen und ihn anschließend in die Schule zu fahren. Bei der Erinnerung an seinen Sohn blickte Mehrings stumm auf die doppelte Schwungtür, durch die ein Pfleger seinen Jungen geschoben hatte. Kurz wehte ihn ein Schuldgefühl an, so als würde sich sein Sohn nicht verletzt haben, wenn er einfach nur ausgeschlafen gewesen wäre. Aber das war natürlich Unsinn. Er wusste es, doch das schlechte Gewissen ließ sich von logischer Beweisführung leider gar nicht beeindrucken.

Nachdem er den Jungen in die Schule gefahren hatte, war er so müde gewesen, dass er sich nochmal hatte hinlegen müssen. Kurz nach zehn erst war er aufgewacht, geweckt vom Klingelton seines Handys. Da fluchte er innerlich, weil sein Wecker den Geist aufgegeben hatte und es schon so spät war. Er brauchte eine Weile, bis er kapierte, wer dran war. Die Schule in der Marsmannstraße? Frau Brunn? Dann war er auf einmal hellwach. Was denn passiert wäre? Nichts Schlimmes. Was sie damit meinen würde, nichts Schlimmes. Ja, es würde schon wieder werden. ... Er hatte sich sehr zusammenreißen müssen um nicht loszubrüllen. Mein Gott, wie umständlich und tüttelig diese Lehrer labern konnten! Schließlich erfuhr er, dass sich André am Fuß verletzt hatte und er kommen sollte, um mit ihm zum Arzt zu fahren.

Was genau passiert war, erzählte man ihm dann in der Schule, wo Frau Brunn mit André bereits auf ihn wartete. Der

Junge saß wimmernd im Sekretariat, den linken Fuß hochgelegt auf ein buntes Nilpferdkissen gebettet. Er hatte noch seinen Turnschuh dran, aus dem etwas oberhalb der Zehen die Spitze eines rostigen Nagels ragte. Mehrings hatte schlucken müssen. Zunächst erklärte die Lehrerin ihm ausführlich, dass sie am heutigen Tag nicht für die Pausenaufsicht eingeteilt, sie also selbst nicht draußen gewesen war, als es passierte. Himmel! Immer drängten diese Lehrer darauf, dass die Kinder lernten mehr Verantwortung für ihre Angelegenheiten zu übernehmen. Und dann scheuten sie sich selbst zu ihrer eigenen Verantwortung zu stehen.

Der Unfallhergang war schnell erzählt. In der Pause spielte André wie immer mit den anderen Jungen Fußball. In der Hitze des Gefechts schoss er den Ball über den Zaun einer angrenzenden Baustelle. Normalerweise endete damit das Spiel, denn es war den Schülern strengstens untersagt worden, die Baustelle zu betreten. André ignorierte jedoch das Verbot und zwängte sich unerlaubterweise zwischen zwei Bauzaunteilen hindurch. Da er den Ball nicht sehen konnte, kletterte er auf eine Palette Klinkersteine, um sich einen Überblick zu verschaffen. Dann erspähte er den Ball etwas weiter vorne nahe einem kleinen Bagger. Aufgeregt und ohne genau hinzusehen sprang er vom Steinstapel herunter. Dabei landete er mit dem linken Fuß auf einem Brett mit langen Nägeln. Durch die Wucht des Aufpralls durchbohrte ein Nagel Schuh und Fuß des Jungen. Sein Schrei alarmierte die Bauarbeiter.

Noch jetzt hier im Wartezimmer der Notaufnahme spürte Mehrings seine Verärgerung über die laxe Aufsicht an der Schule. So etwas durfte gar nicht passieren. Wieso ließ man die Kinder bloß so nah am Bauzaun Fußball spielen? Es war ja wohl abzusehen, dass das nicht gutgehen konnte. Überhaupt, sollten da nicht mehr Lehrkräfte zur Aufsicht eingesetzt werden? Wenn seine Versicherung nicht zahlte, weil der Unfall streng genommen außerhalb des Schulgeländes stattgefunden hatte, würde er die Rektorin zur Rechenschaft ziehen müssen.

„Herr Mehrings?"

Mehrings schreckte aus seinen Gedanken hoch und schaute auf. Vor ihm stand die behandelnde Ärztin. Wie war nochmal ihr Name? Er linste auf ihr Schildchen. Conradi, Jasmin Conradi. Er stand auf und stand ihr plötzlich ganz nahe, zu nah um ihr noch die Hand reichen zu können. Weder er noch sie wichen zurück. Merkwürdigerweise war die Situation aber keineswegs peinlich oder irgendwie erotisch. Es war vielmehr so, dass es ihm natürlich vorkam diesem Menschen nahe zu stehen. Ja, er war geradezu überwältigt von der Gewissheit, ihm schon immer nahe gestanden zu haben. Und noch indem er sich das klarmachte, wusste er, dass diese Ärztin das genauso empfand. Sie lächelte und ihre Augen schienen ihn trotz der Nähe ganz zu erfassen.

„Ihrem Sohn geht es gut", sagte sie mit einer Lautstärke, die der geringen Distanz entsprach und fast einem Flüstern gleichkam. „Kommen Sie mit!" Und damit drehte sie sich um und ging in Richtung Behandlungszimmer davon.

Mehrings ließ ihr ein paar Schritte Vorsprung, bevor er sich in Bewegung setzte. Er war nicht etwa schüchtern oder verwirrt. Ihm war vielmehr klar, dass er diesen Menschen nicht in Reichweite haben musste, um ihm nahe zu sein. Wenn ihn etwas verwirrte, dann war es die Feststellung, dass die Beglückung dieser unerwarteten Nähe seine Sorge um den verletzten Sohn gänzlich in den Hintergrund drängte.

André saß auf einer Liege, die am Kopfende hochgeklappt war. In seinem Schoß lagen verschiedene Playmobil-Figuren, Ritter und Indianer, wie Mehrings auf die Schnelle erkennen konnte. Sein Fuß war dick bandagiert, schien dem Jungen jedoch keine Probleme zu bereiten.

„Die Lokalanästhesie wird noch ein-zwei Stunden anhalten", erklärte Dr. Conradi, die offenbar vom selben Gedanken erfasst war. „Ich gebe Ihnen noch ein Rezept für ein Schmerzmittel mit, aber seien Sie sparsam in der Anwendung!"

Mehrings zog einen Stuhl heran und setzte sich zu seinem Sohn, strich ihm durchs Haar, knuffte ihn liebevoll und tat sein Bestes den Jungen aufzumuntern. Als er festgestellt hatte, dass André gefasst war und tapfer seine Verletzung ertrug, stand er wieder auf und winkte die Ärztin mit einer leichten Kopfbewegung zur Seite. „Wie siehts aus? Wird alles wieder in Ordnung kommen?"

Dr. Conradi wand ihm ihr ebenmäßiges Gesicht zu. „So schnell verlässt man die Ordnung nicht, Herr Mehrings." Und noch bevor ihr Gegenüber seiner Verwunderung über diese Bemerkung Ausdruck verleihen konnte, setzte sie lächelnd hinzu: „So wie es ausschaut, wird der Fuß wieder voll funktionsfähig werden. Der Nagel hat weder Knochen noch Sehnen verletzt. Die Infektionsgefahr scheint gebannt zu sein. Aber wir würden ihn gerne noch ein-zwei Tage dabehalten um eine Sepsis völlig ausschließen zu können."

„Uff! Dann hat er nochmal Glück gehabt!", entfuhr es dem erleichterten Vater.

Statt sogleich darauf zu reagieren, ließ die Ärztin ihren Blick einen Moment lang auf dem verletzten Jungen ruhen. Schließlich hob sie ihr Haupt, so als ob sie die Situation als Ganzes erfassen wollte. Ohne den Blick abzuwenden ergriff sie endlich das Wort. „Das war zwar ein Unfall, aber kein Zufall. Glück und Unglück sind eine Frage des Glaubens."

Franziska Dunker starrte auf den Bildschirm ihres Computers.

Sie hatte gerade die E-Mail des Präses zum zweiten Mal gelesen und spürte, wie die Wut in ihr hochkochte. Hätte man sie gefragt, sie wäre nicht im Stande gewesen zu sagen, was sie mehr aufregte: das, was der Präses ihr mitteilte, oder die Art und Weise, wie er es tat. Dass ihr Vorgesetzter ihr einfach ein paar dünne Zeilen schrieb und nicht die persönliche Begegnung suchte oder sie zumindest anrief, enttäuschte und kränkte sie. So etwas machte man nicht, erst recht nicht bei uns, dachte sie verärgert. Und vor allem dann nicht, wenn man jemandem solche Vorhaltungen machte. Wie kam der Präses bloß dazu, so massiv in die Geschicke ihrer Propsteisynode einzugreifen, ohne sich vorher im vertraulichen Gespräch an sie zu wenden?

Das Neonlicht an der Decke ihres Büros ließ ihren ohnehin schon blassen Teint noch bleicher erscheinen. Die Schatten um ihre Augen waren aschfahl. Dass sie als Mittfünfzigerin immer noch knabenhaft schlank war, erfüllte sie mit Genugtuung, sah sie darin doch den Ausdruck eines dem Geistigen zugewandten Lebens. Doch jetzt wirkte ihre zarte Gestalt mit den schlohweißen Haaren verloren auf ihrem lächerlich modernen Arbeitshocker.

Wiederholt … wie schrieb der Präses nochmal? Sie beugte sich zum Monitor vor. *Wiederholt haben mich Beschwerden aus Ihrer Synode erreicht, Beschwerden von engagierten Christen, also von jenen, die unsere lebendige Kirche maßgeblich mittragen und mitgestalten.*

Beschwerden! Ha! Die Pröpstin konnte sich denken aus welcher Ecke die kamen. Da steckte bestimmt die Schneider dahinter. Diese fünffache Mutter und Musterchristin ging ihr mit ständigen Änderungswünschen und quasi-pädagogischen Rückmeldungen zu ihren Predigten schon lange auf den Geist. Das sähe dieser Natter gleich, dachte Dunker, immer säuseln, immer das Hohelied der Liebe und Barmherzigkeit singen, immer ein Bibelvers auf den Lippen. Und dann treibt sie einem hinterrücks das Opfermesser zwischen die Rippen. Vermutlich hatte sie noch den bigotten Bartels in ihrem Gefolge, diesen Trottel, und die dummdreiste Kramer. Mein Gott, kein Amt, kein Studium, keinen Verantwortungsbereich, aber klammheimlich mosern und stänkern! Pochen auf die Autorität der nicht Ordinierten, auf die Gleichheit aller Christen vor dem Herrn, ja. Aber letztlich suchen sie nur eine Rechtfertigung für ihre intriganten Machenschaften.

Mitgestalten? Klar, mitgestalten wollte die Schneider immer, aber mittragen? Von wegen! Die bürdete doch viel lieber anderen Leuten zusätzliche Lasten auf. Mehr Kindergottesdienste, bitte schön! Mehr Geld für die Familienfreizeit, eine aktivere Rolle der Synode in der Schwangerenberatung, einen größeren Raum für den spirituellen Singkreis, endlich mehr Interaktionsmöglichkeiten auf der Website der Propstei und überhaupt eine stärkere Präsenz der Kirche in den sozialen Medien. Die Liste ihrer Forderungen war schier endlos. Aber als neulich die von ihr angemahnte Einrichtung einer Abteilung christlicher Kinder- und Jugendlektüre in der Stadtbücherei beschlossen war und freiwillige Mitarbeiter benötigt wurden, tauchte sie ab. Sie war mehrere Wochen nicht zu erreichen gewesen. Schließlich hatte Dunker selbst noch mithelfen und stundenlang gespendete Bücher sichten und kategorisieren müssen.

Die Pröpstin rief sich selbst zur Ordnung. Sie wusste, sie sollte sich mäßigen. Schließlich wurde der Präses an keiner Stelle in seinem dürren Schreiben konkret. Aber über sie hatte er sein Urteil dennoch gefällt. Sie las erneut vom Bildschirm:

Der unglückliche Verlauf Ihrer bisherigen Mediationsversuche legt den Schluss nahe, dass Sie mit der wachsenden Dynamik des Konflikts am Rand Ihrer Belastbarkeit angelangt sind.

„Am Rand Ihrer Belastbarkeit", dass ich nicht lache, dachte Dunker bitter. Der hält mich doch für unfähig, ist sich aber zu fein, das unmissverständlich zu sagen – oder auch nur in seine klägliche E-Mail reinzuschreiben!

Um Sie zu entlasten, liebe Frau Dunker, habe ich einen erfahrenen Unternehmensberater beauftragt gemeinsam mit Ihnen und den anderen Mitgliedern der Propsteisynode die Hintergründe der bestehenden Konflikte zu beleuchten in der wohlbegründeten Hoffnung, dass sie alle infolge größerer Klarheit künftig wieder uneingeschränkt Anteil am Frieden des Herrn haben werden.

Natürlich, dachte die Pröpstin grimmig, der Präses wollte keine Unruhe in seiner Landesgemeinde. Ihn interessierten die Gründe des Konflikts überhaupt nicht. Er wollte bloß friedliche Schäfchen, damit er als Landeshirte in der Öffentlichkeit punkten konnte.

Weltliche Belange, so fand die Pastorin, Macht und Ruhm, vertrügen sich nicht mit einem gottgeweihten Leben. Jesus, ihr Jesus, hatte es klar und deutlich gesagt: „Mein Reich ist nicht von dieser Welt." Es gibt nur eine Autorität, die die Vormacht im Leben eines Christen beanspruchen durfte, und das war, so Franziska Dunkers tiefste Überzeugung, die Autorität des Wortes. Für sie war es der Geist Christi allein, dem wir gehorsam folgen, auf den wir bauen sollten. Doch wie eine wahre Jüngerin des Herrn sah sie sich ständig von der Dominanz des Bösen, von Habgier und Dummheit bedrängt.

Dass sich der Präses gegen einen kircheninternen Supervisor entschieden hatte, war der Pröpstin nur im ersten Moment befremdlich vorgekommen. Dann war ihr aber schnell aufgegangen, was ihren Vorgesetzten dazu bewogen hatte. Es gab mehrere Pastoren, die sich zu Supervisoren hatten ausbilden lassen. Soweit Dunker wusste, arbeiteten diese

Leute professionell. Aber der Präses wollte offensichtlich vermeiden, dass ordinierte Berater zu sehr im Untergrund seines Weinbergs herumwühlten und womöglich Missstände zutage förderten, die seine Amtsführung in ein schlechtes Licht rückten. Mit anderen Worten, schlussfolgerte Dunker, er konnte sich der Loyalität dieser supervidierenden Pastoren nicht sicher sein. Deshalb hatte er eine kirchenfremde Beratungsfirma engagiert.

Und doch war dieser Schritt für den Präses nicht ohne Risiko. Zum einen ging die eingekaufte Expertise für die Landessynode sicher mit erheblichen Kosten einher. Und vor allem wenn die Beratung fehlschlagen sollte, würde er die Mehrausgaben rechtfertigen müssen. Dann würde die Rechnungsstelle mit Sicherheit wissen wollen, warum er sich nicht für die kostenneutrale Lösung mit internen Beratern entschieden hätte. Zum anderen war ein Freiberufler für den Präses letztlich schwerer zu steuern. Natürlich, er würde ihm jederzeit den Geldhahn zudrehen können und Dunker wusste, ihr Vorgesetzter war ein Mann, der das Motto zu beherzigen wusste, nach dem anschafft, wer zahlt. Aber ein kirchenfremder Mediator brachte zwangsläufig glaubensferne Ansichten in seine Arbeit mit ein. Sein Menschenbild, davon musste man ausgehen, wäre bestenfalls halbwegs humanistisch geprägt, schlimmstenfalls jedoch hedonistisch oder – noch schlimmer – mit esoterischem Aberglauben durchsetzt.

Der Berater, so hatte der Präses ihr zuletzt mitgeteilt, würde sich in den nächsten Tagen bei ihr melden um einen Termin für ein erstes Treffen zu vereinbaren. Der Name des Mannes sagte ihr nichts: Joachim Schwan.

Für Bertram Vogel war die Redaktionssitzung gut gelaufen. Zwar hatte der Chef wie immer gemosert und über den „kostspieligen Luxus weitschweifiger Hintergrundberichte" geklagt, ähnlich wie er sonst gern über die „horrenden Kosten des so genannten investigativen Journalismus" lästerte, aber Vogels Konzept war am Ende im Großen und Ganzen gebilligt worden. Vielleicht war es sein Glück gewesen, dass Mattes kurz vorher die Kollegin vom Kulturressort abgebürstet hatte. Offenbar strebte das Gemüt des Chefredakteurs nach Ausgleich, denn Vogel hatte sogleich sein Wohlwollen ihm gegenüber gespürt:

„Das Thema ist gut, Vogel, schließlich haben die Leute ein Recht zu erfahren, auf wen sich der Staat verlässt, um ihre Sicherheit zu garantieren. Ich will alles zum Thema wissen: Wie werden diese Leute rekrutiert? Aus welchem Milieu kommen die? Was treibt sie in die Security-Branche? Ausbildung, Bezahlung, politische Gesinnung, Straffälligkeit – das ganze Register! Schauen Sie sich auch die Hintermänner an, die Firmen, die am Markt den großen Reibach machen! Ich will wissen, um wie viel Geld es geht. Ich will wissen, wie die Aufträge vergeben werden und wer die Entscheider sind. Ich will noch diese Woche einen ersten Beitrag."

Vogel fuhr seinen Rechner hoch und loggte sich in das Intranet ein. Während er wartete, zog er sein Telefon heran. Dann ließ er seinen Blick durch das moderne Großraumbüro gleiten. Die Redaktion war erst vor zwei Jahren umgezogen. Vogel fand es früher besser. Er vermisste das Raucherzimmer.

Der Chef wusste natürlich, dass er sich auf ihn verlassen konnte. Er war keiner, den man mit geschmeidigen Marketingsprüchen einlullen konnte, keiner, der sich damit zufrieden gab eine Aussage bloß korrekt zu zitieren. Er ging der Sache nach und bezweifelte alles, bis er sich selbst von den Fakten überzeugt hatte. Zweimal schon war die *Hartmann Medien Gruppe*, Vogels Arbeitgeber, wegen seiner Unbeugsamkeit verklagt worden. Einmal hatte sich ein Landespolitiker aufgeregt, dass Vogel dessen zentrale Behauptung als nicht belegbare persönliche Meinung und den Mann selbst als populistischen Märchenerzähler hingestellt hatte. Das zweite Mal war ein wegen Insolvenzverschleppung angeklagter Manager eines börsennotierten Unternehmens ausgerastet, als Vogel dessen hanebüchene Rechtfertigung in einem ausführlichen Artikel zerpflückte und den Mann einen Taschentrickspieler nannte. In beiden Fällen hatten die Kläger ihre Klage schließlich wieder zurückgezogen. Ihre Anwälte waren wohl zu dem Schluss gekommen, dass dieser „Zeitungsfritze" nichts falsch gemacht hatte – zumindest nicht in juristisch verwertbarem Sinne.

Bertram Vogel scrollte sich durch seine Ordner und klickte schließlich auf „Private Sicherheitsdienste – das Geschäft mit der Angst". Zugegeben, dachte er selbstkritisch, der Arbeitstitel war noch ein bisschen zu reißerisch. Ist ja nur vorläufig, beruhigte er sich. Trotzdem wäre er zu diesem Zeitpunkt überrascht gewesen zu erfahren, wie sehr sich sein Thema in den nächsten Tagen noch wandeln würde. Er überflog seine bisherigen Notizen und die in den letzten Tagen gesammelten Links, bis er schließlich fand, was er suchte: die Kontaktdaten von *Trust Security Service*, einer der schnell wachsenden Sicherheitsdienstleister mit überregionalem Aktionsradius. Die Firma hatte nach eigenen Angaben mehrere Hundert Angestellte, von denen die meisten allerdings wohl eher geringfügig Beschäftigte waren, ein Heer von Reservisten, die man aktivieren konnte, wenn mal wieder eine Großveranstaltung abgesichert werden musste. Es handelte sich um ein Familienunternehmen, der Inhaber war ein gewisser Mehrings. Dieser wurde auf der Homepage von *Trust Security Service* als Selfmademan bezeichnet. Interessante Vita, grinste Vogel: erst Profiboxer in der Schwergewichtsklasse, dann Sanitäter bei den Gebirgsjägern mit Auslandseinsatz im Kosovo. Nach der ehrenvollen Entlassung arbeitete er als Krankenpfleger in der Geriatrie, eine Zeit, die er mit einem Bachelor in Krankenhausmanagement krönte. Danach war er zwei Jahre als Personenschützer tätig. Mitte dreißig gründete er seine eigene Firma, die – wie es hieß – dank ihres innovativen Konzepts rasch zu einem der landesweiten Marktführer wurde.

Vogel überging die übliche Selbstbeweihräucherung mit wachsender Ungeduld, blieb dann aber an einer Aussage hängen, die so gar nicht in die Selbstbeschreibung eines Sicherheitsunternehmens passen wollte: *„Unser Name ist Programm, denn wir setzen auf Vertrauen. Vertrauen gewährt mehr Sicherheit als Schlösser und Scanner – wiewohl diese bei uns natürlich auch zum Einsatz kommen. Ohne Vertrauen kann es im Endeffekt keine Sicherheit geben!"*

Damit waren für Bertram Vogel die letzten Zweifel beseitigt. Er würde seine kleine Artikelserie mit *Trust Security Service* anfangen. Irgendwie faszinierte ihn diese merkwürdige Mischung aus Chuzpe und Naivität, aus Kalkül und Idealismus. Er hatte die vage Hoffnung, dass dieses Unternehmen ihm einen aufschlussreichen, tieferen Einblick in die Branche gewähren würde als die ganz großen Namen. Im Grunde aber wusste er selbst nicht genau, was ihn dazu veranlasste sich näher mit dieser Firma zu befassen. Aber er hatte einen guten Riecher, der *Trust Security Service* würde in den kommenden Jahren die Sicherheitsdienstleistung revolutionieren.

Vogel griff zum Hörer und wählte.

„Trust Security Service, Büro Mehrings. Mein Name ist Ungerer. Was kann ich für Sie tun?"

Nun, diese kühle Frauenstimme ist schon mal sehr vertrauenerweckend, stellte Vogel zynisch fest. „Vogel, mein Name, von der *Hartmann Medien Gruppe*. Ich würde gern

Herrn Mehrings sprechen."

„Persönlich?"

„Höchstpersönlich!" Vogel musste sich bremsen, um nicht mit der Vorzimmerdame seinen Spott zu treiben. Ob denn der Chef öfter unpersönliche Gespräche führe, wollte er schon fragen.

Eine kurze Pause. Dann war sie wieder da. „Darf ich fragen, in welcher Angelegenheit Sie …"

„Ich schreibe über innovative Sicherheitsdienstleister und möchte Herrn Mehrings porträtieren."

„Dann sind Sie …

„Journalist, ja." Und um ihre folgende Frage vorwegzunehmen, ergänzte er: „Die *Hartmann Medien Gruppe* ist Herausgeber mehrerer regionaler und überregionaler Zeitungen, von denen sich einige inzwischen zu reinen online-Medien weiterentwickelt haben." Vogel beschloss ein wenig zu pokern. „Wenn Sie sich vorab über die *Hartmann Medien Gruppe* informieren wollen, kann ich gerne morgen nochmal anrufen."

Wieder eine kurze Pause.

Vielleicht fragt sie sich jetzt, dachte Vogel leicht hämisch, ob ich sie wohl auf den Arm nehme.

Doch die Sekretärin blieb professionell. „Das wird nicht nötig sein, Herr Vogel. Herr Mehrings hätte morgen um fünfzehn Uhr eine Dreiviertelstunde Zeit für Sie, hier in seinem Büro. Wäre Ihnen das recht?"

Perfekt, dachte Vogel und sagte es auch. Er bedankte sich knapp und legte auf.

Sylvia Brunn hatte in letzter Zeit öfter Kopfschmerzen und Schweißausbrüche, manchmal auch Panikattacken. Sie fühlte sich ausgelaugt, auch wenn die letzten Schulferien erst zwei Wochen zurücklagen. Ihre Hausärztin hatte gemeint, Anzeichen für Burnout wahrzunehmen und ihr einen Psychotherapeuten empfohlen. Aber Sylvia Brunn hatte sich nie bei dem Seelenklempner gemeldet. Sie brauchte niemanden, der ihr sagte, was mit ihr nicht stimmte. Sie kannte die Ursache ihrer Beschwerden.

Es war Viertel vor zwei. Außer ihr hielt sich niemand im Lehrerzimmer auf. Die meisten Kolleginnen waren junge Mütter und mussten nach Unterrichtsende gleich los, um ihre Kinder abzuholen oder für sie da zu sein. Sylvia Brunn beobachtete den Stress dieser Frauen eher unbeteiligt. Sie selbst war nie in deren Lage gewesen. Ihre Ehe mit dem Steuerberater Franz Brunn war kinderlos geblieben. Ihr Mann hatte keinen Nachwuchs gewollt. Als die beiden sich schließlich trennten, war sie Anfang vierzig gewesen, zu alt für einen Neuanfang. Sylvia Brunn senkte ihren Kopf, umklammerte ihr Wasserglas und schloss die Augen, als eine neue Schmerzwelle durch ihren Kopf wogte.

Die Rektorin hatte sie zu einem Gespräch um zwei gebeten. Wahrscheinlich ging es um die dumme Sache mit André. Die Karetzky erwartete bestimmt, dass sie den Unfallbericht schrieb. Aber da würde sie sich resolut weigern. Das sollte gefälligst die Neue machen, die heute Pausenaufsicht hatte. Früher hätte sie solche Aufgaben letztendlich immer übernommen, wäre immer bereitwillig gewesen. Aber das Leben hatte sie verändert.

Wenn unversehens ein Besucher ins Lehrerzimmer gekommen wäre, hätte er Sylvia Brunn von hinten betrachtet leicht für einen Mann halten können: Sie war breitschultrig und ziemlich groß, ihre Gestalt wies kaum Rundungen auf und das glatte graubraune Haar trug sie kurz geschnitten. Ihr männliches Aussehen fand jedoch seinen absoluten Gegenpol in ihrem mütterlichen Verhalten als Lehrerin. Damit war sie bei Schülern und Eltern lange Zeit gut angekommen. Es waren ihre guten, erfüllenden Dienstjahre gewesen, als sie noch in Eins-Zwei arbeitete. Doch kurz nach der Trennung von ihrem Mann hatte sie die vierte Klasse einer schwerkranken Kollegin übernehmen müssen. Diese Kollegin war inzwischen frühpensioniert und soweit Brunn wusste, ging es ihr blendend. Sie selbst aber steckte seitdem in Drei-Vier fest. Sie hatte leidvoll erfahren müssen, dass sie bei den Viertklässlern mit ihrer Langmütigkeit und Toleranz schnell an ihre Grenzen stieß. Die Mädchen waren zickig ohne Ende und zeigten – wie sie verwundert registrierte – schon richtig pubertäres Verhalten. Die Jungen verhielten sich aggressiv und ziemlich rücksichtslos. Einige dieser Knaben waren – sie konnte es nicht anders bezeichnen – total gestört. Sie hatte bei diesen Schülern andere Saiten aufziehen müssen, war lauter geworden, strenger, misstrauischer. Seitdem kam es immer öfter vor, dass sie sich selbst Sätze zu ihren Schülern sagen hörte, die sie früher nie gesagt hätte.

Doch wenn sie ihre Situation ehrlich betrachtete, war es nicht der Wechsel in Drei-Vier gewesen, der ihr die Freude an der Arbeit geraubt hatte. Die Trennung von Franz und der Verlust ihrer sicheren Position als Klassenlehrerin in Eins-Zwei waren bloß Auslöser gewesen. Diese Schicksalsschläge hatten sie aus ihrem Wolkenkuckucksheim vertrieben. Gelandet war sie auf dem Boden der Tatsachen. Und die waren ziemlich ernüchternd.

Als junge Studentin hatte die Aussicht Kinder aktiv zu bilden, Geist und Gemüt der Jüngsten zu formen, sie regelrecht beflügelt. Sie hatte damals mit großen Erwartungen ihr Lehramtsstudium begonnen, erfüllt vom heiligen Ernst ihres pädagogischen Auftrags. Doch heute wusste sie, ihre Schüler wurden von anderen Vorbildern geformt, Vorbilder, gegen die sie nicht ankam. Der ästhetische Sinn ihrer Schüler zum

Beispiel wurde von der Grafik ihrer Computerspiele entscheidend geprägt. Für die Bildung ihrer Wertvorstellungen war die allgegenwärtige Werbung zuständig. Die vorhersagbare Dramaturgie und die seichten Dialoge endloser Fernsehserien prägten ihren literarischen Sinn. Ihre Fantasie wurde mit perfekt durchgestylten Hollywoodbildern vergewaltigt, während ihre YouTube-Idole ihnen beibrachten in grammatikalisch schrägen Halbsätzen zu reden. Inzwischen waren auch die Eltern ihrer Schüler so jung, dass sie diese Entwicklung nicht weiter problematisch fanden. Sylvia Brunn hatte ihre Erwartungen jedes Jahr ein bisschen weiter runtergeschraubt.

„Frau Brunn?"

Sie öffnete die Augen. Vor ihr stand die Rektorin, lächelte knapp und machte eine einladende Geste in Richtung Rektorat.

„Kommen Sie bitte!" Karetzky ging ihr voraus, überquerte den Flur zu ihrem Büro, dessen Tür aufstand und bat sie einzutreten.

Plötzlich unsicher blieb Brunn stehen, sobald sie den Raum betreten hatte.

„Bitte setzen Sie sich doch!" Die Rektorin deutete auf das schlichte Ecksofa, das an der Wand hinter ihrem Schreibtisch stand, ein modernes Funktionsmöbel mit einem sachlich graublauen Bezug. „Wasser?" Karetzky hatte die volle Glaskaraffe bereits angehoben.

Sylvia Brunn nickte und rutschte nervös auf ihrem Sitz nach vorne, was so aussah, als wollte sie aufspringen, um ihr Glas entgegenzunehmen.

Dann saß die Rektorin ihr gegenüber und eine eigentümliche Stille trat ein.

„Wie geht es Ihnen, Frau Brunn?"

„Geht so."

Karetzky nahm einen Schluck Wasser und stellte das Glas etwas zu laut ab. „Das war ganz schön aufregend, mit diesem André Mehrings heute, oder?"

Sylvia Brunn nickte stumm.

„Der Vater hat nochmal im Sekretariat angerufen. Der Junge ist für die nächsten Tage krankgeschrieben. Offenbar bleibt er noch bis übermorgen in der Klinik."

„Ach! Wie geht es ihm?"

Karetzky überging die Frage und deutete stattdessen mit dem Kinn auf die Kollegin ihr gegenüber. „Hatten Sie vor das Kind zu besuchen?"

„Ich, ähm …" Sylvia Brunn fühlte sich überrumpelt. Sie hatte doch eben erst erfahren, dass André im Krankenhaus lag.

Die Rektorin beugte sich vor. „Hören Sie, Frau Brunn, ich will keinen Ärger. Herr Mehrings ist ein einflussreicher Unternehmer. Sie wissen, dass er uns die Finanzierung eines neuen Schulzauns zugesagt hat." Sie lächelte flüchtig. „Ja, ausgerechnet der Schulzaun! Ich weiß. Ironie der Geschichte, kann man da nur sagen. Aber können Sie sich vorstellen, wie viel es kostet unseren Schulhof einzuzäunen? Wenn das Projekt von einem privaten Unternehmen gesponsert wird, bleibt der Schule mehr Geld für pädagogisch wichtige Anschaffungen. Sie wissen, wie das ist."

Sylvia Brunn blickte starr auf ihr Glas. Sie atmete bewusst langsam, ihr Schädel brummte. Ja, sie wusste, wie es war. Immerhin redete die Karetzky jede zweite Konferenz über diese – wie hieß das noch? – „Pauschalierung der Sach- und Personalkosten" und darüber, dass die Schulen Instandhaltungsmaßnahmen inzwischen oft selbst finanzieren müssten. Klar, da war so ein Geldsegen von privater Seite höchst willkommen. Brunn war nicht blöd. Sie konnte sich auch denken, dass die Investition für den Mehrings bloß ein Mittel war,

Steuern zu sparen. Stirnrunzelnd blickte sie hoch und stellte fest, dass die Rektorin sie musterte.

„Besuchen Sie den Jungen, reden Sie mit dem Vater! Sorgen Sie dafür, dass Herr Mehrings sich wieder beruhigt. Der Mann hat mich vorhin angerufen. Er klang verärgert und forderte mich auf, mehr Aufsichtspersonen für unsere..." – Karetzky deutete Anführungsstriche in der Luft an – „Schutzbefohlenen abzustellen."

Kirchenleute! Wie kam dieser Schwan darauf zu meinen, dass er etwas mit Kirchenleuten zu tun haben wollte. Der stattliche Unternehmensberater fiel Ernst Feig wieder ein, als er am Eingang zur Tiefgarage hielt und wartete, bis das Tor sich ganz geöffnet hatte. Er ließ seine Yamaha runterrollen und ärgerte sich im Nachhinein, dass er diesem Typen zugesagt hatte.

Zu behaupten, dass sich Ernst Feig selbst als nichtreligiöser Mensch sah, wäre gewiss eine Untertreibung. Er konnte mit dem ganzen Brimborium von Gebeten und Gesängen nichts anfangen, dieses süßliche Wir-haben-uns-alle-lieb-Theater. Für ihn waren religiöse Rituale entweder naives Gutmensch-Getue, Scheinheiligkeit oder schlichter Aberglaube. Am meisten aber regten ihn die Kirchenleute auf, wobei er keinen großen Unterschied zwischen Katholiken, Protestanten und anderen „Sekten" machte. Hätte man ihn nach dem Grund für seine Abneigung gefragt, wären ihm sicherlich ein paar Erklärungen eingefallen. Er hätte vielleicht gesagt, dass er die Kirchenleute für verlogen hielte. Es wäre ihm möglicherweise auch in den Sinn gekommen zu sagen, dass diese Christen sich weigern würden die Realität anzuerkennen, wobei er natürlich jene Realität meinte, die er selbst für die einzig existente hielt. Es war durchaus so, dass sich Ernst

Feig etwas auf seine Furchtlosigkeit einbildete. Er war stolz darauf, dass er sich traute, den harten Tatsachen dieser Welt kühn in die Augen zu schauen. Doch der wahre Grund seiner heftigen Ablehnung lag unterhalb seiner Bewusstseinsschwelle, blieb ihm also selbst verborgen.

Er war ein stolzer Mann, ein aufrechter Mann, der seine Würde maßgeblich davon ableitete, dass er sich vor nichts und niemandem verbeugte. Unterwürfigkeit war ihm nicht bloß ein Ausdruck von Schwäche; er sah darin vielmehr ein Zeichen von fehlendem Stolz, ja von Feigheit. Vor irgendeinem Menschen – und wäre er noch so „göttlich" – auf die Knie zu fallen, verbot ihm seine Selbstachtung. Aber genau das tat der gläubige Christ. Er machte sich selbst klein und gering, erhöhte seinen Jesus zur himmlischen Gestalt und kroch vor ihm im Staub dieser Erde. Christen, das hatte er oft genug beobachtet, legten eine Sklavenmentalität an den Tag, liebten es zu gehorchen. „Dein Wille geschehe!" war der Leitsatz von Kindern, Kriechern und Krämerseelen. Und weil Ernst Feig die Kirchenleute auf diese Weise wahrnahm, konnte er sie letzlich nur verachten, wenn auch der Ursprung seiner Verachtung für ihn, wie er sich kannte, im Dunkeln lag.

Im Grunde war Ernst Feigs Vorstellung von Religiosität zu eng und zu sehr von Traditionen, von historischen Fakten und biografischen Erfahrungen geprägt. Wäre es anders gewesen, hätte er erkennen können, dass das, was seine Verachtung auf sich zog, nur wenig mit Religiosität zu tun hatte. Was er ablehnte, waren Konventionen, erstarrte Strukturen, leere Hüllen, aber auch Ängstlichkeit, Einfalt und Hochmut. Wäre es ihm möglich gewesen, Religiosität als etwas zu betrachten, das Wahrheitsliebe, Kreativität, Lebensfreude und Selbstliebe umfasste, hätte er sie gewiss nicht bekämpfen wollen. Mehr noch, ihm wäre sogar aufgegangen, dass er selbst ein durch und durch religiöser Mensch war.

Er parkte seine XJR 1300, ein ganz in Schwarz gehaltenes Naked Bike Model, nahm seinen Helm ab und fuhr mit dem Fahrstuhl in sein Loft hoch. Es war fast halb eins, als er seine geräumige Wohnung betrat, die Teil einer alten, umgebauten Schuhfabrik war. Spät abends noch zu essen hatte er sich schon vor langer Zeit abgewöhnt. Stattdessen beendete er den Tag einer Vorstellung gern mit einem Glas Rotwein. Er öffnete eine neue Flasche, schenkte sich ein, löschte das Licht und stellte sich auf die nächtliche Dachterrasse. Da die alte Schuhfabrik am Hang errichtet worden war, blickte er vom oberen Stockwerk aus auf den Großteil der Stadt hinab.

Er liebte es hier zu stehen, ein Glas Barolo in der Hand, und seinen Blick über das weißgelbe Lichtermeer unter ihm schweifen zu lassen. Scherzhaft nannte er diesen Ort seinen Adlerhorst, eine Bezeichnung, die ihm nicht zuletzt deshalb gefiel, weil er sich selbst damit in die Nähe des Führers rückte. Dabei dachte er freilich nicht an das gleichnamige Führerhauptquartier im Taunusgebirge, von dem er gar nichts wusste, sondern an das atemberaubend hoch gelegene Kehlsteinhaus in Obersalzberg. Ernst Feig provozierte gern und er war ein Meister der Selbstironie.

Aber diese humorvolle Äußerung enthielt einen tieferen Sinn, der ihm selbst entging. Der Kabarettist war natürlich kein Diktator, aber sein Selbstgefühl entsprach durchaus dem eines Herrschenden. Von seinem „Adlerhorst" blickte er auf die Welt ihm zu Füßen wie ein archaischer Fürst auf seine Untertanen. Als rationaler, nüchtern eingestellter Mensch konnte er derlei Imaginationen nur unter dem Aspekt künstlerischer Kreativität gelten lassen, eine Kreativität, die er nutzte, um seinen Lebensunterhalt zu verdienen. Dass er tatsächlich ein König *war*, ein thronender Fürst, ein Hüter der materiellen Welt – nicht in der Fantasie, sondern wirklich –

das hätte er als Humbug weit von sich gewiesen.

Ernst Feig fühlte sich weder religiös, noch in irgendeiner Weise königlich – gerade heute Abend nicht. Ganz im Gegenteil! Er fühlte sich verraten. Es war eigenartig, dass er sein Gefühl mit diesem Wort umschrieb, aber es brachte seine momentane Lage auf den Punkt. Er fühlte sich von diesem Schwan verraten. Sicher, der Mann hatte ihn nicht gezwungen, mit ihm zusammenzuarbeiten. Dennoch war es Feig unmöglich gewesen nein zu sagen. Warum bloß? Er war sich selbst unverständlich und versuchte sich sein Verhalten zu erklären. Aus purer Gewohnheit nahm er an, dass etwas von außerhalb seiner selbst ihn zu seiner Entscheidung bewogen hatte. Da lag natürlich Joachim Schwan als Ursache nahe. Immerhin hatte der umgängliche Unternehmensberater wortreich erklärt, dass er, Feig, genau der Richtige für diesen Auftrag wäre: „Gerade weil es dort verknöcherte Strukturen gibt, Herr Feig, gerade weil diese Kirchenleute so sind, wie sie sind, brauchen sie einen wie Sie, einen, der den Mut hat, ihre so genannten letzten Wahrheiten zu hinterfragen. Glauben Sie mir, diese Begegnung wäre nicht nur für die Kirchenleute, sondern auch für Sie inspirierend."

Gewandt und – wie er widerwillig anerkennen musste – letztlich auch überzeugend hatte dieser Schwan geredet. Noch dort in der Garderobe des Theaters war der Mann ihm wie ein Mensch vorgekommen, der von einer Mission beseelt war. Was treibt den an, hatte er sich gefragt. Doch Schwans Beweggründe waren ihm verborgen geblieben. Und vielleicht fühlte sich Feig auch deshalb von ihm verraten. Es war ihm, als führte Joachim Schwan ihn auf einen Weg, den er nicht gehen wollte, als hätte der Berater ihn an ein böses Schicksal verraten, ein Schicksal, das ihn dem trügerischen Schoß der Kirche auslieferte.

Nun spielte Verrat als dramatische Figur eine zentrale

Rolle in Feigs Leben, obwohl ihm das selten und auch dann nur ansatzweise bewusst wurde. In einem von ihm selbst inszenierten inneren Drama war er Verräter und Verratener zugleich, denn Ernst Feig hatte sich selbst verraten und an die Herrschaft des Leibes ausgeliefert. Er hatte sein inneres Licht unter den Scheffel gestellt und sich selbst unter das Joch einer Realität gezwungen, in der die Macht der Materie mit eiserner Hand herrschte. Damit leugnete er die Weiten und Tiefen seines Wesens, die die schmucke Insel seiner Sinnenwelt wie gewaltige Ozeane umgaben.

Obzwar er mit Bühnendarstellungen und Rollenspielen vertraut war, erkannte er doch nicht, dass es sich bei seinem so genannten privaten Leben im Grunde auch nur um ein Theaterspiel handelte. Er fasste seine Rolle als Kabarettist zu eng, war nicht in der Lage „Bühne" größer zu denken als die Bretter, auf denen er nach *seinem* Drehbuch agierte. Es wäre ihm völlig abwegig erschienen, hätte ihm jemand gesagt, dass er jenseits der gewohnten Bühne in einem Stück spielte, dessen Dramaturgie und Plot ihm gar nicht bewusst wäre. Und doch machte sich ihm seine Verwicklung im uralten Drama des Verrats bemerkbar – nicht als klarer Gedanke, nicht als intuitive Einsicht, sondern als diffuses Gefühl des Unwohlseins und des Misstrauens. Es erinnerte ihn vage an Orte und Zeiten, in denen er zu wenig geliebt und zu wenig gelernt hatte.

Das und nur das war der Grund dafür gewesen, dass er dem Unternehmensberater nicht klar und entschieden hatte absagen können. Tief im Innern wollte er die Begegnung mit den Kirchenleuten sehr wohl. Seine Seele wusste, was sie brauchte, wusste, was ihm fehlte, und setzte alle Hebel in Bewegung ihr Ziel zu erreichen.

Ernst Feig stellte sein halbvolles Glas ab. Plötzlich fand er keinen Geschmack mehr am edlen Barolo. Er ging hinein, zog sich im Dunkeln aus und legte sich ins Bett.

Jasmin Conradi war erwacht. War sie geweckt worden? Oder erweckt? Hatte sie geschlafen, war ihr ganzes Leben eine einzige dunkle Nacht gewesen? Konnte es tatsächlich sein, dass der Mensch, der sie immer zu sein geglaubt hatte, bloß eine Traumgestalt war? Sollte am Ende alles, was sie je gedacht, gesagt und getan hatte, bloß eine Illusion gewesen sein? Die heutigen Geschehnisse ließen, wie es schien, kaum eine andere Schlussfolgerung zu.

Ihr fiel die Karte ein, die eine Freundin ihr aus dem Urlaub auf Kreta geschickt hatte. Die Karte zeigte das holografische Bild einer frisch geschlüpften Karettschildkröte. Wenn man den Karton leicht kippte, schien das Tierchen aus dem Bild zu kriechen. War sie selbst nichts anderes als ein Hologramm gewesen, ein Trugbild mit nur scheinbarer Tiefe? In all den Jahren hatte dieses oder jenes sie manchmal ein bisschen bewegt und dann war es ihr so erschienen, als ob sie lebte und es mit ihr vorwärtsging. Aber im Grunde war sie immer nur auf der Stelle getreten, ohne Woher und Wohin.

Sie nahm sich ein Glas aus einem der Hängeschränkchen, füllte es mit gefiltertem Leitungswasser und setzte sich wieder an den Küchentisch. Ferdinand war auf Geschäftsreise, die beiden Söhne besuchten Freunde am anderen Ende der Stadt. Sie war froh und dankbar, jetzt alleine zu sein und mit niemandem reden zu müssen. Was hätte sie sagen können? Wie war dein Tag? Gut! Und deiner?

Jasmin Conradi sah sich selbst bis in ihr tiefstes Selbstverständnis in Frage gestellt, herausgefordert und verwirrt durch die Ereignisse des heutigen Tages. Als Medizinerin hatte sie keine Erklärung für die Veränderung, die sie an sich erlebte. Als Mensch war sie irgendwie nie veranlasst worden, eigene Ansichten zu existenziellen Fragen zu entwickeln. Ihr Leben war in ruhigen Bahnen verlaufen und hatte sie noch kein einziges Mal genötigt, ihren Kurs zu ändern. Alles war ihr immer leicht gefallen, die Schule, das Studium, die Geburt ihrer Söhne. Ärztin wurde sie, weil schon ihr Vater Mediziner war. Eine eigene Entscheidung hatte sie nie fällen müssen, Alternativen zum Medizinstudium waren ihr nicht in den Sinn gekommen. Doch nun fühlte sie sich herausgefordert einen eigenen Weg zu gehen.

Sie trank einen kleinen Schluck und starrte auf den leeren Stuhl ihr gegenüber. Allerdings, dachte sie, kam dieses Schicksal nicht etwa wie eine freundliche Einladung, viel eher wie ein Dieb in der Nacht. Sie wunderte sich nicht über diesen Gedanken und auch nicht über das Gleichnis, in das sie ihn kleidete. Hätte man sie darauf aufmerksam gemacht, wäre ihr dazu wohl nicht viel eingefallen. Vielleicht wäre sie assoziativ auf den biblischen Ursprung gekommen, vielleicht aber auch nicht. Ihr schien nur dieses Bild eines plötzlich einbrechenden Fremden sehr treffend. Denn das, was da in ihr Leben einbrach, war so fremd, das sie es zunächst nicht mit vertrauten Begriffen und Bezugspunkten einordnen, es nicht einfangen konnte.

Vorausgegangen war diesem Durchbruch des Neuen ein Schmerz, ein stechender Schmerz in ihrem rechten Fuß. Er tauchte zum ersten Mal auf, als sie an die Liege dieses verletzten Jungen trat und zwar noch bevor sie dessen durchbohrten Fuß bemerkt hatte. Zunächst glaubte sie an eine Sinnestäuschung und meinte, sie würde sich den Schmerz bloß einbilden. Sie reagierte wie die meisten Menschen reagieren, wenn sie etwas gleichermaßen Ungewöhnliches wie Unerklärliches erfahren. Kann nicht sein, sagte sie sich, brauche jetzt mal eine Pause. Doch als die Empfindung stärker wurde, war es kaum noch möglich gewesen, sie als das Produkt ihrer

Fantasie beiseite zu schieben. In kurzer Zeit wuchs der Schmerz so sehr an, dass sie sich an der Liege abstützen musste, um ihren Fuß zu entlasten. Wenn das Einbildung ist, dachte sie mit zusammengebissenen Zähnen, dann ist sie aber sehr überzeugend, und sie schloss kurz die Augen. Dann wich ihre Verwirrung einem Gefühl panischer Angst. Sie atmete tief ein, um dem wuchtigen Ansturm des Gefühls Herr zu werden. Die Situation drohte ihr zu entgleiten. Erst als sie verstand, dass sie tatsächlich die Furcht des verängstigten Knaben durchlebte, trat eine gewisse Beruhigung ein. Eine Welle des Mitgefühls erfasste sie, eine Herzenswärme, die sie auch als Mutter nie erlebt hatte. Denn dieses Gefühl war irgendwie größer, nicht bloß persönlich, sondern umfassender. Es galt nicht nur ihrem Patienten und ihr selbst; es schien sich auf alles, was um sie herum war, auszudehnen.

Doch während bereits diese verwirrenden Erfahrungen sie innerlich stark bewegten, stürzte die nächste sie in eine so tiefe Verwunderung, dass es ihr die Sprache verschlug. Sobald der Junge lokalanästhesiert war, nahm sie den Gipsschneider, schnitt den Schuh auf und entfernte ihn. Danach ließ sie den Knaben in die Radiologie bringen. Sie wollte erst Röntgenaufnahmen haben, bevor sie sich daran machte, den Nagel zu entfernen. Aber noch ehe die Röntgenaufnahmen da waren, erschien ihr vor dem inneren Auge das Bild eines Kinderfußes. Es war ein sehr lebendiges Bild, voller Licht und Kraft. Und während sie es sah, wusste sie: Alle Knochen und Sehnen sind heil. Das eingedrungene Eisen hat dem Fuß nicht viel anhaben können. Es war nicht so, dass irgendjemand ihr das verkündete. Sie hörte keine innere Stimme, aber an der Botschaft bestand dennoch kein Zweifel. Es war eine ganz ähnliche Erfahrung wie die die Ärztin sie von Träumen kannte, wo man manchmal jemandem begegnete und genau wusste, das ist der oder die – ohne überhaupt ein Bild vom Gesicht des Gegenübers zu haben. Überwältigend war für sie allerdings, dass ihr dieses unmittelbare Wissen am helllichten Tag zuteilwurde, denn bewusst erlebt hatte sie so etwas nie zuvor.

Nein, eine innere Stimme hatte Jasmin Conradi nicht vernommen, als sie heute still und alleine im Behandlungszimmer stand und ihr Blick auf die Reste des zerschnittenen Schuhs fiel. Und doch hatte sie sich gefragt, ob sie dabei war den Verstand zu verlieren. Denn auch wenn sich kein Geist aus dem Jenseits an sie gewandt hatte, nicht irgendein Wesen aus den Weiten des Universums, so fühlte sie sich doch angesprochen und aufgerufen. Nur handelte es sich dabei nicht um eine tönende, klangvolle Sprache, die in ihrem Kopf widerhallte. Vielmehr erfuhr sie so etwas wie eine unmittelbare Gedankenübertragung. Ja, es kam ihr vor, als hätte etwas Größeres, Weiteres in ihr einen Gedanken aufleuchten lassen. Aber dieses Größere, Umfassendere war nicht außerhalb und losgelöst von ihr. Vielmehr gehörte es zu ihr, war auf geheimnisvolle Weise ein Teil von ihr. Unwillkürlich schüttelte sie stumm den Kopf. Nein, dachte sie, es war eher umgekehrt. Sie war ein Teil von diesem Größeren.

Jasmin Conradi trank ihr Glas leer und stellte es in den Geschirrspüler. Müde war sie nicht, obwohl ihr Arbeitstag lang gewesen war. Fernsehen wollte sie nicht und auch nichts lesen. Sie beschloss ein heißes Bad zu nehmen, ging ins Badezimmer, ließ Wasser einlaufen und legte sich ein Handtuch zurecht. Als sie sich auszog, brachte der Anblick ihrer nackten Füße das still vernommene Wort in Erinnerung, den unüberhörbaren Gedanken, die klare Verkündung: *Heil ist der Fuß, der meinen Weg geht, denn die Liebe kennt keine Verletzung. Unversehrtheit ist die Bestimmung aller. Geh' und heile!* Jedes einzelne Wort hatte sich ihr eingeprägt. Die Sätze waren plötzlich da gewesen, so wie man sich unvermittelt an die

Verse eines alten Gedichts erinnert. Sie waren ihr wie eine fremde, aber vertrauenserweckende Gestalt gegenübergestanden, aufrüttelnd und beruhigend zugleich.

Als Ärztin wusste sie sehr wohl, wie ihre Kollegen reagieren würden, wenn sie von ihrer „Erweckung" erführen. Sie kannte die Schemata, nach denen ein Mediziner diagnostizierte. Und sie wäre früher genauso verfahren. Ein Patient, der von einer inneren Sendung, einer Heilmission redete, der sich genötigt fühlte einen bestimmten, meist radikalen Weg zu gehen und sich berufen sah, die Menschen zu retten – das war ganz klar ein Fall für die Psychiatrie. Reflexhaft würde jeder Arzt auf Schizophrenie tippen und an den zuständigen Facharzt weiterverweisen. Was im DSM-5 drinstand, war ihr vertraut genug, denn sie hatte sich schon während des Studiums intensiver mit klinischen Störungen befasst. Wäre sie später nicht schwanger geworden, sie hätte sich wohl in Richtung Psychiatrie und Psychotherapie spezialisiert. Eine aktuelle Ausgabe des diagnostischen Handbuchs stand immer noch auf ihrer Ablage im Behandlungszimmer.

Sie stieg ins heiße Wasser und spürte, wie sich ihre Muskulatur entspannte. Und mit der Entspannung kam auch die Müdigkeit. Es war viel passiert heute und die besonderen Ereignisse hatten sie durchaus euphorisiert. Aber jetzt forderte der Körper seinen Tribut.

Ihr war natürlich klar, dass es häufig zum Krankheitsbild eines Schizophrenen gehörte, die eigene Krankheit zu leugnen. Trotzdem war sie schnell zum Schluss gekommen, nicht betroffen zu sein. Eine Wahnvorstellung war das Bild des heilen Fußes ja auch nicht gewesen. Denn die bald darauf eintreffenden Röntgenaufnahmen hatten es komplett bestätigt. Es war genauso, wie sie es vorausgesehen hatte: Weder Knochen noch Sehnen waren vom Nagel beschädigt worden. Außerdem war sie den ganzen weiteren Tag arbeitsfähig gewesen und hatte ihre Aufgaben in der Notaufnahme professionell erledigen können. Keine Spur von Antriebslosigkeit oder mangelnder Motivation. Und freudlos war sie erst recht nicht. Ganz im Gegenteil! Eine herzerwärmende Freude begleitete sie seit ihrer „Erweckung" durch den Tag. Nein, ihr vorausschauender Blick, diese kurze Vision prophetischer Natur, und die Eingebung eines erhellenden Gedankens waren nicht pathologisch. Sie fühlte sich im Vollbesitz ihres Verstandes, ihrer Vernunft. Nichts oder niemand hatte die Kontrolle über sie übernommen.

Und doch hatte sich ihr Leben am heutigen Tag unumkehrbar verändert. Das ahnte sie sehr wohl. Eine neue Dimension hatte sich ihr eröffnet, ein Erfahrungsfeld, das bisher außerhalb ihrer Wahrnehmung gelegen war, obwohl es, wie sie ebenfalls ahnte, immer da gewesen sein musste. Aufgetan hatte sich ihr dieser Raum mit dem archaischen Bild eines nageldurchbohrten Fußes, das ihr ohne Vorwarnung zur schmerzhaften Empfindung wurde. Festgenagelt und doch frei, verletzt und doch heil; es war wie ein Sinnbild des Menschen, Ermutigung und Aufforderung zugleich. Ein Bibelvers fiel ihr ein. Woher hatte sie den? *In der Welt habt ihr Angst; aber seid getrost, ich habe die Welt überwunden.* Sie schloss die Augen. Ihr war klar, wer da sprach.

Es war noch dunkel und Joachim Schwan trug nicht mehr als eine Unterhose, als er die kleine Kamelhaardecke auf dem Boden ausrichtete. Er machte kein Licht, um die zarte Dämmerung nicht zu vertreiben, die Magie des werdenden Tages. Jeden Morgen fing er seinen Tag damit an, dass er eine Viertelstunde auf dem Kopf stand. So hielt er es nun schon seit einiger Zeit. Letztes Jahr hatte er einen Kongress für *Coaches and Counselors* besucht. Im Nachbarraum des Kulturzentrums fand damals zeitgleich die Tagung einer Yogaschule statt. Erst am dritten und letzten Tag kam er in der Pause mit einer grazilen Yogalehrerin ins Gespräch. Die Frau beeindruckte ihn mit ihrer Vitalität und kraftvollen Ruhe. Es verblüffte ihn zu erfahren, dass sie älter als er selbst war. Natürlich sprach sie von den Vorzügen des täglich praktizierten Hatha-Yogas. Als Schwan einwendete, dass er oft unterwegs wäre und keine Zeit für ausführliche Übungsreihen hätte, brachte sie das nicht aus dem Konzept. In dem Fall, meinte sie, sollte er sich auf den Kopfstand beschränken. Das wäre die wichtigste und wirkungsvollste Asana. Sie würde die Vorzüge aller anderen Körperstellungen in sich vereinen. Und da er Quintessenzen und Synergien liebte, ließ sich Schwan die Übung mit dem klangvollen Namen Shirshasana zeigen. Schon am nächsten Tag fing er selbst damit an. Es klappte auf Anhieb, was ihn in seinem Entschluss bestärkte. Seitdem war er dabeigeblieben und hatte die Dauer sukzessive ausgedehnt.

In seiner Arbeit war Perspektivenwechsel oft von entscheidender Bedeutung. Nicht selten musste er die Sicht seiner Klienten vom Kopf auf die Füße stellen, um ins Stocken geratene Prozesse wieder flott zu bekommen. Eine solch radikale Änderung in der Anschauung konnte er nur herbeiführen, sofern er die Zusammenhänge aus einem ungewohnten, sehr erdnahen Blickwinkel betrachtete. Er hatte öfter erfahren, dass er zu neuen Ansichten kam und kreative Einfälle hatte, wenn er sich selbst, das heißt im Grunde alles auf den Kopf stellte. Mit der Zeit war ihm aufgefallen, dass er aufmerksamer wurde für das, was noch keimhaft unter der Oberfläche lag und werden wollte. Er entwickelte ein Gespür für das Potential sprießender Ideen.

So war es auch am Abend im Theater gewesen, als er das bissige Programm von Ernst Feig besuchte. Er hatte direkt vor sich gesehen, wie dieser Kabarettist die zerstrittenen Mitglieder der kleinen Propsteisynode mit seiner Realität konfrontierte. Zwar wusste er nicht genau, wie die kompromisslose Art und der manchmal sarkastische Humor des Mannes bei den Kirchenleuten ankommen würden. Aber er spürte sofort, dass der Bühnenkünstler das Potential hatte, in jenem Kreis eine produktive Dynamik auszulösen.

Joachim Schwan öffnete seine Augen und blickte auf das Himmelsgewölbe ihm zu Füßen. Kleine Wolken trieben am Mond vorbei, trübten dessen Licht. Vereinzelt funkelten noch Sterne auf lichtendem Blau. Dann tat sich ihm der Himmel auf und er geriet kurz ins Wanken. Mit einer winzigen Gewichtsverlagerung korrigierte er jedoch routiniert seine Position.

Wirbel sind etwas Kreatives, sagte Schwan gern, und verwies auf wirbelnde Galaxien im Universum ebenso wie auf Schneckenhäuser und Fingerabdrücke. Er hätte auch noch auf den Haarwirbel verweisen können, der von dem Punkt ausging, auf dem sein Kopf beim Kopfstand lastete. Schwan hätte dessen eingedenk sein können, dass er sich täglich selbst aus einem Wirbel heraus aufrichtete. Aber das war ihm nicht bewusst, so wie für ihn auch der wirkliche Grund, der *Hinter*grund seiner täglichen Übung im Dunkeln lag. Dabei wäre dieser für ihn durchaus fassbar gewesen, denn es gab Hinweise, die darauf deuteten.

Etwa zeitgleich mit seiner neuen Gewohnheit, die Dinge kopfüber zu betrachten, war in ihm ein sonderbares Gefühl erwacht. Aber da es ein Gefühl war, das er nicht kannte, bemerkte er es zunächst gar nicht. Als professioneller Berater war er es gewohnt, seine Beobachtungen und Gedanken in Worte zu übersetzen. Er hatte es darin durchaus zur Meisterschaft gebracht. Schon wenn er sein Augenmerk auf einen Zusammenhang oder ein Problem richtete, fiel ihm sogleich das passende Wort, der sinngebende Satz dazu ein. Immer wieder machte er die beglückende Erfahrung, dass dieses von ihm Gesagte seinen Klienten unmittelbar einleuchtete. Er wusste oder ahnte doch zumindest, dass die Fähigkeit, Themenkomplexe treffend zu verbalisieren, die Grundlage seines Erfolgs bildete. Was er nicht bemerkte, war die Kehrseite, die Rückseite dieser Eigenschaft. Denn auch das Umgekehrte gehörte zu seiner Erfahrungswelt: Was er nicht in Worte fassen konnte, nahm er nicht wahr. Es existierte für ihn praktisch nicht.

Und eben so war es mit dem fremdartigen Gefühl, das ihm aus seiner Yoga-Übung erwuchs. Er hatte eine bestimmte Palette an Worten und Wortnuancen, mit deren Hilfe er sein Innenleben beschreiben oder genauer gesagt ins Dasein holen konnte. Für das Erfahrbarmachen seiner physischen Umgebung standen ihm sehr wohl noch andere Worte zur Verfügung. Aber auf Grund seiner Denkgewohnheiten nutzte er sie nicht, um sein Gefühlsleben zu erfassen. Also blieb eine treibende Kraft seiner inneren Realität unterhalb seiner Bewusstseinsschwelle. Hätte er entlang anderer Bahnen zu denken vermocht, wäre ihm das Wort „Mission" für das, was ihn innerlich bewegte, zur Verfügung gestanden. „Mission" – damit konfrontiert, wären seinem Bewusstsein reihenweise Assoziationen entsprungen, unterschiedliche Bedeutungen und Begleitvorstellungen: Missionar, missionieren, Christentum, Sendbote, Sendung, Berufung, Botschaft, Bekehrung, aber auch Zwangstaufe, Eroberung und einige mehr. Das war nun wirklich kein Bedeutungsfeld, das er mit sich als Person in Verbindung brachte.

Und doch wurde er innerlich zunehmend von einer Mission bewegt. Obwohl er das nicht erkannte, erlebte er die Begleitzustände dieses inneren Auftrags, einen Zuwachs an Kraft, Wagemut und Kreativität. Immer wieder spürte er euphorisierende Empfindungen oder unbestimmte Ahnungen, die mit einem Gefühl von Verheißung einhergingen. Wenn sie seine Aufmerksamkeit auf sich zogen, sah er in ihnen die Folge äußerer Umstände, schönen Wetters, guten Essens und anderer vitalisierender Faktoren. Auch der Blick einer attraktiven Frau schien derlei Gemütsbewegungen in ihm zu verursachen. In Wirklichkeit aber war es eher umgekehrt so, dass seine innere Mission fortlaufend seine Wahrnehmung schärfte und zugleich einfärbte, ja gar prägte.

Natürlich hatte er als Supervisor gelernt Psychodynamiken zu beachten. Er hatte eine Menge Erfahrung mit Projektionen, Übertragungen und Delegationen in Gruppen, kannte sich mit systemischen Sichtweisen aus, wusste einiges über Konfliktmanagement und konnte sehr eloquent über Rollentheorien referieren. Unter anderem war er auch mit der Analytischen Psychologie Jungs in Berührung gekommen, aber die Beschäftigung mit asiatischen Religionen, Mythen, Weisheitsbüchern oder alchemistischen Lehren war ihm insgesamt zu abgehoben, zu esoterisch vorgekommen. Die Auseinandersetzung mit sich selbst war für Schwan im Großen und Ganzen eine intellektuelle geblieben. Es war ihm immer wichtig gewesen die Definitionshoheit zu bewahren. Deshalb benutzte er Worte und Konzepte zunächst und vor allem um sein eigenes Innenleben beherrschbar und berechenbar zu machen. Dass er von jenseits des Begreifbaren inspiriert oder gar bewegt wurde, war eine Vorstellung, die ihm zu fremd war, als dass er sie in Erwägung gezogen hätte.

Damit leugnete er faktisch weite Bereiche seiner inneren Realität, obwohl es diese seelische Wirklichkeit war, die ihn als Person in Wahrheit schuf und trug. Doch diese Verneinung, diese Verleugnung seines eigenen geistigen Ursprungs war eine Mauer, die bröckelte. Ohne es zu ahnen, stülpte er selbst beim täglichen Kopfstehen etwas von seiner inneren

Realität hinaus in die Welt des sinnlich Erfahrbaren. Denn er stellte nicht nur seinen Körper und seinen Blickwinkel auf den Kopf, sondern verlagerte dabei auch den Schwerpunkt seiner Wahrnehmung und fing an, die Dinge anders zu gewichten.

Und so hatte er schließlich den Auftrag bekommen ein kirchliches Gremium zu supervidieren. Wie aus heiterem Himmel war eines Tages dieser Kirchenmann am Telefon gewesen, der Präses Bernard. Schwan konnte sich nicht erklären, wie der Mann zu ihm gefunden hatte. Glaubensgemeinschaften gehörten eigentlich nicht zu seinem Tätigkeitsfeld. Seine Hauptklientel waren Bildungseinrichtungen und zunehmend auch Bildungsbehörden. Vor vielen Jahren war er schon aus der Kirche ausgetreten. Er schaute von außen auf die erstarrten Strukturen und wahnwitzig vielen Hierarchieebenen und staunte über das Ausmaß an Anachronismen. Für ihn waren Kirchen in erster Linie Tendenzbetriebe mit besonderen Privilegien. Wie sich jetzt aber zeigte, hatte die Institution ihn nie ganz losgelassen. Die Aussicht Schlichter in einer zerstrittenen Kirchengemeinde zu sein, war ihm plötzlich gar nicht so abwegig erschienen. Sie fühlte sich vielmehr vertraut an, so als hätte er gerade mit solchen Fällen vor langer Zeit schon Erfahrungen gesammelt.

Schwan entspannte seine Nackenmuskulatur, ließ seinen Kopf langsam und schwer links- und rechtsherum rollen, seine Schultern kreisen. Er liebte den Moment, da das Blut aus seinem Schädel zurück in den Körper floss. Behände stellte er sich auf die Füße. Er war bereit für den Tag.

Ihre Augenlider waren schwer, ihr Mund trocken. Die Pastorin Franziska Dunker versuchte sich zu konzentrieren, aber es fiel ihr ungewohnt schwer. Alles war anders. Träumte sie? Sie lag flach auf dem Rücken, oder? Aber der Untergrund schien sich irgendwie zu drehen und zu neigen. Ihr war schlecht und gleichzeitig sah sie offenen Auges Schemen mit verzerrten Zügen, fremde Gestalten, die aus den Ecken hervorkrochen.

„Frau Dunker?"

Jemand rief sie. Sie versuchte zu blinzeln, bloß um feststellen zu können, ob ihre Augen offen oder geschlossen waren. Jemand rief sie an. Sie wusste, wer es war. Ihr Herz wusste es. Sie fühlte es heftig schlagen. Ja, ihr Herz wusste sich am Ziel seiner Sehnsucht, öffnete sich überwältigt, begrüßte Ihn, hieß Ihn Willkommen, ihren Erlöser. Er war gekommen, das Leid und den Schmerz von ihr zu nehmen. Er hatte sie nicht vergessen und kam jetzt, in der Stunde der Not, und rief sie zurück an Seine Seite. Sein Licht berührte sie, umfing sie, schützte und heilte sie. Sie atmete tief ein, als wollte sie sich ganz damit ausfüllen, selbst Licht werden. Und dann sah sie Ihn, leuchtend weiß.

„Frau Dunker! Na, da sind Sie ja."

Dunker? Dunker? Ganz am Rande ihres Bewusstseins wusste sie, dass sie gemeint war. Man hieß sie so, ja. Aber Er kannte ihren wirklichen Namen. Er hatte sie gesehen, ihr tief in die Seele geschaut, damals, als Er sie hieß, Ihm zu folgen. Sie blinzelte erneut und sah vor sich – eine Frau. Sie versuchte sich aufzusetzen, aber da ihr wieder schlecht wurde, ließ sie es bleiben.

„Wie geht es Ihnen? Wir mussten Ihnen ein starkes Schmerzmittel verabreichen. Kann sein, dass Sie sich noch etwas benommen fühlen."

Allmählich dämmerte es Franziska Dunker. Die Schmerzen. Mein Gott, diese höllischen Schmerzen! „Wo bin ich?"

„Sie sind in der Universitätsklinik."

Die Pröpstin schloss die Augen und atmete tief durch. Sie konnte immer noch das Licht des Herrn sehen, spürte Ihn ganz nah, spürte, wie eine Liebe sie umgab. „Was ist passiert? Ich … ich kann mich nicht erinnern."

„Sie wurden vor etwa zwei Stunden hergebracht mit Verdacht auf akute Nierenkolik." Die Frau in Weiß wartete einen Moment, um ihrer Patientin Gelegenheit zu geben, das zu verarbeiten. „Sie waren wohl mit dem Auto unterwegs, als die Schmerzen plötzlich einsetzten. Können Sie sich daran erinnern?"

Mit dem Auto? Dieser Hinweis rief eine Reihe unruhiger Bilder in ihr hervor. Da war eine Kreuzung, eine große, belebte Kreuzung. Die Ampel stand auf Grün. Lautes Hupen. Ein schweres Auto fuhr dicht an ihr vorbei. Sie stand. Die Ampel leuchtete Grün, aber sie verharrte auf der Stelle, konnte ihr Fahrzeug nicht lenken. Ihre Stirn lag auf dem Lenkrad, heftige, krampfartige Schmerzen raubten ihr schier den Atem. Panische Angst ergriff sie. Sie war völlig hilflos, unfähig etwas zu tun, wusste nicht, was passierte, war ganz beherrscht von diesem unerträglichen Stechen in ihrer Körpermitte. Als der Schmerz kurz etwas nachließ, konnte sie so weit denken, dass sie den Warnblinker einschaltete. Aber die erforderliche Bewegung löste bereits eine neue Welle schlimmster Qualen aus. Sie schaffte es gerade noch mit ihrem Kopf die Hupe zu betätigen. Dann kippte sie zur Seite – und erbrach sich auf dem Beifahrersitz. Dann nur noch Dunkelheit, keine Bilder mehr. „Wie bin ich hierhergekommen?"

„Laut Bericht haben Passanten oder andere Verkehrsteilnehmer Sie in Ihrem Wagen gefunden. Sie riefen sofort den Notarzt."

Franziska Dunker gingen tausend Sachen durch den Kopf. Sie dachte daran, wem sie Bescheid sagen müsste. Sie fragte sich, wo ihr Auto jetzt war. Welche Termine musste sie verschieben? Erst verzögert drang die Diagnose zu ihr durch. Nierenkolik? Sie schloss erneut die Augen, atmete tief durch.

„Wurde ich betäubt? Ich erinnere mich nicht daran."

„Der Notarzt hat Ihnen ein Schmerzmittel gegeben und auch etwas gegen die Krämpfe. Als Sie eingeliefert wurden, waren sie sediert, aber bei Bewusstsein." Die Ärztin lächelte schwach. „Es ist aber nicht unüblich, dass infolge starker Schmerzen das Gedächtnis aussetzt. In der Regel kommt die Erinnerung mit der Zeit wieder. Es kann aber auch sein, dass die partielle Amnesie bleibt."

Die Pröpstin hatte Mühe zuzuhören und immer wieder fielen ihr die Augen zu. Dann erschien ihr die Ärztin umgeben von einem hellen Glanz, einem sanften Leuchten. Und das Licht kam näher.

Die Frau in Weiß beugte sich leicht zu ihr hin und legte ihr eine Hand auf die Stirn. Sie nahm Dunkers Handgelenk und maß ihren Puls. Wieder lächelte sie. „Dann erzähle ich Ihnen mal, was Sie verpasst haben. Bei der Erstuntersuchung klagten Sie über heftige, stechende Schmerzen, wobei Sie Ihre Hand auf Ihre linke Flanke drückten. Wir haben uns das dann mit Ultraschall angeschaut. Der Nierenstein war schnell lokalisiert, ein ganz schöner Brummer. Er sitzt direkt am oberen Ende des Harnleiters."

Franziska Dunker kam das alles wie ein Traum vor. Sie fühlte keine Schmerzen, überhaupt keine. Vielmehr schien ihr Körper, dieser zarte, zähe Leib, ihren Geist losgelassen zu haben. Da sie Pastorin war, schöpfte sie Bilder und Sprache aus der Realität, die das Christusdrama hervorbrachte und immer noch hervorbringt. Und so sah und verstand sie sich selbst wie eine Erlöste, eine aus Schmerz und Leid Errettete. Sie hatte Mühe dem Bericht der Heilerin zu folgen, nicht nur, weil sie nahe Traumbilder umstanden, sondern auch, weil die Erklärungen ihr so unwirklich vorkamen. „Nierenstein?"

Die Ärztin blickte sie prüfend an. „Hatten Sie schon mal Nierensteine oder Schmerzen in der Seite?"

„Nein, nie."

„Blut im Urin?"

„Auch nicht."

„Krämpfe beim Wasserlassen?"

Franziska Dunker schüttelte müde den Kopf.

Die Frau in Weiß deutete mit dem wohlgeformten Kinn auf das Nachtschränkchen. Dort stand ein großer Plastikbecher mit Wasser, den die Patientin nicht angerührt hatte. „Trinken Sie genug?"

Trinken? Das Wort ließ eine Welle von Bildern und Gefühlen in ihr anwachsen, eine Welle, die sie davonzutragen begann. Natürlich, dachte die Pröpstin, sie prüft mich, fragt mich nach dem Wasser, will, dass ich mich würdig erweise. Aber: *Wer von diesem Wasser trinkt, den wird wieder dürsten; wer aber von dem Wasser trinkt, das ich ihm gebe, den wird in Ewigkeit nicht dürsten, sondern das Wasser, das ich ihm geben werde, das wird in ihm eine Quelle des Wassers werden, das in das ewige Leben quillt.* Ihre Augen suchten die weißgewandete Gestalt unweit ihrer linken Hand. Ich könnte sie berühren, ging es ihr durch den Kopf. „Wird das Wasser mich erlösen?"

Die Ärztin blickte zunächst überrascht, dann schmunzelte sie. „Von *dieser* Qual würde genügend Wasser sie schon erlösen. Oder besser gesagt: von künftigen Qualen dieser Art. Denn der Nephrolith, der sich bei Ihnen gebildet hat, ist dafür bereits zu groß. Egal wie viel Sie jetzt noch trinken, der Stein wird sich nicht mehr auflösen. Vielmehr würden Sie den Harndruck und damit den Schmerz erhöhen. Denn das Wasser kann nicht abfließen und staut sich."

Ja, dachte die Pastorin, bei mir staut sich gerade alles an. Es war nicht so, dass ihr die Arbeitsbelastung zu viel wurde, der Ärger mit den kirchlichen Mitarbeitern. Klar, die Unwissenden und Geistlosen legten ihr immer wieder Steine in den

Weg, aber sie fühlte sich immer noch stark genug, diese beiseite zu schieben oder notfalls über sie hinwegzugehen. Nein, das Gefühl einer Stauung rührte woanders her. Sie sah und empfand sich selbst, ihr ganzes Leben, in einer Sackgasse. Das Wasser im Bächlein ihres Lebens stand, es fand keinen Weg und sammelte sich an. Nicht länger war sein helles Gluckern und Gurgeln zu hören, das fröhliche Plätschern vergangener Tage. Es stand und im Stehen verlor es seine Lebendigkeit, seine Kreativität. Doch nun drängte es weiter, suchte sich einen Weg. Was hatte ihre Heilerin gesagt? Der Stein wird sich nicht mehr auflösen? Der Schmerz wird sich erhöhen? „Was … was passiert jetzt mit mir?"

„Wir werden den Stein entfernen."

„Wie, eine Operation?"

„Das geschieht extrakorporal, also nicht invasiv. Der Stein wird mit Stoßwellen zertrümmert."

Kurz weiteten sich Dunkers Augen. „Zertrümmert?"

„Ja, ich weiß, das klingt etwas gewalttätig." Die Ärztin lächelte beruhigend. „Aber das Verfahren ist für Sie im Grunde recht schonend. Sie brauchen keine Vollnarkose, bleiben ansprechbar und können bald wieder nach Hause. Ihre Urinprobe ist schon im Labor. Sobald die Ergebnisse vorliegen, kann es losgehen. Der behandelnde Facharzt wird gleich nach Ihnen schauen."

„Ach, das sind Sie gar nicht, die Fachärztin?"

„Nein, ich bin Notfallmedizinerin und habe Sie vorhin in Empfang genommen, unten in der Notaufnahme. Ich bin nur kurz hergekommen um zu sehen, ob soweit alles in Ordnung ist."

Franziska Dunker hatte immer noch Mühe sich zu konzentrieren. „Und wie war nochmal ihr Name?"

„Conradi, Doktor Conradi."

Seit dem Tod seiner Frau vor zwei Jahren rauchte Mike Mehrings nicht mehr, aber heute Abend überkam ihn plötzlich die Lust auf eine Zigarette. Er hatte gerade seine Wohnung betreten und sich mit einem Glas Mandelmilch aufs Sofa gesetzt. Der Inhalt seines Briefkastens lag ungeöffnet auf dem eleganten Tischchen vor ihm. Merkwürdig, dachte er, wie lange sich der Körper an alte, längst aufgegebene Gewohnheiten erinnert. Annikas Tod war eine Zäsur gewesen. Der aggressive Krebs hatte nicht nur ihren Körper rasch zerstört, sondern auch seine Überzeugungen bis in die Grundfesten erschüttert. Er war ein gläubiger Mensch, hatte sich immer geführt und beschützt gewusst. Es war eine Gewissheit jenseits von Worten. Schon als junger Sanitäter im Kosovo war er bereit gewesen sein Schicksal in die Hände Gottes zu legen und sein Leben einer allumfassenden Weisheit und Liebe anheimzugeben. Aber als seine Frau innerhalb weniger Wochen ihrem Leiden erlag, hatte ihn das verändert. Den Glauben verlor er nicht, aber ihm wurde bewusst, dass er nicht alle Verantwortung seinem Schöpfer aufbürden durfte. Seine Hingabe war die eines kleinen Kindes gewesen, uneingeschränkt und vertrauensvoll. Wachgerüttelt durch den Tod Annikas, fing er an seine eigene Verantwortung mehr in den Blick zu nehmen. In ihm reifte seitdem die Erkenntnis nicht bloß Geschöpf, sondern auch Schöpfer zu sein, ein heranwachsender Sohn, der seinem Vater bei der Arbeit hilft. Er glaubte nicht mehr daran, dass Gott die Leidenden rettet, wenn diese nur inständig genug darum bitten. Er sah vielmehr, dass es ihm in die Hand gegeben war, für seine Gesundheit selbst Sorge zu tragen. Und tief in seinem Herzen keimte eine neue Gewissheit. Noch konnte er sie nicht in Worte fassen, aber bald würde sie von seinem Wesen Besitz ergreifen, die Gewissheit, sich selbst heilen zu können und heilen zu müssen. *Dein Glaube hat dich geheilt.* Der jähe

Schicksalsschlag hatte ihn auf sich selbst zurückgeworfen. Aber der Tod war nicht in der Lage gewesen ihn in Verbitterung und Einsamkeit zu stürzen. Vielmehr hatte sein Glaube angefangen sich vom Himmel ab- und seinem Innern zuzuwenden. Eine Theologin wie Franziska Dunker hätte gesagt: Sein Sehnen ging nicht länger zum transzendenten, sondern zum immanenten Gott.

Erste Anzeichen für diesen Wandel waren eher unscheinbar gewesen. So hatte er langsam aber sicher angefangen seine Gewohnheiten zu ändern. Mit der Zeit wurde es ihm zur neuen Routine, den Weg ins Büro auf dem Fahrrad zurückzulegen. Und aus der Routine wurde schließlich ein körperliches Bedürfnis. Auch nahm er sich inzwischen öfter mal eine Auszeit. Dann schaltete er seine beiden Handys aus und ging für ein-zwei Stunden im nahen Stadtpark spazieren. Er lernte besser auf die Signale seines Körpers zu achten und legte sich nachmittags öfter mal für 20 oder 30 Minuten hin. Eigens dazu hatte er eine zusammenklappbare Liege angeschafft, die seitdem in der hinteren Ecke seines Büros stand. Er stellte bald erstaunt fest, dass er trotz seiner Pausen mehr erledigt bekam als früher.

Mehrings stemmte sich aus dem Sofa hoch, ignorierte den fehlgeleiteten Wunsch und das Drängen seines Organismus und machte sich stattdessen in der Küche zu schaffen. In letzter Zeit hatte er zu oft bloß schnell etwas zwischendurch gegessen, lappige Lieferpizzas oder sterile Salate aus Plastikschälchen. Er würde sich in aller Ruhe etwas kochen, öffnete den Kühlschrank und schaute ins Nullgradfach. Erfreut stellte er fest, dass seine Haushaltshilfe daran gedacht hatte einzukaufen. Die schon etwas ältere Polin war zwar nicht die schnellste, aber sie war extrem zuverlässig. Das gefiel ihm. Ihr brauchte er nie etwas zweimal zu sagen. Noch größer war seine Freude als er zwischen Rucola und Süßkartoffeln eine Tüte mit Okras entdeckte. Er aß die grünen Dinger für sein Leben gern. Seine Stimmung hellte sich auf und mit einem Lächeln hob er die Tüte aus dem Fach.

Und da, in diesem unbeschwerten Moment der Vorfreude, brachte sich ihm die Ärztin aus dem Krankenhaus in Erinnerung. Eigentlich war ihre Erscheinung seit der Begegnung in der Notaufnahme dauernd um ihn gewesen. Auf eine sehr sensible Art und Weise hatte sein Körper diese Anwesenheit registriert, aber der Mike Mehrings, den er meinte, wenn er „ich" sagte, hatte das nicht bemerkt. Nun jedoch sah er ihre zierliche Gestalt auf einmal in allen Einzelheiten vor sich, ihr dunkelblondes Haar, das ihr bis knapp oberhalb der Schultern reichte, ihre leicht gebräunte, makellose Haut, ihre ebenmäßigen Züge, das helle, wässrige Blau ihrer Augen. Als besonderes Merkmal kamen ihm ihre Hände in den Sinn. Lebenspraktisch erschienen sie ihm, zupackend und kräftig, aber keineswegs plump oder grob. Im Gegenteil: Die Handrücken waren schlank, die Finger lang und leicht knotig. Das Bild dieser Finger hatte sich ihm so stark eingeprägt, dass es nun rein assoziativ auftauchen konnte. Denn es waren die Okras gewesen, die es wachgerufen hatten. Ihre längliche Gestalt zusammen mit ihrer englischen Bezeichnung „Ladyfingers" hatte genügt, die Erscheinung dieser Ärztin vor seinem inneren Auge zu realisieren.

Er schätzte sie auf Mitte vierzig, wobei er absichtlich etwas höher griff, denn er nahm an, dass sie älter war, als sie aussah. Für seinen Geschmack als Mann war sie ein bisschen zu glatt, um wirklich attraktiv zu sein. Dennoch fühlte er sich von Jasmin Conradi angezogen, fasziniert. Oder sollte er sagen: inspiriert? Es war kein erotisches Interesse, das seine Aufmerksamkeit an sie band, zumindest nicht so, wie er es kannte. Er verspürte keinerlei Antrieb sie zu gewinnen, zu erobern, zu besitzen. Heute Vormittag war es vielmehr so gewesen, dass ihre unmittelbare Nähe in ihm etwas angerührt hatte, eine Regung des Herzens, die nicht erhitzte oder drängte, sondern viel mehr weit machte. Mike Mehrings war kein Mann auserlesener Worte und geschliffener Formulierungen. Wären ihm aber die Möglichkeiten des Poeten zur Verfügung gestanden, so hätte er von einem Mitgefühl gesprochen, das nicht zuletzt ihn selbst umfasste. Denn während er nun an die Ärztin dachte, sich ihre Erscheinung und ihr ganzes Wesen so sehr vergegenwärtigte, dass er ihre Strahlkraft spüren konnte, wurde er innerlich ganz ruhig, erfüllt von einem lebendigen Frieden. Eine Leichtigkeit ohne jede Frivolität, ein Gefühl von Verbundenheit ohne den faden Geschmack der Sentimentalität richtete ihn auf. Es war ein angenommen Werden, ein sich Annehmen, das die Gegenwart dieser Frau bewirkte. Und zugegen war sie, auch jetzt, daran bestand kein Zweifel.

Mehrings wusch eine Tasse Basmati-Reis, gab ihn in einen kleinen, schweren Topf und stellte diesen auf den Herd. Während das Wasser rasch zum Kochen gebracht wurde, platzierte er einen zweiten Topf daneben und gab etwas Kokosöl hinein. Er würde die Okras ganz schlicht zubereiten mit Zwiebeln, saftigem Ingwer und Tomaten. Er würzte lediglich mit Salz, frischem Lorbeer und scharfem Chili. Er wusste, die Kunst bestand darin, die Okra garen zu lassen, ohne dass sie platzten und schleimig wurden. Als der Sugo schon etwas eingedickt war, gab er die Schoten dazu und stellte den Herd kleiner.

Während sich im Innern der Töpfe der uralte, alchemistische Prozess der Wandlung vollzog, durchging auch er selbst eine Wandlung. Die Geschehnisse des Tages, das sah er nun deutlich, hatten in ihm den Druck erhöht und ein Brodeln der Emotionen verursacht. Da war zunächst die Empörung über die Laxheit der Lehrer gewesen, die ihn dazu veranlasst hatte

Dampf abzulassen. Dann versetzte ihn die Sorge um den Sohn in eine Unruhe, die ihn drängte mit Feuereifer zu handeln. Schneller und unvorsichtiger als sonst war er auf dem Weg zur Klinik durch die Stadt gefahren. Innerlich erhitzt, hatte er mehrmals dunkelgelbe Ampeln ignoriert. Doch als er in der Notaufnahme ankam und diese erstaunliche Ärztin seinen Jungen in Empfang nahm, änderte sich seine Verfassung schlagartig. Es war als ob jemand den Topf vom Herd gezogen hatte. Der Druck fiel von ihm ab, kein Feuer trieb ihn länger an. Er bemerkte es und begrüßte den plötzlichen Frieden, den er als einen Ausdruck der Erleichterung interpretierte.

Doch erst jetzt, da er neben dem Herd an der Arbeitsfläche angelehnt stand und ihm die Düfte der garenden Speisen in die Nase stiegen, erkannte er, dass der Tag ihn unumkehrbar verändert hatte. Die Hitze hatte den Zucker der Zwiebel freigesetzt und den Tomaten neue Aromen entlockt, das heiße Öl den verborgenen würzigen Duft aus den harten Lorbeerblättern erlöst. Im heißen Innern des Topfes hatte jede Zutat etwas Wesentliches von sich preisgegeben. Und diese freigesetzten Essenzen waren zu einer Neuschöpfung verschmolzen. Die rohe Zwiebel war unwiderruflich verschwunden, man konnte sie dem Gericht nicht mehr entnehmen. Dasselbe galt für die anderen Zutaten.

Und mit ihm war es ganz ähnlich. Die Hitze seiner heutigen Erregtheit hatte etwas in seiner Brust erweicht und schließlich verflüssigt. Das harte Schuldgefühl, das ihn seit dem Tod seiner Frau belastete, war aufgeweicht worden, jenes Gefühl versagt zu haben. Zusammen mit der nagenden Verlustangst des jungen Vaters, dem ohnmächtigen Stolz des Machers und der unterdrückten Wut des Witwers verschmolz es zu einer tief gefühlten neuen Erkenntnis: Alles ist vollkommen.

Bertram Vogel war ein guter Beobachter. Auch Mattes, sein Chef, hatte ihm das mehrmals attestiert. Er sah Einzelheiten, scheinbar unwichtige Details, aber auch größere Zusammenhänge, die andere oft übersahen. Für seine journalistische Arbeit hatte er diese Fähigkeit immer zu nutzen gewusst. Denn oft waren es die unbeachtet mitlaufenden Umstände oder Nebensachen, die ihm für seine Berichterstattung die entscheidenden Anstöße gaben. Er ging mit offenen Augen und Ohren durch den Tag, konnte still sein und abwarten. Dabei war er immer hellwach, stets in der Lage blitzschnell zu kombinieren.

So war es auch heute auf der Straße gewesen, als er von der Redaktion aus die kurze Strecke zur U-Bahn-Station ging. Ihn hatte zunächst das laute Hupen mehrerer Autos aus seinen Gedanken gerissen, ein Getöse, dem man anhörte, wie sehr die Verursacher genervt waren. Nach wenigen Schritten sah er den Stein des Anstoßes. An einer belebten Kreuzung stand ein Kleinwagen vor der grünen Ampel, offenbar mit einer Panne. Erstaunlicherweise schien der Fahrer gar nicht im Auto zu sein. Einen Moment lang flammte der zornige Unmut der anderen Verkehrsteilnehmer auch in ihm auf. Wer war denn so bescheuert sein Auto direkt vor einer Ampel stehen zu lassen und abzuhauen? Wie blöd war das denn?

Doch schlagartig fiel die Empörung von ihm ab, als er verstand, dass etwas nicht stimmte. Eigentlich war es eher so, dass er das, was sein Auge ihm darbot, anzweifelte. Er wusste, wonach es aussah, aber da er eine eingefleischte Skepsis gegenüber jedem Anschein hatte, wollte er es genauer wissen. Es kann nicht sein, dachte er, dass hier einfach ein verlassenes Auto mitten auf der Straße steht. Er wartete bis die letzten Wagen vorbeigerast waren und die Ampel wieder auf Rot sprang. Dann eilte er zum Pannenauto hinüber. Die Seitenfenster reflektierten das Sonnenlicht, so dass er zunächst nichts erkennen konnte. Erst als er eine Hand an die Scheibe legte und hineinspähte, sah er seine Zweifel bestätigt. Er zog sein Handy aus der Tasche und wählte die 112. Während er wartete, bis die Verbindung zustande kam, öffnete er die Fahrertür und rüttelte die Fahrerin, die zur Seite gekippt war, sanft an der Schulter. Ein klägliches Stöhnen und eine kaum verständliche Bitte um Hilfe zeigten ihm, dass sie bei Bewusstsein war. Dann meldete sich die Rettungsleitstelle und er gab die erforderlichen Informationen durch. Er vergewisserte sich noch einmal, dass die Fahrerin atmete und nahm anschließend den Schlüssel aus dem Zündschloss. Inzwischen strömte der Verkehr wieder am Auto vorbei. Das Hupen hatte zum Glück aufgehört. Vorsichtig ging er zum Kofferraum, holte das Warndreieck heraus und stellte es gut zehn Meter hinter dem Wagen auf die Straße. Er wollte gerade die 110 anrufen, als er seinen Plan änderte. Rasch verstaute er das Warndreieck wieder, setzte sich ans Steuer und fuhr vorsichtig an den Straßenrand, wo er zum Glück schnell einen Parkplatz fand. Dann stieg er aus und hielt nach dem Notarzt Ausschau.

An all das dachte Vogel, als er am späteren Nachmittag vor dem Eingang des Redaktionsgebäudes stand und seine zweite Rauchpause nahm. Er war kein Philanthrop, kein Gutmensch, der sich leidenschaftlich bei irgendwelchen Hilfsorganisationen engagierte, der Deutsch für Asylanten unterrichtete oder Kranken und Alten Hermann Hesse vorlas. Aber es betrübte ihn doch zu erleben, wie achtlos Menschen aneinander vorbeigingen. Wenn er jetzt an die Situation vom Vormittag zurückdachte, hatte er so seine Zweifel. Hatte wirklich keiner der Autofahrer bemerkt, dass dort mitten auf der Straße jemand in Not war. Zumindest der, der direkt hinter ihr an die Ampel fuhr, muss gesehen haben, wie die arme Frau zusammenbrach. Bertram Vogel dachte unwillkürlich an die Geschichte vom barmherzigen Samariter. Wie hieß es noch? Da lag einer halbtot am Straßenrand und der hochmütige Priester ebenso wie der stolze Levite *ging vorüber*. Er grinste bei dem Gedanken, dass ausgerechnet er jetzt eine karitative Ader offenbarte. Er, der seinen Interviewpartnern gegenüber oft genug keine Gnade zeigte, war nicht achtlos vorübergegangen.

Einer spontanen Eingebung folgend, holte er sein Handy hervor und wählte die Nummer der Universitätsklinik. Er wurde mit der Pforte verbunden und erklärte sein Anliegen. Nein, er war kein Verwandter. Ja, er wusste, was Datenschutz sei. Nein, er könne leider nicht persönlich vorbeikommen. Schließlich war der Pförtner bereit in der Notaufnahme nachzufragen. Das dauerte eine ganze Weile und Vogel dachte schon, dass der Mann ihn vergessen hatte, als seine Stimme plötzlich ganz nah erklang.

„Hallo, hören Sie? Ich verbinde Sie mit der Notaufnahme."

Bevor Vogel etwas erwidern konnte, war er schon durchgestellt worden.

„Doktor Conradi."

„Bertram Vogel. Ich wollte mich nach der älteren Frau erkundigen, die heute bei Ihnen eingeliefert wurde. Ich kenne leider nicht einmal ihren Namen."

„Sie sind derjenige, der sie gefunden hat?"

„Ich kam zufällig vorbei…"

„…und ging nicht vorüber."

Vogel stutzte. War das Zufall? Als Journalist hatte er ein gutes Ohr für das gesprochene Wort. Deshalb fiel ihm die Redewendung der Ärztin an dieser Stelle sofort auf. Neugierig geworden, entschied er sich, es aufzugreifen. „Nein, im Gegenteil, ich ging *hin*über."

Die Medizinerin hatte offenbar gerade Zeit und schien

überdies Gefallen an Wortspielen zu haben. „Nun, ich bin auf jeden Fall froh, dass sie sich über*wunden* haben. Traurige Tatsache ist, dass sehr viele Menschen keine erste Hilfe leisten, weil sie fürchten etwas falsch zu machen."

Ganz der kritische Reporter zog er diese Aussage in Zweifel, freute sich aber zugleich, ihrer kleinen Wortkette ein neues Glied hinzuzufügen. „Glauben Sie? Ich denke, wir sind einfach nur gut darin, uns aus der Verantwortung zu *winden*."

Plötzlich klang die Stimme der Ärztin ganz nah und merkwürdig vertraut. Obwohl sie die Wortreihe mühelos fortsetzte, legte sie offenkundig nicht länger Wert darauf, die assoziierten Begriffe zu betonen. „Sie können alles ins Negative wenden. Das ist Ihre Entscheidung. Ich bevorzuge es, die gute Absicht der Menschen nicht anzuzweifeln. Ich weiß aus Erfahrung, dass viele schlicht in Panik geraten, wenn sie sehen, wie ein anderer sich vor Schmerzen windet."

Vogel dachte an die hupenden und vorbeirasenden Autofahrer. Waren die denn in Panik gewesen?

Die Frau am anderen Ende der Verbindung registrierte sein Zögern und folgte seiner Gedankenspur. „Sie haben sich vielleicht geärgert, dass sonst keiner hilft. Aber ich freue mich darüber, dass Sie geholfen haben. Man kann immer einen Grund finden, sich zu ärgern. Aber, ganz ehrlich, mir geht's besser, wenn ich mich freue."

Damit entlockte sie Vogel ein Lächeln. Für sich selbst etwas überraschend versprach er ihre Worte zu beherzigen.

Dr. Conradi kam ohne Unterbrechung zu seinem Anliegen zurück. „Der Patientin geht es gut. Sie wird sich vielleicht bei Ihnen bedanken wollen. Wenn Sie mir also Ihre Nummer geben, werde ich sie ihr zukommen lassen."

Bertram Vogel gab sie ihr und beendete das Gespräch.

Ernst Feig saß am Laptop und schrieb an seinem neuen Programm. Für die kommende Saison war eine Tour durch die gesamte Republik geplant. Unter dem Titel *„Mal ganz Ernst"* wollte er im Jahr der Bundestagswahlen nicht nur den politischen Betrieb, sondern die Gesellschaft als Ganzes aufs Korn nehmen. Ideen sprudelten nur so aus ihm hervor wie immer, wenn er sich von aktuellen Ereignissen zum Widerwort angeregt fühlte.

Jetzt stehen wieder Wahlen an. Jetzt hört man sie wieder reden, die Politiker, von der Notwendigkeit einer Bildungsoffensive. Bildungsoffensive! Wie das schon klingt! Als ob wir in die Schlacht ziehen sollen. Dabei gibts doch schon so viel Bildung. So viel Bildung war noch nie! Wir sind von Bildung doch regelrecht umzingelt. Früher hieß es ja schon: Fernsehen bildet. Und es stimmte ja auch. Wir lernten viel mehr vor der Glotze als in der Schule. Ohne die Fernsehbildung hätten wir uns all die Dinge, über die unsere Lehrer redeten, doch gar nicht vorstellen können. Sprach einer vom Waldsterben, wussten wir Bescheid. Wir hattens im Fernsehen gesehen. Wollte uns einer die Taktik römischer Legionen erklären, winkten wir ab. Wir waren längst im Bilde. Wir alle kannten die Asterixfilme von der Mattscheibe.

Heute braucht man gar nicht mehr so weit zu gucken. Unser Handy liefert uns rund um die Uhr Bildung. Das Smartphone ist wirklich ein schlaues Ding. Es knüpft an die ursprünglichste Absicht aller Pädagogen an: Es macht Bilder und es liefert Bilder. Es bildet einfach alles, nicht wahr? Nehmen wir mal den Geschmackssinn, [kopfschüttelnd, missbilligend:] nein, nicht die Gaumenbildung des Gourmets – den Schönheitssinn! Was haben nicht die Bildungsromantiker über Stil und guten Geschmack schwadroniert! Denen war der [übertrieben dünkelhaft betonen:] „ästhetische Sinn" im-

mer ungemein wichtig, Sie wissen schon: das sichere Gespür für Schönes und Wohlgeformtes. Nun, bitte sehr! Schauen Sie sich einfach mal das Design von Ihrem Samsung Galaxy an. Nicht zu toppen, oder! Diese schlichte Eleganz! Diese perfekte Paarung von Form und Funktionalität! Da wäre doch ein Schiller total aus dem Häuschen gewesen, wenn er diesen Gipfel ästhetischer Bildung damals gesehen hätte. Wie? Schiller? Ach so, ja, Sie wissen schon, der mit den vielen Schwestern, der Erfinder des achtjährigen Gymnasiums.

Ich weiß gar nicht, was wir überhaupt mit all dieser Bildung anfangen sollen. Also mir reichts mit der Bildung! Man kann doch gar keinen Schritt vor die Haustür machen, ohne sogleich wieder gebildet zu werden. Ja, schon wenn man beim Frühstück das Radio anmacht, gibts Bildung. Wir werden ständig aufgeklärt. Ein Von Humboldt hätte jubiliert! Jubiliert hätte der! All seine Ideale sähe er verwirklicht. Wie? von Humboldt? [Gespielt tadelnd:] Na ja, das sollten Sie jetzt schon wissen. Von Humboldt war ein Bildungsprophet aus Potsdam, ein Rufer in der damaligen Bildungswüste, ein Mann mit vielen unpraktischen, lebensfernen Ideen. Man kann also auch sagen, dass er der Urvater aller Kultusminister war. So einer konnte sich damals doch gar nicht vorstellen, wie allumfassend die Bildung einst sein würde.

Nein, mich überzeugt das nicht, dieses ganze Bildungsgetue. „Lebenslanges Lernen" – als ob man ins Gefängnis muss! Ich weiß doch jetzt schon viel mehr, als mir guttut. Plastikmüll im Ozean zum Beispiel. Wieso sollte ich das wissen? Ich meine, s o weit hinaus schwimme ich doch gar nicht. Jetzt mal ehrlich! Wem nutzt das denn, wenn ich weiß, dass da so viel Zeug herumdümpelt? Na? Genau! Niemandem. Ich kann doch mit diesem Wissen gar nichts anfangen. Und ich kenne auch keinen, der wirklich auf hohe See hinausfährt und Leergut einsammelt. Mein Gott, was ich alles weiß! Ich weiß, dass *jeder sechste Erdbewohner ein Chinese ist. Aber hilft mir das irgendwie weiter? Natürlich nicht! Ich würde doch nicht einmal merken, wenn's gar keine Chinesen gäbe. Mit dem Ozonloch ist es genauso. Ich weiß, dass es da oben ein Loch gibt. Ich wurde ja auf allen Kanälen darüber informiert. Aber von hier unten sieht alles gleich aus. Oder kennen sie jemanden, der es selbst gesehen hat? Nein? Hätte mich auch gewundert. Aber alle reden davon. Alle schmieren sich Schutzfaktor 100 auf die Haut und mancher kriegt vor lauter Sorge prompt Hautkrebs.*

Wir brauchen also keine Bildungsoffensive, sondern eine E i n b i l d u n g s d e f e n s i v e , ein Maßnahmenpaket zum Schutz gegen Einbildung. Denn die Einbildung hat epidemische Ausmaße angenommen. Sie ist zur Volkskrankheit geworden. Und da rollt eine gigantische Kostenlawine auf uns zu. Die Krankenkassen haben das noch gar nicht überrissen. Aber das wird nicht mehr lange dauern. Denn was wir uns alles vormachen! Schauen Sie sich doch mal um! Wir bilden uns ein, dass Käse krankmacht und Brot den Darm zerstört. Wenn das wirklich so wäre, hätte der Mensch die Steinzeit wohl kaum überlebt. Wir reden uns ein, dass wir fortlaufend Gefahren der übelsten Art ausgesetzt sind: Bakterien, Viren, Strahlungen. Wir glauben, dass Vitamine uns heilen und meinen ihre Wirkung tatsächlich schon zu spüren, wenn wir die Pillendose bloß in der Hand halten. So spintisieren wir uns durch den Tag.

Wir bilden uns ein, dass das Gehirn unsere Gedanken macht. Das Gehirn macht die Gedanken! Da frag ich Sie: Wie soll das gehen? Macht Ihre Nase etwa Düfte? Macht ihre Zunge Geschmäcke oder Ihr Ohr Musik? Nein, aber unser Hirn soll Gedanken machen! So etwas bilden wir uns ein. Gut, manche Überlegung ist so hirnrissig, dass sie vielleicht wirklich einer blutleeren, grauen Masse entschlüpft ist – so wie uns manchmal auch etwas sauer aufstößt. Aber Gedanken? Selbst wenn Sie das Gehirn mit einem Computer vergleichen, ist die Einbildung unübersehbar. Schließlich weiß doch schon jeder Halbwüchsige, dass keine Hardware der Welt ihre eigene Software hervorbringt. Aber nein, wir machen uns glauben, dass unser Bewusstsein im Kopf entsteht. Muss ja so sein! Wer sollte es auch runtergeladen gehabt – und vor allem: woher?

Die größte Einbildung aber ist, dass wir m e i n e n uns zu kennen. Wir bilden uns ein zu wissen, wer dieser Mensch ist, der uns jeden Morgen vom Spiegel her anblickt. Wir wissen zwar, wo er wohnt, wir kennen den PIN-Code seiner EC-Karte und haben uns gemerkt, wie er seinen Kaffee am liebsten trinkt. Im Grunde aber haben wir keine Ahnung, wer oder was dahintersteht. Und deshalb können wir uns auch so mühelos alles Mögliche einbilden. Mal machen wir uns glauben, dass wir schwach und hilflos, dann wieder, dass wir Superstars und Topmodells sind. Mal bilden wir uns ein, die Welt hätte sich gegen uns verschworen, dann wieder sind wir überzeugt, ein von den Göttern besonders geliebtes Menschenkind zu sein.

Wir imaginieren die abenteuerlichsten Dinge, sobald wir uns selbst in den Blick nehmen. Wir reden uns gerne ein, dass wir ehrlich, gerecht und vernünftig sind. Es gibt ja genügend Beispiele, neben denen wir uns richtig gut ausnehmen, gierige Banker etwa, inkompetente Präsidenten oder betrügerische Autobauer. Dann sehen wir den Dalai Lama in der Talkshow und denken: Endlich mal einer, der so vernünftig ist wie ich. Das Verrückte aber ist, dass alle so denken. Alle sind letztlich überzeugt: Korrupt und verkommen sind immer die anderen. Aber dann schauen Sie sich mal an, was die Steuerfahndung in einem einzigen Jahr alles aufdeckt. Und im Jahr darauf wird sie genauso oft fündig. Das ist doch irre! Aber so *sind wir: komplett eingebildet. Wir glauben, erwischt werden nur die anderen. Mir passiert so was nicht!*

Was wir über uns selbst wissen, ist das, was wir uns gemerkt haben. Wenn Sie sich nicht erinnern, dass sie verheiratet sind, sind Sie ledig – und können sich ohne Skrupel auf Partnersuche machen. Das gibt es nicht nur bei Demenzkranken. So ein Vergessen ist in vielen Fällen hormongesteuert, was zeigt, dass unser Gedächtnis unzuverlässig ist. Es geht sogar so willkürlich und ungenau vor, dass sein Inhalt schon fast sinnfrei ist. Wenn wir es zu Rate ziehen, produzieren wir lauter „alternative Fakten" – und merken es nicht einmal. Die Kriminalpolizei kann ein Lied davon singen. Zeugenbefragung nach einem bewaffneten Überfall auf einen Geldtransporter: Zeuge eins hat deutlich gesehen, wie die Kriminellen drei Mal in die Luft schossen. Zeuge zwei ist sich sicher, dass gar kein Schuss abgefeuert wurde. Und Zeuge drei erlitt eine Schussverletzung.

Unabhängigkeit ist eine unserer liebsten Illusionen. Und jeder, der uns schmeicheln will, rühmt unsere Unabhängigkeit, ganz besonders die Politiker. Die preisen ja landauf, landab die Weisheit und das sichere Gespür „der Leute in diesem Land", also des Wahlvolks. Und wenn nun bald Wahlen sind, strömen wir wieder in die Lokale und entscheiden alle frei und nach gutem Gewissen – viele offenbar erst im allerletzten Augenblick. Ich frage mich, was geht in uns vor? Wie kommen wir zu unserer Wahl? Wie unabhängig und wohlüberlegt ist die? Ist es wirklich so, dass wir unsere Wahl treffen ohne nach links oder rechts zu schielen? Na? Ganz ehrlich, ich kann mir das nicht vorstellen. Wenn wir wirklich so unabhängig wären, wie wir uns einreden, gäbe es keine Wahlwerbung, oder? All die Plakate und Banner, die Reden auf öffentlichen Plätzen, das groß angelegte Marketing in den sozialen Medien. So viel Geld würde man doch nicht ausgeben, wenn der Ertrag gleich null wäre, oder? Der ganze Aufwand lohnt sich also offenbar. Und das kann nur bedeuten, dass wir beeinflussbar sind – mehr als wir uns eingestehen. Steuerbare Steuerzahler!

Ja, Moment mal, höre ich Sie jetzt sagen, Moment mal! Die Wahlwerbung wird aus Steuermitteln finanziert. Da ist es den politischen Parteien doch egal, ob es vernünftig ausgegeben wird. Aber da sag ich: Halt! Das ist mir zu populistisch. Da bilden wir uns wieder etwas ein. Wie lauter Dalai Lamas des reinen Gewissens erheben wir uns über den politischen Betrieb der Ausschüsse und Kompromisse. Dass wir Steuerzahler selbst für die Wahlwerbung bezahlen, zeigt was ganz anderes. Denn was heißt das eigentlich? Wir zahlen andere, damit sie uns beeinflussen und manipulieren, während sie uns gleichzeitig versichern, dass wir unabhängig, unbeirrbar und instinktsicher sind. So geht der Deal!

Mit einem tiefen Luftzug lehnte sich Ernst Feig zurück. Er hatte das Ergebnis seiner heutigen Arbeit gerade zum dritten Mal gelesen und war zufrieden. Da kann ich an vielen Stellen anknüpfen, dachte er. Fast in jedem Absatz lassen sich abwegige Überlegungen, irrwitzige Einfälle und schräge Anekdoten einflechten. Er wusste aus Erfahrung, dass es wichtig war, seine Texte offen und anschlussfähig zu halten. Er grinste und ließ seinen Blick an den schlichten Wänden seines Lofts entlangwandern. Den wahren, tieferen Grund seiner Zufriedenheit übersah er allerdings. Denn in seinen Kernaussagen und auch im Duktus entsprach der Text vor allem dem Mann, den er zu sein glaubte. Beim Schreiben hatte er die Inszenierung seiner selbst als *„letzten Realisten"* lebhaft vor Augen gehabt. Aber die Lebhaftigkeit dieser Imagination trog, denn sein Selbstverständnis würde sich schon bald als irreführend entpuppen.

Ein großer Clown mit Kulleraugen und karierter Melone stand Wache an der Tür. Seine viel zu weite Hose, die eine Handbreit oberhalb der Knöchel endete, hing an rotweiß gestreiften Hosenträgern, seine Ballonschuhe standen unnatürlich zur Seite gedreht. Eigentlich wirkte der ganze Spaßmacher grotesk und fast ein wenig monströs, wären da nicht das freundliche Lächeln und die hoch gezogenen Brauen gewesen. Sein Kopf schien zu wackeln, aber sicher bildete sich Sylvia Brunn das nur ein. Schließlich war das Bild mit vielen Pinnnadeln an der Wand befestigt. Trotzdem kam es ihr vor, als würde dieser bizarre Türsteher ihren Eintritt missbilligen. Dabei war sein Auftrag sicher ein anderer. All den jungen Patienten und Patientinnen, die hier hineingeführt wurden, sollte er wohl die Angst und Befangenheit nehmen.

Sylvia Brunn wusste natürlich, wo ihr Eindruck herrührte. Als altgediente Lehrerin hatte sie häufig genug erfahren, dass sie sich selbst in ihren Schülern erblickte. Kinder reagierten oft unmittelbarer als Erwachsene. Und so war es wiederholt vorgekommen, dass die Schüler ihr spiegelten, was sie als Stimmung, Sorge oder Hoffnung in sich trug. Ihr war immer klar gewesen, dass die Schüler das Innenleben ihrer Lehrerin nicht bewusst wahrnahmen. Aber sie reagierten darauf, vielleicht sogar umso stärker. Dass jetzt aber dieser Pappclown ihre Gefühlslage zu erfassen schien, führte ihr vor Augen, wie aktiv sie selbst diese Spiegelung betrieb. Es zeigte ihr das Wesen der Projektion: Was sie nicht in sich selbst bemerkte, trat ihr von außen entgegen. Und so war es diese leblose Witzgestalt, die sie darauf aufmerksam machte, dass sie nicht ganz freiwillig hier war. Der Clown lachte sie aus und Sylvia Brunn hörte seine Stimme in ihrem Kopf: Na, na, na, dass du gleich hierherkommst, hätte ich nicht gedacht. So leicht gibst du dem Drängen deiner Chefin nach?

Und es stimmte. Sie war widerwillig ins Krankenhaus gefahren um den verletzten André zu besuchen. Sie bedauerte den Jungen, keine Frage, und war auch gerne bereit ihn zu trösten. Aber man würde ihn morgen, spätestens übermorgen schon wieder entlassen, so dass es ihr einfach übertrieben vorkam, sofort an sein Bett zu eilen. Wenn andere Schüler bloß wenige Tage in der Schule fehlten, machte sie auch nicht gleich Krankenbesuche. Jetzt gab sie sich einen Ruck, wandte den Blick vom bunten Türsteher ab und betrat die Kinderabteilung.

Sie hörte André, noch bevor sie ihn sah. Er saß im Spielzimmer mit zwei anderen Kindern am Boden, umringt von allerhand Bauklötzen, Playmobil-Figuren und Fahrzeugen in verschiedenen Größen. An den Füßen trug er Strümpfe. Sie versuchte zu erkennen, welcher Fuß der verletzte war, und musste warten, bis sich der Junge umsetzte. Dann sah sie, dass er am rechten Fuß unter seiner Socke offenbar eine Bandage trug. Soweit sie feststellen konnte, hatte ihr Schüler keine Schmerzen. Jedenfalls bewegte er sich ohne erkennbare Einschränkungen.

Als sie näherkam, erkannte sie, dass seine beiden Spielgefährten Mädchen waren. Alle drei Kinder redeten laut, aufgeregt und fast ununterbrochen. Keins schien es zu stören, dass die anderen gar nicht zuhörten. Der Lärm war beachtlich. Offenbar bauten sie gerade eine Stadt, wobei jeder versuchte seine Ideen sofort in die Tat umzusetzen. Da die Vorstellungen, wie nicht anders zu erwarten, erheblich auseinandergingen, wurden immer wieder ganze Straßen umgelegt und komplette Viertel dem Erdboden gleichgemacht. Dauernd übertrafen sich die jungen Städteplaner mit noch tolleren Bauvorhaben, die, kaum angekündigt, schon ausgeführt wurden. Anders als die Lautstärke vermuten ließ, gab es keinen Streit. Sie beschloss sich dazuzusetzen.

Die Kinder verstummten kurz und sie begrüßte André. Der

schien ein wenig irritiert, seine Lehrerin hier zu sehen, und erwiderte den Gruß eher beiläufig. Das Schleich-Tier, das sie auf die Schnelle für ihn besorgt hatte – einen gemütlich dreinschauenden Dinosaurier – nahm er wortlos entgegen. Er beachtete es kaum und legte es neben sich auf den Boden. Da nun das Spiel unterbrochen war, versuchte Sylvia Brunn, die Aufmerksamkeit der Kinder wieder auf ihre Bauprojekte zu lenken. Sie erkundigte sich, was die drei denn so Tolles gestalten würden. Die beiden Mädchen gaben bereitwillig und bald ganz unbefangen Auskunft. André war zunächst schweigsam, fing dann aber an die Erklärungen der Mädchen zu ergänzen und zu verbessern.

Irgendwann fragte sie den Jungen, wie es ihm gehe. Ob ihm sein Fuß noch wehtun würde. Er zuckte mit den Schultern und murmelte ein „Geht schon". Dann wandte er sich ab und schob weiter Bauklötze über den Boden. Er vermied es, seinen rechten Fuß zu belasten und achtete offensichtlich darauf, dass die Mädchen nicht dagegen stießen. Aber es war klar, dass seine Leiden erträglich waren.

Sie wollte schon aufbrechen und André bitten seinem Vater Grüße auszurichten, als sie sah, wie sich das Gesicht des Jungen plötzlich aufhellte. Fast im selben Moment hörte sie hinter sich eine sonore Männerstimme.

„Na, da ist er ja, mein Großer!" Der Angesprochene versuchte aufzustehen, aber sein Vater kam ihm zuvor und hob ihn hoch.

„Papa!"

Sylvia Brunn hörte den Jungen an diesem Nachmittag zum ersten Mal lachen. Aus den Augenwinkeln sah sie, wie Mike Mehrings seinen Sohn behutsam auf dem Arm hielt und darauf achtete, dessen Fuß nicht zu berühren. Auch er erkundigte sich nach Andrés Befinden. Diesmal jedoch zeigte sich der junge Patient deutlich gesprächiger. So erfuhr sie, dass ihm erlaubt worden sei, alleine in einem Rollstuhl rumzufahren. Aufgeregt behauptete der Knabe, er wäre sogar rückwärts um die Kurven gekommen. Der Vater scherzte mit dem Jungen, knuffte und kitzelte ihn. Sylvia Brunn war es etwas peinlich, dort mit zwei fremden Mädchen am Boden zu sitzen und ungewollt Zeugin dieser intimen Begegnung zu sein. Offenkundig hatte Herr Mehrings sie nicht wahrgenommen.

In dem Moment blickte der Vater auf die Szenerie am Boden, aus der er soeben seinen Sohn gehoben hatte. Er hatte die Frau, die mit dem Rücken zu ihm saß, für die Tante eines der Mädchen gehalten. Jetzt aber, da er genauer hinschaute, erkannte er in ihr Andrés Lehrerin. „Ach, Frau Brunn! Verzeihen Sie, ich habe Sie gar nicht erkannt."

Sylvia Brunn erhob sich und begrüßte den Schülervater. Sie streckte ihm die Hand entgegen, zog sie aber bald zurück, als ihr klar wurde, dass der Mann gar keine Hand frei hatte. Einen peinlichen Augenblick lang war sie unschlüssig und wusste nicht genau, was sie sagen sollte. Wurde von ihr erwartet, dass sie um Entschuldigung bat? Aber wofür? Und in wessen Namen? Sie selbst hatte sich ja nichts zuschulden kommen lassen. Pflichtversäumnis konnte man ihr nicht vorwerfen. Erst recht nicht dieser Herr Mehrings! Hatte der Knabe nicht willentlich ein Verbot missachtet, als er über den Zaun geklettert war?

Mike Mehrings freute sich seinen Sohn so munter und heiter anzutreffen. Sein Mitgefühl und seine Gedanken waren den ganzen Tag über immer wieder zu seinem Jungen gegangen. Doch wegen seines vollen Terminkalenders war es ihm nicht möglich gewesen früher ins Krankenhaus zu fahren. Der plötzliche Tod der Mutter hatte Vater und Sohn emotional zusammengeschweißt. Natürlich war dem Jungen bewusst, dass er auf seinen Vater angewiesen war, dass er nur noch ihn hatte. Und Mike selbst empfand ähnlich: André war alles, was ihm von seiner kleinen Familie geblieben war. Die Erleichterung ob der guten Verfassung des Erben stimmte ihn milde und so betrachtete er die Lehrerin seines Sohnes mit Wohlwollen. „Schön, dass Sie gekommen sind, Frau Brunn! Ich weiß das sehr zu schätzen."

Sylvia Brunn hätte diese freundliche Erwiderung erleichtert aufnehmen können, aber sie deutete die beschwingte Art des Mannes, sein gelöstes Auftreten, anders. Sie sah darin eine Unbekümmertheit, die der Situation nicht angemessen war. Ihr war der Schülervater etwas zu sorglos. Der kam einfach reingeschneit und spielte den gutmütigen Kuscheldaddy. Keine Spur von Betroffenheit. Sie meinte, dass er seine Verantwortung als Vater zu wenig ernstnahm. Diesen Eindruck – eher ein Gefühl als ein Gedanke – hätte sie nicht begründen können. Aber er prägte ihre Einstellung dem Mann gegenüber. Ohne sich das einzugestehen, urteilte sie negativ über diesen Schülervater. Nach ihrer Vorstellung durfte ein Witwer, dessen Frau erst vor zwei Jahren auf tragische Weise gestorben war, nicht so unbeschwert Witze machen und sich des Lebens erfreuen. Ja, sie empfand die Lebenslust dieses Mannes als respektlos gegenüber der verstorbenen Gattin. Aussprechen würde sie diese Überzeugung nie, aber sie glaubte fest daran, dass er für den Tod seiner Frau irgendwie mitverantwortlich wäre. In ihrer Fantasie hatte er sich zu wenig um sie gekümmert und als Lebemann die kranke Gattin ihrem traurigen Schicksal überlassen. Da sie Frau Mehrings nie kennengelernt hatte und auch sonst wenig über die Familienverhältnisse wusste, war dieses Urteil mehr als voreilig. Sylvia Brunn nickte dem Jungen zu, der auf dem Arm seines Vaters thronte. „Ich bin froh, dass es André schon so viel besser geht. Wir waren alle ganz schön geschockt, als wir von seinem Unfall hörten. Was sagen denn die Ärzte?"

Mike Mehrings lächelte. „Glück im Unglück! Ein glattes Loch, keine ernsthaften Verletzungen."

Spontan rutschte der Lehrerin eine Erwiderung heraus, die sie sogleich bereute. „Die Kollegen", sagte sie etwas zu laut, „werden erleichtert sein das zu erfahren."

Mehrings fixierte sein Gegenüber und nickte wissend. „Kann ich mir denken."

„Herr Mehrings", beschloss Brunn die Sache bei den Hörnern zu packen, „wir haben den Schülern immer wieder eingeschärft, ja nicht über den Bauzaun ..."

„Schon klar", unterbrach sie der Unternehmer, „ich denke André musste diese Erfahrung machen. Gott sei Dank hat sie ihm keine bleibenden Schäden beschert."

„Also ...", hakte die Besucherin nach.

Mehrings setzte seinen Sohn wieder auf dem Boden ab, ermunterte ihn weiterzuspielen und winkte Sylvia Brunn auf die Seite. Mit gedämpfter Stimme sprach er weiter. „Ich habe mir diesen Zaun angeschaut. Da gibt es nichts zu beanstanden."

„Also sehen Sie keine Schuld ..."

„Schuld? Ich sehe überhaupt keine Schuld, Frau Brunn. Schuld ist ein Konzept der Vergangenheit. Jeder trägt zuallererst Verantwortung für sich selbst – auch mein Sohn. Er hat sich für dieses Ereignis – entschieden."

Brunn war verdutzt. Das Gespräch nahm eine unerwartete Wendung. „Entschieden? Aber er ist erst neun!"

Mehrings blickte kurz an ihr vorbei in die Ferne, bevor er sie erneut musterte. „Ich rede nicht von einer *bewussten* Entscheidung, Frau Brunn. Mein Junge wusste nicht, was ihn jenseits des Zaunes erwartete. Und doch war dieser Vorfall mit Sicherheit im Sinne seiner Seele." Der Unternehmer lächelte. „Sie schauen skeptisch? Es gibt Entscheidungen, deren Weisheit wir erst mit der Zeit erkennen." Sein Lächeln wurde breiter. „Wenn Sie so wollen, können wir das auch Vorsehung nennen."

„Dunker!"

„Ah, Frau Dunker, Joachim Schwan hier. Ich bin froh Sie zu erreichen. Ich habe es in den letzten Tagen schon ein paar Mal probiert, aber ..."

Der Anrufer verstimmte die Pröpstin auf Anhieb. Später, nach dem Telefonat, würde sie sich fragen, was ihren Unmut so rasch hatte aufsteigen lassen. War es der ungünstige Zeitpunkt gewesen? Hatte der weltmännische, joviale Tonfall dieses Mannes sie sofort gereizt? Oder war es der indirekte Vorwurf gewesen, dass sie schlecht erreichbar sei? In diesem Moment aber, während der Mann in der Leitung seine ersten Sätze sagte, analysierte Franziska Dunker ihre Gefühle nicht. Sie reagierte spontan und wusste nur, dass sie keine Lust hatte, sich zu erklären. „Jetzt bin ich ja dran. Also, was kann ich für Sie tun, Herr ...?"

„Schwan, Unternehmensberater."

Mit einem Mal war die Pastorin hellwach. Natürlich, der vom Präses bestellte Supervisor. „Ach, Sie sind unser Friedensengel?"

Schwan lachte. „Ich dachte, Protestanten halten nicht viel von Engeln."

„Ich habe auch nicht gesagt, dass ich viel von Friedensengeln halte."

Oha, dachte Schwan und schwenkte schnell auf ihre konfrontative Eröffnung ein. „Zum Glück bin ich Berater statt Bote, sehr diesseits und eher handfest."

Die Pröpstin zweifelte daran nicht. Aber sie hatte den Vergleich nicht ohne Grund gezogen. „Wussten Sie, dass Engel in der jüdischen Tradition als Wesen betrachtet werden, die unter den Menschen stehen?"

Schwan merkte, dass ihm das Gespräch ein wenig entglitt und das löste eine erste, leichte Irritation aus. Vorerst würde er dieser Pastorin die Führung überlassen müssen. „Nein", antwortete er so souverän wie möglich, „das wusste ich nicht."

„Dann wissen Sie auch nicht, weshalb das so ist", stellte seine Gesprächspartnerin trocken fest. „Die Begründung ist einfach. Im Gegensatz zum Menschen haben Engel keinen eigenen Willen. Sie führen bloß Befehle einer übergeordneten Instanz aus."

Schwan dachte an sein Telefonat mit dem Präses Bernard. War er diesem Mann Gehorsam schuldig? Hatte er sich seinem Auftraggeber untergeordnet? „Verstehe", sagte er mit einem Schmunzeln „und welcher Befehl, meinen Sie, wurde mir erteilt?"

„Sagen Sie es mir!"

Schwan hielt einiges auf seine Flexibilität. Er sah es als eine seiner Stärken an, die Wirklichkeit stets aus der Perspektive seiner Klienten betrachten zu können. Das wollte er dieser Pastorin demonstrieren. Er wusste schließlich, wie wichtig es war beim Erstkontakt Kompetenz auszustrahlen. Also beschloss er ihre Engelmetapher noch ein Stück zu vertiefen. „Nun, der Herr der höheren Hierarchie, mein Auftraggeber, sieht Ihren Kreis in Unordnung. Ihm sind Dissonanzen zu Ohren gekommen. Als Vertreter kosmischer Harmonie kann er nicht einfach weghören. Vielmehr fühlt er sich verpflichtet zu intervenieren. Deshalb schickt er mich, die Störung zu beseitigen."

„So, so", brummte die Pröpstin, „also eher ein Engel vom technischen Dienst?"

„Die pragmatischen Engel sind mir am liebsten."

„Und was wurde Ihnen über die Art dieser Störung erzählt?"

Schwan wusste, dass er mit der Definition des Problems bereits in die inhaltliche Arbeit einstieg. Da er aber das Vertrauen dieser Pastorin gewinnen wollte, wich er der Frage nicht aus. „Sie werden lachen", meinte er aufgeräumt, „aber der, der mich schickt, sprach von *Unfrieden*. Also *Streit*, dachte ich und sagte das auch. Aber der, dessen Namen Sie kennen, beharrte darauf von Unfrieden zu sprechen."

„Und was schließen Sie daraus?"

„Ganz ehrlich? Ich denke, meine bescheidene Schlussfolgerung ist naheliegend: Wie ich es regelmäßig beobachte, werden Konflikte in den oberen Etagen negativ gesehen und als Mangel definiert, hier als ein Mangel an Frieden. Für meinen Auftraggeber sind Konflikte ein Unding. Sie sind nicht notwendig, also unnötig, und auch nicht sinnvoll, also unsinnig."

„Sie haben das Wichtigste vergessen."

„Lassen Sie mich raten: unchristlich."

„Richtig! Sehr gut!" Fast widerwillig musste Franziska Dunker feststellen, dass sie an diesem sonderbaren Dialog Gefallen fand. Aber das wollte sie dem smarten Berater nicht so deutlich zeigen. „Als Beauftragter der höheren Instanz haben Sie vielleicht keinen eigenen Willen. Aber ganz ohne Urteilskraft scheinen Sie nicht zu sein."

„Wie ich schon sagte, Frau Dunker, als Engel kann ich nicht dienen. Ich bin eben kein williges Organ höherer Mächte. Eher im Gegenteil, würde ich sagen. Sie sollten wissen, dass ich mich bewusst entschieden habe, den Auftrag Ihres Vorgesetzten anzunehmen und zwar nicht etwa, weil ich ihn brauche, sondern weil er mich interessiert." Das mit dem „bewusst" war im Grunde bloß eine Floskel. Denn Joachim Schwan war keineswegs so ganz klar, weshalb ihm der Auftrag zukam und woher die plötzliche Faszination rührte, die ihn hatte zusagen lassen.

„Wie schön", sagte die Pröpstin, die sich einen ironischen Ton nicht verkneifen wollte.

Schwan überging das spöttische Lob. Er war nun ganz der erfahrene Coach und fühlte sich in diesem Feld sicher. „Ich habe Herrn Bernard gegenüber allerdings glasklare Bedingungen formuliert. Erstens: Alle Teilnehmer müssen mit mir als Supervisor einverstanden sein. Die Entscheidung trifft die Gruppe nach dem ersten Termin. Zweitens: Ich werde den Präses nur in knapper und anonymisierter Form über die Ergebnisse meiner Arbeit informieren. Darüber hinaus gilt selbstverständlich die Schweigepflicht – für mich und für alle Teilnehmer. Drittens: Mein Auftrag lautet Konfliktmanagement. Damit bin ich einverstanden. Wie aber eine Einigung der Konfliktparteien am Ende des Arbeitsprozesses aussieht, ist grundsätzlich offen. Vorgaben und Erwartungen diesbezüglich – egal von welcher Seite – weise ich zurück. Mit anderen Worten: Ich brauche freie Hand. Sonst können eben keine ressourcenorientierten Lösungsansätze generiert werden."

„Stimmt", urteilte die Pröpstin von oben herab, „Sie sind kein Engel, Sie sind ein Missionar in eigener Sache. Haben Sie denn meinen reaktionären Vorgesetzten von Ihrer revolutionären Lehre überzeugen können?"

Joachim Schwan kam sich ertappt vor. Das war merkwürdig, denn er sah sich selbst keineswegs als Heilsbringer, wollte auch niemanden belehren oder zur Umkehr bewegen. Ihn mit einem Missionar zu vergleichen war abwegig und er ärgerte sich ein wenig über diese hochfahrende Pastorin. Zugleich aber stieß ihre Typisierung irgendwo tief in seinem Wesen auf Anklang, so dass er sie nicht wie eine lästige Fliege einfach verscheuchen konnte. Sein Verstand sagte ihm: Die Frau spinnt, sie sieht bloß ihre eigene Projektion! Aber unter der oberflächlichen Verärgerung reagierte seine Empfindung unmittelbar bejahend. Er spürte eine vitalisierende Wirkung ausgelöst durch die Worte der Geistlichen. Es war, als ob eine tief eingelagerte Erinnerung geweckt wurde, die nun das Bild, das er von sich hatte, radikal in Frage stellte. Tatsächlich schien die archaische Weisheit seines Körpers auf einmal vernehmlich den Vorstellungen seines Intellekts zu widersprechen. Im Endergebnis ließ das in ihm den Eindruck entstehen, einer Lüge überführt worden zu sein.

Da er seine Verwirrung verbergen wollte, wich er auf einen Nebenschauplatz aus. „So revolutionär sind meine Ideen gar nicht, Frau Dunker. Ich gehe lediglich davon aus, dass jeder Mensch die Kraft und Kreativität hat sein Leben und seine Lernprozesse selbst zu gestalten."

„Das ist revolutionär, Herr Schwan."

„Revolutionär oder nicht, Ihr Chef hatte jedenfalls keine Einwände."

Solange du ihn nicht in Frage stellst, ist ihm alles recht, dachte Franziska Dunker und staunte selbst darüber, wie bitter das klang. Der Unternehmensberater indes schien intelligent zu sein – anders als ihr Vorgesetzter. Vielleicht könnte sie ihn auf ihre Seite ziehen. Sie warf einen Blick in ihren Kalender. „Wie wäre es mit nächsten Donnerstag am Nachmittag?"

Joachim schwan schaltete schnell. „Da kann ich erst ab 16:00 Uhr."

„Bis 18:00 Uhr?"

„Müsste reichen."

„D'accord! Wir treffen uns in den Räumen der Propstei. Sie haben die Adresse?"

„Fischerstraße 2."

„Alles klar!"

Schwan brauchte einen Moment, bis er realisierte, dass

die Pröpstin das Gespräch beendet hatte. Kein Gruß, dachte er, kein Segen.

Dr. Jasmin Conradi kam aus dem Südwesten der Republik und stammte aus einer katholischen Familie. Die Gläubigkeit ihrer Eltern war weniger in Worte oder Taten zum Ausdruck gekommen. Vielmehr prägte der Glaube an einen Erlöser ihre grundlegende Einstellung zum Leben. Wie es unter Katholiken ihres Schlages häufig der Fall war, sprach man kaum über das, was in der Bibel stand. Überhaupt redete man selten über Glaubensfragen. Die Mutter ging zwar zeitlebens regelmäßig zur Messe – der Vater seltener – und beide zahlten treu ihre Kirchensteuer, aber ansonsten engagierte man sich nicht in der Kirche. Man bat den lieben Herrgott um seinen Segen, der Pfarrer sollte bei ihm ein gutes Wort für sie einlegen und im Übrigen schaffte man fleißig für sich und die Kinder. Sicher: Taufe, Kommunion, Ehe und Tod waren wichtig, aber in erster Linie als folkloristische Inszenierungen einer traditionsbewussten Gemeinde – weniger als Sinnbilder einer rein geistigen, jenseitigen Welt.

Soweit sie sich erinnerte, hatte die Beichte in Jasmins Elternhaus nie eine große Rolle gespielt. Ihr selbst war natürlich vor der Erstkommunion das Bußsakrament erteilt worden. Danach jedoch hatte sie nur noch selten gebeichtet, gelegentlich vor Ostern oder Weihnachten. Für ihre Eltern war wohl bereits die Taufe gleichbedeutend mit der Befreiung von jeglicher Sünde und Schuld. Man gehörte zur Gemeinde der Gläubigen. Das sollte genügen. Auch ihre eigenen Kinder waren getauft. Ferdinand und sie hatten sich nach längerem Hin und Her dazu durchgerungen. Die Taufe war in erster Linie ein Zugeständnis an ihre Eltern gewesen. Heute empfand sich Jasmin Conradi keineswegs als praktizierende Christin.

Umso erstaunlicher war es, dass sie an diesem Vormittag das Bedürfnis verspürte einen Beichtvater aufzusuchen. Sie hatte die ganze Nacht hindurch Bereitschaftsdienst gehabt und es war viel los gewesen. Eigentlich wollte sie jetzt so schnell wie möglich nach Hause und sich hinlegen. Aber die Ereignisse der vergangenen Tage hatten ihre Sinne für spirituelle Fragen geschärft. Eindrücke von frühen Kirchenbesuchen waren ihr wiederholt in den Sinn gekommen: Bilder, Geräusche, Gerüche. Über diese Assoziationskette war sie schließlich beim Beichtstuhl und Beichtvorgang angelangt und hatte sofort den Wunsch gehabt, die ernste und innige Zuwendung des damaligen Mädchens erneut zu erleben. Nicht, dass sie sich besonders sündig vorkam oder von Schuldgefühlen geplagt wurde. Was ihr vorschwebte war wohl auch eher ein Beichtgespräch, die Auseinandersetzung mit einem Gottesmann von Angesicht zu Angesicht. Dabei suchte sie nicht Vergebung oder Erlösung, sondern vor allem Rat oder so etwas wie geistige Führung.

Es gab eine kleine katholische Kirche unweit der Klinik, ein hübsches neubarockes Gotteshaus mit einem romantischen, weil etwas verwilderten Friedhof. In den vergangenen Jahren hatte sie dort zwischen verwitterten Kreuzen und überwucherten Grabplatten hin und wieder ihre Pause verbracht, wenn sie alleine sein wollte und das Krankenhaus sie zu verschlucken drohte. Die Kirche selbst hatte sie in dieser Zeit nie betreten. Nun war sie überrascht, dass das Gebäude innen viel geräumiger und heller war, als die Außenseite hatte vermuten lassen. In einer der vorderen Bänke saß eine einzelne Gläubige, offenbar im Gebet versunken. Ansonsten war die Kirche menschenleer. Sie ging ein paar Schritte zur Seite und hielt nach einem Beichtstuhl Ausschau, den sie fast sofort entdeckte, ein wuchtiges Möbelstück, das ihr wie ein überdimensionierter Kleiderschrank vorkam.

Sie näherte sich vorsichtig und versuchte zu hören, ob er gerade benutzt wurde. Einen Moment lang fühlte sie sich unwohl, so als würde sie etwas Verbotenes tun und aus reiner Neugier heimlich lauschen. Sie blickte sich um. Wäre peinlich, wenn sie jetzt jemand hier stehen sähe. Kurz überlegte sie, ob sie anklopfen sollte. Machte man so etwas? *Bittet, so wird euch gegeben; suchet, so werdet ihr finden; klopfet an, so wird euch aufgetan.* Die Bibelverse kamen ihr spontan in den Sinn. Wann hatte sie die gelernt? Jasmin Conradi stand jetzt ganz nah am Beichtstuhl und verharrte. Da sie von innen nicht das typische Gemurmel vernahm, entschied sie kurz reinzuschauen. Das Quietschen der Tür hallte viel zu laut durch das Kirchenschiff. Links saß niemand und sie konnte durch die vergitterte Öffnung in der Trennwand erkennen, dass auch der Priestersitz leer war. Sie schloss die Tür vorsichtig und blickte sich erneut um.

Es sollte wohl nicht sein, dachte Jasmin Conradi, und steuerte auf das Eingangsportal zu. Als sie die schwere Pforte aufzog und das Gotteshaus verließ, regte sich in ihrer Brust ein Gefühl von Wehmut. Sie erkannte nicht, woher es kam und interpretierte es als einen Anflug von Sentimentalität, ausgelöst durch die Vergegenwärtigung glücklicher Kindheitserlebnisse. Oberflächlich betrachtet, lag sie damit nicht falsch. Aber die Wirklichkeit war viel weiter und umfassender als das, was sie sich in ihrer jetzigen Verfassung vorstellen konnte. Es hatte eine Zeit gegeben, unzugänglich für ihr bewusstes Erinnern, da war sie sich selbst als Kind aus dem Schoße der Kirche vorgekommen. Und offensichtlich war diese Zeit nicht einfach vergangen und vorbei, sondern auf geheimnisvolle Weise ein Teil von ihr. Es war ihre Realität gewesen, ein in Jesus Christus wiedergeborenes Kind Gottes zu sein. Die Liebe zum Heiland hatte sie über sich selbst hinauswachsen lassen und ihr waren Entgrenzungserfahrungen zuteilgeworden. Aufgehoben im Herzen des Herrn hatte sie Freuden erlebt, die jene des Leibes weit in den Schatten stellten. Als die rational denkende Ärztin, die sie geworden war, schloss sie die Möglichkeit solcher Realitäten von vornherein aus. Da nun aber dieses Selbstverständnis inzwischen Risse bekommen hatte, konnte eine Erinnerung in ihr Bewusstsein eindringen – nicht als klare Erkenntnis, aber immerhin als im Gemüt empfundener Widerhall. Zensiert durch ihre naturwissenschaftlichen Glaubenssätze machte sich die leise Reminiszenz vorerst nur als Wehmut bemerkbar.

Sie beschloss nicht schon gleich zu gehen, sondern noch einen Moment lang auf dem Friedhof zu verweilen. Sie umrundete das Gotteshaus und ging den vertrauten Kiesweg entlang, bis sie zu ihrem Stammplatz, einer schmiedeeisernen Bank unter einer Felsenbirne, gelangte. Bis auf das ferne Rauschen des Straßenverkehrs war es ruhig. Kein Grab wurde besucht. Nur der Friedhofsgärtner war da. Über den hatte sie sich schon früher gewundert. Solche Leute sind doch sonst immer alte, schweigsame Männer, hatte sie gedacht, manchmal störrische, oft mürrische Rentner, die eine Beschäftigung brauchten. Dieser Gärtner aber passte nicht so recht in ihr Bild. Er war jung, jünger als sie, und strahlte etwas Weltzugewandtes aus. Kaum hatte sie es gedacht, da schaute der Mann zu ihr herüber. Sie nickte ihm lächelnd zu. Seine Miene hellte sich auf.

„Ah, Frau Doktor, Entschuldigung, könnten Sie mir vielleicht kurz helfen?"

„Ich, äh …" Die Ärztin versuchte Zeit zu gewinnen. Woher kannte dieser Gärtner sie? „Worum geht's denn?"

Der Mann deutete auf eine ausladende Hortensie zu seinen Füßen. „Die Blüten sind zu schwer. Ich möchte sie hochbinden."

Sie war schon aufgestanden und ging rasch hinüber. Sie

sah, wie der Friedhofspfleger entschuldigend seine Schultern hob.

„Ich wollte Sie in Ihrer Kontemplation nicht stören, aber die Zweige brechen so leicht, da muss man wirklich vorsichtig sein." Er nahm mehrere rosa Blüten hoch, die über dem Grabrand hingen, und zeigte ihr, wie sie die Zweige halten sollte. Geschickt band er die Pflanze mit einer Gartenschnur zusammen, nicht zu lose, aber auch nicht zu straff.

Als ihre Hilfe nicht mehr benötigt wurde, richtete sie sich wieder auf und betrachtete das Resultat. Einen Moment lang sagten beide nichts. Dann entschied sie sich doch nachzufragen. „Verzeihen Sie, aber woher kennen Sie mich? Waren Sie mal bei mir in Behandlung?"

Der Gärtner schüttelte den Kopf. „Nein, das wüsste ich. Aber", fügte er lachend hinzu, „wenn ich mal ärztliche Hilfe brauche, komme ich gerne zu Ihnen. Sie machen das sicher gut."

Jasmin Conradi fühlte, wie sie errötete. Flirtete dieser Mann mit ihr? Sie schüttelte kurz den Kopf, als müsste sie einen abwegigen Gedanken verscheuchen. „Aber Sie wissen, dass ich Ärztin bin …"

„Oh, das ist nicht weiter rätselhaft. Ich habe Sie hier schon öfter sitzen gesehen. Manchmal trugen Sie dabei einen Arztkittel. Habe ich mich etwa geirrt?"

Conradi musste lächeln. Natürlich. Manchmal war sie tatsächlich so in Eile gewesen um aus der Klinik zu kommen, dass sie vergessen hatte ihren Arztkittel auszuziehen. Vor allem bei schönem Wetter, wenn keine Notwendigkeit bestand, eine Jacke zu tragen, war ihr das hin und wieder passiert. Sie blickte den Mann an und lächelte erneut. „Nein, Sie haben den richtigen Schluss gezogen." Dann streckte sie ihm die Hand hin. „Dr. Conradi. Jasmin Conradi."

Der Friedhofsgärtner ergriff ihre Hand und wieder hellte

sich sein Gesicht auf. „Weinberg heiße ich, Sebastian Weinberg. Sehr angenehm."

„Oh, so ein Name an so einem Ort!"

Weinberg lächelte schüchtern. „Ja, ja, ich weiß, der Knecht im Weinberg des Herrn. Aber, was solls! In der Schule nannte man mich immer Weinbergschnecke, weil ich so langsam war. Als dreizehnjähriger Junge ärgert einen sowas. Heute bin ich aber ganz froh mit diesem Vergleich." Dann straffte er sich und überblickte den Friedhof. Offenbar wollte er das Thema nicht weiter vertiefen. „Ich bin froh, dass es Ihnen hier gefällt."

Sie folgte dem Blick des Mannes. „Ja, eine Oase der Ruhe. Ein guter Platz sich vom Stress zu erholen."

„Viele Gräber hier sind schon sehr alt und einige bergen wichtige, bekannte Persönlichkeiten. Solche Ruhestätten werden zwar nicht aufgelöst, aber es gibt keine Verwandten mehr, die sie pflegen. Na ja, ich mache immer nur das Gröbste: Unkraut jäten, Bäume stutzen, Laub kehren. Und manchmal", er deutete auf die Hortensie, „eben auch ein überschießendes Wachstum in die richtigen Bahnen lenken."

Einer plötzlichen Eingebung folgend, beschloss Jasmin Conradi diesen Gärtner in ihre Absicht einzuweihen. „Ich wollte eigentlich zum Pfarrer, hatte aber kein Glück."

„Ach, wissen Sie, außer an Sonntagen kommen nur noch wenige Leute in die Kirche. Da kann der Pfarrer nicht einfach drinnen sitzen und abwarten, bis jemand hierherfindet." Dann musterte der Mann sie aufmerksam. „Ich hoffe, Sie haben keinen Todesfall in der Familie zu beklagen."

Die Ärztin schüttelte den Kopf. „Nein, und bevor Sie jetzt weiter überlegen: Meine Söhne sind noch zu jung zum Heiraten – und zur Taufpatin hat mich niemand berufen." Das klang, wie sie selbst fand, ein wenig abweisend. „Verzeihen Sie", fuhr sie in versöhnlichem Ton fort, „ich wollte nicht unfreundlich sein."

Nun schüttelte auch der Gärtner den Kopf. „Kein Problem. Ich wollte Sie nicht aushorchen. Es war eher so, dass ich mich fragte, wie ich Ihnen helfen könnte."

„Sie?"

„Ja, ich bin der Pfarrer, den sie suchen."

Das Firmengebäude der *Trust Security Service* war ein schmuckloser Plattenbau im Gewerbegebiet am östlichen Stadtrand. Bertram Vogel brauchte eine Weile, bis er es gefunden hatte. Ein paar Mal war er die Straße rauf und runter gefahren. Es gab kein Firmenschild, kein Banner, keinen Schriftzug an der Wand. Auch die Hausnummern waren nicht durchgehend erkennbar. Erst als er schließlich vor dem Eingang stand, fand er eine kleine Tafel, die auf den Sicherheitsdienstleister hinwies. Instinktiv schaute er hoch und suchte die Hauswand nach Kameras ab. Er fand keine, was ihn ein wenig überraschte. Vermutlich, so dachte er, setzt die Firma versteckte Mini-Kameras ein. Er klingelte und neigte sich dem kleinen Lautsprecher neben der Tür zu. Doch es meldete sich niemand. Stattdessen summte der Türöffner und er konnte ohne Anmeldung eintreten. *Trust Security Service* war im zweiten Stock untergebracht. Der Zugang lag direkt gegenüber dem Fahrstuhl, eine schwere Glastür mit Edelstahlbeschlägen. Hier gab es die erwarteten Sicherheitsvorkehrungen: eine stylische Kamera unter der Decke, ein Hightech Türschloss mit Pincode, eine Sprechanlage mit Display. Insgesamt wirkte das Ensemble aber recht dezent und keineswegs martialisch mit Panzerriegeln, Schutzbeschlägen und dergleichen. Er drückte auf den Knopf. Das Display leuchtete sofort auf und das Bild einer attraktiven Mittdreißigerin erschien: lange glatte Haare, große Augen, modischer

Schmuck an den Ohren. Als sie sprach, meinte Vogel die Vorzimmerdame vom Telefon wiederzuerkennen.

„Ja bitte?"

„Vogel, *Hartmann Medien Gruppe*. Ich habe eine Terminvereinbarung mit Herrn Mehrings."

„Einen Moment bitte." Das Display erlosch.

Vogel erwartete erneut das Summen eines Türöffners. Aber es blieb still. Stattdessen kam nach wenigen Sekunden die Sekretärin den Flur runter und öffnete ihm persönlich die Tür. Sie war fast so groß wie er, was ihn veranlasste auf ihre Schuhe zu schauen. Aber die Vorzimmerdame trat ihm keineswegs auf hohen Absätzen entgegen."

„Guten Tag, Herr Vogel. Mein Name ist Wagner, ich bin die persönliche Sekretärin von Herrn Mehrings. Kommen Sie, bitte!" Sie ging voraus und Vogel ertappte sich dabei, dass er ihr auf den Hintern schaute. Schon nach wenigen Schritten kamen sie zu einem Wartebereich mit meeresgrün gepolsterten Stühlen und einem runden Tischchen. Die Hochgewachsene bot ihm einen Platz an. „Mein Chef wird in Kürze eintreffen. Darf ich Ihnen einen Kaffee bringen? Schwarz ohne Zucker?"

Vogel lachte und nickte anerkennend. „Hey, sehr gut! Kennen wir uns?"

Die Sekretärin lächelte wissend. „Es gibt nicht viele Kaffeetypen und bei Schwarztrinkern liege ich meistens richtig." Sie legte ihren Kopf schief. „Wahrscheinlich rauchen Sie außerdem gern filterlose Zigaretten."

„Ich bin beeindruckt. Den Trick müssen Sie mir mal verraten."

Jetzt grinste die Wagner. „Vergessen Sie's! Der funktioniert nur bei Männern." Und damit verschwand sie zu einer kleinen Theke.

Die Vorzimmerdame hatte nicht gelogen. Vogels Tasse

war kaum geleert, als der Firmeninhaber schon zur Türe hereinkam. Der Journalist erkannte ihn sofort, obwohl die Fotos der Firmenwebsite offenbar nicht mehr ganz aktuell waren. Es überraschte ihn zu sehen, wie leger der Mann daherkam: schwarze Jeans, weißes T-Shirt, schwarzes Sakko. Mit den breiten Schultern und dem langen lockigen Nackenhaar wirkte er ein wenig wie der Türsteher einer Disko. Vogel selbst hatte für das Interview extra Hemd und Krawatte angezogen. Er stand auf. Mehrings kam sofort auf ihn zu, begrüßte ihn freundlich und führte ihn in sein Büro. Der Raum war nicht besonders groß und die Einrichtung eher schlicht. Wenigstens nicht protzig, dachte Vogel erleichtert. Der Unternehmer bot ihm einen Besucherstuhl an und nahm selbst hinter seinem Schreibtisch Platz.

Der Journalist erklärte nochmal, worum es ging und wollte schon zu seiner ersten Frage überleiten, als der Firmeninhaber ihn unterbrach.

„Geschäft mit der Angst? Glauben Sie das wirklich?"

Vogel war darauf vorbereitet. „Menschen, die einen Einbruch fürchten, investieren in Sicherheit. In ganz Deutschland ist die Zahl der Hauseinbrüche in den letzten Jahren kontinuierlich gestiegen. Die wenigsten dieser Verbrechen werden jemals aufgeklärt. Das räumt die Polizei selbst ein. Im gleichen Zeitraum verzeichnete die Sicherheitsbranche insgesamt zweistellige Wachstumsraten. Wollen Sie wirklich bestreiten, dass es da einen Zusammenhang gibt?"

Mehrings atmete einmal tief durch. „Dass die Leute Angst haben, bestreite ich keineswegs, Herr Vogel. Aber es ist eben auch so, dass sie niemals sicher sind, solange sie Angst haben. Und deshalb treiben wir kein Geschäft mit der Angst; unser Produkt heißt Vertrauen."

Der Journalist runzelte die Stirn. „Aber Sie verkaufen Alarmanlagen und komplette Sicherheitssysteme, während ihre Wachleute landesweit Nacht für Nacht ganze Gewerbegebiete überwachen."

Mehrings' Antwort kam prompt. „Weil man die Angst der Leute oft nur so verringern kann."

Die Antwort trieb Vogels Brauen in die Höhe. „Und darum geht es Ihnen?"

„Ja, natürlich." Der Unternehmer war offenbar ganz mit sich im Reinen.

Aber so schnell gab sich Bertram Vogel nicht zufrieden. „Wenn man sich die boomende Sicherheitsbranche anschaut, hat man aber nicht den Eindruck, dass es da um eine Verringerung der Angst geht. Im Gegenteil! Die Angst wird eher geschürt, so dass man sich schließlich in den eigenen vier Wänden nicht mehr sicher fühlt."

Mehrings zuckte die Schultern. „Was die Mitbewerber treiben, interessiert mich nicht. Wenn die ihren Kunden Angst machen, ist das ihre Sache. Aber sie unterminieren damit nicht nur das Sicherheitsgefühl ihrer Klienten. Sie machen deren Leben und Lage tatsächlich unsicherer."

„Das klingt fast paradox. Ist man denn nicht sicherer, wenn man um die potentiellen Bedrohungen weiß?"

„Das Wissen ist nicht das Problem, sondern die Angst. Sehen Sie, Herr Vogel, wenn irgendwelche statistischen Daten Ihnen Angst machen, wäre es für Sie sicherer, Sie nicht zu kennen."

„Also klären Sie Ihre Kunden gar nicht über mögliche Risiken auf?"

Mehrings lachte kurz auf. „Das müssen wir gar nicht! Die meisten unserer Klienten sind völlig verunsichert und trauen kaum noch irgendjemandem oder irgendetwas. Sie sehen sich umringt von Bedrohungen, so dass wir sie erst einmal beruhigen müssen. Hardware hilft diesen Menschen, sich sicherer zu fühlen: Metallstangen, Stahltüren, Sicherheitsschlösser…"

„Also doch!", warf Vogel ein.

„Ja", räumte der Security-Chef ein, „aber nur weil wir erst danach mit unserem eigentlichen Angebot kommen können. Und das betrifft eher die Software, könnte man sagen. Wir schlagen unseren Kunden eine Neuprogrammierung vor."

„Ein Update?"

„Eher ein Reboot."

„Angstprogramm raus, Vertrauensprogramm rein? Das klingt ein bisschen nach Gehirnwäsche. Machen Ihre Klienten so einen Neustart mit?"

Nun beugte der Unternehmer sich vor, stützte seine Ellbogen auf den Schreibtisch und verschränkte seine Hände, als wollte er beten. Er musterte seinen Interviewer. „Die meisten Kunden sind sehr aufgeschlossen, wenn wir ihnen unser mentales Training vorschlagen. Meistens haben sie schon lange selbst gespürt, dass die Bedrohung eine Folge ihrer Furcht ist."

„Eine Folge?" Bertram Vogel war sich auf einmal nicht mehr sicher, dass es eine gute Idee war, seine Artikelserie über die Sicherheitsbranche mit diesem Mehrings zu beginnen. Dann rief er sich ins Gedächtnis, dass *Trust Security Service* für das letzte Jahr glänzende Geschäftszahlen vorgelegt hatte. Die Firma war dabei vom Geheimtipp zum Branchenprimus zu avancieren.

„Ja, richtig. Die Bedrohung folgt der Furcht – und nicht umgekehrt." Mehrings legte seine Unterarme auf die Tischplatte, die Handflächen nach oben gedreht. „Ich bin davon überzeugt, dass unseren Gedanken ein höchst kreatives Potential innewohnt. Und je stärker die Emotionen sind, die wir mit unseren Gedanken verbinden, umso wirkungsvoller gestalten sie unsere Realität. Wenn Sie immer wieder voller Furcht daran denken, wie eine Diebesbande in ihr Haus dringt und ihre Besitztümer davonschleppt, wird genau das irgendwann passieren."

Vogel fühlte seine Skepsis zunehmen. „Und wenn ich mich sicher wähne", warf er ein, „bin ich sicher? Es fällt mir schwer zu glauben, dass die Rechnung aufgeht."

Mehrings lächelte und zeigte sich geduldig. „Ganz so einfach ist es natürlich nicht. Ich erwähnte schon unser mentales Training. Wir haben dazu ein komplettes Programm entwickelt, das wir unseren Kunden in Seminaren vermitteln."

Über diese Fortbildungen hatte Vogel schon auf der Firmenwebsite gelesen. Ihm war der Inhalt aber irgendwie sachbezogener vorgekommen. Nun ärgerte er sich, dass er diesen Punkt nicht genauer recherchiert hatte. „Also sind Sie in Wirklichkeit ein Unternehmen, das Bildung verkauft."

„Absolut!" Der Unternehmer lachte zufrieden. „Wir bilden Vertrauensfähigkeit aus. Alles andere ist diesem Ziel untergeordnet."

Ernst Feig war ein Kind weltoffener, liberaler und atheistischer Eltern. Ihm war schon früh beigebracht worden an die Errungenschaften des Menschen zu glauben, nicht an die Versprechen der Götter. Gott hatten seine Eltern für eine Erfindung des ungebildeten Geistes gehalten, geschaffen um Ängste zu bändigen oder Gewissen zu beruhigen. Religion war in ihren Augen eine Geißel der Menschheit gewesen, ein Instrument zur Knechtung der Machtlosen. Die Bewunderung seiner Eltern für die Großen der Wissenschaft und Kunst, für die unerschrockenen Denker der Aufklärung hatte ihn geprägt. Es war eine kritische Wertschätzung gewesen, frei von Naivität und Fanatismus. Voltaire wurde verehrt, Robert Koch ebenso. Man schätzte Kopernikus und Kant genauso wie Klee und Camus, aber auch Carl von Ossietzky,

Dietrich Bonhoeffer und natürlich Gandhi für ihren mutigen Kampf gegen Unrecht und Unterdrückung.

Von seinem Vater hatte Feig die Nietzsche-Begeisterung übernommen. Dieser wortgewaltige Philosoph und Pfaffen-hasser hatte den jungen Ernst bald in seinen Bann geschlagen. Wenn er heute zurückblickte, musste er feststellen, dass Friedrich Nietzsche ihn in seinem Werdegang stärker beeinflusst hatte als sonst jemand. Es war für ihn erlösend gewesen zu lesen, wie erbarmungslos dieser Titan die Scheinheiligkeit „so genannter" Christen aufdeckte. Für den heutigen Geschmack war er natürlich etwas zu pathetisch, aber diese Stilfärbung musste man vor dem Hintergrund des ausgehenden 19. Jahrhunderts relativieren. Was blieb, war eine scharfe Analyse menschlicher Unaufrichtigkeit. Und die war ganz nach dem Geschmack des jungen Ernst gewesen.

Es war auch Nietzsches Verdienst, ihn auf die historische Gestalt des Jesus von Nazareth aufmerksam zu machen. Feig war irgendwann über Nietzsches provokative Behauptung gestolpert, dass der letzte Christ vor 2000 Jahren am Kreuz gestorben war. Es gab also keine Christen, zumindest keine aufrichtigen. Aber es gab einen Christus. Offenbar hatte es diesen charismatischen Wanderprediger gegeben. Ihn aber zu einem Gottessohn zu erklären, war natürlich Unfug. Der Rabbi war ein Mensch, nicht mehr und nicht weniger. Feig war gerne bereit anzuerkennen, dass dieser Nazarener über besondere Fähigkeiten und eine große geistige Klarheit verfügte. Dass zeigte aber nur, wozu Menschen, die kompromisslos ihre Wahrheit verfochten, in der Lage sind. Man musste keine überirdischen Mächte bemühen, um die Resonanz des Predigers zu erklären.

Dass der „letzte Christ", wie Nietzsche ihn bezeichnete, seinen Zeitgenossen reinen Wein einschenkte, hatte Feig in seiner Jugend natürlich gefallen. Der Mann Jesus war ein kluger Revolutionär gewesen, der es geschickt vermieden hatte, sich von irgendeiner Sekte oder Partei vereinnahmen zu lassen. Seine rhetorischen Fähigkeiten waren beeindruckend und es gelang ihm jede philosophische oder logische Fallgrube mit bestechender Gewandtheit zu umgehen. Die Spitzfindigkeiten seiner Widersacher ließ er allesamt souverän ins Leere laufen. Die Wahrheit des Nazareners hatte etwas Entwaffnendes, und doch war der Rabbi selbst mitnichten ein Weichei. Wenn es die Heuchler zu weit trieben, konnte mit ihm schon mal der Maulesel durchgehen.

Aber es gab eine Wendung im Leben des Wanderpredigers, die Ernst Feig absolut unmöglich fand. Es störte ihn nicht, dass Jesus von seinem göttlichen Vater sprach. Solche Formulierungen waren lediglich Gleichnisse, die der Mann nutzte, um sich seinen Zeitgenossen verständlich zu machen. *Gott* war bloß eine Chiffre wie *Himmel, Weinberg* oder *Brunnen*. Nein, was Feig am Leben Christi wirklich störte und was er entschieden ablehnte, war dessen Ende.

Als Bühnenkünstler wusste er, wie wichtig Inszenierung war. Und so kritisch, wie er seine eigenen Inszenierungen prüfte, blickte er auch auf die Stücke, die die anderen aufführten. Denn selbstverständlich setzten sich alle auf ihrer eigenen Bühne ebenso fortlaufend in Szene. Und die Art, wie dieser Jesus sich als Opferlamm inszeniert hatte, war ihm zuwider. Eine solch dramaturgische Keule beleidigte seinen literarischen Sinn. Das zum kosmischen Ereignis hochstilisierte Opfer machte ihn, der das doch gar nicht wollte, zum Nutznießer einer scheußlichen Hinrichtung. Die Vorstellung, dass das damals vergossene Blut ihn erlöste, hatte Feig immer als grotesk empfunden. Enttäuschend, geradezu schäbig fand er es jedoch, dass der Rabbi einen treuen Anhänger in die Rolle des Verräters drängte, damit er, Jesus Christus, selbst als unschuldiges Opfer ins Rampenlicht der Geschichte treten konnte.

Judas Iskariot hatte sofort Feigs Sympathie auf sich gezogen. Der vielfach verdammte Jünger zeigte soziales Engagement, blickte nüchtern-realistisch auf die Welt seiner Zeit und war pragmatisch veranlagt. Er war derjenige, der mit Geld umgehen konnte, ein Logistiker mit einem ausgesprochenen Organisationstalent. Judas hatte die naiven Schwärmer, die Jesus in Scharen umgaben, mit grundlegenden Fakten konfrontiert. Schonungslos rief er ihnen in Erinnerung, was Sache war: Himmel und Frieden schön und gut, aber hier und jetzt werden wir von den Römern drangsaliert und ausgequetscht. Oder: Der Massenauflauf bei den Predigten unseres geliebten Rabbi ist natürlich toll, aber wer sorgt für das Catering? Und wo sollen all die Leute schlafen, wenn es regnet? Oder: Es gibt zu viele Jünger, die nur dasitzen und dem Meister lauschen. Woher soll das Geld kommen, um sie alle durchzufüttern? Überhaupt Geld! Was tun wir eigentlich ganz konkret, um das Los der Armen und Elenden zu verbessern? Während die meisten anderen Jünger vertrauensselig in den Tag hineinlebten, vage hoffend auf das Himmelreich, machte sich Judas keine Illusionen. Er wusste, wie der Hase läuft.

Dass ausgerechnet dieser umsichtige Realist, der wirklich das Wohl der Bedürftigen im Sinne hatte, in die Rolle des Verräters gezwungen wurde, war für Feig schon immer schwer zu ertragen gewesen. Noch heute stellten sich ihm die Nackenhaare auf, wenn er Kirchenleute sagen hörte, dass der Heiland für alle Menschen gestorben sei. Und für wen, bitte schön, ist Judas gestorben, pflegte er dann zu fragen. Er hatte nie eine Antwort erhalten, zumindest keine mutige. Meistens gab es die gleiche Erwiderung in verschiedenen Variationen: Der falsche Jünger habe sich selbst gerichtet, als er seinen Meister verriet. Dass dieser Rabbi ohne ihn seinen Opfertod gar nicht hätte sterben können, wollten die Kirchenleute partout nicht gelten lassen. Der Iskariot hatte nun mal das Licht an die Welt verraten und damit sich selbst den Stecker gezogen.

Ernst Feig hatte sich das so nie bewusstgemacht, aber was ihn zu seiner Bühnenarbeit innerlich motivierte, war nicht weniger als eine Rehabilitierung des Judas. In ihm sah er nämlich den wahren Helden des Christusdramas, einen, der nicht nur sein Leben, sondern auch noch seinen guten Ruf für den geliebten Meister hergab. Ihm, den zahllose Generationen so genannter Christen in die tiefste der sieben Höllengruben verbannt hatten, wollte der Kabarettist eine Stimme verleihen. Judas, der vermeintliche Antichrist, sollte in seinen Stücken wieder zum Leben erwachen.

In einem tieferen, grundlegenden Sinn rührte Feigs Erfolg daher, dass die Zeit reif war für eine Revision der Christus-Inszenierung. Der allzu schlichte Gegensatz zwischen dem guten Gott und dem bösen Judas befriedigte den Sinn vieler Menschen nicht länger. Intuitiv spürten sie den inneren Zusammenhang zwischen den beiden Kontrahenten. Die Gebildeten seines Publikums fühlten sich deshalb von der Dialektik in Feigs Monologen angezogen. Die Art und Weise wie er Gut und Böse relativierte, sprach diese Leute an. Andere, die sich selbst als spirituelle Sucher verstanden, sahen im Kabarettisten den Propheten einer nondualistischen Weltsicht. Ernst Feig schien auf eine Einheit hinzuweisen, die jenseits von Richtig und Falsch, jenseits von Opfer und Täter existierte. Wie er glaubten sie weder an Hölle noch an ewige Verdammnis. So hing sein Erfolg auch mit einem Wandel im religiösen Bedürfnis seiner Zeitgenossen zusammen. Verständlich wurde er erst vor dem Hintergrund der christlichen Tradition.

Sylvia Brunn kam später als üblich nach Hause. Auf der Heimfahrt nach dem Besuch in der Klinik war sie in einen Stau geraten, was sie sehr genervt hatte. Als sie endlich ihr Auto in der Tiefgarage ihrer Wohnung geparkt hatte, fühlte sie sich abgeschlafft und unzufrieden. Entgegen ihrer Gewohnheit nahm sie den Lift in den zweiten Stock. Kaum betrat sie ihre Wohnung, fing ihr Kater an um ihre Beine zu schleichen. Laut maunzend beschwerte das Tier sich über seine desolate Versorgungslage. Während Lehrerin Brunn ihren Schülern gegenüber stets sehr geradlinig und unbeirrbar war, ließ sie in Bezug auf ihren Libero jede Konsequenz vermissen. Anders gesagt: Sie hatte ihn verwöhnt. Brekkies mit Lachs und Thunfisch? Trockenfutter der Sorte Deliziös mit Krebsfleisch und Forelle? Nicht für ihn! Der Herr des Hauses war es gewöhnt seine tägliche Portion rohes Fleisch zu verzehren. Er liebte Hühnchen und Truthahn, war aber auch bereit sich auf Rind und Ente einzulassen. Mit Lamm brauchte man ihm nicht zu kommen. Schweinefleisch war sowieso ein No-Go. Herzen und Mägen fraß er für sein Leben gern. Ganz vernarrt war er in Leber, aber da wurde er dann doch ein bisschen kurzgehalten. Zu viel davon, das wusste sein Frauchen, würde dem Tier schaden.

Es überraschte Sylvia also nicht, dass Libero seine Notration Brekkies gar nicht angerührt hatte. Der Napf war noch genauso voll wie am Morgen. Ohne ihren Mantel vorher auszuziehen, ging sie zum Kühlschrank und holte eine Plastiktüte mit Puteninnereien heraus. Sie gab die Hälfte davon in eine Schüssel und stellte sie dem Kater hin. Der ließ sich nicht zweimal bitten und holte mit Hingabe und Konzentration sein Mittagessen nach. Die Lehrerin blickte auf ihren Libero hinab und dachte über sein Verhalten nach.

Ohne Bedenken oder schlechtes Gewissen schlemmte das Tier sein Edelfutter. Ganz offensichtlich kümmerte es den Kater nicht, dass er sich sein Fressen nicht selbst verdient hatte. Er war nicht Beute jagend stundenlang über die Felder geschlichen, hatte vor keiner Mäusehöhle geduldig ausharren müssen. Kein einziges Mal war er einer auffliegenden Amsel hinterhergesprungen. Nein, vielmehr hatte er im gut beheizten Wohnzimmer auf dem Sofa gechillt und am Ende bloß ein wenig jammern müssen, damit für ihn angerichtet wurde. Seine Welt war in Ordnung. Er fraß, was ihm schmeckte, und dachte sich nichts dabei. Warum sich ein gutes Mahl entsagen? Warum auf trockenen Bröckchen herumbeißen, wenn er sich auch an saftigem Frischfutter laben konnte?

Sylvia Brunn schüttelte lächelnd den Kopf. Obwohl Kater Libero auf gravierende Weise gegen ihre Glaubenssätze verstieß, konnte sie dem Tier nicht böse sein. Sie erlaubte ihm ein Ausmaß an Unbeschwertheit und Gleichmut, das sie sich selbst untersagte. Sie war zutiefst davon überzeugt, dass es das Leben mit einem nicht gut meinte. Sie betrachtete es als unzuverlässig und unberechenbar. Bereits in jungen Jahren hatte sich in ihr die Auffassung gefestigt, dass jedes Angenehme und Gute dem Dasein abgetrotzt werden musste. Das Leben schenkte einem nichts – und sie würde sich auch nichts schenken. Sie wollte nicht von irgendwelchen Gunstbezeugungen abhängig sein, wollte sich ihren Erfolg selbst verdienen. Auch heute noch tat sie viel dafür, sich die Richtigkeit dieses Glaubenssatzes zu bestätigen.

Schon in aller Früh, kaum aus dem Bett, zwang sie sich eine Viertelstunde auf ihrem Ergometer zu rackern, bevor sie sich ihre erste Tasse Kaffee gönnte. Dann, vor dem Kleiderschrank, wählte sie selten ihre Lieblingsklamotten aus. Die Freude eines eleganten Outfits musste zunächst verdient werden. Erst nachdem sie Wochen lang in alltäglicher und wenig ansprechender Kluft herumgelaufen war, konnte sie sich einmal gestatten, ihr teures Burberry-Kleid zu tragen. Wenn in der Schule der Unterricht vorbei war, erlaubte sie sich keine Pause. Sie machte immer gleich mit der Korrekturarbeit weiter und fuhr erst nach Hause, wenn alles erledigt war. Erst die Leistung, dann die Belohnung. Sie war streng, aber gerecht – und Letzteres konnte man vom Leben nun ja nicht gerade sagen.

Ohne dass sie das selbst je so formuliert hätte, war ihre ganze Existenz doch im Wesentlichen ein mühseliger Kampf gegen die Tücken des Daseins. Immer wieder suchte und fand sie neue Beschwerlichkeiten in der festen Überzeugung, so den Wechselfällen des Lebens zuvorkommen zu können. Je mehr sie sich mühte, umso stärker wuchs in ihr ein Gefühl von Sicherheit: *Ich habe mein Leben im Griff. Ich verlasse mich nicht auf das wankelmütige Schicksal.* Durch ihr tiefes Misstrauen gegenüber dem Leben war sie hart und starr geworden. Sie konnte nicht mit den natürlichen Rhythmen des Daseins mitgehen, sich den Wellenbewegungen im Lauf der Dinge hingeben. Und auch im Umgang mit anderen Menschen fehlte es ihr an Geschmeidigkeit und Spontaneität. Ihre vermeintliche Autonomie, ihre störrische Ich-Behauptung gegenüber der Wandelbarkeit alles Existierenden hatte sie zu einer unglücklichen, freudlosen Frau gemacht.

Sylvia Brunn blickte auf ihren Kater herunter. Das Tier hatte inzwischen sein verspätetes Mittagsmahl komplett verspeist und sogar den Napf sauber geschleckt. Nun räkelte es sich genüsslich und trollte anschließend ohne die Andeutung eines Dankeschöns ins Wohnzimmer. Sie wusste, dass Libero es sich auf dem Sofa bequem machen würde, und schaute ihm mit gemischten Gefühlen nach.

Dass sie unter ihrem eigenen Starrsinn litt, zeigte sich besonders drastisch, wenn Sylvia auf Menschen stieß, die ganz anders waren, die mit provozierender Gelassenheit und scheinbar ohne jede Vorsorge durchs Leben gingen. Solche Leute, die einfach in den Tag hineinlebten, die nicht fortwährend die Kontrolle behalten mussten und trotzdem ganz gut zurechtkamen, waren für sie eine Zumutung. Sie mochte sie nicht und fühlte sich von ihnen provoziert. Dieser Mehrings war so jemand, der Vater dieses Bürschchens André. Jedes Mal, wenn sie ihm begegnete, kam es ihr vor, als würde er sich über sie lustig machen. Sie merkte doch, wie er auf sie herabschaute, auf die brave, biedere Lehrerin. Er sollte bloß nicht meinen, dass er ihr in Sachen Lebensführung etwas beibringen konnte. Vorbildlich klang das alles ja nicht gerade, was sie über ihn gehört hatte.

Da der Inhaber der Sicherheitsfirma inzwischen eine lokale Größe war, wurde viel über ihn geredet. Sylvia Brunn hatte immer wieder mal was davon mitbekommen. Jahrelang soll dieser Mann von der Hand in den Mund gelebt und sich irgendwie durchs Leben geschlagen haben. Das war sogar ganz wörtlich zu verstehen, denn offenbar verdingte er sich in jungen Jahren als Boxer. Immer wieder hatte er etwas Neues angefangen, mal hier, mal dort gearbeitet. Der Typ war ein Vagabund, ein Streuner, der sich einfach treiben ließ und keine Verantwortung für sich oder andere übernahm. Wie es hieß, sei seine Frau schließlich vor lauter Sorge krank geworden. Und selbst da habe er sich kaum um sie gekümmert. Man munkelte, dass er als Freiberufler nur schlecht krankenversichert war. Sie waren ja jung, es würde schon alles gut gehen. Na, von wegen! Die Ehefrau starb einfach mir nichts dir nichts. Wie lange war das jetzt her? Zwei Jahre? Eigentlich keine Zeit, aber der Mann wurde schon seit längerem in neuer weiblicher Begleitung gesehen.

Hätte man Sylvia Brunn direkt gefragt, hätte sie es sicher weit von sich gewiesen, aber Tatsache war, dass sie Mike Mehrings als eine Bedrohung empfand. Mit seiner ganzen Lebensweise, seiner Unbekümmertheit und auch seinem Frohsinn stellte er ihre innersten Überzeugungen in Frage. Wenn sie ihn und das, wofür er stand, akzeptierte, wenn sie ihn einfach sein ließ, musste sie sich zwangsläufig eingestehen, dass sie selbst ihr Leben völlig unnötig schwernahm. Den Schmerz, den ihr diese Erkenntnis verursachen würde, spürte sie unterschwellig wie einen lebensbedrohlichen Schatten. Und deshalb mobilisierte dieser Mann in ihr einen so entschiedenen Widerstand.

Dennoch waren Sylvia Brunns Einstellungen nicht so fest zementiert, wie diese Ablehnung vermuten ließ. Dass sie in der Lage war ihrem Kater mit so viel Toleranz zu begegnen, zeigte gerade, dass sie angefangen hatte andere Glaubenssätze als ihre eigenen für möglich zu halten. Es war, als ob sie am Beispiel ihres geliebten Haustieres erfahren wollte, wie es sich anfühlte, das Leben ohne Schuldgefühle zu genießen. Nicht nur sein dichtes Fell, auch Liberos Selbstwertgefühl war durch und durch gesund. Der Kater bejahte sein Leben uneingeschränkt. Sylvia Brunn lernte gerade sich darüber mit ihm zu freuen.

Pfarrer Weinberg hatte vorgeschlagen draußen zu bleiben und ein wenig über den Friedhof zu schlendern. „Wenn Sie wirklich beichten wollen", hatte er gemeint, „können wir gerne den Beichtstuhl aufsuchen. Aber wenn ich Sie richtig verstanden habe, suchen Sie eher Beistand und Orientierung auf Ihrem geistigen Weg. Da passt es ganz gut ein paar Schritte zu gehen."

Als sie dann langsam zwischen den Gräbern gingen, merkte Jasmin Conradi, wie müde sie war. Sie wollte deshalb gleich zur Sache kommen, wusste aber nicht so recht wie. „Ich habe immer gedacht, Religion wäre etwas Altes und – ja irgendwie auch Altmodisches. Der Sohn Gottes hätte vor langer Zeit gelebt, wäre dann gestorben und würde seitdem im Himmel über die Herde der Seinen wachen. Nun aber ist mir Gott plötzlich ganz nah, ganz unmittelbar gegenwärtig. Verstehen Sie?"

Weinberg lächelte. „Natürlich. Unser Herr ist ein lebendiger Gott."

„Ich meine, ich fühle ihn in mir, hier und jetzt."

Der Priester blickte die Ärztin kurz von der Seite an, als wollte er an ihrem Aussehen den Wert ihrer Aussage prüfen. Dann lächelte er erneut. „Wer Gott mit dem Herzen ruft, dem steht Er bei."

„Ich weiß nicht", erwiderte Conradi nachdenklich, „ob ich Ihn gerufen habe, aber ich weiß, dass Er da ist und mich irgendwie lenkt."

Das schien den Geistlichen nicht zu verwundern. „Wir alle werden von Gottes Hand gelenkt", gab er zu bedenken. „Sie können sich dem Herrn getrost anvertrauen."

„Und was, wenn ich das Gefühl hätte, dass Er durch mich wirkt? Wäre das dann noch Hingabe oder schon Sünde?"

Pfarrer Weinberger runzelte die Stirn und wägte seine Worte ab. „Ich bin mir nicht sicher, ob ich Sie richtig verstehe. Erzählen Sie mir bitte, wie Sie diese … Wirkung erleben."

„Nun …", Conradi zögerte, „mir scheint, dass Gott durch mich heilt, dass Er mir hilft zu heilen."

Pfarrer Weinberg schien unerschütterlich in seinem Glauben. „Wenn wir Gutes tun", erwiderte der Priester, „so ist das letztlich der Verdienst Gottes, dessen, der alleine gut ist. Es ist heilsam zu erkennen und anzuerkennen, dass wir ohne Gottes Hilfe machtlos wären."

Die Ärztin schüttelte irritiert den Kopf. „Ich meine das konkreter."

„Konkreter?"

Conradi nahm tief Luft. „Ich weiß plötzlich Dinge, die ich nicht wissen kann. Ich meine, ich weiß Dinge im Voraus. Oder ich sehe Dinge, bevor sie überhaupt da sind. Verstehen Sie? Das ist wie ein Wunder."

Nun war der Pfarrer vorsichtig. Er blieb stehen und blickte zu Boden. Es schien so, als wollte er beten. Dann schaute er zu ihr auf und schaute sie mit anderen Augen an. „Ich bin mir nicht sicher", erwiderte er wieder zögerlich.

Und da, in diesem Moment ihrer intimen Offenbarung, der ein Moment größerer Verletzlichkeit war, regte sich im Innern der Ärztin ein erster Zweifel. Es war noch gar kein Gedanke, erst recht kein kritischer, den sie in Worte hätte fassen können. Kaum merklich aber änderte sich ihre Stimmung. Während sie eben noch von einer fast kindlichen Vertrauensseligkeit erfüllt gewesen war, zog sich ihr Gemüt nun zusammen, so als würde es den Aggregatszustand ändern. Ausgelöst wurde dieser Wechsel durch eine kaum hörbare Veränderung im Ton ihres Gegenübers, durch das kurze, aber bedeutungsschwere Innehalten des Priesters. Sie holte tief Luft, hob den Kopf und straffte sich. Obwohl sie nicht von der Stelle wich, schien es, als würde sie zurückweichen.

Erst diese körperliche Reaktion löste in ihr ein Nachdenken aus. Vielleicht, überlegte die Ärztin, war es ein Fehler gewesen hierherzukommen. Was hatte sie sich gedacht, was hatte sie erwartet? Der Pfarrer war ein Repräsentant der Kirche, ein Hüter unverrückbarer Dogmen. Hatte sie geglaubt, er würde sie zu ihrer Erfahrung beglückwünschen? War sie zum Priester gelaufen, um von ihm eine Bestätigung zu erhalten? *Ja, Frau Conradi, in der Tat, Gott hat Sie gerufen. Mehr noch: Sie wurden vom Herrn berufen.* Natürlich konnte sie dieses Bedürfnis nicht von der Hand weisen. Sie suchte tatsächlich die Vergewisserung, dass das, was mit ihr passierte, gut war oder Gutes verhieß. Sie brauchte eine Autorität in Glaubensfragen, einen spirituellen Führer, weil sie es bisher überhaupt nicht gewohnt war auf ihr Innenleben zu achten. Bis zum gestrigen Tag hatte sie sich darauf konzentriert, die Erwartungen anderer zu erfüllen, und das war ihr auch gut gelungen. Sie war stets davon überzeugt gewesen, dass der Sinn ihres Lebens darin bestand, das zu tun, was ihre Umgebung von ihr wollte. Deshalb hatte die plötzliche Begegnung mit einem inneren Wollen ihre ganze Wahrnehmung verschoben, ihr Selbstbild verrückt. Sie war verwirrt, weil ihr Selbstverständnis auf einmal in Bewegung geraten war. Hätte man sie als Kind bereits ermuntert auf ihre Intuition zu horchen, wäre ihr dieses größere Wollen nicht so fremd vorgekommen.

Wegen diesem Mangel an Übung im Umgang mit inneren Regungen schenkte sie ihrem Stimmungswandel nicht die nötige Beachtung. Sie schob ihre Zweifel beiseite und redete sich ein, dass sie bloß mal wieder zu schüchtern war, den Mund aufzumachen und von sich zu erzählen. Also gab sie sich einen Ruck und fing an zu berichten. Sie erzählte von ihrer Begegnung mit dem Knaben, dessen Fuß von einem Nagel durchbohrt war, von ihrem eigenen Schmerz an der gleichen Stelle, vom überwältigenden Mitgefühl, von ihrer inneren Gewissheit und von der Vision des heilen Fußes. Sie schilderte alles so sachlich und nüchtern wie möglich und achtete darauf möglichst unaufgeregt zu klingen. Instinktiv verschwieg sie jedoch die sonderbare Botschaft, die Verkündigung, die ihr plötzlich in den Sinn gekommen war. *Heil ist der Fuß, der meinen Weg geht, denn die Liebe kennt keine Verletzung. Unversehrtheit ist die Bestimmung aller. Geh' und heile!* Eine innere Weisheit hielt sie davon ab, diese Botschaft ihrem Gegenüber zu offenbaren. Und das war auch gut so.

Pfarrer Sebastian Weinberg hörte aufmerksam zu und blickte dabei zunehmend sorgenvoll, ja fast ein wenig gepei-

nigt. Er sah sich selbst in erster Linie als Seelsorger, als Tröster der Traurigen, als jemand, der die Gebeugten mit dem
Wort Gottes aufrichtet und den Verängstigten Mut macht.
Als solcher erkannte er in Jesus Christus sein großes Vorbild.
Der Mann Jesus war für ihn ein barmherziger Trostspender,
ein aufopferungsvoller Sozialarbeiter und ein geduldiger Lehrer, der die Menschen zu Gott hinführte. Ihm war natürlich
klar, dass er als Priester der katholischen Kirche quasi von
Amtswegen verpflichtet war, an Wunder zu glauben. Aber sie
waren für ihn nicht wichtig, nicht das Entscheidende. Wenn
er ehrlich war, sah Weinberg in ihnen nicht viel mehr als
spektakuläre Zaubertricks, vorgeführt, um die Kleingläubigen
von der Größe Gottes zu überzeugen. Wer dagegen Gott im
Herzen trug, so seine Überzeugung, bedurfte keiner Mirakel,
keiner Magie. Wer wirklich an Gott glaubte, brauchte keine
Zeichen oder Beweise. Vielmehr verdarben solche überna-
türlichen Erscheinungen den wahren, inneren Glauben.
Denn sie banden die Menschen an Äußerlichkeiten, an uner-
klärliche Phänomene und aufsehenerregende Kunststücke.
Dann waren sie wie Kinder, die ebenfalls das Spektakel lieben. Und wenn irgendein neuer Heilsbringer daherkam und
ihren Verstand mit tollen Wundern verblüffte, so liefen sie
eben diesem ohne zu zögern hinterher.

Die Ärztin bemerkte, dass ihr Bericht auf Skepsis stieß,
und halb im Scherz, halb in Sorge sprach sie den Priester darauf an. „Hätte ich also doch lieber beichten sollen?"

Weinberg reagierte etwas heftig, fast schon verärgert.
„Wieso? Ich erkenne keine Sünde." Dann schwieg er wieder
und setzte kopfschüttelnd seinen Gang fort. Erstaunt hatte
er seine eigene Verstimmung registriert. Er konnte sich diese
Gereiztheit nicht erklären und gleichzeitig widerstrebte es
ihm, die Ursache dafür zu ergründen. Hätte er offen danach
gefragt, wäre ihm aufgegangen, dass diese scheinbar unbe-

darfte Ärztin ihn an einen anderen Christus erinnerte, nicht an den engagierten Streetworker, der zum Sprachrohr der Benachteiligten wurde, nicht an den mildtätigen Gottessohn, der den Armen und Kranken half. Die Erzählung dieser Frau brachte ihm einen Christus in Erinnerung, der aufrüttelte, der wie ein kompromissloser Dämon zersetzend in wohlgeordnete Verhältnisse einbrach, der jeden Mann und jede Frau mit sich selbst konfrontierte. Weinberg hatte diesen Erneuerer, der das Schwert brachte, diesen Zerstörer aller Illusionen mit den Jahren zusehends verdrängt. Stattdessen hatte er sich einen Jesus geschaffen, der ihn in Frieden ließ, einen Gott nach seinem Ebenbilde: sozial engagiert, freundlich zugewandt, rücksichtsvoll und tolerant.

Da er ein einfühlsamer Mensch war, hatte der Priester beim Zuhören genau gespürt, wie dieser andere Christus das Leben der Ärztin auf den Kopf gestellt hatte. Der Gekreuzigte war ihr als stechender Schmerz in den Fuß gefahren. Im Grunde wusste Weinberg, dass sich jeder Einzelne auf den Weg machen musste, dass es nicht genügte, sich mit den Gegebenheiten zu arrangieren. *Folge mir nach und lass die Toten ihre Toten begraben.* Er kannte die Aufforderung, aber die Vorstellung ängstigte ihn.

Das Schweigen des Priesters verunsicherte Jasmin Conradi. „Sie glauben also nicht", setzte sie nach, „dass ich versucht werde, dass der Teufel meine Sinne vernebelt?"

Wieder diese Heftigkeit. „Glauben *Sie* das?" Weinberg blieb stehen und schaute sie aus funkelnden Augen an. „Frau Conradi, lassen wir das! Sie und ich kommen ohne den Teufel aus." Dann wurde er plötzlich versöhnlicher. „Ich wäre ein schlechter Priester, Frau Doktor, wenn ich nicht an Wunder glauben würde."

Die Ärztin horchte auf.

„Allerdings", fuhr der Pfarrer fort, „würde ich Ihre Erfahrung nicht als ein solches bezeichnen. Eine gewisse Hellsichtigkeit kann ganz natürlich und spontan auftreten. Und Mitgefühl ist im Grunde die natürlichste Regung unseres Herzens. Sie sind eine empfindsame Frau und waren wahrscheinlich übermüdet. Dann kann es zu solchen Überreaktionen kommen. Machen Sie sich keine Sorgen, Frau Conradi! Nehmen Sie sich ein paar Tage frei, fahren Sie aufs Land! Machen Sie einen langen Spaziergang in der Natur! Sie werden sehen, bald sind Sie wieder die Alte."

2. Neue Töne

Der Himmel über dem Silpios-Gebirge fängt gerade an sich zu lichten, die ersten Sterne verblassen bereits. Doch unten am östlichen Ufer des Flusses, dort, wo mächtige Steinstufen von der Straße zum Wasser hinabführen, weiß die Nacht noch nichts vom Herannahen des Tages. Das Mondlicht liegt friedlich schimmernd auf dem Wasser. In der Stadt herrscht Ruhe. Noch sind keine Boten und Brotjungen unterwegs, noch haben sich keine Wasserweiber eingefunden. Spätestens zur zweiten Stunde werden die Händler kommen und die Straßen mit ihren Schreien erfüllen. In das endlose Gewirr der Gassen Antiochiens wird sich das Leben mit all seinen Farben und Gerüchen ergießen.

Die gut zwei Dutzend Männer, die sich unweit des Stromes versammelt haben, mögen keinen Lärm. Vereint im stillen Gebet stehen sie zu dieser frühen Stunde in einem großen Kreis, der zum Wasser hin geöffnet ist. Alle halten die geöffneten Hände auf Augenhöhe, die Handflächen zur Kreismitte gedreht. Die meisten stehen mit geschlossenen Augen da. Manche bewegen rhythmisch Kopf und Rumpf, während ihre Lippen lautlose Worte bilden. Ungestört möchten sie sein, die Gläubigen, für sich und unbeobachtet. Unter ihnen sind zwei hellenische Händler aus Lykien, ein römischer Offizier, ein ägyptischer Bierbrauer, ein phönizischer Reeder mit seinem Sohn und zwei ältere syrische Großbauern. Die meisten Männer in der Runde gehören jedoch zum Volksstamm der Hebräer oder Iwrim, wie sie sich selbst nennen. Auch ihr Anführer ist ein Iwri, ein Mann namens Simon Bar Jona, den alle in der Regel nur Kefa nennen.

Dieser groß gewachsene Mann hebt schließlich sein Haupt und lässt die Hände sinken. Schweigend geht sein Blick zu den Neuen hinüber und er nimmt jeden von ihnen kurz in Augenschein. Offenbar zufrieden, nickt er einige Male. „Seid ihr bereit?"

Jeder der Angesprochenen bejaht diese Frage und tut das, gemäß dem Brauch, in seiner Muttersprache. Genau in diesem Moment, da Simon dieses „Ja" auf Griechisch und Latein, Aramäisch, Phönizisch und Ägyptisch hört, nimmt er von der Seite her wahr, wie einer der älteren Iwrim ein missbilligendes Schnaufen von sich gibt. Ohne genau hinzusehen, weiß er, dass es Elihu ist, der diese Reaktion von sich gibt. Er kennt den eifrigen Weinbauer gut, denn er stammt wie er selbst aus Bethsaida. Innerlich macht sich Simon Bar Jona auf einen Disput gefasst. Dann streckt er seinen rechten Arm aus und deutet mit der geöffneten Hand auf die Neuen. „Diese Männer", beginnt er seine Ansprache, „haben den Ruf des Heiligen Geistes vernommen, den Ruf unseres Herrn Jeschua. Er hat ihnen Herz und Sinn für die Wahrheit des Auferstandenen aufgetan. Durch seine Führung fanden diese Brüder den Weg in unsere Gemeinde. Ihr alle habt euch davon überzeugen können, dass der Glaube dieser Männer herzlich und rein ist. Sie haben allen Göttern außer dem Einen, unserem Herrn, abgeschworen. Wir haben uns hier versammelt, um sie mit der heiligen Taufe in unsere Gemeinschaft aufzunehmen. Sie sollen eintauchen in das Wasser des Lebens, das ihre Seelen auf immer erquickt, und damit Teil des göttlichen Geistes werden, so wie es der Gesalbte uns vorgemacht hat." Simon hält inne und schaut in die Runde. „Wer gegen die Taufe dieser Brüder Einwände hat, soll sie jetzt vorbringen."

Darauf hat Elihu gewartet. Er reckt das Kinn nach vorne. „Stimmt es", beginnt er streitsüchtig, „dass diese Fremden unsere Gesetze missachten?"

Simon lächelt schwach und nickt zur Bestätigung. „Es sind keine Iwrim, Elihu, und damit sind die Gesetze der Thora für sie nicht bindend."

„Aber, Kefa, wie soll das gehen? Wie können sie Teil unserer Gemeinde sein, wenn sie den Schabbat nicht einhalten, *wenn sie unbeschnitten sind und unreine Speisen essen?"*

„Unsere Gemeinschaft, Elihu, ist die Gemeinschaft des Herrn. Er hat uns gezeigt, dass alle, die guten Willens sind und an den Meschiah glauben, dazu gehören."

Das überzeugt Elihu nicht. Er schaut nach links und rechts zu den anderen Iwrim, offenbar in der Hoffnung auf Unterstützung. „Mosche hat uns gelehrt, dass die Gesetze Jahwes für jeden gelten, der unter unserem Dach lebt oder mit uns den Tisch teilt. Hat uns Rabbi Jeschua etwa geboten, die Worte des Propheten beiseite zu schieben?"

Simon Bar Jona bleibt ruhig und spricht mit großer Autorität. „Der Auferstandene selbst hat uns aufgetragen, Angehörige aller Völker zu seinen Jüngern zu machen. Der Glaube allein sollte dabei entscheidend sein."

Es fällt dem stolzen Iwrim sichtlich schwer sich das vorzustellen. „Und was wird aus uns? Rabbi Jeschua war einer von uns, sollen wir das etwa leugnen? Ist es nun auf einmal egal, ob wir die Gesetze achten oder nicht?"

„Nein, Elihu", erwidert Simon kopfschüttelnd, „du bist ein Enkel Davids und wirst als Iwrim immer eine Sonderstellung im großen Haus des Herrn haben. Wir, die Nachfahren Israels, haben auf ewig die Aufgabe, den heiligen Bund zwischen Gott und den Seinen mit unseren Leben zu bestätigen. Wir bleiben den Gesetzen treu – weil sie auf ewig Geltung haben werden. Aber ohne Glaube ist unsere Gesetzestreue bloß Heuchelei. Das hat uns der Herr gelehrt."

Elihu reagiert sofort. „Und was ist Glaube ohne Gesetz? Wo bleibt da die göttliche Ordnung?"

Simon breitet die Arme aus, um seinen Worten Nachdruck zu verleihen. „Elihu, mein Bruder, es wird eine neue Ordnung geben. Die alte Ordnung, der Bund zwischen Noah und Gott wird dadurch aber nicht ausgelöscht. Sie wird in unserer Glaubensgemeinschaft enthalten sein und darin ihre Erfül-

lung finden." Der wortgewaltige Anführer geht ein paar Schritte auf Elihu zu. „Israel", setzt er nun leiser seine Rede fort, „ist das Volk, aus dem unser Herr, der Gesalbte, hervorgegangen ist. Das Land Davids ist die Erde, die den Leib Jeschuas gebar, der Boden, aus dem seine Botschaft der Liebe wie ein gewaltiger Baum emporwächst. Seine lichtdurchfluteten Äste reichen bis in den Himmel, aber seine Wurzeln langen tief hinab in das geheiligte Land. Nun kommen andere Völker herbei, um von den Früchten dieses königlichen Baumes zu nehmen. Du als Iwri hütest die Erde, aus dem die Herrschaft des Herrn sich täglich erneuert. Aber die Fremden tragen mit den Früchten auch die Samen in ihre Heimatländer. So findet die Botschaft des Herrn in der Welt Verbreitung und überall werden neue Gemeinden der brüderlichen Liebe keimen."

Diese Worte finden Anklang bei den umstehenden Iwrim und viele nicken zustimmend.

Da weiß Simon, dass er die Gemeinde hinter sich hat und beschließt seine Antwort auf den Punkt zu bringen, um so das Streitgespräch friedlich, aber auch überzeugend zu beenden. „Sei stolz, Elihu, ein Enkel Davids zu sein! Trage deine Herkunft mit Würde! Aber verlange nicht, dass Ägypter, Griechen, Römer, Aramäer und wer sonst noch ihrerseits zu Iwrim werden!"

Der Weinbauer neigt das Haupt und gibt sich damit zufrieden. „Die Weisheit des Herrn scheint wirklich mit Euch zu sein, Kefa. Möge die frohe Botschaft unseres Gesalbten sich zügig in alle Himmelsrichtungen verbreiten." Aber obwohl Elihu sich der Vormacht Kefas beugt und der Heidenmission mit einem Nicken zustimmt, ist er innerlich keineswegs überzeugt. Die Worte des großen Jüngers, des Auserwählten, haben seine Bedenken nicht zerstreuen können. Man kann doch, denkt Elihu bitter, nicht mich und die Meinen auf eine Stufe mit verhassten Römern und derben Ägyptern stellen – erst recht nicht mit diesen eingebildeten Hellenen! Das kann der Herr nicht gemeint haben, als er mit unseren Urvätern den heiligen Bund schloss. Rein halten sollten wir unser Volk. Der Glaube darf nicht verwässert werden. Innerlich sieht Elihu die Taufe hier im Fluss von Antiochien tatsächlich als eine Bedrohung, ein heidnisches Ritual, das den einzig wahren Glauben erodiert.

Simon Bar Jona hat sich bereits wieder von Elihu abgewandt. Möglich, dass er die weiterhin vorhandenen Widerstände des alten Weinbauers spürt. Möglich auch, dass er erkennt, dass der Mann einen anderen Weg zu gehen hat. Wenn er aber tatsächlich ins Herz Elihus hineinzuschauen vermag, so behält er das offenbar Gewordene für sich. „Nun denn", verkündet er mit kraftvoller Stimme, „lasst uns anfangen." Damit nimmt er sich den Überwurf von den Schultern und überlässt das feine Tuch einem jungen Mann zu seiner Rechten. Als wäre der Ablauf einstudiert, kniet ein anderer Iwri nieder und schnürt dem geheiligten Vater die Sandalen auf. Sobald dieser von den Ledersohlen befreit ist, geht er zum Fluss hin. Der Orontes ist nach den Regenfällen der letzten Tage angeschwollen. Die unterste Stufe der breiten Treppe ist überspült und nur noch schwach zu erkennen. Vorsichtig steigt Simon Bar Jona in den Strom hinunter und watet ein paar Schritte durchs kalte Wasser. Die Neulinge sind ihm gefolgt und stehen nun hintereinander am Ufer. Simon winkt den Ersten herbei. Es ist Hatnub, der Ägypter, ein großer stattlicher Mann, der seinen Oberkörper entblößt hat. Er steigt ins Wasser und bleibt vor dem Gemeindevater stehen, die Hände vor der Brust gefaltet.

Simon Bar Jona, der einst selbst Fischer war, spricht die rituelle Formel: „Vom Widder kommst du, zum Fisch wirst du. Tauche ein in den Geist Christi, so dass Er von nun an *auf ewig in dir wirken kann."* Dann drückt er den Kopf des Mannes ins dunkle Wasser. Und nachdem er ihn wieder herausgehoben hat, nickt er dem Getauften zu. *„Ich grüße dich, Bruder in Christi."* Der Ägypter verneigt sich schweigend und kehrt ans Ufer zurück. So tauft Simon an diesem Tag insgesamt acht Männer, einen nach dem anderen. Brüderlich werden die neuen Jünger anschließend auch von den anderen Iwrim begrüßt.

Franziska Dunker hatte sich bereits ihren zweiten Cappuccino zubereitet, als sie sich an ihren Bürorechner setzte und ihre E-Mails checkte. Neben diversen Einladungen, dem umständlichen Bericht eines Kirchenältesten über die defekte Heizung in der Magdalena-Kirche, dem Protokoll zur letzten Sitzung des Propsteiausschusses Asyl und Werbung eines Bibelverlages, fand sie auch eine Mail von ihrer Freundin Marit, einer lebenslustigen Musikerin, die den offenen Kreis „Spirituelle Lieder" leitete. Sie öffnete die Mail und nahm einen kleinen Schluck aus ihrer Kaffeetasse.

Hi, Franzi!

Bin gestern Abend auf einen interessanten Artikel gestoßen. Es geht darin um Vertrauen und ich musste an unser Gespräch neulich in der Kneipe denken. Vielleicht hast du Zeit und Lust den Artikel zu lesen.

Lass dich nicht unterkriegen! Ich drücke dich ganz fest.

Herzlichst

Marit

Und dann folgte ein Link zu einer überregionalen Zeitung, die Franziska als relativ liberal einstufte. Die Überschrift des Zeitungsartikels befremdete sie etwas: *Überzeugung statt Überwachung – Sicherheitsunternehmer setzt auf mentales Training.* Was hatte Marit ihr denn da geschickt? Etwas widerwillig begann sie zu lesen. Doch schon nach wenigen Zeilen war ihr Interesse geweckt.

Es klingt nach Beschwörung und Selbsthypnose, was dieser Security-Unternehmer seinen Kunden rät: Glauben Sie fest an die Sicherheit ihrer Räume und es wird keinen Einbruch geben! Oder umgekehrt: Fürchten Sie keinen Einbruch, denn ihre Furcht wird das Verbrechen wahrscheinlicher machen! Starker Tobak für den braven Bundesbürger, der sich von osteuropäischen Einbrecherbanden nur so umgeben sieht. Aber hinter dem, was wie naive Autosuggestion daherkommt, steht eines der schnellst wachsenden Unternehmen der gesamten Branche.

Mike Mehrings ist mit Sicherheit kein weltfremder Theoretiker oder esoterischer Spinner. Er kennt sich mit handfesten Sicherheitsrisiken und Bedrohungslagen aus. Als Bundeswehr-Sanitäter im Kosovo lernte er die Tücken der Tretminen hautnah kennen. Er hat verstümmelte Kinder und zerfetzte Hunde gesehen. Eindringlich berichtet er von einem achtjährigen Mädchen, das unter seinen Händen verblutete. Er erzählt es leise und man spürt: Das hat den Mann geprägt. Wer nun aber glaubt, dass der Unternehmer dadurch zum Sicherheitsfanatiker wurde, der sich mit Warn- und Schutzsystemen umgibt, sieht sich getäuscht.

Der Gründer und Inhaber von Trust Security Service (Umsatz im letzten Jahr: 129 Mio.) weiß: Sicherheit fängt im Kopf an. Der Erfolg könnte ihm Recht geben. Sein Unternehmen scheint gerade dabei zu sein unser Sicherheitsdenken zu revolutionieren: weg von Schlössern, Sensoren und Kameras hin zu sicherheitsrelevanten Glaubenssätzen. Sollte daraus ein Trend werden, könnten manche Marktführer schnell ins

Hintertreffen geraten. Die Anbieter herkömmlicher Hardware wie Panzerriegel und Alarmanlagen hätten das Nachsehen. Mehrings (42) erläutert: „Im Kosovo habe ich die amerikanischen GIs beobachtet. Die plusterten sich immer furchtbar auf und liefen sehr machomäßig durch die Gegend. Im Grunde aber steckten sie bis zum Scheitel voller Ängste. Ich konnte wiederholt erkennen, wie sie die Gefahr förmlich anzogen. Wir vom deutschen Bataillon waren nie gerne mit ihnen unterwegs, denn wo immer die GIs aufkreuzten, wurde es sofort gefährlich. Da ist mir irgendwann aufgegangen, dass die Amis selbst fortlaufend gefährliche Situationen inszenierten."

Franziska Dunker schaute auf und starrte einen Moment lang gedankenverloren auf die Wand ihr gegenüber. Dann erinnerte sie sich an ihren Cappuccino und trank ihre Tasse zügig leer. Der Kaffee war nur noch lauwarm und sie schüttelte sich kurz. Ungeduldig scrollte sie im Text runter und las weiter.

Nach eigenen Angaben beschäftigt „Trust Security Service" über 300 Mitarbeiter. Die meisten davon durchliefen zurzeit interne Fortbildungsmaßnahmen, denn die Firmenphilosophie sei so radikal anders als die der Mitbewerber, dass sie den gelernten Sicherheitskräften, technischen Beratern und Systemverkäufern erst einmal nahegebracht werden müsse. Das Unternehmen ist also nicht nur dabei die gesamte Sicherheitsbranche Deutschlands umzukrempeln, es ist auch selbst im Umbruch. Viele Mitarbeiter, die im Kundenkontakt Jahre lang auf Sicherheitstüren und -fenster geschworen hatten, mussten lernen, dass solche traditionellen Einbruchssicherungen nur dem helfen, der an sie glaubt. „Es ist ein aufregender Prozess", berichtet der Firmenchef. „Ei-

*nige Mitarbeiter sahen sich nicht in der Lage den Wandel mit-
zumachen. Das waren zum Teil Leute der ersten Stunde. Sie
haben uns schlussendlich verlassen, was für die Firma einen
bedrohlichen Aderlass bedeutete. Es gab eine Phase, da
schien der Fortbestand des Unternehmens bedroht. Dann
aber sind andere gekommen, Leute aus anderen Branchen,
insbesondere aus dem Bildungsbereich."*

*Seit diesem Umbruch sind die Zahlen beim Verkauf von Si-
cherungssystemen und Alarmanlagen stetig rückläufig. Im
Bereich Objektüberwachung ist die Lage nicht ganz so alar-
mierend, weil dort Verträge mit längeren Laufzeiten für eine
weitgehende Stabilität sorgen. Aber auch dieses Geschäfts-
feld dürfte in den nächsten Jahren schrumpfen. Die Sparte
Kurse & Seminare ist dagegen zum Kerngeschäft der Firma
avanciert. Man gebe grundsätzlich keine Daten zu Kunden
heraus, heißt es von Firmenseite, aber offenbar kommen die
Trainingsprogramme gut an. Rund 180 Seminare und Kurse
seien im letzten Jahr veranstaltet worden, die im Durchschnitt von 30 bis 35 Teilnehmern besucht wurden. Nicht nur
Hausbesitzer und Gebäudemanager nähmen an den Trai-
ningseinheiten teil, auch Hausmeister, Handwerker, Architek-
ten, ja sogar Städteplaner. Sie alle lernten bei „Trust Security
Service" an Sicherheit zu glauben.*

*Im Trainingsprogramm des innovativen Unternehmens
steckt viel Psychologie. Die Teilnehmer werden angeleitet
ihre Grundsätze und Überzeugungen zu prüfen. „Es ist erstaunlich," wundert sich Mehrings, „wie viele Menschen im
Grunde fest davon überzeugt sind, dass es irgendwann bei
ihnen zum Einbruch kommen wird. Ihre Gedanken und Sorgen
kreisen um diesen Glaubenssatz, den sie wie eine unumstößliche Tatsache betrachten. Es ist wirklich kaum zu glauben",*

ergänzt der Unternehmer, „aber viele unserer Klienten haben Schwierigkeiten sich von solchen negativen Überzeugungen zu trennen. Sie halten daran fest in der Annahme, dadurch sicherer zu sein. Das Gegenteil ist der Fall."

Mehrings ist ein pragmatischer Mensch. Er vertritt keine Theorie und ist wenig interessiert an wissenschaftlich fundierten Erklärungen. Er setzt auf seine Beobachtungen und auf die Wirksamkeit seines Trainingsprogramms. Noch ist die Wirkung der Seminare und Kurse zu wenig erforscht worden. Die Teilnehmer würden allerdings alle von einem gesteigerten Sicherheitsgefühl berichten, das alleine schon erheblich zur Besserung ihrer Lebensqualität beitrüge. Mike Mehring geht nach eigenen Angaben von einigen wenigen Grundannahmen aus. So ist sich der Firmenchef sicher, dass unsere Gedanken grundlegend für unsere Erfahrungen sind. Mit anderen Worten: Das, was wir denken, gestaltet unsere Wirklichkeit. Das gilt anscheinend vor allem für jene Gedanken, die mit starken Emotionen einhergehen, mit Angst zum Beispiel.

Hokuspokus? Wunschdenken? Offenbar nicht für die Tausenden, die bereits an den Trainingsprogrammen teilgenommen haben. Glaubt man dem Entwickler dieses Trainings, so hat in den letzten zwei Jahren bei sehr vielen Menschen ein Umdenken eingesetzt. „Klar", räumt Mehrings ein, „es gibt immer noch viele, die an Bunker und Burgen glauben, die hinter hohen, dicken Mauern Zuflucht suchen. Und das bezieht sich nicht nur auf die physische Realität. Auch in der virtuellen Realität sind viele mit dieser Einstellung unterwegs." Kopfschüttelnd verweist er darauf, dass sich zahlreiche Nutzer Schutz von „Firewalls" versprechen. Dann weiten sich seine Augen. „Und doch", ergänzt er, „gibt es inzwischen eine wachsende Anzahl von Menschen, die sich enttäuscht, erbost oder angewidert von der Angstmacherei abwenden." Das Thema bewegt ihn und er redet sich ein bisschen in Rage. Er spricht von Ärzten, die ihren Patienten Angst machen, damit sie Untersuchungen und Therapien in Anspruch nehmen, die die Krankenkassen nicht bezahlen. Nahtlos geht er über zur Politik und kritisiert jene Politiker, die Bedrohungskulissen aufbauen, um sich selbst als Garant für Sicherheit anpreisen zu können. In diesem Zusammenhang rügt er auch die Mainstreampresse, die seiner Ansicht nach viel zu einseitig auf Nachrichten fokussiert ist, die Angst machen. Meldungen, die Freude und Zuversicht wecken, kämen deutlich zu kurz. Das alles hätte dazu geführt, dass die Angst beständig zunahm, sowohl individuell als auch kollektiv. Nun aber würden sich mehr und mehr Menschen entscheiden, da nicht mehr länger mitzumachen.

Die Pröpstin blinzelte ein paar Mal und massierte sich die Stirnhaut. Das Lesen am PC ermüdete sie. Sie war eben nicht damit aufgewachsen. Während sie ihren Kopf in den Nacken legte, sann sie über den Artikel nach. Ja, dieser Unternehmer sprach ein brisantes und hochaktuelles Thema an. Es überraschte sie, dass es Manager gab, die so dachten. Sie las schließlich auch noch den letzten Abschnitt, der – leider, wie sie fand – von der Skepsis des Journalisten geprägt war.

Die Frage muss erlaubt sein, ob der findige Unternehmer nicht seinerseits einen unheilvollen Trend an die Wand malt, um sich selbst als die lichtere und gesündere Alternative anzupreisen. Bei allem Engagement und Idealismus bleibt Mike Mehrings natürlich ein Unternehmer, der darauf achten muss, dass die Zahlen stimmen. Zudem ist seine Vorgehensweise nicht ohne Risiko. Was passiert, wenn bei den ersten

Klienten, die nach durchlaufenem Training ihre Alarmanlage entfernen ließen, eingebrochen wird? „Im rechtlichen Sinne", betont der Firmenchef, „haftet selbstverständlich der Hausbesitzer oder -verwalter selbst. Schließlich ist es seine Entscheidung auf Überwachungssysteme zu verzichten. Aber", gibt sich der Mann sicher, „sofern der Klient wirklich seine Glaubenssätze von Furcht und Negativität bereinigt hat, wird es nicht zum Einbruch kommen." Das ist eine gewagte Prognose und es bleibt abzuwarten, was passiert, wenn eine Versicherung nicht für den Schaden aufkommt, weil die Alarmanlage fehlte. Dann kann das Geschäftsmodell der Firma „Trust Security Service" schnell an Attraktivität einbüßen. Darauf spekuliert natürlich die Konkurrenz. Im nächsten Beitrag stellen wir in dieser Reihe den Branchenprimus „Stahl Security KG" vor, dessen Leitlinien ganz anders formuliert sind und – wie es heißt – von einem realistischen, ungeschönten Menschenbild ausgehen.

Schwan hatte Feig nur kurz angerufen und ihm seine Geschäftsräume als Treffpunkt vorgeschlagen. Er wollte den Kabarettisten auf die bevorstehende Sitzung einstimmen, ihn ein wenig instruieren. Vor allem aber hoffte er seine Intuition mit frischen Eindrücken vom eigenwilligen Bühnenkünstler zu füttern. Ihm war zwar sofort klar gewesen, dass Ernst Feig genau der Typ war, den er für diesen Auftrag brauchte, intelligent, erfrischend schlagfertig, konfrontativ und – wie der Name schon sagte – grundsätzlich ernst. Aber Schwan hatte keine konkrete Vorstellung davon, wie er ihn einführen und einsetzen wollte. Er wusste aus Erfahrung, dass ihm oft etwas Brauchbares einfiel, wenn er mit den Menschen in Kontakt war und unmittelbar ihre Energie spürte. Obwohl der Kabarettist gewiss ein Sonderfall war, hoffte er, dass es diesmal ähnlich sein würde.

Es fing nicht gut an. Sie hatten sich für halb drei verabredet, aber es war schon zehn vor, als Schwan endlich Feigs Motorrad knatternd vor dem Haus halten hörte. Er blickte aus dem Fenster im ersten Stock und sah, wie der Mann gerade seine Maschine parkte. Obwohl ihm die Verspätung missfiel, musste er spontan grinsen. Der Anblick des martialischen Gefährts, dunkel und wild, wirkte wie aus einem falschen Film, kitschig und peinlich. Er beobachtete, wie der glatzköpfige Entertainer seinen Helm abnahm und am vierstöckigen Haus hochschaute. Schwan trat unwillkürlich einen Schritt zurück. Ihm war wohl bewusst, was sein Gast nun erblickte: ein aufwändig aber behutsam renoviertes Haus, das bald 100 Jahre auf dem Buckel hatte, fein geschwungene Fensterbögen, die Andeutung von geschmackvoll stilisierten Säulen und Kapitellen an der Fassade, herrschaftliches Portal mit einer Doppeltür aus dunkler Eiche. Das ganze Objekt strahlte Würde und Vornehmheit aus. Nicht zuletzt deshalb hatte sich Schwan entschieden hier Räume anzumieten, obwohl er mit dem Mietzins durchaus ein Risiko einging. Aber er wusste, wie wichtig es für ihn als Berater war, seinen Klienten Erfolg zu signalisieren. Er kannte die Schlussfolgerungen all jener aufstrebenden Manager, ehrgeizigen BWL-er aus zweiten und dritten Führungsebenen, die er häufig hierher beorderte: Wer Erfolg hatte, wusste offenbar, wie das ging. Diese gestressten Streber waren nur deshalb bereit auf ihn zu hören, weil er es offensichtlich „geschafft" hatte, weil er ein Senior war, der wusste, wie man richtig viel Schotter machte.

Joachim Schwan erwartete allerdings, dass Fassade und Ambiente den coolen Feig wenig beeindrucken würden. Er sollte damit Recht behalten.

„Ein tolles Motorrad!" Mit seinem Siegertypstrahlen

hatte er schwungvoll die Tür geöffnet und, wie gewohnt, seinen Besucher mit einer positiven Eröffnung begrüßt. „Ist das eine *Harley-Davidson*?"

Ernst Feig stand mit unbewegter Miene da, den stoppeligen Schädel vom milden Deckenlicht erhellt, die Augenhöhlen dunkel. Einen Moment lang schien er drauf und dran, gleich wieder umzukehren und hinunterzustürmen. Dann überwand er offenbar seinen Widerwillen und schnaubte verächtlich. „*Harleys*! Sofas für Sozialromantiker! Fernsehsessel auf Rädern. Sehe ich aus wie ein Alt-Hippie?" Und ohne eine weitere Erklärung trat er ein, wobei er den Hausherrn zwang zurückzutreten. Der drückte seine imposante Gestalt etwas unbeholfen gegen die Wand.

„Einfach gerade aus. Schön, dass Sie da sind!" Schwan hatte seinen Fauxpas schon abgehakt und folgte Feig in ein gemütliches Zimmer, das er und seine Kollegen als den Coaching Room bezeichneten. Dort wurden in der Regel ausgebrannte oder versetzte Führungskräfte hochgepäppelt und die übermotivierten auf Linie gebracht – je nach Auftrag. Durch die offene Tür bot sich ein Blick gepflegten Wohlstands: helle Eichendielen, ein schneeweißer runder Teppich, dahinter ein kleines Tischchen flankiert von zwei einladenden Art-Deco-Stühlen, an der Wand moderne Kunst, schrill und unverständlich. Eine grazile Stehlampe mit einer zart geformten Glasschale vervollständigte das Arrangement.

„Bitte, nehmen Sie Platz! Kaffee? Tee? Wasser?"

Feig blieb stehen und drehte sich ohne Hast zu Schwan um. „Mir wäre es lieber, wir würden gleich zur Sache kommen."

Wie bei ihrer ersten Begegnung spürte Schwan die Dominanz, die von diesem Bühnenmenschen ausging, eine Ruhe, die ihn irritierte, weil er sie als zwingend empfand. Er schenkte sich aus einer Karaffe etwas Wasser ein und nahm auf einem der Stühle Platz. Nach außen hin gab er sich entspannt, nippte an seinem Glas, stellte es ab, legte seine Unterarme auf die stoffbezogenen Lehnen und blickte seinen Gast aufmunternd an.

Der wollte das Spielchen nicht mitspielen und reagierte schroff. „Was?"

Schwan fing sich schnell. „Ich bin gespannt auf unsere Kooperation." Er legte zwei nagelneue Hunderter auf das Tischchen zwischen ihnen.

Ernst Feig blickte von den Scheinen zu Schwan und sein Blick verfinsterte sich ein wenig.

Schwan wirkte davon erheitert. „Zweihundert, wie vereinbart. Sie können das Geld ruhig nehmen. Es sind keine dreißig Silberlinge."

Diese Anspielung auf den Judaslohn brachte den Kabarettisten einen Augenblick aus dem Konzept. „Was wollen Sie von mir?"

„Zunächst einmal sollen Sie einfach nur zuhören."

„Also ich soll den Mund halten? Und das da ist Schweigegeld?"

„Ganz so leicht verdient soll es nicht sein, Kollege. Aber anfangs sollen Sie tatsächlich schweigen. Sie müssen diese Leute und das ganze Setting zunächst auf sich wirken lassen. Im Verlauf des Prozesses werde ich Sie bitten, uns ihre Eindrücke zu schildern. Bis dahin müssen Sie sich gedulden. Bei der Vorstellungsrunde werde ich Sie als meinen Co-Supervisor vorstellen."

„Co-Supervisor? Wie Co-Pilot? Ich übernehme, wenn Sie schlappmachen?"

„Ich werde nicht schlappmachen."

„Aber vielleicht werden Sie weich."

Schwan lachte kurz auf. „Und Sie sind der harte Kerl?"

„Einen *Feig light* wird es jedenfalls nicht geben."

„Den will ich auch gar nicht. Zu gegebener Zeit können Sie Ihre Ansichten äußern – unzensiert und so hart, wie Sie es für nötig halten."

„Und *was* sagen?"

Schwan hob die Hände in gespielter Verwunderung. „Was Ihnen auffällt."

„Das wird vielleicht nicht witzig."

Schwan grinste. „Das erwartet auch niemand, glauben Sie mir."

„Und wenn es Streit gibt?"

„Ich werde das auffangen. Das ist mein Job."

Feig beugte sich vor, seine Lederjacke knarzte. „Also, damit ich das richtig verstehe: Ich soll den *Bösen Bullen* geben?"

Geduldig lächelnd schüttelte Schwan den Kopf. „So funktioniert das nicht, Herr Feig. Sie können keine Strategie festlegen. Spüren Sie nach, was die Dynamik dieser Propstei in Ihnen auslöst. Bleiben Sie nah an Ihren Gefühlen!" Er merkte selbst, wie abgedroschen das klang und setzte grinsend hinzu: „Na ja, so steht es in den Lehrbüchern."

„Ich habe keine Lust auf Theorie."

„Umso besser. Die Wirklichkeit ist immer komplizierter. Also bleiben Sie wachsam! Und nehmen Sie sich in Acht vor den Rollen, die Ihnen scheinbar auf den Leib geschneidert sind! Die bekommt man nämlich andauernd und von allen Seiten angetragen."

Johannes eilt durch die Gassen unweit des Osttores. Die Nacht ist sternenklar und ungewöhnlich kalt, sogar für die Jahreszeit. Selbst die Hunde haben sich in ihre Höhlen verzogen. Den ganzen Tag über hat es geregnet, der lehmige Boden riecht erdig und hie und da spiegelt sich ein blasser Mond in großflächigen Pfützen. Johannes friert. Kaum geschützt von den leichten Sandalen sind seine nackten Füße schon ganz gefühllos. Aber es ist nicht wegen der Kälte, dass er sich den Umhang übers Haupt geschlagen hat. Seit dem Tod seines Herrn ist es für einen wie ihn ratsam unerkannt zu bleiben.

Angst hat er nicht, fürchtet keine Verhaftung, keine Schmerzen, aber er weiß, dass die hiesige Gruppe von Gläubigen ihn braucht. Er darf ihnen nicht verlorengehen. Der Herr hat ihn aufgefordert, sich um die verschreckte Gemeinde zu kümmern. Daran ließ der Auferstandene keinen Zweifel bestehen. Es sind unruhige Zeiten und allerhand wilde Gerüchte machen die Runde. Der Rabbi sei gar nicht tot, verkünden die einen, seine Jünger hätten seinen Leichnam heimlich fortgeschafft, behaupten die anderen. Die kleine Schar wirklich Berührter schwankt zwischen Hoffen und Bangen. Immer wieder drängen die Verstörten ihn, der doch sein Lieblingsschüler war, ihnen zu sagen, wann der Rabbi wiederkehren, wann er sie erlösen wird. Johannes hat versucht ihnen zu erklären, dass der Gesalbte bereits unter ihnen ist, dass er sie gar nie verlassen hat und ihnen auch künftig immer beistehen wird. Aber sie sehen ihn nicht, ihren geliebten Jeschua. Sie sind gefangen in viel zu engen, ängstlichen Vorstellungen. Johannes ist sich sicher: Würden die Sadduzäer, die Schergen des Kajaphas oder die Wächter des Sanhedrins ihn jetzt erhaschen, wären seine Schutzbefohlenen ohne Wort und Weisung gänzlich hilflos.

Zielstrebig und leicht geduckt geht er an dunklen Wänden entlang, von denen die meisten aus Stein, manche aber auch aus getrocknetem Lehm hochgezogen wurden. Das Haus des Timotheus, in dem die Versammlung stattfinden soll, liegt tief im Innern der Stadt, noch jenseits der Straße der Metzger. Vor zwei Tagen erst traf er die Brüder und Schwestern in Bethanien. Auch dort gab es viele Fragen und noch mehr Rat-

losigkeit. Bald, denkt er, muss er wieder in den Norden auf-
brechen. Hier in Davidsstadt ist es zu gefährlich geworden.
Johannes fühlt die Bürde seiner Verpflichtung schwer auf sei-
nen Schultern lasten.

Ja, er war dem Meister nahe und verstand ihn wie kein
anderer. Hatte der Rabbi ihn nicht öfter gebeten in seinem
Namen zu sprechen, die Menge zu unterweisen. So nah wa-
ren sie sich gewesen, dass er oft bereits gewusst hatte, was der
Meister sagen würde, ehe dieser das Wort ergriffen hatte. Und
auch jetzt, da der Herr für die Augen der vielen verschwun-
den ist, besteht die Herzensverbindung zu ihm weiterhin.
Mehr noch, heute ist die Beziehung zum Rabbi inniger, in-
nerlicher als je zuvor. Mit dem Tod Jeschuas war auch für
Johannes eine Welt zusammengebrochen. So wie er und der
Meister zusammengesessen und sich bei Brot und Wein un-
terhalten hatten, würde es nie wieder sein. Diese Stunden am
Abend, wenn das Land still geworden und die Aufregung des
Tages einer friedlichen Nacht gewichen war, würden nicht
wiederkehren. Keine vertraulichen Gespräche mehr, keine
persönliche Unterweisung. Aber seitdem die Ohren des Leibes
den geliebten Herrn nicht mehr hören, vernehmen ihn die Oh-
ren des Herzens umso deutlicher. Und im Geiste versteht er
die Worte des Gottessohnes tiefer, als er sich das früher jemals
hätte vorstellen können. Ihm, Johannes, offenbart sich der
Geist des Herrn und seine Mission ist es, davon zu künden,
die Botschaft des Meisters in die Welt hinauszutragen.

Aber die Verwirrung und das Unwissen sind groß. Viele
Judäer, nicht nur Zeloten, sehnen sich immer noch nach ei-
nem mächtigen Heerführer, der die Römer und ihre verräte-
rischen Helfer aus dem Land wirft, so wie einst Gideon die
Philister besiegte. Andere wollen das Gebot der Liebe wie ein
Geheimnis innerhalb ihrer geschlossenen Gemeinschaft be-
wahren. Manche Wichtigtuer behaupten, vom Gesalbten au-

ßergewöhnliche Einweihungen bekommen zu haben und beanspruchen jetzt die Vormacht. Wieder andere führen die Gläubigen in die Irre, indem sie erklären, dass Jeschua lediglich ein Schüler ihres eigenen Meisters gewesen wäre. Und mittendrin sind die Ahnungslosen und Ungebildeten, die nicht mehr wissen, was sie glauben sollen.

Das Haus des Freundes liegt im Dunkeln, wie er es nicht anders erwartet hat. Alles ist fest verriegelt und blickdicht verschlossen. Keiner, der zufällig vorbeikäme, würde vermuten, dass sich hinter diesen Mauern irgendjemand aufhielte. Er schlägt mit der Faust auf die hölzerne Pforte, gibt das vereinbarte Zeichen. Zunächst hört er von drinnen keinen Laut, die Tür bleibt zu. Unwillkürlich schaut er links und rechts die Gasse hinunter. Fünf Schritte entfernt wühlt eine Ratte in irgendeinem Unrat. Ihre Bewegungen sind flink, aber ohne Hast. Er wendet den Blick ab, als er hört, wie die Pforte entriegelt wird. Mit einem leisen Krächzen schwingt die Tür auf und ein großer junger Mann, von dem er bloß weiß, dass er Eli heißt, verbeugt sich schweigend vor ihm und küsst ihm die Hand. Johannes murmelt einen Gruß, tritt ein und Eli schaut auf die Gasse hinaus.

„Ich bin alleine, mein Junge." Timon, sein griechischer Diener und Vertrauter, hatte er heute Morgen mit einer wichtigen Botschaft nach Idumäa geschickt. Sein zweiter, älterer Diener Ascher war erkrankt in Bethanien zurückgeblieben.

Der Raum ist schwach, aber ausreichend von Öllampen beleuchtet. Etwa dreißig Gläubige haben sich hier versammelt, darunter auch eine Hand voll Weiber. Sie alle sitzen auf den einfachen Schilfmatten, mit denen man den Lehmboden ausgelegt hat. Wie ein vornehmer, stiller Zeuge blickt der nächtliche Himmel durch zwei kleine Fensterhöhlen an der hinteren Wand. Er haucht seinen kühlen Atem in den Kreis der Gläubigen. Trotzdem ist die Luft im Raum stickig und schwer vom Geruch der Lampen.

Man hat einen Sitz für Johannes bereitgestellt, einen einfachen Hocker verkleidet mit Ziegenfell. Er geht zielstrebig darauf zu und lässt sich leise seufzend nieder. Dann grüßt er die Versammelten mit erhobenen Händen. „Der Geist des Herrn sei mit euch, Brüder und Schwestern in Christi. Ich überbringe die Grüße der Freunde in Bethanien. Es geht allen gut. Auch die Glaubensgenossen aus Gibea baten mich euch zu grüßen." Er berichtet von seinen Begegnungen der letzten Tage und erkundigt sich nach dem Befinden der Versammelten. Der Älteste der Runde erzählt daraufhin, dass es in letzter Zeit häufiger kleine Belästigungen und Schikanen gegeben habe. Ein paar Mal wären Gläubige durch die Tempelwache daran gehindert worden, den Vorhof des großen Tempels zu betreten. Zu ernsthafteren Auseinandersetzungen oder Verhaftungen sei es aber Gott sei Dank nicht gekommen. Man müsse sich eben vorsehen.

Der Jünger, der im Frieden des Herrn wandelt, hört zu und als der Alte geendet hat, beginnt er mit fester Stimme zu beten. „Herr, ich bitte dich, stehe diesen Glaubensbrüdern und -schwestern bei. Erleuchte den Sinn eines jeden dieser Getreuen, öffne die Herzen derer, die dir nachfolgen. Sei Ihnen gnädig, wie du mir gnädig gewesen bist, und weihe sie ein in die Gegenwart des Geistes." Er senkt den Blick und legt seine Hände in den Schoß. Dann lässt er seine Augen über die Versammelten wandern. Mit nunmehr leisen Worten versucht er der kleinen Anhängerschar Mut zu machen. „Fürchtet euch nicht, Freunde in Christi, denn der Herr ist bei euch. Viele haben gesagt: Der Herr ist tot, hingerichtet von mächtigen Feinden, was können wir da noch ausrichten? Viele verloren die Hoffnung, als sie hörten, wie der Leib ihres geliebten Rabbi gebrochen worden war. Sie kehrten in ihre Heimat zurück und verkrochen sich in ihre Häuser und Hütten. Zu früh, so schien es, war das Leben Jeschuas erloschen. Wer sollte sie nun zum Vater führen? Wer sollte sie aus ihrem Elend erretten? War die Botschaft der Liebe nicht in Verrat und Gewalt erstickt? Hatte sich nicht gezeigt, dass der Hass stärker war? So reden viele, aber ich sage euch: Sie irren."

Der Begnadete blickt hinauf zur Decke und hält einen Moment inne. Früher, als er noch mit Vater und Bruder zur See fuhr, war er eher schweigsam und gewiss kein guter Redner gewesen. Aber seit der Geist des Herrn über ihn gekommen ist, fallen ihm stets zur rechten Zeit die rechten Worte ein. Er schließt kurz die Augen. Als er sich wieder seiner Gemeinde zuwendet, ist es, als würde er von einer Anhöhe hinunterschauen. „Unser Herr ist gestorben, ja, aber er ist vom Tode wieder auferstanden. Er hat den Tod überwunden. Er zeigt uns: Der Tod hat keine Macht über den Geist. Der Glaube heilt. Das hat Er uns immer wieder vor Augen geführt. Glaubt also, meine Brüder und Schwestern, glaubt an die Allmacht des Vaters, der uns seinen Sohn geschickt hat! Glaubt nicht an die Lüge, sondern glaubt an die Wahrheit! Glaubt nicht an den Tod, sondern glaubt an das ewige Leben! Glaubt nicht an den Hass, sondern glaubt an die Liebe! Der Geist des Herrn ist da. Ruft ihn, meine Freunde! Öffnet eure Herzen und bleibt in der Gegenwart des Einen! Er schenkt euch seinen Frieden."

Der Mann, der Johannes heißt, scheint nun völlig von der Botschaft seines geliebten Meisters beflügelt. Er mahnt mit erhobenem Zeigefinger und wird unversehens lauter. „Lasst nicht zu, dass Zwietracht euch trennt! Vergebt einander eure Sünden und bittet den Herrn um Vergebung! Tragt die Liebe des Herrn im Herzen und liebt einander. Helft einander, gebt Brot und Öl dem, der nichts hat. Seid nicht stolz, denn der Stolze ist wie ein Stein: Gottes Saat kann in ihm nicht aufgehen, das Wasser der Gnade dringt nicht in ihn ein. Habt keine

Angst, denn ihr habt das ewige Leben! Hofft, ihr Kinder Gottes, hofft auf das Licht des Tages auch jetzt, in der dunkelsten Nacht. Denn wer hofft, wird nicht verzweifeln, sondern der Herr wird ihm die Türe zur Wahrheit öffnen."

Unvermittelt hält er inne, der Vertraute des Herrn, hält inne, weil ihn plötzlich ein Gefühl der Vergeblichkeit ergreift. Was macht er hier? Wovon spricht er zu diesen Leuten? Von Geist und Ewigkeit, von der Heilkraft des Glaubens? Meint er im Ernst, diese Brüder und Schwestern könnten das verstehen? Wäre es nicht besser aus den Büchern des Propheten vorzulesen, die Gebete der Väter mit ihnen zu sprechen oder Trost spendende Psalmen zu singen? So nah er dem Herrn steht, so fern stehen ihm, dem geisterfüllten Jünger Christi, diese Hirten und Handwerker. Herr, fleht er im Stillen, gib mir Kraft und Geduld, um die Kluft zu diesen jungen Seelen überbrücken zu können.

Schwan hatte Feig in seinem Audi mitnehmen und mit ihm gemeinsam zur Propstei fahren wollen. Doch der Kabarettist war nicht davon abzubringen gewesen mit seinem Motorrad selbst hinzufahren. Schwan brauche nicht zu warten, er kenne den Weg. Von wegen warten! Als der Unternehmensberater noch dabei war *Fischerstraße 2* in sein Navigationsgerät einzugeben, schoss Feig schon mit einem Höllenlärm davon. Immer diese Inszenierungen, dachte er kopfschüttelnd. Dann fuhr er los.

Er hatte gehofft in 20 Minuten dort zu sein, tatsächlich dauerte die Fahrt aber über eine halbe Stunde. Zum Glück fand er einen nahen Parkplatz in einer Seitenstraße. Als er schließlich zur Propstei kam, war Feig nirgendwo zu sehen. Sein Motorrad stand direkt vor dem Haus. Er fluchte innerlich. Vermutlich war der Mann schon hineingegangen. Das behagte dem bestellten Supervisor gar nicht. Wichtiger noch als der erste Telefonkontakt war die erste persönliche Begegnung. Und wie es aussah, hatte der unberechenbare Bühnenmensch ihm da jetzt reingepfuscht.

Schwan besah sich das Gebäude, einen schmucklosen Kasten, der offenbar mal als Wohnhaus konzipiert worden war. Nun schien es komplett der evangelischen Kirche zu gehören. Zumindest schloss er darauf, nachdem er einen Blick auf das aktenkoffergroße Messingschild neben dem Eingang geworfen hatte. Apropos Kirche! Es wunderte ihn, dass weder nebenan, noch in der gesamten Straße eine Kirche zu sehen war. Er spähte nach links, er spähte nach rechts und dann nochmal nach links, als er Feig erkannte, der gemächlich und sehr aufrecht daherkam. Schwan trat einen Schritt von der Tür zurück und wartete, bis der Mann näher war.

„Wo kommen Sie denn her?"

Feig zuckte mit den Schultern. „Hab mich ein bisschen umgesehen, warte nicht gern."

„Das habe ich gemerkt", knurrte Schwan, „kommen Sie!" Er klingelte.

Fast sofort öffnete sich die Tür. Eine mittelalterliche, weißhaarige Frau trat ihm entgegen und gab ihm die Hand. Franziska Dunker kannte offenbar auch den Wert des Erstkontakts. Sie war die Chefin hier im Haus und ließ es sich nicht nehmen, ihm persönlich Eintritt zu gewähren. Während er sich vorstellte, musterte Schwan die Pröpstin unauffällig. Sie sah fast in jeder Hinsicht gewöhnlich aus: Mitte fünfzig — wie er schätzte — mittelgroß, schlank, blässlich, um den Mund einen strengen, leicht abweisenden Zug. Auffallend waren jedoch ihre Augen, die aussahen, als würden sie Feuer sprühen. Ein kleiner Drache, dachte Schwan.

Als er ihr Feig vorstellte, reckte sie das Kinn vor und nahm den Co-Supervisor schmallippig in Augenschein. Man konnte sehen, dass ihr diese Personalie nicht recht war, aber sie sagte nichts. Stattdessen wandte sie sich wieder Schwan zu, hieß ihn willkommen und bat höflich ihm vorausgehen zu dürfen. Schon stapfte sie los und Schwan musste sich beeilen, um nicht abgehängt zu werden. Vor einer Doppeltür blieb sie abrupt stehen und drehte sich zu Schwan um. „Wir treffen uns im Großen Besprechungssaal."

Der Raum, in den Dunker die Berater führte, sah aus wie der Konferenzraum in einem modernen Stadthotel: große Fenster mit Lamellen, weiße Wände, robuster Teppichboden – petrolfarben wie Schwan unwillkürlich feststellte – stapelbare Schalenstühle, audiovisuelles Gerät auf einem fahrbaren Untergestell und die obligatorischen Thermoskannen auf weißen Tischen. An der hinteren Breitseite des Raumes gab es eine Nische, offenbar mit einer kleinen Küche. Der einzige Unterschied zu einem üblichen Konferenzraum bildete eine Plastik aus Bronze, die so aufgehängt war, dass jeder, der hereinkam, sie sofort sah. Sie stellte den Heiland mit ausgebreiteten Armen dar. Schwan fand sie ziemlich scheußlich. Feig schien sie keines Blickes zu würdigen.

An die zwanzig Leute waren bereits im Besprechungssaal und saßen ordentlich in einem großen Stuhlkreis. Die Pröpstin erklärte, dass sie die Teilnahme für alle freigestellt hatte. Nach ihren Worten waren aber die „wichtigsten Protagonisten" da. Das Durchschnittsalter der Anwesenden lag nach Schwans Schätzung mit Sicherheit über 50. Als klar wurde, dass nicht ein, sondern zwei Supervisoren gekommen waren, schaffte eine kräftige und resolut wirkende Frau schnell einen zusätzlichen Stuhl herbei. Ernst Feig hatte sich aber bereits einen besorgt und wortlos außerhalb des Kreises Platz genommen. Aufrecht, gleichzeitig aber auch entspannt und lässig, thronte er auf seinem Stuhl, etwas, das kaum jemandem so überzeugend gelang wie ihm. Niemand hier schien ihn zu erkennen. Das wunderte ihn auch nicht. Schließlich gehörten Kirchgänger kaum zu seinem Publikum. Er saß nun den leeren Stühlen gegenüber, die für Schwan und ihn gedacht waren. Offenbar wollte er die Christusfigur nicht im Nacken haben. Schwan entschied ihn zu lassen und Feigs Handlung auch nicht zu kommentieren. Der Kabarettmann war ein Exzentriker, also passte das schon so.

Die nächste halbe Stunde moderierte Schwan die Sitzung ganz routiniert. Zunächst stellte er sich vor, wobei er eine knappe Übersicht über seinen Werdegang und seine diversen Tätigkeitsbereiche gab. Zu seinem Co-Supervisor sagte er nur, dass er ein wahrheitsliebender Mann mit klarem Blick sei und er, Schwan, einen solchen brauche, wenn die Gruppe so groß sei wie hier in der Propstei. Danach waren die Teilnehmer an der Reihe. Schwan hörte ruhig konzentriert zu und machte sich ab und zu Notizen. Er war offensichtlich ganz in seinem Element, wirkte lässig und souverän.

Ernst Feig dagegen nahm das hier aufgeführte Stück naturgemäß anders wahr. Er ließ die ganzen Berufs- und Amtsbezeichnungen, mit denen er nicht viel anfangen konnte, an sich vorbeirauschen: Pastorin, Hilfsprediger, Kirchenältester, ordinierte Pfarrdiakonin, kirchlicher Mitarbeiter, eingesegnete Pfarrvikarin, Kirchgemeinderätin. Mein Gott, dachte er, welch eine Hierarchie! Nicht im Sinne des Erfinders, oder?, fragte er sich im Stillen und blickte grinsend zur Christusfigur an der Wand hinüber. Und als ob sie den Gedanken der Gemeindehierarchie noch auf die Spitze treiben wollten, erwähnten die meisten Teilnehmer auch noch, wie viele Jahre sie bereits im Dienste der Kirche standen. Feig hatte den Eindruck, dass sie sich diese Jahreszahl wie eine Auszeichnung an die Brust hefteten. Er verzog unwillkürlich das Gesicht. Als ob man dem Herrn mit den Jahren von selbst näherkäme! Der Kabarettist und frisch gebackene Supervisor war beileibe

nicht bibelfest, aber er verstand so viel von Religionsphiloso-
phie, dass er wusste, dass die Dimension Gottes *Ewigkeit*
hieß. Und Ewigkeit war vielleicht ein psychologischer, aber
ganz sicher kein Zeitbegriff. Mit den Jahren wurde man bloß
alt, sonst gar nichts.

Bald fiel es Feig schwer aufmerksam zuzuhören. Er war
ein Mann des Wortes, aber was er hier hörte, waren Wort-
hülsen, schlechte Texte voller Redundanz und ohne eine Spur
von Ironie. Es war langweilig, was diese Kirchenleute über
sich selbst aussagten, aber es war immerhin halbwegs interessant, wie sie es taten. Als Fachmann richtete er sein Augenmerk auf die Gestalt, das Gesamtbild, die Körpersprache,
den Klang der Stimme, ihre Tonlage. Ihm fiel natürlich auf,
dass die Prediger geschulte Sprecher waren, Menschen mit
geschmeidigen Stimmen, die lange Sätze grammatikalisch
richtig zu Ende bringen konnten. Trotzdem nahm Feig bei
den Pastoren kaum Vitalität wahr, kein energiegeladener
Ausdruck. Vielmehr schien ihm, als würden sie mit angezo-
gener Handbremse sprechen, sehr beherrscht und kultiviert,
sehr sittsam und unendlich langweilig.

Die Vorstellungsrunde war zu Ende und Schwan leitete
zur inhaltlichen Arbeit über. Er informierte die Anwesenden
über seinen Auftrag, die Synode beim Konfliktmanagement
zu begleiten. Konkretes hätte er nicht erfahren. Er forderte
die Teilnehmer auf, ihre Sicht auf die Problematik darzule-
gen. Doch die zierten sich offenbar. Und als die ersten zag-
haft das Wort ergriffen, wurde Feig klar, woher die eigentümliche Kraftlosigkeit dieser Menschen rührte. Sie hielten
ihre Gefühle zurück.

Die Bar hatte ein typisches Großstadtambiente, eine endlos
lange Theke aus Glas, Edelstahl und dunkel lackierten Höl-

zern, hippe Hocker, bequeme Ledersofas und Tausende Leuchtdioden an der Decke, deren Licht in sanften Wellen Farbe und Intensität zu wechseln schien. Mike Mehrings hatte sich hier in den letzten Monaten ein oder zwei Mal mit Kunden getroffen, allerdings immer tagsüber. Jetzt am Abend übte das Lokal eine ganz andere Wirkung auf ihn aus und er fragte sich, ob es nicht ein Fehler gewesen war, sie als Treffpunkt vorzuschlagen. Noch dazu trug sie den wirklich bescheuerten Namen *Galaxy*, wahrscheinlich in Anspielung auf das Sternenzelt an der Decke.

Aber sie hatte ohne zu zögern oder nachzufragen zugestimmt. Er nahm an, dass sie das *Galaxy* kannte. Vielleicht kam sie nach der Arbeit öfter hierher. Oder eilte sie dann sofort zu ihrer Familie? Hatte sie überhaupt Kinder? War sie verheiratet? Himmel, er wusste wirklich gar nichts über sie! Eins war allerdings sicher: Sie hatte ihn auf Anhieb beeindruckt. Schon bei der ersten Begegnung war sie ihm irgendwie vertraut gewesen, so als hätte er nach langer Zeit einen alten Freund wieder getroffen. Sie war eine fremde Frau in seinem Alter und er war sich der Tatsache natürlich bewusst, dass sein Interesse durch das Geschlechtliche befeuert wurde. Nach allgemeinen Maßstäben war sie gewiss eine attraktive Erscheinung, eine Frau, die auch ohne Make-Up und Designerklamotten gut aussah, gesund, gepflegt, schlank, vielleicht ein bisschen zu mädchenhaft. Aber das erotische Interesse stand nicht im Vordergrund. Mike Mehrings kannte sich, er wusste, wie es sich anfühlte, wie *er* sich anfühlte, wenn eine Frau ihn anmachte.

Kurz nach acht betrat sie die Bar. Da noch nicht viel los war, erblickte sie ihn nach wenigen Augenblicken. Lächelnd kam sie auf ihn zu. Er erhob sich und grüßte sie mit Handschlag, weil ihm Wangenküsschen unpassend vorkamen. Sie warf ihre Jacke aufs Sofa und setzte sich ums Eck zu ihm. Sicher treibt sie Sport, dachte er, so leicht und mühelos, wie sie sich bewegt.

Jasmin Conradi trug einen leichten Sommerpulli in zartrosa. Wahrscheinlich Kaschmir, dachte Mike Mehrings. Ihr dunkelblondes Haar war zu einem Pferdeschwanz zusammengebunden. Das Haarband hatte exakt die gleiche Farbe wie ihr Pullover. Sie lehnte sich zurück und atmete einmal tief durch.

„Müde?"

Sie winkte ab. „Ich bin nur froh, endlich sitzen zu können." Sie schloss kurz die Augen, offensichtlich um den Moment zu genießen. Im Grunde aber versuchte sie ihre Verlegenheit zu überspielen. Jasmin Conradi hatte sich seit einer gefühlten Ewigkeit nicht mehr alleine mit einem fremden Mann getroffen, erst recht nicht abends. Ferdinand und die Söhne kannten ihre unregelmäßigen Arbeitszeiten und würden nicht erstaunt sein, wenn sie ein paar Stunden später nach Hause kam. Aber sie wusste nicht recht, wie sie sich geben sollte. Sie war keine zwanzig mehr.

„Was würden Sie gerne trinken?"

Die Ärztin musste nicht lange nachdenken. „Jasmintee."

Mike Mehrings schaute sie ungläubig an. „Jasmintee?"

„Ich weiß, was Sie denken", lächelte die Ärztin, aber ich trage meinen Namen schon seit 45 Jahren und ich glaube nicht, dass meine Eltern voraussehen konnten, was einmal mein Lieblingstee sein würde."

„Also einmal Jasmintee. Ich weiß nicht, ob …"

„Doch, doch, den gibt's hier. Sogar Bio."

Mehrings winkte die Bedienung herbei, eine perfekt geschminkte junge Dame mit hochgesteckten Haaren und einer blütenweißen Bluse. „Zwei Mal Jasmintee, bitte." Dann wandte er sich der Ärztin zu und erkundigte sich nach ihrer Arbeit.

Jasmin Conradi gab freundlich Auskunft, wohl wissend, dass sie beide ein unverfängliches Einstiegsthema brauchten. Sie erzählte gerade so viel, dass der Höflichkeit Genüge getan war. Dabei vermied sie es unzufrieden zu klingen, jammerte nicht über die Arbeitsbelastung, lästerte nicht über Vorgesetzte. Das fiel der Ärztin nicht schwer, denn sie war ein positiv gestimmter Mensch, immer schon gewesen. Nach zwei oder drei Minuten brach sie lächelnd ab und gab die Frage ihrem Gegenüber zurück. Sie tat es nicht aus Bescheidenheit. Aber sie wusste und ihr war klar, dass auch dieser Mann das wusste: Arbeit und Lebensunterhalt war genauso wenig ihr gemeinsames Thema wie Hobbys und Familie.

Auch Mike Mehrings fasste sich kurz und machte lediglich ein paar allgemeine Aussagen zu seiner Beschäftigung. Er erwähnte den Zeitungsartikel über seine Firma, den Conradi noch nicht kannte. „Ist auch nicht wichtig", sagte er und winkte lächelnd ab.

Dann wurde es still und beide stellten überrascht fest, dass diese Stille nicht unangenehm war. Das gemeinsame Schweigen weckte in Mehrings wieder ein fast intimes Gefühl der Vertrautheit. Er war sich ziemlich sicher, dass die Frau ihm gegenüber dasselbe empfand.

Das entsprach nicht ganz der Wirklichkeit. Jasmin Conradi hatte in diesem Moment eine Vision, ein erstaunlich lebendiges Bild mit genauen Einzelheiten, begleitet von klaren Gefühlen. Vielleicht war es auch nur ein Tagtraum oder der Abglanz einer Erinnerung an eine Realität jenseits von Zeit und Raum. Oder das Sinnbild einer Wahrheit, für die es keine Worte gab. Die Ärztin hielt ihren Kopf leicht gesenkt, die Augen geschlossen. Sie sah eine junge Frau, schlank, nicht sehr groß, lange dunkle Haare, südländischer Teint. Die Unbekannte lächelte und es offenbarte sich ein winziger Spalt zwischen ihren Schneidezähnen. In der linken Schulterbeuge trug sie ein Tattoo, eine kleine Rosenblüte. Sie stand hinter Mehrings und lächelte.

Mike bemerkte, dass sich die Atmosphäre änderte und zwar nicht metaphorisch, sondern ganz reell, im physikalischen Sinne. Die Luft um ihn herum schien klarer geworden. Es war ihm, als spürte er eine leichte Brise, kühl aber nicht unangenehm. Er schaute zu Jasmin Conradi hinüber, auf ihr gesenktes Haupt, den vollen Haarschopf. Und als sie aufschaute, blickte er in zwei völlig veränderte Augen. Er blinzelte unwillkürlich. Kam das von der wechselnden Deckenbeleuchtung? Statt meeresblau waren die Augen seines Gegenübers auf einmal dunkelbraun, fast schwarz, und strahlten eine Wärme aus, die etwas in ihm anrührte. Er wusste nicht, wann und wo er in sie hineingeschaut hatte, aber er kannte diese Augen. Während er darüber rätselte, ging es ihm plötzlich auf. Es waren Augen, die ihn gesehen, ihn in seinem Wesen erfasst hatten. Nicht er hatte erkannt, er war erkannt worden. So fasziniert war er von dieser Erfahrung, dass die Worte der Frau ihn nicht sogleich erreichten. „Entschuldigung!" Er wandte kurz den Blick ab wie um sich zu besinnen. „Was meinten Sie?"

„Du bist nicht schuld."

Mehrings war verwirrt, runzelte die Stirn und stammelte: „Wie bitte?"

„Das ist es, was sie Ihnen sagen will." Jasmin Conradi beschrieb ihm die Frau, die sie gesehen hatte.

„Annika!" Mehrings riss die Augen auf.

Die Ärztin schüttelte bedauernd den Kopf. „Es gab keinen Namen. Wer ist Annika?"

„Meine Frau. Sie ist tot. Sie starb vor zwei Jahren."

„Verstehe", sagte sein Gegenüber. Und dann berichtete sie, als hätte sie eben mit der fremden Frau telefoniert oder eine SMS von ihr bekommen. „Sie möchte, dass Sie wissen, dass der Tod ihre Entscheidung war. Sie sollten sich nicht grämen, sondern bedenken, dass keiner stirbt, der seinem Tod nicht zugestimmt hat." Dann lächelte die Ärztin schwach, fast entschuldigend.

Mehrings starrte sie mit halb geöffnetem Mund an. Was sagte diese Ärztin ihm? Wovon redete sie? Annika? Sie hatte Annika gesehen?

Jasmin Conradi sah die Verwirrung des Mannes und schlug die Augen nieder. „Bitte verzeihen Sie!" Sie sprach leise. „Ich hätte nicht einfach darauf losplappern und sagen sollen, was ich sehe. Ich nahm wohl an, Sie würden es verstehen." Tatsächlich fühlte nicht nur Mike Mehrings, sondern auch Jasmin Conradi in der Gegenwart des jeweils anderen eine Vertrautheit, die aus den kurzen Begegnungen der letzten Tage nicht zu erklären war. Sie sah die Zuneigung ihres Gegenübers, eine Bereitschaft zur Hingabe, die eher mystisch als erotisch, auf jeden Fall aber im Grunde sehr weiblich war, intensiv, jedoch nicht bedrohlich. Diese Wahrnehmung hatte sie spontan dazu veranlasst, jede Vorsicht aufzugeben.

Wie so oft saß Bertram Vogel schon am frühen Morgen mit seinem Laptop in der Cafeteria der Zeitungsredaktion. Er liebte es hier den Arbeitstag zu beginnen, Kaffee zu schlürfen und die Meldungen des Tages durchzugehen. Es regte ihn an zu sehen, womit die Konkurrenz ihre Seiten aufmachte. Dabei interessierten ihn vor allem die Ressorts Wirtschaft und Politik, deren Verflechtung sein Spezialgebiet war. Die meisten Kollegen kamen zu dieser Zeit nur hierher, um sich am Automaten ihren Frühstücksersatz zu holen und eilten dann an ihren Schreibtisch oder in irgendeine Besprechung. Manche lümmelten noch ein bisschen herum und erzählten sich Belanglosigkeiten.

Ohne große Erwartungen loggte er sich ins hauseigene Netz ein und rief seine E-Mails auf. Er bekam nur selten Zuschriften zu seinen Artikeln und wusste, dass es bei den anderen ähnlich aussah. Ein paar Leser gab es, die sich hin und wieder meldeten. Vogel hatte sie unter der Rubrik Besserwisser und Nörgler abgeheftet. Sie wiesen ihn auf vermeintliche Ungenauigkeiten im Detail hin oder beschwerten sich über das, was ihrer Meinung nach Stilfehler waren. Manchmal musste er sich richtig überwinden, um sich für die „konstruktive Rückmeldung" freundlich zu bedanken, wie es der Chefredakteur wollte. Auf die vorgebrachte Kritik ging er nur selten ein. Er wusste aus Erfahrung, dass das nichts brachte.

Als sich nun aber der Posteingang öffnete, staunte Bertram Vogel über die schiere Anzahl der Lesermails. Sage und schreibe 31 Rückmeldungen seit der Veröffentlichung am frühen gestrigen Abend! Er überflog die Liste der Absender und stellte fest, dass sie ihm alle unbekannt waren. Er klickte die erste Mail an, die offenbar schon sehr bald verschickt worden war, und begann zu lesen.

„Toller Artikel! Endlich mal eine positive Botschaft! Glaube versetzt Berge – und hält Einbrecher fern! Bettina K."

Aha, dachte Vogel, und wusste nicht so recht, ob er sich darüber freuen sollte, dass die Leserin die Quintessenz seines Artikels so formulierte. Er las weiter.

„Gut, dass endlich auch die Mainstreampresse die psychologische Wandlung registriert, die unsere Gesellschaft erfasst. Was lange Zeit als esoterisches Gewäsch abgetan wurde, ist inzwischen nicht mehr zu leugnen. Vielen Dank für Ihren Mut, Herr Vogel! Klaus E. aus H."

Bitte schön, dachte Bertram Vogel. Aber eigentlich hatte er gar nicht über eine gesellschaftliche Wandlung schreiben wollen. Oder etwa doch?

„Glückwunsch zum interessanten Artikel! Wie wäre es,

wenn die Nachrichtenmedien die Erkenntnis des Unternehmers Mehrings selbst auch beherzigen würden? Die Presse hat ja eine riesige Verantwortung. Wenn sie in ihrer Berichterstattung den Fokus einseitig auf Streit, Gewalt und Terror legt (und das tut sie ganz offensichtlich!), schürt sie die Angst in der Bevölkerung. Im Sinne Ihres Artikels folgt daraus, dass die Nachrichtenmedien indirekt zur Unsicherheit in der Welt beitragen. Werden Sie, wird Ihre Zeitung daraus die richtigen Konsequenzen ziehen? Eberhard M."

Oha, dachte Vogel, und verzog das Gesicht. Er konnte sich vorstellen, wie sein Chef Mattes auf diese Einschätzung reagieren würde. Es war ihm nicht ganz geheuer, dass hier jemand pauschal die Presse kritisierte und gleichzeitig ihn als Pressevertreter zu seinem Beitrag beglückwünschte. Das nächste Feedback bestand im Wesentlichen aus einem Erfahrungsbericht.

„Vor einigen Jahren erbte ich eine größere Immobilie in exponierter Lage. Von Anfang an hatte ich Angst vor Vandalismus. Vor allem aber fürchtete ich ständig einen Einbruch. Irgendwann erfuhr ich vom Konzept der Firma „Trust Security Service". Im vergangenen Jahr nahm ich dann am Seminar „Sicherheit durch Vertrauen" teil. Ich war begeistert und ich bin es immer noch! Diese Veranstaltung war wie eine Initiation für mich. Ich kann nur sagen, dass ich seitdem anders durchs Leben gehe. Ich nehme mich selbst und die Welt um mich herum völlig anders wahr. Meine Ängste und Sorgen sind wie weggeblasen. Es ist wirklich so, dass sich meine Lebenssituation komplett gewandelt hat. Die Macht der Gedanken ist grenzenlos. Ines F. aus W."

Auch die folgenden Reaktionen waren durchweg positiv. Immer wieder begrüßten Leser seinen Beitrag als aufbauend und ermutigend. Bertram Vogel konnte es kaum glauben. Bei jeder neuen Mail, die er öffnete, machte er sich deshalb auf herbe Kritik gefasst. Nach so viel Zustimmung und teilweise überschwänglichem Lob konnten doch irgendwann Gift und Galle nicht ausbleiben. Er merkte selbst, dass seine Nervosität wuchs, während er sich durch die Mails las. Aber der befürchtete Verriss blieb aus. Unfassbar! 31 Mails und keine Ablehnung, keine Beanstandung, keine Häme. Nur eine Mail, ausgerechnet die letzte, enthielt kritische Töne. Aber auch die wurden durch Wohlwollen und Nachsicht gedämpft.

„Schade, Herr Vogel, dass Sie selbst das Vertrauen in positive Gedanken nicht ganz durchhalten konnten! Ihre ängstlichen Bedenken im letzten Abschnitt des Artikels sind unnötig und der Förderung eines kollektiven Sicherheitsgefühls abträglich. Da hat wohl die alte Konditionierung eines eingefleischten Journalisten Ihre Feder geführt. Markus B. (M. Sc. Psychologie)"

Bertram Vogel lehnte sich zurück und holte tief Luft. Etwas fahrig ließ er seinen Blick durch die Kantine wandern. Außer ihm war nur noch eine ältere Kollegin vom Kulturressort da. Sie saß zwei Tische weiter und war offensichtlich mit ihrem Smartphone beschäftigt. Er rieb sich erleichtert die Stirn. Ihm wäre es peinlich gewesen, wenn ihm plötzlich Kollegen über die Schulter geblickt und mitgelesen hätten. Immerhin hatte er einen Ruf zu verlieren. Er galt als eingefleischter Skeptiker und sah sich auch selbst als *Zweifler vor dem Herrn*, wie er gern sagte. Und dabei war ihm selbst kaum bewusst, wie zutreffend ausgerechnet diese Bezeichnung war: *Zweifler vor dem Herrn.* Wer von ihm interviewt wurde, musste sich warm anziehen, denn er war stets extrem gut vorbereitet, erkannte sehr schnell Ungereimtheiten und gab sich nie mit halbherzigen oder wohlfeilen Antworten zufrieden. Er wollte für jede strittige Behauptung Beweise sehen. Da ließ er nicht mit sich reden. Bei seinen Vorgesetzten hatte er sich damit Respekt erarbeitet. Von den Funktionären in den Wirtschaftsverbänden wurde er eher gefürchtet. Obwohl er erst Anfang dreißig war, sahen viele Volontäre in ihm ein großes Vorbild. Schließlich war er einer, der immer wieder den Mut hatte, den Finger in die Wunde zu legen, nicht zuletzt auch, wenn es um Missstände in der Redaktion ging. Es war dies eine Metapher, die im Zusammenhang mit ihm öfter Erwähnung fand: *Den Finger in die Wunde legen.* Und auch dieser Ausdruck barg einen tieferen Sinn, als die, die ihn gebrauchten, ahnten.

Sein Renommee als einer, der alles in Frage stellte, setzte schon fast zwingend Widerspruch aus der Öffentlichkeit voraus. Wenn er als Bedenkenträger oder Defätist beschimpft wurde und man ihm vorhielt, er würde in allem immer nur das Schlechte sehen, wusste er, dass er auf Kurs lag. Er wollte selbst nicht mit Gesäusel und unausgegorenen Behauptungen eingelullt werden. Und er erwartete von seinen Lesern eine ähnlich kritische Einstellung. Ihm ging es nicht darum, dass man seinen Worten glaubte. Er wollte, dass seine Leser ihren Zweifel wachhielten, dass sie so lange alles in Frage stellten, bis für eine Behauptung handfeste, einwandfreie Beweise auf dem Tisch lagen. Wenn er nun Zustimmung von lauter vertrauensseligen, naiven oder idealistischen Lesern bekam, musste er tatsächlich um seinen schwer erarbeiteten Ruf als harter Agnostiker fürchten.

Vogel beugte sich nochmal zu seinem Laptop vor. Es gab eine Rückmeldung, die er nicht ganz verstanden hatte. Er musste kurz suchen, dann hatte er sie auf dem Bildschirm.

„Unglaublich, aber wahr! Mein Kater hält es wie dieser Mike Mehrings. Er glaubt fest daran, dass sein Napf jeden Tag mit frischem Fleisch aufgefüllt wird und niemand ihm sein Fressen streitig macht. Und genauso sieht seine Wirklichkeit aus. Obwohl er weder sein Revier, noch seinen Fressnapf verteidigt oder bewacht, gibt es keine Eindringlinge oder

Schmarotzer aus der Nachbarschaft. Er hat keinen Stress und lebt in Frieden. Sylvia B."

Franziska Dunker blickte sich im Stuhlkreis um. Sie wusste, dass es nun an ihr war etwas zu erwidern. Aber sie brauchte einen Moment, um sich zu sammeln. Sie hatte sich gerade die Kritik von einigen Mitarbeitern anhören müssen. Diese Kramer, die nun wirklich nicht die Hellste war, beklagte wie immer einen Mangel an Wertschätzung. Und Bartels, der scheinheilige Frömmler, pries die Tugend der Demut. Seine Botschaft war unmissverständlich: Er hielt sie, die Leiterin dieser Propstei, für unbescheiden, um nicht zu sagen autoritär. Dieser Pharisäer! Wie sie erwartet hatte, war aber Frau Schneider als Wortführerin der Unzufriedenen in Erscheinung getreten. Dieses Weib war in allem maßlos. Ihr ehrenamtliches Engagement, ihre Reproduktionstätigkeit, ihre Körperfülle, ihr Redefluss – alles unmäßig und ausufernd. Zum Glück war Schwan ein geschickter Supervisor. Er hielt die Nörgler mit seinen Fragen dazu an, ihre Kritik zu konkretisieren. Gut! Sollten sie hier und heute ruhig mal Klartext reden. Und immer schön Ich-Aussagen machen!

Die Pröpstin atmete tief durch. Es war wie immer, dachte sie. Sie trug als Pröpstin die ganze Verantwortung, aber diese Freizeitchristen wollten immer und überall mitreden und mitentscheiden. Es gab naturgemäß Unterschiede zwischen ordinierten und nichtordinierten Mitarbeitern – und zwar ganz wesentliche Unterschiede. Jeder, der etwas anderes behauptete, betrieb Augenwischerei. Sicher, der nicht Ordinierte stellte sein Engagement und seine Arbeitskraft in den Dienst seiner Mitmenschen. Er stand somit als Helfer im Kontext des weltlichen Lebens. Aber der Ordinierte wies als Jünger Christi mit seiner Person über das Weltliche hinaus, verwies auf den Geist, der als kreatives Moment allem Leben zugrunde lag. Sie hörte noch eine Weile den salbungsvollen Worten des Supervisors zu. Dann merkte sie, dass sie nicht länger an sich halten konnte. Ohne eine Aufforderung abzuwarten, ergriff Franziska Dunker das Wort und legte los.

Bis dahin war die Supervision für Joachim Schwan ruhig und kontrolliert verlaufen. Durch die Jahre hatte er gelernt, die unterschwelligen Themen in Gruppen sicher zu erspüren. Manchmal prägten sie die Atmosphäre und er konnte sie wittern, wenn er den Raum auf sich wirken ließ. Manchmal schlugen sie sich im Setting nieder, zeigten sich in der Anordnung der Stühle und Tische, in der ganz und gar nicht zufälligen Gestalt, in der sich ihm die Gesamtheit der Teilnehmer präsentierte. Oft waren es auch die Äußerungen am Rande, die scheinbar belanglosen und deshalb kaum zensierten Bemerkungen, die ihm Aufschluss darüber gaben, was eine Gruppe bewegte. Er hatte gelernt die mehr oder weniger verborgenen Intentionen und Ängste eines jeden Teilnehmers zu hören, herauszuhören aus dem Gesagten. Eine ungewöhnliche Wortwahl oder Metapher, ein plötzliches Sprachloswerden, ein unbemerkter Sinnzusammenhang zwischen verschiedenen Begriffen und natürlich auch ungewollte Komik und Versprecher – sie alle gaben ihm Hinweise darauf, was die Leute eigentlich sagen wollten.

Je nach Situation erschien es ihm ratsam darauf einzugehen oder das Beobachtete zunächst für sich zu behalten. In der heutigen Sitzung hatte er ein paar Mal interveniert, um zu erreichen, dass unterdrückte Emotionen klarer artikuliert wurden. Naturgemäß war es dadurch etwas lebhafter geworden. Aber die Mitarbeiter dieser Propstei schienen alle so diszipliniert und zurückhaltend, dass ihre Äußerungen keine hohen Wellen schlugen. Es kam höchstens zu einem Kräuseln der Oberfläche. Umso mehr überraschte ihn die starke Psychodynamik, die bald wie aus dem Nichts auftauchte und die gesamte Gruppe erfasste. Ausgelöst wurden die Turbulenzen ausgerechnet von der Pröpstin. Zumindest glaubte er, dass es sich so verhielt.

Er fing gerade an die gemeinsamen Interessen aller Mitglieder der Synode herauszuarbeiten. Sinn und Zweck der Übung war natürlich, den Boden für eine neue Verständigung zu bereiten. Geschickt griff er die unterschiedlichen Beiträge der Teilnehmer nochmal auf und setzte sie so zueinander in Beziehung, dass ein gefälliges und geradezu harmonisches Bild entstand. Wer ihm zuhörte, konnte leicht den Eindruck bekommen, dass alle einander bräuchten und sich aufs Trefflichste ergänzen würden. Er wusste, das waren seine großen Stärken: die Gesamtschau, die Vernetzung unterschiedlicher Sichtweisen, das Zusammenführen von Kontrahenten. Da ihm alle wohlwollend zuzuhören schienen, wagte er sich weit vor und versuchte das Verhältnis der ordinierten Amtsträger zum Kirchenvolk sinnhaft darzustellen. Das war nun in der Tat ein kühnes Unterfangen, zumal sich Schwan selbst keineswegs als gläubiger Christ empfand. Er neigte zwar grundsätzlich zur Redseligkeit, doch was ihn heute zu seiner Ansprache bewog, ahnte er nicht.

Die Kirche, behauptete er also, sei als Hüterin der Schrift eine prägende und tragende Institution, die mit ihren Riten, Gesetzen und Narrationen den Bezug zum Göttlichen bewahre. Sie sei der Boden, aus dem die Gemeinde wie ein Baum erwüchse. Es brauche natürlich den Boden, versicherte er den Versammelten, seine Fruchtbarkeit, seinen Halt, seine tiefen Wasser. Er sei wie das Heilige Land die Heimstatt des Göttlichen. So gesehen seien die Pastoren und Prediger wie gute Gärtner verantwortlich für die Fruchtbarkeit der Schrift. Denn die Schrift, die ewige Botschaft der Liebe, solle Leben spenden. Und dann hatte Schwan noch ein

Zitat gebracht, von dem er gar nicht wusste, woher er es hatte. Ob denn nicht das Wort zum Fleisch geworden sei, fragte er seine Zuhörer. Ähnlich solle, so erklärte er beherzt, ein fruchttragender Baum aus der Erde der Kirche erwachsen. Aber wie jeder Baum wiese auch dieser über den Boden hinaus. Der Wind trüge seine Samen fort in die weite Welt. Ohne den Baum bliebe die alte Weisheit des Bodens eine nicht gelebte Wahrheit. So würde, schloss Schwan, auch die lebendige Gemeinde über die Kirche als Institution hinausweisen.

Da war es Franziska Dunker zu viel geworden. Wenn sie schon eine Gärtnerin des Herrn sein sollte, erklärte sie mit großem Nachdruck, dann hätte sie wohl auch die gottgegebene Pflicht, Disteln und Dornengestrüpp zu beseitigen. Sie registrierte natürlich, dass diese Bemerkung Unruhe bei den nicht Ordinierten auslöste. Aber darauf konnte und wollte sie keine Rücksicht nehmen. Die Wahrheit musste gesagt werden.

Natürlich, räumte sie ein, könne ein jeder die Bibel lesen. Es gäbe sie schließlich auch online, kostenlos in jeder x-beliebigen Ausgabe. Aber für ein tieferes Verständnis müsse man dieses Buch schon in der Originalsprache studiert haben. Ohne Kenntnis des Hebräischen oder Altgriechischen bliebe einem so manches Geheimnis der Schrift, so mancher Zusammenhang, verborgen. Ebenso könne zwar jeder reden wie ihm oder ihr der Schnabel gewachsen sei, aber nur die Ordinierten seien auch rhetorisch geschult. Eine gute Predigt müsse klug komponiert sein und die Gemeinde sowohl emotional als auch intellektuell ansprechen und gleichzeitig zu neuen Verhaltensweisen anregen. Dieser Verantwortung könne nun mal nicht jeder Wald-und-Wiesen-Redner gerecht werden. Das gelte es anzuerkennen. Selbstverständlich stünde es jedem offen, den Traurigen, den Alten und Leidenden Trost zu spenden. Ohne profunde Kenntnis psychischer Mechanismen, ohne psychohygienische Vorsorge könne es jedoch keine professionelle und gesunde Seelsorge geben. Aus all dem folge, so betonte die Pröpstin, dass den Pastoren nicht nur mehr Verantwortung, sondern auch eine spirituelle Führungsrolle zukomme. Sie wünsche sich also, dass alle kirchlichen Mitarbeiter die Ordinierten der Propstei als ihre Wegweiser, als eingeweihte Lehrer wertschätzen würden. Da habe ihr, schloss Dunker mit einem Seitenhieb auf die Kritikaster, in letzter Zeit die Demut gefehlt.

Ernst Feig war begeistert. Eine Zeit lang hatte er sich eher lustlos und genervt das Gejammer der Ehrenamtlichen angehört. Nun aber war er hellwach. Diese Pastorin gefiel ihm. Sie sagt, was sie denkt, stellte er anerkennend fest, und es ist ihr offenbar egal, ob das den anderen passt oder nicht. Für ihn sollte jeder Christ so sein: leidenschaftlich, charismatisch, offenherzig, mutig und kompromisslos, zumindest wenn es um den Glauben ging. Man hatte ihr Vorwürfe gemacht, kleinliche Vorwürfe, wie er fand, und armselige Einwände erhoben. Und was tat diese energische Christin? Hielt sie die andere Backe hin? Bedankte sie sich für die ehrlichen Rückmeldungen, die großartigen Wachstumschancen? Nein, alles andere als das! Wortgewaltig und lautstark wehrte sie sich gegen die Verlogenheit ihrer Widersacher. Es fehlte nicht viel, dachte Feig schmunzelnd, und sie würde diese Heuchler eigenhändig aus ihrem Tempel werfen. Durchaus überrascht stellte er fest, dass er sich dieser Pastorin verbunden fühlte. Es war für ihn daher ein natürlicher Schritt sich auf ihre Seite zu schlagen. Doch damit löste er eine Kettenreaktion aus, die auch ein kreativer Mensch nur als chaotisch bezeichnen konnte.

Feig ergriff das Wort. Er tat es an diesem Nachmittag zum ersten Mal und sofort fokussierte sich die Aufmerksamkeit aller auf ihn. Zwar hatte Schwan seinen Co-Supervisor angewiesen sich zurückzuhalten, bis er ihm das Wort erteile. Aber das hatte Ernst Feig in diesem Moment vergessen. Und eigentlich war ihm von Anfang an klar gewesen, dass er keiner war, der sich zum Sprechen auffordern ließ. Unmissverständlich und gravitätisch zugleich gab er der Pröpstin nun in allen Punkten Recht. Aber nicht nur das! Ganz der zynische Kabarettist goss er noch zusätzliches Öl ins Feuer. Wer sich beklagt, warf er in die Runde, habe die Kernbotschaft Christi nicht verstanden. Entweder man ändere sein Leben oder man akzeptiere die Dinge, wie sie sind. Man solle aber nicht jammern und gleichzeitig an seinem jammervollen Leben festhalten.

Kaum waren die harten Worte gesagt, da sprang die korpulente Schneider auf die Füße, empörte sich über seine zutiefst verletzenden Worte, fing an zu weinen und lief schluchzend hinaus. Daraufhin redeten alle durcheinander. Manche beschwerten sich aufgebracht über Feigs unprofessionelles Auftreten. Andere bezweifelten wortreich, dass er von der angeblichen Kernbotschaft Christi überhaupt eine Ahnung habe. Das jedoch rief andere auf den Plan, die sich seine Aussage zu eigen machten und den Entrüsteten Scheinheiligkeit und Larmoyanz vorwarfen. Wer nicht ordiniert ist, solle, so ein junger Pastor, gefälligst die Kirche im Dorf lassen. Es wäre nicht ratsam sich in Gebiete vorwagen, von denen man nichts verstünde. Davon nur noch stärker entrüstet, legte auch die Gegenseite nach und sprach von Verrat. Der hagere und pathetische Bartels bebte am ganzen Leib und deutete mit seinem knochigen Finger anklagend auf Feig. Anstatt die Synode zu *beraten*, tobte er, habe er die aufopferungsvollen Mitarbeiter *verraten*. Dieser Vorwurf wiederum versetzte den sonst so hartgesottenen Bühnenmann in einen Zustand höchster Erregung.

Verrat, schnaubte er. Verrat sei grundsätzlich hinterrücks,

wie sein Gegenüber sicherlich wisse. Er, Feig, aber spiele mit offenen Karten und mache aus seinem Herzen keine Mördergrube. Von Verrat könne daher keine Rede sein. Vielmehr, setzte er boshaft nach, scheine es doch, dass hier die notorisch Unzufriedenen ihre Pröpstin ans Kreuz liefern wollen. Er sagte tatsächlich Kreuz statt Messer, was ihm selbst gar nicht auffiel.

Franziska Dunker verfolgte die hitzige Auseinandersetzung entspannt und durchaus amüsiert. Dieser glatzköpfige Co-Supervisor war ganz nach ihrem Geschmack. Anfangs hatte sie geglaubt, der Mann sei eine Fehlbesetzung, völlig ungeeignet, die Probleme einer Synode auch nur zu erfassen. Wie sich jetzt aber herausstellte, war dieser Feig ein scharfsinniger Beobachter und ein intuitiver obendrein. Dass er dem Bartels auf den Kopf zusagte, selbst Verrat zu üben, zeugte nicht nur von Mut, sondern auch von Gespür. Dunker konnte eine gewisse Schadenfreude nicht vor sich selbst verhehlen. Sie genoss den Anblick des konsternierten und sprachlos gewordenen Widersachers.

Und der Supervisor? In dieser turbulenten Phase war Joachim Schwan wie paralysiert. Untätig blieb er zunächst, weil er innerlich hin- und hergerissen war. Er sah, dass Feigs drastische Kommentare vieles aufdeckten, was bisher unter dem Synodenteppich verborgen lag. Staub wurde aufgewirbelt. Und war es nicht das, was er beabsichtigt hatte? Hatte er nicht gerade deshalb den Kabarettisten engagiert? Einerseits ja. Andererseits sah er mit Schrecken, dass dessen Affront ihn selbst in Schwierigkeiten brachte. Alles hing nun davon ab, einen glaubwürdigen Sinnzusammenhang für Feigs Brüskierungen zu konstruieren. Er musste die Teilnehmer davon überzeugen, dass die Provokation im Grunde eine wohl überlegte Intervention darstellte. Schwan versuchte sich zu konzentrieren, den Überblick zu bewahren. Er schaute sich um und dabei begegnete ihm der Blick der Pröpstin. Als er sah, dass sie ihn angrinste, wusste er, dass ihm nur noch eines blieb: diese Sitzung schnellstmöglich zu beenden.

Thomas, den manche in der Heimat den Zwiespältigen nennen, wandert unruhig durch die fruchtbare Ebene von Charakene am Unterlauf der Zwillingsflüsse. Mal geht er in Gesellschaft von fahrenden Händlern, mal schließt er sich Handwerkern an, die auf der Suche nach Arbeit stromabwärts ziehen. Manchmal wird er lediglich von einem streunenden Hund begleitet. Es ist ihm egal. Er hat ein Ziel. Die Schönheit des Landes nimmt er kaum wahr, den rotgoldenen Glanz der untergehenden Sonne auf dem Wasser, die ausgedehnten Sesamfelder, das noch grüne Korn, die gewaltigen Dattelpalmen. Viele Tage, bestimmt mehrere Monate ist er jetzt schon unterwegs. Mit jedem weiteren Tag scheint ihm das, was im Land seiner Väter geschehen ist, unwirklicher, traumhafter. Und doch treibt ihn das Erlebte voran, drängt ihn in den Osten. Er will zu Charax Spasinu, in die große Hafenstadt unten am Meer der Perser. Von dort aus, so hat man ihm erzählt, fahren immer wieder Schiffe ins Hinduschland, in die fremde Weite am Anfang des Tages.

Neu anfangen will auch er, der früher so kritische Jünger des Herrn. Und er hofft im Licht des Morgenlandes endlich die Schatten der Vergangenheit hinter sich zu lassen. Denn all die Folgen des einstigen Misstrauens umstehen sein Herz wie anklagende Schemen. Sie sind da, wenn er wacht, ob er nun geht, redet oder rastet. Und sie durchziehen Nacht für Nacht seine Träume. Sie sind die Dämonen, die ihn an seine Schwäche erinnern und die drohen sein Gemüt zu verdunkeln. Deshalb zieht es ihn jeden Tag noch etwas stärker in den Osten, in das verheißungsvolle Licht des Neubeginns.

Thomas ist gezeichnet, nicht schmerzhaft, aber unüberseh-bar. Seit seiner Begegnung mit dem Wunderbaren trägt er am Leib das Mal des Zweifels, seines Unglaubens. Über den Fingerkuppen seiner rechten Hand gebreitet liegt ein dunkelrotes, fast bläuliches Mal, das nicht mehr weggeht, auch jetzt nicht, Jahre danach. Wer es sieht, könnte meinen, er hätte seine beiden längsten Finger in ein Gefäß mit besonders kräftigem, erdigem Wein getaucht. Aber es ist keine Farbe, die er hätte abwaschen können. Das hat er oft genug probiert, früher, in den ersten Tagen danach. Aber alles Bürsten und Reiben war vergebens. Heute weiß er: Das Zeichen ist ein fleisch-gewordenes. Es ist wie ein Muttermal, denkt er, und korrigiert sich dann gleich selbst. Nein, ein Vatermal ist es, denn er erwarb es nicht im Mutterleib, sondern bekam es später auferlegt vom Vater. Es sitzt dort, wo er die Wahrheit selbst geprüft hat, wo er das wunde Fleisch zweifelnd berührte.

Er hatte den Worten seiner Freunde keinen Glauben ge-schenkt, den aufgeregten Erzählungen der anderen. Selbst dann noch hatte er die Kunde nicht geglaubt, als seine eigenen Augen Zeugnis davon ablegten. Sein Kopf sagte ihm, dass es nicht sein konnte. Diesen Schluss hatte er geglaubt. Er war immer stolz gewesen auf das, was er mit Sicherheit wusste. Die Leute mochten sich mit Vermutungen und Gerüchten zu-frieden geben. Für ihn waren das alles bloß Träumereien und Wunschgedanken. Ihnen wollte er nicht erliegen. Man musste nachdenken, jede Erscheinung hinterfragen, seinen gesunden Menschenverstand nutzen. Man durfte sich nichts vormachen lassen, sich nicht selbst etwas vormachen. Die Welt war gewiss nicht so, wie man sie haben wollte. Das galt es zur Kenntnis zu nehmen. Wer das nicht tat, war ein Kinds-kopf und ein Träumer.

Damals war das so. Damals glaubte er an Eisen und Erz,

das Mark dieser Erde, die Härte alles Geschmiedeten, an feste Dinge eben, nicht an Trugbilder. Er glaubte an die Stärke des Baumes, die grobe Last des ungehobelten Holzes, an Splitter in geschundener Haut. Er nahm den Schwung des schweren Hammers für wahr und wirklich, den dumpfen Klang der Nägel, als diese unbarmherzig durchs Fleisch ins Holz getrieben wurden. Er glaubte an die Macht vergossenen Blutes, die niederdrückende Last des Schmerzes und verbeugte sich furchtsam vor ihnen. Zutiefst überzeugt war er von der Schwäche des Leibes und der Verwundbarkeit seiner Glieder. Was brach, wurde nie mehr ganz. Da war der Mensch nicht anders als der eingeknickte Mastbaum eines Fischerbootes im Sturm.

Und allen Verheißungen, allem Gerede vom ewigen Leben zum Trotz, glaubte er an den Tod als das unumgängliche, unwiderrufliche Ende. Hatte er nicht schon viele Alte bleich und starr werden sehen, ihre Kälte gefühlt, ihren Zerfall gerochen? Das waren Tatsachen, denen er immer bereit gewesen war seinen Glauben zu schenken. Geschichten über wundersame Auferweckungen zu Lebzeiten des Rabbi hatte er immer für haarsträubende Illusionen gehalten, Erfindungen von Schwärmern und Eiferern. Das waren Märchen, geglaubt von denen, die sie glauben wollten.

Heute denkt Thomas anders. Heute glaubt er nichts von dem, was seine Finger berühren, so sehr als das, was ihn selbst im Innern berührt. Denn die Gegenwart des Herrn, des Geliebten, des Lebendigen, ist ihm nun wirklicher als die Steine zu seinen Füßen und das Wasser in diesem Fluss. Der Geist des Auferstandenen, der Heilige, ist jenseits von allem, was er noch bezweifeln könnte. Und so wird es immer sein, das weiß er. Er schaut sich um, ein Fremder in der Fremde, und sieht sich umgeben von verlorenen Gewissheiten. Ist dieser Esel dort wirklich, die Last auf seinem Rücken, der Staub in seinem Fell? Soll das alles sein, dieser Trott, diese Bürde, die-

ser zu Boden gesenkte Blick? Und drüben die Rinder, die ein kleiner Hirtenjunge tränkt, sind sie das, was ich sehe, was ich meine zu sehen? Und die helle Stimme des halbnackten Knaben? Was geschieht mit ihr, wenn das Kind zum Manne wird?

Der Herr hat ihn gerufen, hat seinen skeptischen Jünger berufen in das Morgenland zu ziehen. Verkünden soll er den fremden Völkern die Botschaft der Liebe, berichten vom Sieg über den Tod, vom Ende des Zweifels. Er, das weiß er, wurde mit dieser Sendung betraut, weil er wie kein anderer den Zweifel kennt. Das ist deine Mission, lehrte ihn der Auferstandene, der Glaube allein wendet die Not des Zweiflers. Du, Thomas, hast die Not des inneren Zwiespalts bis zum Äußersten durchlitten. Wer könnte die Kleingläubigen und Verwirrten besser verstehen als du? Geh und gib ihnen Halt, einen festen Boden unter ihren Füßen. Du hast deinen Zweifel überwunden, dieses rastlose Rudel wühlender Schweine, das jedes Keimblatt der Hoffnung frisst und ausreißt jeden zarten Trieb der Freude. Er gehorcht dir jetzt, der Zweifel, wie ein folgsamer Ochse, der deinen Pflug dorthin zieht, wohin du es möchtest. Überwunden hast du ihn, nun sollst du andere davon erlösen, ihnen helfen die blindwütig scharrenden Schweine eines maßlosen Zweifels zu vertreiben. Denn nur wer erlöst, geht meinen Weg.

Also bleibt Thomas in der Spur seiner Bestimmung, durch alle Ungewissheiten hindurch getragen vom unerschütterlichen Glauben an die Allmacht Gottes.

Mehrings glaubte ihr, jedes Wort. Er hatte schließlich oft genug selbst gespürt, dass Annika um ihn herum war, dass sie ihm Gedanken eingab, sich um ihn kümmerte. Häufig sprach er mit ihr, bat sie um Rat. Und öfter fand er zur Klarheit und

Ruhe durch dieses stille Zwiegespräch. Es war nicht bloß eine ersehnte Nähe, die ihn trösten sollte. Ihre Präsenz war reell, nicht die Einbildung eines traurigen Witwers. Sie war da, wenn auch nicht wie früher. Sie funkte jetzt auf einer anderen Wellenlänge. Aber es gab einen Empfang, einen gefühlten Empfang.

Er wusste, dass es Menschen gab, die behaupteten, Kontakt zu Verstorbenen aufnehmen zu können. Er glaubte auch *da*ran, glaubte, dass es möglich war, auf irgendeine Weise mit dieser anderen Realität zu kommunizieren. Die Vorstellung, dass der Tod das Ende von allem sei, war ihm schon immer lächerlich erschienen. Mochte man ihn auch als leichtgläubig bezeichnen, er war von der Existenz der Seele überzeugt. Daran *nicht* zu glauben, schien ihm viel abenteuerlicher. Wie konnte man sich bloß einreden nicht zu sein, was man war? Wie konnte man *glauben,* nichts weiter zu sein als ein Gebilde aus Fleisch, Blut, Knochen und Nerven? *Das* war doch die eigentliche Leichtgläubigkeit.

Etwas anderes beschäftigte ihn aber. Annika, jene Annika, die dieser Ärztin erschienen war, wollte in ihren Tod eingewilligt haben. Er verstand das nicht und es fiel ihm schwer es zu glauben. Hatte sie nicht heroisch gegen ihren Krebs gekämpft? War es nicht ihr Herzenswunsch gewesen, gemeinsam mit ihm weitere Kinder zu haben, eine Tochter, wenn es ging? Oder hatte sie irgendwann eingesehen, dass der Tod die sinnvollere Option war?

Konnte das sein? Mike Mehrings hatte an ihre Genesung geglaubt und sich immer wieder eine Zukunft vorgestellt, in der sie gemeinsam alt wurden. Er war sich sicher gewesen, dass sie zusammen jede Herausforderung würden bewältigen können. Annikas Krankheit hatte er trotz dem damit verbundenen Schrecken bald als einmalige Gelegenheit gesehen. Ihm war klargeworden, dass es angesichts dieser Bedrohung darum ging vertrauensvoll zu bleiben, bei aller Widrigkeit die Zuversicht nicht zu verlieren. Ja, für ihn war dieser Schicksalsschlag eine Bewährungsprobe gewesen, eine schwere Prüfung gewiss, aber er hatte nie daran gezweifelt, dass er sie bestehen würde, dass sie beide heil und gereift aus dieser Krise hervorgehen würden. Doch es war anders gekommen und die Niederlage hatte ihn erschüttert. Er hatte Annika nicht vor dem Tode retten können. Und nun fragte er sich, ob es für sie letztlich nicht ganz anders gewesen war. Hatte der Tod für seine schwerkranke Frau eine höhere Art Heilung bedeutet. Hatte sie deshalb in ihn eingewilligt, weil ihr gestattet war, von einer höheren Warte aus auf den Weg ihrer Seele, ihrer beider Seelen zu schauen? Dann wäre ihr Tod tatsächlich nicht sein Versagen gewesen. Mehrings spürte einen Kloß im Hals und schloss die Augen.

Jasmin Conradi leerte den letzten Rest Tee aus dem Kännchen in ihre Tasse und trank einen Schluck. Das Getränk war nur noch lauwarm, trotzdem ließ sie sich Zeit damit. Sie vermied es ihr Gegenüber direkt anzuschauen, nahm die Gefühlslage des Mannes aber trotzdem sehr deutlich wahr.

Vielleicht war es wegen dieser subtilen Beobachtung, dass sich Mehrings plötzlich wieder seiner Umgebung bewusst wurde. Auf jeden Fall richtete er sich auf, räusperte sich, sperrte die Augen auf, atmete tief ein und lächelte sein Gegenüber an. „Machen Sie so etwas auch mit Ihren Patienten? Ich meine…"

„So etwas? Sie meinen Kontakt zu toten Angehörigen vermitteln?" Die Ärztin schüttelte den Kopf. „So etwas ist mir noch nie passiert. Überhaupt passieren mir solch merkwürdige Dinge erst, seit …"

„Seit?"

„Seit der Stunde, da Sie mit Ihrem Sohn bei uns in der Notaufnahme erschienen." Jasmin Conradi holte tief Luft und dann erzählte sie dem alleinerziehenden Vater von ihren erstaunlichen Erfahrungen bei der Behandlung seines Sohnes. „Offenbar bin ich nicht die, für die ich mich all die Jahre gehalten habe", stellte sie am Ende ihres Berichts etwas überraschend fest.

Dann schwiegen beide eine Weile und dachten über das Gesagte nach. Zwischen ihnen breitete sich erneut eine Stille aus, die sie beide als angenehm lebendig empfanden. Sie nahmen zwar auch die jazzigen Klänge im Hintergrund wahr, aber weder die Musik, noch die Gesprächsfetzen, die von den anderen Tischen zu ihnen drangen, vermochten diese Stille zu verscheuchen.

Als sich ihre Blicke trafen, lächelten beide etwas unbeholfen. Und da hatte Mike Mehrings das Bedürfnis diese Frau zu berühren, ihre Hand in die seine zu nehmen. Er spürte ihre Labilität, ihre Verletzlichkeit, und wollte ihr den Rücken stärken, sie mit seiner ganzen Kraft beschützen.

Jasmin Conradi dachte noch über seine Frage nach. „Nein", meinte sie nun. „So etwas würde meine Patienten bloß verwirren oder ängstigen. Ich könnte doch denen nicht sagen: *Ach übrigens, Ihr verstorbener Vater meint, Sie sollten weniger rauchen.*"

Mehrings grinste. „Wenn's hilft."

Da lächelte auch Conradi. „Ja genau. Gesundheitsberatung aus dem Jenseits. Das wäre doch mal was!" Dann wurde sie aber gleich wieder ernst. „Mit solchen Praktiken bekäme ich garantiert bald Probleme mit der Ärztekammer. Glauben Sie mir, einer Geisterbeschwörerin würde sehr schnell die Approbation entzogen werden. Ich sehe die Schlagzeile der Bildzeitung schon vor mir: *Ärztin spricht mit Toten.*" Sie lächelte schwach.

„Aber, warum...?" Mehrings stockte.

„Warum ich Ihnen etwas gesagt habe?" Conradi zuckte

leicht die Schultern. Dann hob sie die Hand und deutete auf den Raum, in dem sie sich befanden. „Ich bin nicht im Dienst."

Mehrings legte den Kopf schief und betrachtete sie schweigend.

„Nein", ergänzte die Ärztin, „das ist eigentlich ganz einfach zu erklären." Dann wechselte sie unvermittelt das Thema und nickte Mehrings zu. „Darf ich Du sagen?"

Mehrings war kurz überrascht, freute sich aber über ihren Vorstoß. „Klar. Ich bin der Mike."

„Jasmin", sagte Jasmin Conradi. Dann senkte sie kurz den Kopf, wie um sich zu besinnen. „Weißt du, es ist einfach so, dass du bereit warst."

Der Unternehmer runzelte die Stirn. „Ich wusste nicht, dass ich *dafür* bereit war."

„Offensichtlich doch! Sonst wäre deine verstorbene Frau wohl kaum erschienen. Ich habe sie jedenfalls nicht gerufen."

„Schon klar, aber *du* hast Annika gesehen. *Dir* ist sie erschienen. Das muss doch etwas zu bedeuten haben." Mehrings hatte mit dieser Feststellung, wie er meinte, nichts Bestimmtes im Sinn gehabt. Aber als er nun die feine Unruhe spürte, die sein Gegenüber erfasste, begriff er, dass er nach der Qualität ihrer Beziehung gefragt hatte. Was hatte er sagen wollen? Was glaubte er selbst? Dass Annika seine Begegnung mit Jasmin eingefädelt hatte? Dass sie gekommen war, um dieser Annäherung ihren Segen zu erteilen? War es das, was er sich wünschte?

Jasmin atmete tief ein und schaute kurz in Richtung Ausgang. „Ich muss jetzt gehen. Meine Familie wartet bestimmt schon auf mich."

Mike registrierte sogleich die quasi beiläufige Erwähnung ihrer Familie. Wortlos nickte er und winkte die Bedienung herbei. Er bezahlte und beide erhoben sich. Draußen auf der

Straße gab sie ihm die Hand und bedankte sich ein bisschen förmlich für die Einladung. Er bot an, sie nach Hause zu fahren, aber sie meinte, mit der Straßenbahn käme sie ganz bequem bis fast vor ihre Haustür. Sie wandte sich schon zum Gehen, als Mike noch einen Versuch machte. „Sehen wir uns wieder?"

Sie hielt inne und schien darüber nachzudenken. Im Grunde aber war bereits entschieden, dass sie diesen Mann wiedersehen würde. Sie horchte auf die Einwände ihrer Vernunft, die sie an die Vorzüge ihres bisherigen geregelten Lebens erinnerten. Doch dieses Regelwerk war offenbar dabei sich aufzulösen. „Davon gehe ich aus", antwortete sie mit einem geheimnisvollen Lächeln. Dann verschwand sie in der Menschenmenge.

Bertram Vogel war etwas beunruhigt. Er hatte in letzter Zeit häufiger ein Taubheitsgefühl im Zeige- und Mittelfinger seiner rechten Hand. Wobei der Begriff eigentlich schwachsinnig ist, dachte er kritisch, denn Gefühl habe ich dort ja gerade keins. Er hatte versucht sich im Internet zu informieren, aber war nicht wirklich schlauer geworden. Als gängigste Ursache für sein Symptom galt offenbar die Durchblutungsstörung. Beliebt schien auch das Erklärungsmodell „eingeklemmter Nerv". Dafür sprach, dass er tatsächlich manchmal in den unmöglichsten Positionen an seinem Laptop arbeitete, oft noch mit seinem Handy zwischen Ohr und Schulter geklemmt. Unvermeidlich war wohl der Verweis auf „psychische Ursachen" – ein klares Indiz dafür, dass die Wissenschaft im Dunkeln tappte. Manche Ratgeber empfahlen ihm weniger zu trinken. Ein wohlfeiler Rat, dachte er, denn Alkohol ist ja bekanntlich an allem schuld.

Er saß im schicken neuen Großraumbüro der Redaktion.

Um ihn herum vibrierte die Luft vor Geschäftigkeit. Er hörte Leute telefonieren, diskutieren, fluchen, lachen, tippen. Niemand schien Notiz von ihm zu nehmen. Er war bloß ein weiterer Kollege vor einem Bildschirm. Mit dem linken Daumen rieb er sich die tauben Finger. Doch sie ließen sich nicht aus ihrem Dämmerschlaf holen. Alles in allem fühlte er sich fit, schlief gut und hatte seinen Zigarettenkonsum reduziert. Sein Körper sagte ihm, dass diese Gefühllosigkeit nicht von der Physis herrührte. Konnte er das überhaupt, der Körper? Er bezweifelte es. So etwas, dachte er, nennt man wohl instinktives Wissen. Trotz seiner Skepsis war er aber geneigt, seinem Bauchgefühl zu glauben. Das hatte gewiss auch damit zu tun, dass er sich besser fühlte, wenn er sich für gesund erklärte.

Doch da war noch etwas, etwas anderes. Es gab eine tieferliegende Unruhe. Er fühlte sich irritiert und sah sich in seinem Selbstverständnis angezweifelt, untergraben. Zwar war es für ihn nichts Neues, sich selbst in Frage zu stellen. Es war ihm schon früh zur Gewohnheit geworden, seine eigenen Überlegungen und Gedanken kritisch zu prüfen. Der Zweifel diente dabei als Schaufel, mit der er die Wahrheit freilegte. Das hatte er immer geglaubt. Doch in den letzten Tagen hatte diese Überzeugung Risse erhalten. Der Zweifel war bei sich selbst angekommen. Auf einmal glaubte er nicht mehr mit Sicherheit, dass fortwährendes Zweifeln ihn der Wahrheit näherbrachte. Vielmehr sah er den Boden unter seinen Füßen immer weiter bröckeln.

Anlass für seine Verunsicherung waren die vielen Reaktionen ungeahnter Leser, die immer noch täglich bei ihm eingingen. Sie hatten ihn schließlich dazu gebracht, seine bisherige Einstellung, seine gewohnheitsmäßige Skepsis zu hinterfragen. Seitdem fasste er Gedanken, die noch vor wenigen Tagen scheinbar außerhalb seiner Reichweite gelegen waren: *Skepsis macht alles bloß zunichte*, war zum Beispiel eine Erkenntnis, die ihm plötzlich unwiderlegbar erschien und ihn ob ihrer Allgemeingültigkeit überraschte. Aber es stimmte: In seinem journalistischen Kampf gegen Irrtümer, Vorurteile und Lügen war ihm nichts geblieben als braches Land durchsetzt von Gruben und Gräben. Er hatte das Glauben verlernt und sich gegen alles Positive immunisiert. Er war ein Meister der Demontage geworden. Nun erkannte er es mit Schrecken. *Der Zweifel ist wie Treibsand; man kann nicht auf ihm aufbauen.*

Und so sah er in der Taubheit seiner Finger ein Zeichen, ein Sinnbild für die Lähmung seines alten, destruktiven Argwohns. Oft genug hatte er seinen Finger in schwammige Aussagen und schwache Argumente gebohrt, ihn unbarmherzig hineingestoßen in die Ausreden und Halbwahrheiten von Politikern und Firmenbossen. Hineingehämmert in die Tastatur seines Notebooks hatte er seine Sicht der Dinge. Er konnte es nicht mehr. Das spürte er zweifelsfrei, auch wenn er nicht zu sagen vermochte, woher er die Gewissheit nahm. Bertram Vogel war klar geworden, dass er etwas ändern musste. Das, was ihm vorschwebte, würde seinem Chef nicht gefallen. Aber er hatte gute Argumente dafür. Zumindest fühlten sie sich gut an.

Vogel hatte seinen neuen Plan in Gedanken schon mehrmals durchgespielt. Er würde das Konzept für seine angefangene Artikelserie ändern – nein, nicht ändern, *modifizieren*. Modifizieren klang besser, vernünftiger, professioneller. Mattes würde er das als Flexibilität verkaufen, als Kundenorientierung, Lesernähe. Es sollte nicht länger um Überwachungssysteme und Sicherheitsschlösser gehen, um das Milliardengeschäft mit der Angst. Das war eigentlich nur der Ausgangspunkt gewesen. Sein neues Credo hieß: Sicherheit fängt im Kopf an. Astronauten, Profi-Sportler und Musiker, das war allgemein bekannt, investierten viel Zeit und Aufwand in mentales Training. Warum? Weil alle wussten, dass die eigenen Vorstellungen, Annahmen und Überzeugungen über die Qualität ihrer Leistung entschieden.

Ihm war noch nicht ganz klar, wie er sein neues Konzept konkret und im Detail umsetzen wollte. *Ein* Schwerpunkt sollte allerdings die Frage der *inneren Sicherheit* bilden. Damit bezeichnete er für sich die Maßnahmen, mit denen der Einzelne sich gegen negative Vorstellungen und Angstmache schützt. Er wollte diesen Begriff, der die innenpolitische Debatte wie kein zweiter bestimmte, bewusst umdefinieren. *Innere Sicherheit* bezog sich demnach auf die Unversehrtheit und Integrität eines jeden Menschen. Wie kann der Einzelne seine „Grenzen" besser gegen unerwünschte Ansichten, gegen Fake News und Horrorvorstellungen schützen? Wie gelingt es ihm die Gedanken und Gefühle, die bereits „drinnen" sind, besser zu „überwachen" und zu vermeiden, dass der innere Frieden gestört wird?

Vielleicht konnte er Fußballtrainer interviewen. Es wäre für seine Leser bestimmt interessant zu erfahren, wie so ein Coach seine Spieler dazu bringt vor dem Elfmeterschießen keine Angst zu haben, cool zu bleiben? Er hatte schon immer die Kaltschnäuzigkeit bewundert, mit der manche Profikicker die Kugel reinschossen. 70 000 Fans auf den Rängen schauen ihm zu, Millionen vor dem Fernseher, und dieser eine Schuss entscheidet über Sieg oder Niederlage. Ich würde, dachte Vogel schaudernd, wahrscheinlich nicht einmal den Ball treffen oder wenn doch, ihn über den Kasten auf die Tribüne jagen. Noch vor dem kurzen Anlauf sähe ich mein Scheitern voraus, die Enttäuschung meiner Mitspieler, das Entsetzen der Fans. Sofort wären Bilder vergangener Misserfolge da. Das Gefühl ein Loser zu sein, würde mich erdrücken. All das mussten die hochdotierten Profis in den Griff bekommen. Sie brauchten einen unerschütterlichen Erfolgsglauben, durften keinen Moment lang zweifeln. Wie machten sie das? Wie gewannen sie ihre innere Sicherheit?

Natürlich würde er auf den öffentlichen Diskurs zum Thema Sicherheit eingehen müssen. Er zog einen Notizzettel heran und notierte den Namen eines Kollegen aus dem Kulturressort. Der würde ihm wahrscheinlich Kontakte zu Medienforschern vermitteln können. Er kannte natürlich die Kritik, dass sich die Nachrichtenmedien zu Handlangern von Terroristen machten, indem sie deren Bluttaten immer wieder in den Fokus ihrer Berichterstattung rückten. Aber trug die Medienpräsenz des Sicherheitsthemas tatsächlich dazu bei, dass das Sicherheitsgefühl der Leute abnahm? Und wenn ja, hieß das dann auch, dass ihre Sicherheit tatsächlich geschwunden war? Er musste mehr darüber herausfinden.

Sein bereits angekündigter Artikel über das traditionelle Sicherheitsunternehmen *Stahl Security KG* war so gut wie fertig. Sobald die Chefredaktion grünes Licht gab, konnte der Beitrag veröffentlicht werden. Danach aber wollte er neue Wege einschlagen.

Sylvia Brunn mochte diesen André nicht. Das war auch früher schon so gewesen. Der Junge war eigensinnig und schien mit Vorliebe das zu tun, was ihr missfiel. Egal welchen Auftrag sie der Klasse erteilte, er interpretierte ihn immer anders als erwartet, anders als der Rest. Wäre sie wohlwollend gewesen, hätte sie ihm das als Kreativität oder Originalität durchgehen lassen können. Aber sie empfand diesem Knaben gegenüber kein Wohlwollen. Sie empfand überhaupt wenig Wohlwollen. Schon im letzten Schuljahr, als er noch ein Drittklässler war, hatte sie sich immer wieder mal über diesen eigenwilligen Schüler geärgert. Seit seinem blöden Unfall aber war ihr der Junge nicht nur nicht sympathisch, sondern durch und durch unsympathisch.

Sie war schon lange im Schuldienst und gehörte folglich nicht mehr zu den Lehrerinnen, die meinten alle Schüler mögen zu müssen. Schüler kamen und gingen, sie hatte schon so viele gesehen. Die meisten waren okay, Durchschnitt. Man konnte mit ihnen arbeiten. In jedem Jahrgang gab es die Fleißigen und Faulen, die Stillen und Lauten, die Lustigen und die Langweiligen. Und manche waren sogar intelligent. Sie hatte immer ihre Favoriten gehabt. Natürlich. Jede Kollegin hatte Favoriten. Wer behauptete, keine zu haben, machte sich was vor. Sylvia Brunn machte sich nichts vor. Schon lange nicht mehr. Das dachte sie zumindest.

Nun war etwas passiert, was ihr in all den Jahren bei keinem Schüler je passiert war. Sie hatte André angeschrien, ihn dabei an den Oberarmen gepackt und kräftig geschüttelt. Das war gestern gewesen, am Ende der Kunststunde. Alle Kinder waren schon am Aufräumen, nur André nicht. Er saß da und malte seelenruhig an seinem Bild weiter. Dabei hatte sie ihm doch schon zweimal ganz deutlich gesagt, dass auch er alles wegräumen sollte. Aber der Junge ignorierte sie komplett, ließ sie einfach auflaufen. Und in dem Moment fühlte sie sich vom Verhalten, vom ganzen Gebaren des Jungen plötzlich so stark provoziert, dass ihr der Kragen platzte. Der Knabe zog offenbar alle Vorstellungen von Ordnung und Regeln, alles, was ihr wichtig war, ins Lächerliche. Deshalb hatte sie sich durchsetzen müssen, klarstellen müssen, wer hier die Richtung vorgab. So zumindest versuchte sie ihr heftiges Zupacken sich selbst zu erklären. So ähnlich wollte sie es gleich auch der Karetzky erklären, ihrer Rektorin.

Aber sie täuschte sich. Der wahre Beweggrund für ihren Ausbruch lag woanders. Denn sie schüttelte deshalb den Sohn, weil sie sich selbst geschüttelt fühlte, durchgeschüttelt vom Vater des Jungen, genauer gesagt von dem, was dieser Mehrings im Zeitungsinterview gesagt hatte. Denn es waren die Gedanken dieses Mannes gewesen, die Sylvia Brunn wie einen Frontalangriff erlebt hatte. Beim Lesen des Artikels war es ihr immer wieder vorgekommen, als seien seine Aussagen speziell auf sie gemünzt, als würde Andrés Vater dieses öffentliche Medium nutzen um ihr seine Weltanschauung unter die Nase zu reiben. Eigentlich hätte sie also diesen Herrn Mehrings schütteln müssen. Aber dann war ihr der Sohn wie der Inbegriff des sorglosen Lebenswandels seines Vaters vorgekommen. Und ihr Zorn hatte sich eine Bahn gebrochen.

Die Rektorin hatte sie heute Vormittag persönlich in ihrem Klassenzimmer aufgesucht – etwas, was Karetzky nur sehr selten tat – und sie gebeten nach Unterrichtsende ins Rektorat zu kommen, sonst nichts. Ihr war sofort klar gewesen, dass es um den Vorfall mit André ging. Natürlich, Andrés Vater hatte angerufen und sich über die böse Lehrerin beschwert. Es war nicht damit zu rechnen, dass sie von ihrer Vorgesetzten Rückendeckung bekommen würde. Nun saß sie auf dem Gang vor dem Rektorat und wartete wie eine hergeschickte ungezogene Schülerin auf ihre höchstrichterliche Rüge.

Aber es kam anders. Zunächst sah Sylvia Brunn ihre schlimmsten Befürchtungen noch übertroffen. Als man die Harrende endlich hereingebeten hatte und sie das Büro betrat, musste sie feststellen, dass ihre Chefin dort nicht alleine war. Auf dem unbequemen Ikea-Sofa saß ausgerechnet Herr Mehrings. Das fängt ja gut an, dachte sie bitter. Während ich draußen auf dem Flur wie beim Zahnarzt im Wartezimmer sitze, unterhalten sich die beiden hier drinnen ganz verbindlich und vertraulich. Na toll! Ganz die erfahrene Lehrerin fing sie sich aber schnell und reichte dem Schülervater, der aufstand und ihr freundlich zunickte, kühl die Hand. Auch die

Karetzky lächelte ihr überraschend freundlich zu und bot ihr ein Glas Wasser an. Brunn lehnte dankend ab und wappnete sich innerlich gegen das, was nun gleich kommen würde.

„Herr Mehrings und ich", begann die Rektorin, „hatten gerade eine Besprechung über bevorstehende Baumaßnahmen. Es war, wenn ich das so sagen darf, ein sehr lohnendes Gespräch." Sie deutete mit der Hand auf ihren Gast. „Ich bin froh", ergänzte sie, „dass wir Ihre Expertise nutzen dürfen." Dann schwenkte ihr Blick zur Kollegin Brunn. „Ja, und da Herr Mehrings nicht nur unser Partner, sondern auch Vater eines unserer Schüler ist, dachte ich, dass wir dem geschäftlichen Teil des Gesprächs doch gleich den pädagogischen Teil folgen lassen könnten. Herr Mehrings ist, wie Sie ja wissen, ein vielbeschäftigter Unternehmer. Ich meine, wir sollten ihm entgegenkommen und einen zusätzlichen Termin ersparen."

Sylvia Brunn sagte nichts. Sie konnte nur angespannt auf dem Sofa sitzen.

Karetzkys Miene hellte sich plötzlich auf. „Herr Mehrings spricht übrigens in den höchsten Tönen von Ihnen, Frau Brunn. Das freut mich. Ja, das freut mich wirklich sehr."

Sylvia Brunns Augen wanderten von der Rektorin zum breitschultrigen Mann ihr gegenüber und wieder zurück. Ihre Miene verriet keine Regung, aber die Worte Karetzkys ließen sie misstrauisch und unsicher werden. War das Sarkasmus? Wollte man sie aus der Reserve locken? Oder was wurde hier gespielt? Und da sie die Situation nicht einschätzen konnte, verhielt sie sich still und abwartend.

Karetzky lächelte. Sie schien keine Reaktion erwartet zu haben und wurde noch etwas heiterer. „Ich brauche seine Worte jetzt nicht zu wiederholen, denn Herr Mehrings wird Ihnen seine Wertschätzung bestimmt gleich selbst zum Ausdruck bringen." Die Rektorin nahm ihre Tasche vom Boden auf ihren Schoß und blickte abwechselnd beide an. „Ich muss jetzt zur Rektorenkonferenz. Sie können ruhig hier sitzen bleiben und sich unterhalten. Frau Schneider, unsere Sekretärin, ist zwar schon gegangen, aber der Hausmeister wird später alles absperren." Und damit erhob sie sich, verabschiedete sich breit lächelnd und mit Handschlag von Mehrings sowie mit einem knappen „Bis Morgen!" von ihrer Kollegin. Dann war sie draußen.

Die Stille kam so plötzlich wie die Dunkelheit nach einem Stromausfall. Sylvia Brunn hörte, wie sich Karetzkys Schritte auf dem Flur entfernten. Unwillkürlich öffnete sich ihr Mund. In ihrem Kopf überschlugen sich die Gedanken. Was, überlegte sie nervös, ist das jetzt? Die Rektorin hatte ihr noch nie erlaubt, das Rektorat für ein Elterngespräch zu benutzen. Und ausgerechnet jetzt, nach ihrem gestrigen Ausrutscher, überlässt die Karetzky ihr die Kommandobrücke? Doch dann sah sie ihren Irrtum und verstand, dass nicht ihr, sondern dem Mann ihr gegenüber diese Gunst erwiesen worden war. So stark hatte sich ihre Vorgesetzte mit diesem Schülervater verbündet, dass sie ihm erlaubte, über ihr Zimmer zu verfügen. Sylvia Brunn löste schließlich ihren Blick von der Tür, durch die ihre Chefin verschwunden war, und blickte Andrés Vater an. Sie versuchte ein Lächeln, aber es gelang ihr nicht, ihre Furcht zu verbergen.

Martha ist verärgert, aber außer ihr merkt das niemand. Genau genommen merkt sie es nicht einmal selbst so recht. Schließlich wird sie nicht von einem plötzlich aufflammenden Zorn ergriffen. Sie ist nicht laut und wirft auch nicht mit Gegenständen. Eher still und schleichend ist eine Bitterkeit in ihr Gemüt gesickert, eine Unzufriedenheit, die nun ihr Wesen trübt. Der Grund dafür ist ihre Schwester – und ein bisschen auch ihre Mutter. Gewiss, sie ist die Älteste, musste Ima schon früh zur Hand gehen, vor allem damals, als ihre Geschwister noch klein waren. Aber Maria ist inzwischen kein Kind mehr. Ganz und gar nicht. Ihr Bruder Elazar ist dreizehn, nur ein Jahr älter als Maria, und er ist bereits mit den Männern auf den Weiden unterwegs. Seit Vater verletzt ist und Mutter ihn pflegen muss, lastet noch mehr Verantwortung auf Marthas Schultern. Und was macht Maria? Spielt mit ihrer Katze.

Vater ist immer ein kräftiger Hirte von robuster Gesundheit gewesen. Er konnte immer stundenlang gehen oder stehen ohne zu ermüden. In ganz Bethanien gab es keinen Heldenhafteren als ihn. Die Hitze des Tages schien ihm genauso wenig anhaben zu können wie die eisige Nachtkälte in den Bergen. Martha kann sich gar nicht erinnern, ihn jemals krank erlebt zu haben. Ganz sicher sah sie ihn tagsüber nie auf seinem Lager liegen. Bis vor kurzem. Denn vor einigen Tagen trat er sich einen fingerlangen, messerscharfen Dorn in den Fuß. Von Ima hat sie erfahren, was passiert war. Vater suchte ein verloren gegangenes Schaf und stieß auf einen Graben oder Felsspalt. Er vermutete, dass das Tier reingestürzt war und kletterte hinab. Es war eng und dunkel und als er das letzte Stück hinuntersprang, sah er nicht, dass direkt unter ihm ein ausgetrockneter Ast auf dem sandigen Boden lag. Die Dornen waren so hart, dass sich einer durch das Leder seiner Sandale bohrte und tief in seinen Fuß eindrang.

Ohne lange nachzudenken zog sich ihr Vater das spitze Holz aus dem Fuß, biss die Zähne zusammen und kletterte wieder hoch. Oben angekommen versuchte er den starken Blutfluss mit einem Stück Wolle aufzuhalten. Das gelang ihm leider nicht so gut. Zunächst ignorierte er den Schmerz, aber als er abends heimkehrte, humpelte er fürchterlich. In den folgenden Tagen verschlechterte sich sein Zustand. Er bekam Wundbrand und war gezwungen liegen zu bleiben. Wir ließen die Heilerin aus dem Nachbardorf holen und die war lange bei ihm in der Hütte. Wir hörten sie Gebete murmeln – oder waren es Zaubersprüche?

Mutter war voller Sorge, verständlicherweise. Sie wich kaum vom Lager ihres Mannes, kühlte seine Glieder mit nassen Tüchern, reinigte seine Wunde, zerrieb Kräuter zu einer heilenden Salbe, sprach dem Kranken Mut zu und betete. Ich kümmerte mich derweil um das Haus, bereitete die Mahlzeiten zu, machte Käse und legte sorgfältig allerhand Vorräte an. Auch erteilte ich den Knechten Anweisungen und sorgte dafür, dass sie ihren Lohn bekamen. Daran hat sich bis heute nicht viel geändert. Die Hitze ist aus Vaters Leib gewichen, aber er ist noch schwach und nicht in der Lage aufzustehen.

Ich weiß, denkt Martha, dass ich Ima eine große Hilfe bin, auch weil sie sich auf mich verlassen kann. Ich erfülle meine Pflichten gewissenhaft. Trotzdem könnte ich die Hilfe meiner Schwester gut gebrauchen. Aber Maria sitzt oft nur da und schaut in den Himmel. Oder sie streichelt diesen kleinen fleckigen Kater, den sie offenbar so sehr an sich gewöhnt hat, dass er hier heimisch geworden ist. Oder sie spielt mit den jüngeren Kindern in der Siedlung. Oder sie sammelt Steine und legt Muster in den Sand. Ich habe Ima öfter gebeten meiner Schwester aufzutragen im Haus zu helfen. Aber stets nimmt Mutter Maria in Schutz und meint, ich solle sie lassen. Maria erforsche ihre eigene Welt, sagte sie neulich zu mir. Ich verstand das nicht, doch als ich weiter drängte, schüttelte sie den Kopf. Du bist du und Maria ist Maria, erklärte sie. Damit war die Sache für sie erledigt.

Für mich aber nicht, denkt Martha trotzig. Mein Groll wächst. Ich liebe meine Schwester, natürlich, aber ich kann nicht hinnehmen, dass sich Maria so aus ihrer Verantwortung stiehlt. Vorhin habe ich sie deshalb nochmal zur Rede gestellt. Ist es dir denn egal, habe ich gefragt, wie es unseren

Eltern geht und was aus unserem Vater wird? Da hat mich die kleine Schwester aus großen Augen angeschaut. Sie schien ehrlich erstaunt. Aber Martha, meinte sie, alles wird gut. Ich habe für uns alle gebetet. Der Herr steht uns bei, Hilfe ist da. Mach dir keine Sorgen!

Martha schüttelt missbilligend den Kopf. Glaube, denkt sie, ha! Glaube ist schön und gut, aber wer kümmert sich darum, dass Brennholz gesammelt, Wasser geholt oder Brot gebacken wird? Wenn wir alle bloß dasäßen und glaubten, dass ein jedes von alleine geschähe, würde unser Garten bald der Ödnis anheimfallen. Das Vieh würde entlaufen und Wölfe würden es reißen. Faulen würden die Früchte an den Bäumen und Sträuchern. Nein, entscheidet Martha, von alleine wird nichts gut. Wir müssen uns mühen und diesem Land ebenso wie unserem Leben etwas Wertvolles oder zumindest Nützliches abtrotzen. Glaube allein macht nicht satt und im Übrigen auch unseren Vater nicht gesund.

Die älteste Tochter des Hauses ist sich sicher, dass der Herr die Tüchtigen und Zielstrebigen liebt. Schließlich weiß ja jeder, dass Er den Seinen aufgetragen hat das wüste Land urbar zu machen, Disteln beherzt auszureißen und Emmer, Flachs, Wein sowie allerhand fruchttragende Bäume anzupflanzen. So sagen es die Priester, denkt Martha, so war es schon immer. Der Herr hat uns nackt geschaffen und heißt uns zu unserem Schutze Kleider anzufertigen und Hütten zu bauen. Deshalb ist man da, um die Herden des Herrn zu mehren, das Land fruchtbarer zu machen, die Hütten sauberer, die Kleider schöner, die Nachkommen satt und sicher. Und sie, Martha, hat diesen Auftrag immer ernstgenommen. Seit sie sich erinnern kann, versah sie ihre Aufgaben ausdauernd und fleißig. Und so hofft sie, dass Gott sie eines Tages für ihre Mühsal entlohnen wird.

Aber allein diese Aussicht auf Anerkennung und Entschä-

digung irgendwann in der Zukunft befriedigt sie nicht. Dafür bereitet die Arbeit selbst, das tägliche Tun und Mühen ihr zu wenig Freude. Und weil dem so ist, weil sie im Grunde widerwillig ihr Tagwerk verrichtet, kann sie die schlichte Zufriedenheit Marias hier und jetzt nur schlecht ertragen. Sie würde das so nicht zugeben, aber tatsächlich fühlt sich Martha von der anspruchslosen Gelassenheit ihrer kleinen Schwester verhöhnt. Ihr Herz ahnt, dass sich Maria für den besseren Weg entschieden hat, aber ihr Verstand kämpft gegen diese Erkenntnis an. Daher hegt sie insgeheim den Wunsch, dass Gott ihrer Schwester die Freude am müßigen Leben nehmen möge. Sie hofft, dass Adonai der sorglosen Maria den rechten Weg noch zeigen und den Müßiggang endlich verleiden wird.

Vielleicht hat's der Herr versucht, aber der Versuch schlug fehl. Das, was ein Anstoß hätte sein sollen, traf einen anderen. In Marthas Augen wäre es auf jeden Fall gerechter gewesen, wenn sich nicht ihr Vater, sondern Maria einen Dorn in den Fuß getreten hätte. Eine solche Verletzung wäre sicher geeignet gewesen, die versonnene Schwester aus ihrer Traumwelt zu reißen. Ja, vielleicht war es so gedacht. Vielleicht hatte der Herr den dornigen Ast tatsächlich für Maria hingelegt. Denn es hätte durchaus sein können, dass nicht ihr Vater, sondern ihre Schwester dort draußen die Schafe hütete. Und dann wäre womöglich Maria in den Graben hinuntergeklettert. Warum nicht?

Mike Mehrings betrachtete die Lehrerin seines Sohnes, die noch immer in die Richtung schaute, in die ihre Vorgesetzte verschwunden war. Er sah und spürte fast körperlich ihre Verwirrung. Die Frau tat ihm leid, denn sie wirkte durchaus hilflos. Spontaneität, dachte er, ihr fehlt die Spontaneität. Solange alles läuft wie immer, ist sie sicher in ihrem Element. Aber wenn etwas Unvorhergesehenes passiert, wenn sie fürchtet die Kontrolle über das Geschehen zu verlieren, fällt sie gleich in eine Schockstarre. So wie jetzt. Vielleicht ist das immer so bei Lehrern, überlegte er, vielleicht sind das grundsätzlich Meister der Routine, Experten für durchstrukturierte Abläufe. Ein mildes Lächeln legte sich auf sein Gesicht, als ihm die Ironie des ganzen Systems bewusst wurde. Denn auf diese Hüter alter Gewohnheiten treffen dann ausgerechnet unsere Kinder, die spontansten, beweglichsten und wandlungsfreudigsten Wesen überhaupt.

Mehrings sah, wie sich ihm die Lehrerin langsam zuwandte und erwiderte schließlich ihr Lächeln. Dann lachte er kurz auf und nickte mit dem Kopf kurz zur Tür, durch die soeben die Rektorin hinausgegangen war. „Nein, Frau Brunn, *sie* weiß nichts von dem, was gestern vorgefallen ist – zwischen Ihnen und André."

Das Gesicht der Frau ihm gegenüber zeigte Verwunderung und Irritation. Sie hatte offenbar Schwierigkeiten das Gehörte zu verarbeiten, die richtigen Schlüsse daraus zu ziehen. Dieser Schülervater wusste von ihrem blamablen Fehlgriff, davon, dass sie sich zu einer Heftigkeit hatte hinreißen lassen. Das war klar. Zweifel daran hatte der Mann gerade eben ausgeräumt. Auch hatte er am Tag nach diesem Ausrutscher mit ihrer Chefin gesprochen. Das war auch klar. Doch warum hatte er der Karetzky nichts gesagt?

Mike Mehrings konnte sich denken, was dieser Frau durch den Kopf ging. Aber er wollte sich nicht auf das Spiel von Vorwurf und Rechtfertigung einlassen. Er glaubte schlichtweg nicht daran, dass dabei etwas Gutes herauskommen konnte. Er beugte sich vertraulich vor und sprach mit gedämpfter Stimme. „Ich glaube nicht, dass eine Beschwerde bei der Schulleiterin meinem Sohn geholfen hätte – und erst recht nicht Ihnen." Er registrierte, dass sein Gegenüber bei diesen Worten erstaunt die Brauen hob. „Das wundert Sie? Ich schaue mehr auf die Zusammenhänge, Frau Brunn. Deshalb glaube ich, dass alles, was Ihnen guttut, auch Ihren Schülern guttut. Das ist ganz einfach. Was hätte denn mein Kind davon, wenn seine Lehrerin gemaßregelt werden würde?" Mehrings runzelte die Stirn und schüttelte den Kopf. „Ich könnte vielleicht erzwingen, dass Sie meinen Sohn in Ruhe lassen, aber nicht, dass Sie ihn verstehen. Und das wünsche ich mir allerdings schon, dass Sie ihn verstehen."

Sylvia Brunn atmete auf. Ihr wurde allmählich klar, dass ihre Sorge unbegründet gewesen war. Es drohte keine Gefahr. Verstehen? Ja, Verstehen war ein gutes Stichwort, denn tatsächlich verstand sie André überhaupt nicht. Sie nickte nachdenklich. „Ich mir auch."

Als er sah, dass sich die Lehrerin entspannte, bat Mehrings sie ihm den Vorfall aus ihrer Sicht zu schildern. Das tat sie bereitwillig und – wie er fand – angenehm sachlich, unparteiisch. Vom Hergang her war das, was sie berichtete, in etwa das, was er auch schon von seinem Sohn wusste. Und doch war die Wahrnehmung eine ganz andere. Für André hatte sich die Situation offenbar ganz anders angefühlt. Er war außerstande gewesen die Reaktion seiner Lehrerin zu verstehen. Diese dagegen war offensichtlich davon ausgegangen, dass der Junge sie gezielt provoziert hatte. Mehrings wusste um die Gefühlslage seines Sohnes. Der Junge war über die Wut seiner Lehrerin ehrlich verwundert, ja fast ein wenig verzweifelt gewesen. „Wissen Sie, Frau Brunn, André schätzt Sie sehr."

Ein kurzes Aufflackern von Verärgerung. „Dann hat er aber eine merkwürdige Art das zu zeigen."

„Ich glaube, er zeigt es gar nicht."

„Ach so."

„Nein, er zeigt es nicht, weil er davon ausgeht, dass Sie es eh wissen, dass Sie seine Wertschätzung spüren." Mehrings wurde klar, dass sein Gegenüber diese Erklärung wie einen Vorwurf auffassen konnte. Er mühte sich um einen versöhnlichen Ton. „Sie wissen doch, wie das ist, Frau Brunn. Kinder nehmen vieles für selbstverständlich, dass sich jemand um sie kümmert, zum Beispiel. Sie kommen gar nicht auf die Idee, sich dafür zu bedanken, weil es für sie das Natürlichste der Welt ist. Man könnte auch sagen, dass sie ein großes Gottvertrauen haben." Mehrings schaute die Lehrerin an und ließ seinen Zeigefinger zwischen sich und ihr hin- und hergehen. „Wir, Sie und ich, wir wissen, dass es in unserer Welt keineswegs so selbstverständlich ist, dass sich jemand um jemand anderen kümmert. Deshalb bedanken wir uns ja auch, wenn uns geholfen wird."

Sylvia Brunn war jetzt hellwach. „Aber es gehört doch zum Anstand, sich zu bedanken, wenn man etwas bekommt. Ich meine, man muss den Kindern doch beibringen, sich anständig zu bedanken."

„Ja, Frau Brunn, ich weiß. Aber warum? Es geht ja wohl nicht darum Kindern Dankbarkeit beizubringen, oder? Denn das würde so nicht funktionieren. Natürlich, sie sollen sich artig bedanken, aber nur weil wir wissen, dass die Erwachsenen das von ihnen erwarten."

„Ist es denn verkehrt seine Dankbarkeit zu zeigen?"

„Wer sagt denn, dass Kinder ihre Dankbarkeit nicht zeigen? Sie tun es – aber auf ihre Art."

Sylvia Brunn schaute skeptisch.

„Ja", bekräftigte Mehrings, „sie tun es. Sie zeigen ihre Dankbarkeit in Form von Freude. Sie schenken uns ihre Freude, Frau Brunn, und lassen uns an ihr teilhaben. Ist das nicht viel mehr wert als ein Händchen und ein hergesagtes Dankeschön?"

Mehrings sah, dass die Lehrerin darüber nachdachte. Vielleicht suchte sie auch nach Gegenbeispielen, um seine Behauptung zu widerlegen. Aber er wollte sich nicht länger mit Allgemeinplätzen aufhalten. „André schätzt Sie", wiederholte er. „Ich weiß, dass er es tut, weil ich sehe und höre, wie er zu Hause über Sie erzählt. Ich glaube, er schätzt insbesondere Ihre Klarheit, Ihre Strukturiertheit – Dinge, die ihm fehlen."

Den Blick auf den Tisch geheftet, schüttelte Frau Brunn den Kopf. Dann hob sie ihren Blick. „Ich hatte bisher nicht den Eindruck", sagte die Lehrerin, „dass ihm Ordnung und Organisation irgendetwas bedeuten." Sie versuchte zu lächeln, aber es gelang ihr nicht so recht und ihr Ausdruck bekam etwas Überhebliches. „Aber er ist ja so kreativ, ein Künstlertyp, vielleicht braucht er gar keine Struktur."

Da lachte Mehrings auf. „Und wie er die braucht! Gerade weil er so ein Fantasievoller ist, der am liebsten stundenlang seinen Ideen und Einfällen nachhängt. Aber das wissen Sie auch, Frau Brunn, oder? André braucht Ihre Struktur, Ihre Klarheit, und er spürt ganz genau, dass Sie ihm guttun. Innen drin weiß er, dass er von Ihren Stärken profitieren kann, glauben Sie mir!"

„Aber ich darf nicht erwarten, dass er das zeigt, ich meine, dass er sich …?"

„… bereitwillig fügt? Unterordnet?"

Sylvia Brunn richtete sich auf. „… an die Regeln hält."

„Doch, natürlich", widersprach Mehrings. „Das dürfen Sie sehr wohl von ihm erwarten. Ich kenne ihn doch. André tut gerne so, als würden Regeln für ihn nicht gelten. Das ist so seine Masche. Aber davon dürfen Sie sich nicht irritieren lassen. Er braucht klare Regeln – und er braucht Sie."

„Nur…"

Mehrings grinste. „Nur bedanken wird er sich dafür wohl

nicht."

Ferdinand Conradi arbeitete als Fachanwalt in einem renommierten, weltweit agierenden Unternehmen, das auf Wirt-
schaftsprüfung, Steuerberatung und Transaktionsberatung
spezialisiert war. Wie die meisten seiner Kollegen litt er unter
der immer weiter zunehmenden Arbeitsbelastung. Oft saß er
schon morgens um sieben im Büro. Raus kam er selten vor
20 Uhr. Für seine Familie blieb da nur wenig Zeit übrig. Am
liebsten würde er kürzertreten und sein Arbeitsmaß reduzie-
ren. Er verdiente gut, das Geld würde reichen. Schließlich gab
es auch noch die Einnahmen seiner Frau. Aber er war nie bei
seinen Chefs vorstellig geworden. Er wusste, wie es in der
Firma lief. Entweder man brachte den vollen Einsatz oder
man wurde auf ein Abstellgleis geschoben, wo die Arbeitsbedingungen miserabel und die Mitbestimmungsmöglichkeiten
gleich null waren.

Er und seine Frau hatten zwei Söhne großgezogen. Genauer gesagt war es vor allem Jasmin gewesen, die sich der
Erziehungsaufgaben angenommen hatte. Denn, wenn er
ehrlich war, musste er sich eingestehen, dass seine Frau in
den letzten Jahren die Familie weitgehend alleine gestemmt
hatte. Aber die Söhne waren gut geraten, zwei anständige
Jungen auf dem Weg zu einem guten Abitur. Jasmin hatte
nach der Geburt des Großen ihre Arbeit in der Klinik reduziert, um für den Nachwuchs da sein zu können. Er wusste,
dass sie unter anderen Umständen Oberärztin, vielleicht sogar Chefärztin hätte werden können. Aber bereitwillig hatte
sie für die Familie ihre Karriere hintangestellt. Ihm zumindest
hatte sie deswegen niemals Vorhaltungen gemacht.

Er war ihr dankbar für ihre Fürsorge, ihre Treue und
Freundschaft. Ohne sie hätte er nicht diese Stabilität im Le-

ben erlangen können. Deswegen hatte er seine Entscheidung für Jasmin nie bereut. Schon damals, als er noch studierte, war sie ihm wie die ideale Partnerin erschienen: schön, zugewandt, unkompliziert, vielleicht ein bisschen langweilig, aber loyal und gutmütig. Stürmisch und leidenschaftlich war ihre Beziehung nie gewesen, dafür aber beständig und von gegenseitiger Wertschätzung geprägt.

Im Lauf der Jahre hatte er jedoch festgestellt, dass ihm das Salz in der Suppe fehlte, das Unvorhersehbare, nicht Kalkulierbare, der Elan, die Gefahr. Er suchte die Lebendigkeit der jungen Jahre in den Armen seiner Sekretärin, wenig später auch im Bett einer erschreckend jungen Praktikantin. Aber für mehr als flüchtige Begegnungen mit hastigem Sex hatte er keine Zeit. Im Grunde war er auch gar nicht an einer Vertiefung dieser Verhältnisse interessiert. Sie führten ihm aber vor Augen, dass seine Ehe erloschen war. Was Jasmin und ihn noch verband, konnte man eigentlich nur als eine geschäftliche Beziehung bezeichnen, fair und freundlich, aber ohne tiefere Gefühle, ohne gemeinsame Visionen, ohne geteilte Spiritualität.

Deshalb war es nicht verwunderlich, dass dem viel beschäftigten Fachanwalt Ferdinand Conradi die innere Wandlung seiner Ehefrau zunächst entging. Allerdings hatte diese auch gar nicht versucht ihrem Mann von ihren ungewöhnlichen Erfahrungen, ihren außersinnlichen Wahrnehmungen zu berichten. Als Paar hatten sie für derlei Themen nie eine gemeinsame Sprache entwickelt. Religiosität oder Fragen einer spirituellen Lebensführung waren immer ausgeklammert gewesen, nicht weil sie sie aktiv ablehnten oder als Humbug empfanden. Vielmehr waren sie diesem Bereich der Realität eher indifferent gegenüber gestanden. Er schien keine Rolle zu spielen. Sie waren zu sehr von ihren täglichen Aufgaben beansprucht gewesen. Und wenn sie mal ein paar Tage Urlaub hatten, waren sie zu erschöpft, um die Reise in dieses Neuland anzutreten. Das war im Grunde tragisch, denn im gemeinsamen Gespräch, im ehrlichen Austausch über ihre Sehnsüchte, hätten sie einander helfen können, ihren Bedürfnissen nach Spiritualität näherzukommen und dem Geistigen mehr Platz in ihrem Dasein einzuräumen.

Nun aber war die Welt des Geistes scheinbar urplötzlich und mit Wucht in das Leben Jasmin Conradis eingebrochen. Ehemann Ferdinand hatte schließlich eine Veränderung an ihr bemerkt, ohne allerdings zu erkennen, woher sie rührte. Er sah ein Leuchten in ihren Augen, das er gar nicht von ihr kannte – auch nicht von früher. Wenn er abends abgeschlafft nach Hause kam, machte sie auf ihn einen nahezu verklärten Eindruck. Und dabei hatte sie doch ebenso wie er einen langen Tag hinter sich. Entrückt, dachte er, sie sieht aus wie entrückt. Gleichwohl wirkte sie ausgeglichen und zugewandt wie eh und je. Instinktiv war Ferdinand Conradi davon ausgegangen, dass seine Frau eine Affäre hatte. Er konnte sich tatsächlich nicht vorstellen, dass irgendetwas anderes als der Rausch einer Romanze seine Jasmin so beleben und erstrahlen lassen konnte.

Ganz falsch war seine Einschätzung indes nicht, denn die Notfallärztin Jasmin Conradi war zu einer Liebe erwacht, die sie aus der Begrenztheit ihres bisherigen Daseins heraushob. Es war eine Liebe, die ihr Herz vor Mitgefühl glühen ließ. Es war eine Liebe, die ihre Wahrnehmung zeitweilig über die Grenzen von Zeit und Raum hob. Es war eine Liebe, die sie das grenzenlose Wissen erahnen ließ, das immer da war. Und auch wenn sie selbst staunte über die Wandlung, die sich in ihr vollzog, kam diese im Grunde nur natürlich. So gewöhnlich Jasmin Conradi nach außen hin wirkte, harmlos und unscheinbar, war sie doch besonders in dem Sinne, dass sie mit einem nur schwach ausgebildeten Ego existierte. Ihr kam das gar nicht ungewöhnlich vor, ging sie doch davon aus, dass andere genauso veranlagt waren wie sie. Aber das war nicht der Fall. In Wahrheit begegnete ihr nur selten ein Mensch, der so wenig an sich dachte, so wenig auf seinen eigenen Vorteil bedacht war wie sie selbst. Ihr Herz hatte schon immer für andere geschlagen. Damit war sie im Innern empfangsbereit für etwas geworden, das sie selbst wie ein Licht beschrieben hätte, ein Licht, das sowohl wärmte als auch erleuchtete.

Aber Liebe war Liebe; sie beschränkte sich beileibe nicht auf das rein Geistige, sondern lebte ebenso im Sinnlichen. Mehr noch, der Körper selbst stellte im Grunde nichts anderes als Leib gewordene Liebe dar. So zumindest empfand es nunmehr Jasmin Conradi und es war dies für sie eine ganz neue Empfindung, eine neue Erkenntnis. Was ihr beim Sex bislang die größte Freude bereitet hatte, war die Erfahrung, ihren Mann glücklich zu sehen. Es befriedigte sie zutiefst, für ihn da zu sein. Zärtlich und zugewandt war sie stets bemüht gewesen ihrem Ferdinand zu geben, was er brauchte. Ihre eigenen Bedürfnisse hatte sie darüber aus dem Blick verloren. Sie gab sich zwar ihrem Mann hin, nicht aber ihrem eigenen Körper. Selbst als junge Frau hatte sie keine Momente alles überschäumender Leidenschaft oder ungezügelter Lust gekannt. Doch auch dieser Erfahrungsbereich stand ihr inzwischen offen.

Bildlich gesprochen konnte man sagen, dass ihre Lebendigkeit und ihr Bewusstsein bis vor Kurzem hauptsächlich in ihrer Brust zentriert gewesen waren. Sie hatte schließlich vor allem aus ihrer Gutherzigkeit heraus gelebt und gehandelt. Nun aber schien es, als hätte eine neuartige Vitalität ihren ganzen Körper, ja ihr ganzes Wesen erfasst. Nach oben hin fühlte sie sich geöffnet, und es tauchten Bilder und Gedanken auf, die ihre Wahrnehmung um ungeahnte Dimensionen erweiterten. Nach unten hin fühlte sie sich aber ebenso geöffnet, und aus den Tiefen ihrer Natur quollen Gefühle und Empfindungen herauf, deren Intensität sie schier überwältigte.

So erlebte sie auch in der Begegnung mit Mike beides: außersinnliche Wahrnehmung und leibliche Erregung. Sie fühlte eine Verbindung zu diesem Mann, die sie sich nicht erklären konnte. Weder von seinem Aussehen, noch von seinem Werdegang entsprach er dem Bild, das sie sich vom idealen Mann gemacht hatte. Diese gedrungene Statur, das viel zu lange Nackenhaar, die Tattoos am Unterarm! Und doch löste seine Nähe in ihr ein überraschend starkes Begehren aus. Sie wusste, dass dieses Verlangen auch in ihm war. Daran bestand kein Zweifel. Ihre Gedanken schwangen gleich. Sie verstanden sich. Offenbar hatten sie die gleichen Hoffnungen und Ideale, teilten das Gefühl, von etwas Größerem durch das Leben getragen zu werden. Dass sie einander körperlich begehrten, stand dazu aber nicht im Widerspruch. Vielmehr weckte gerade die geistige Nähe, dieses Gefühl spiritueller Verwandtschaft, in ihnen beiden ein Bedürfnis nach Verschmelzung.

War sie verliebt? Hatte Ferdinand erfasst, was mit ihr geschah, noch ehe sie sich selbst darüber im Klaren war? Nein, das war es nicht. Ihre Liebe klammerte nichts aus, weder ihn, noch die Söhne, noch ihre Patienten, noch diesen Mike Mehrings. Viel umfassender als ihr das bislang möglich erschienen war, nahm sie nun ihre Realität wahr. Alles und jeder hatte darin seinen Platz. Nichts musste beschönigt werden, denn alles war vollkommen. Nichts konnte verborgen werden, denn das Herz war wie Gott, es sah alles.

Maryam ist angekommen, das Herz erwartungsvoll erregt. Zwei Tage lang ist sie in Begleitung eines Onkels und zweier

Cousins hierher, in das Städtchen Kana gewandert. Nun kann sie es kaum erwarten IHN, über den alle reden, endlich zu sehen und sprechen zu hören. Letzte Woche hat sie eher zufällig erfahren, dass er hierher kommen wird. Unten am See verbreiteten Fischer die Neuigkeit, jene Fischer, deren Brüder zu seinem Gefolge gehören. Sie meinten, er sei nach Kana eingeladen worden und auf dem Weg dorthin. Maryam war gerade mit ihrer Mutter am Hafen, um Vorräte zu besorgen. In dem Augenblick, da sie die Kunde vernimmt, fasst sie ihren Beschluss. Sie muss dorthin, zu ihm. Doch erst nach langem Bitten und Drängen erklärte sich Vater einverstanden, sie für ein paar Tage ziehen zu lassen. Und nun sitzt sie hier im Schatten einer großen Akazie und ist ihrer Bestimmung nahe, dem Ziel, das ihr Herz ihr vorgegeben hat.

Trotzdem ist ihr Gemüt verdunkelt, denn es ist ihr nicht gelungen den sie quälenden Geist Ethans abzuschütteln. Insgeheim hat sie gehofft, dass der Geist ihres früh verstorbenen Gatten sich nicht hierher traut, dass er zurückschrickt vor dem Licht des heiligen Mannes, des Gesandten Elohims. Aber er ist ihr, gleich einem Schatten, nach Kana gefolgt. Seit zwei Jahren weicht er kaum von ihrer Seite. Egal ob sie Vaters Herde hütet, am Webrahmen sitzt oder über dem Reibstein gebeugt das Korn mahlt, stets ist er da. Wenn sie sich abends aufs Lager legt, steht er vor ihr, und wenn sie in aller Früh erwacht, begrüßt er sie wortlos. Selbst im Schlaf, in ihren Träumen, taucht er auf. Er spricht nicht mit ihr, sagt kein Wort. Und doch klagt er sie an. Sein stummer Blick bohrt sich in ihre Seele und erinnert sie an ihr Versagen, ihre Schuld.

Sie hätte damals nicht zu ihm laufen sollen, hätte auf einen Baum klettern oder sich der Gefahr stellen sollen. Sie ist hinausgegangen auf die Weide, um Ethan frische Brotfladen und etwas Käse zu bringen. Die Bilder stehen ihr noch immer in allen Einzelheiten vor Augen. Es ist um die Mittagszeit und *die Sonne brennt vom Himmel herab. Als sie schon nahe der Weide ist, bedroht sie plötzlich ein Löwe. Er steht auf einem Felsvorsprung, keine zwanzig Schritt entfernt, und sein Gebrüll versetzt sie in Panik. Da fängt sie an zu laufen, die Mahlzeit des Mannes fest umklammernd. Sie rennt hinunter auf die Weide, schreit angsterfüllt und ruft Ethans Namen. Der sieht die Gefahr, lässt seinen Stab fallen, sammelt schnell zwei, drei große Steine vom Boden und läuft ihr entgegen. Sie sieht, wie er mit den Gesteinsbrocken nach dem Löwen wirft und hört die Bestie dicht hinter sich umso wütender brüllen. Sie erreicht ihren Gatten und er stellt sich dem Tier entgegen, schleudert erneut Steine und schreit lauthals, um das Ungetüm zu verjagen. Sie hätte bleiben sollen, hätte sich an die Seite ihres Mannes stellen und der Gefahr gemeinsam trotzen sollen. Aber die furchterregende Wildheit der riesigen Bestie raubt ihr den letzten Rest Mut und sie rennt kopflos davon. Da stürzt sich der Löwe, rasend vor Wut, auf den Steinewerfer, schlägt seine Pranken in das sehnige Fleisch ihres Mannes, reißt ihn zu Boden. Sie hat es nicht gesehen, hat gar nichts mehr gesehen. Aber seitdem hört sie Ethans Todesschrei und sieht seinen aussichtslosen Kampf wieder und wieder vor Augen. Sie hätte sich damals ihrem Los ergeben und sich in den Rachen der Bestie werfen sollen. Stattdessen führt sie das todbringende Tier zu ihrem Gatten und lässt ihn dann im Stich. Maryam macht sich seit diesem grauenvollen Tag Vorhaltungen. Sie hätte kämpfen, ihren Mann retten oder gemeinsam mit ihm untergehen sollen. Aber sie war feige und wertlos gewesen.*

Auch deshalb, nein, vor allem deshalb muss sie ihn sehen, diesen Wunderrabbi. Er ist ihre letzte Hoffnung auf Frieden, denn der Geist des Verstorbenen lässt ihr keine Ruhe. Tief in ihrem Innern weiß sie, dass sie hier sein muss, dass sie hier endlich von den Schrecken der Vergangenheit befreit wird.

Sie schaut auf die Straße hinaus. Es sind viele Leute unterwegs, Hirten und Handwerker, Händler und Ölbauern, Soldaten des Königs und sogar ein paar römische Offiziere. Man sagt, dass er heute Abend zu der Menge reden wird. Gesehen wurde er noch nicht.

Bald nach Ethans Tod hat sich Gerschon ihrer erbarmt. Der Bruder des Verstorbenen nahm sie in sein Haus auf, nahm sie als zweites Weib an. Seitdem sind viele Monde vergangen, aber sie vermag es bis heute nicht, ihm einen Nachkommen zu schenken. Anfangs besuchte er sie fast jede Nacht, später hin und wieder und inzwischen nur noch selten. Sie scheint verflucht zu sein. Ihr erster Mann stirbt früh, dem zweiten verweigert ihr Schoß den erhofften Sohn. Maryam weiß, sie ist nur noch eine Geduldete im Hause Gerschons. Früher oder später, wenn ihre Eltern nicht mehr sind, wird er sie wahrscheinlich verstoßen.

Als junge Witwe hat sie getan, was die Gesetze ihr vorschreiben. Sie legte farbloses, grob gewebtes Linnen an, verzichtete auf jeglichen Schmuck und rieb sich Asche auf Haut und Haar. Am Tag der Beisetzung zog sie in aller Früh zum Haus der Versammlung und brachte dem Priester zwei Tauben, damit dieser für das Heil des Erbleichten opfern konnte. Sechs Minen Emmer und zwei Log Öl überließ sie dem Tempelvorsteher, damit er und seine Gehilfen für den Verstorbenen beteten, damit Elohims Diener ihm den Weg in das Reich des Herrn wiesen. Als sie merkte, dass der Geist Ethans auch nach mehreren Wochen die Reise in die ewige Heimat nicht angetreten war, bat sie ihre Eltern um Unterstützung. Sie überließen ihrer Tochter ihr kräftigstes Böcklein, ein einjähriges Opfertier, und so viel Wein und Brot, dass die Knechte des Herrn im Haus der Versammlung sieben Tage lang morgens und abends für den glücklichen Heimgang des Toten beteten. Aber es hat nicht geholfen. Ruhelos wandert der Geist

Ethans immer noch über die Weiden und Felder von Magdala, in den Fußstapfen seines Weibes.

Maryam wird von einer plötzlichen Unruhe aus ihren trüben Gedanken gerissen. Auf den Straßen hört sie aufgeregte Rufe und sieht, wie sich die Menschenmenge eilig westwärts aus dem Städtchen hinausbewegt. Es geht los, denkt sie, und steht auf. Der Weg führt durch einen kleinen Olivenhain hindurch. Die Sonne steht schon tiefer am Himmel und rötlich leuchtet das verdorrte Gras zwischen den Bäumen. Am Ende des Hains steigt das Gelände ein wenig an. Dort, wo die Erde wieder abflacht, steht eine große, fensterlose Hütte, offenbar ein Speicher. Es ist ein schlichtes Lagerhaus. Der Lehm ist ohne Tünche, das Dach aus einem dichten Geflecht von Palmblättern. Es wirkt fest, aber nicht abweisend oder gar unfreundlich. Vor diesem Gebäude sind ein paar Schilfmatten ausgebreitet worden. Und dort, umringt von seinen Jüngern, sitzt er. Sie erkennt ihn sofort. Er sitzt nicht etwa höher als die anderen, trägt keine besondere Tracht. Auch sind ihm die Gefolgsleute keineswegs alle zugewandt, als wäre er ein Lagerfeuer, um das sich alle scharen. Dennoch fällt ihr Blick sofort auf ihn, noch ehe sie überlegen kann, wessen sie ansichtig wird. Es ist, als ob ihre Augen ihn von selbst finden, um dann in diesem Anblick zur Ruhe zu kommen. Und ausgehend von den Augen, die die Lage zuerst erfassen, breitet sich diese Ruhe in ihrem ganzen Körper aus.

Dann erhebt er sich und das Gemurmel der Menge verstummt auf einen Schlag. Mit einer stillen Geste bittet er die Leute sich im Gras niederzulassen. Aber Maryam bleibt stehen, bleibt als einzige stehen und blickt wie gebannt auf ihn. Es ist nicht aus Trotz, dass sie sich aufrecht hält, nicht aus Mangel an Respekt. Sie hat gar nicht bemerkt, dass sich die Menschen um sie herum hingesetzt haben. Sie bemerkt überhaupt kaum etwas von dem, was hier auf dem bevölkerten

Stück Weideland passiert. Dass die Umstehenden ihr aufgeregt zuflüstern, sich endlich niederzusetzen, dass irgendjemand an ihrem Gewand zieht und von irgendwo her leise geschimpft wird – das alles nimmt Maryam nicht wahr. Denn ihr ganzes Wesen ist einzig und allein ihm zugewandt, zu ihm hin geöffnet.

Da, in der Stille reinen Gewahrseins, sieht er sie, und sie sieht sich gesehen. Und im Gesehenwerden erkennt sie sich als feinen, nicht abreißenden Faden, als Teil eines musterreichen Gewebes, das nach allen Seiten hin ohne Ende, ohne Kante ist. Es legt sich über diese Weide und breitet sich immer weiter aus bis hinauf zu ihm. Und dann wird ihr klar: Sie ist nicht bloß dieser eine Faden, sie ist das ganze Tuch, das feine Ineinandergreifen vieler Fäden. Und obwohl der einzelne Kettfaden eingewoben, aufgehoben ist im Ganzen des Flechtwerks und von diesem getragen wird, trägt er doch auch seinen unverwechselbaren, unentbehrlichen Teil zum Tuche bei. Alles ist da. Ein unvergleichliches Muster offenbart sich ihr wie die Signatur ihrer Seele. Es bleibt nichts zu beklagen, nichts zu bedauern, nichts zu verwerfen.

Eine einzige Bewegung: Er streckt seinen Arm aus, hält ihr die geöffnete Hand hin, berührt das Gewebe, ruft sie an, ruft sie lautlos und lädt sie ein, sich dort niederzulassen, zu seinen Füßen, an seiner Seite. Sie setzt sich in Bewegung, ohne zu zögern, ohne nachzudenken, und geht zwischen den kauernden Gestalten hindurch die kleine Anhöhe hinauf. Das Raunen, das wie ein Windstoß durch die Menge geht, hört sie nicht. Sie bemerkt nicht, dass so mancher der Versammelten ihren Schritt missbilligt. Sie erreicht die Gruppe der Jünger und diese rücken etwas zur Seite, damit die Fremde sich hinsetzen kann. Auch sie reagieren verwundert und verwirrt auf die Entscheidung ihres Herrn, ein Weib zu sich einzuladen, ihm die Ehre zu erweisen, aufgenommen zu werden in den

Kreis der Jünger. Zwar hat Rabbi Jeschua bereits öfter Weiber zu sich vorgelassen oder auch das Wort an sie gerichtet. Doch nie zuvor saß eines in ihrer Runde. Keiner der Gefolgsmänner indes sagt ein Wort. Sie wissen alle, dass der Rabbi mehr sieht als jeder andere, und trauen sich nicht, seinen Entschluss in Frage zu stellen.

Später, als er sich zurückgezogen hat und die Besucher fort sind, ist sie immer noch an seiner Seite. Er hat sie gebeten zu bleiben und ihn zu begleiten. Die kleine Jüngerschar, zu der nun auch sie gehört, erreicht bald ein nahe gelegenes Gut. Dort ist der Rabbi offenbar Gast, eingeladen vom reichen Gutsherrn. Es gibt eine Art ummauerten Garten, wo sie bereits erwartet werden. Auf einem großen Tisch ist ein einfaches Abendmahl angerichtet. Sklaven bringen Wasser und helfen den Gästen sich zu reinigen.

An diesem Abend spricht er zu ihr, und spricht ihr vom Menschen, den sie als Ethan kennengelernt hat. Aber nicht nur über ihn redet er, sondern auch mit ihm. Er wendet sein Wort direkt an den Geist des Verstorbenen, so, als stünde dieser neben ihr. Er spricht vom Leben und vom Tod und davon, dass man immer entscheidet, welches Leben man lebt und welchen Tod man stirbt. Er sagt noch mehr, Maryam versteht nicht alles. Aber sie ist tief von der Wirkung der Worte berührt und spürt eine große Erleichterung. Es ist ihr, als würde Ethan seine schwere Hand endlich von ihrer Schulter nehmen, als würde er seinen Tod nicht länger ihr zur Last legen. Und dann ist er fort. Der Rabbi hat ihn aufgefordert nicht länger zu säumen, sondern entschlossen den Weg zu den Seinen zu gehen. Seinerseits erleichtert, wie ihr scheint, ist der Geist Ethans dieser Aufforderung gefolgt. Schließlich wendet sich der Wunderheiler erneut zu ihr hin. Ihr Weg sei ein anderer, erklärt er. Sie werde von nun an im Lichte der Wahrheit wandeln.

Anne Karetzky saß an ihrem Schreibtisch, die Linke auf dem Telefonapparat. Sie schaute aus dem Fenster des Rektorats, nahm aber kaum etwas von den Baumkronen oder vom Himmel dort draußen wahr. Ihr Blick ging nach innen. Sie war nun schon seit 17 Jahren Rektorin, elf davon an dieser Schule. Sie machte ihre Arbeit gut. Es gab wenig Unterrichtsausfall und auch wenig Fluktuation im Kollegium. Ihre Schule war vielleicht nicht die innovativste, aber die Schülerleistungen waren sehr zufriedenstellend und von Elternseite gab es kaum ernstzunehmende Kritik. Zur Schulrätin, zum Landrat und auch zu den anderen Rektoren im Landkreis hatte sie gute Kontakte.

Sie wusste, dass die Kolleginnen sie respektierten. Wirklich gemocht wurde sie indessen von den wenigsten. Eine Sympathieträgerin war sie nun mal nicht und es widerstrebte ihr, um Zuneigung zu buhlen. *Erwarten Sie keine Liebe!*, hatte ihr einmal ein Ausbilder geraten, ihr und den anderen frisch beförderten Schulleitern, die damals an einem Seminar über Personalentwicklung teilnahmen. Es war ein Satz, den sie sich zu Herzen genommen hatte. Und sie hatte gut daran getan. Das eher distanzierte Verhältnis zu den Kolleginnen machte es ihr leichter, unparteiisch zu bleiben. Ihre Stunden- und Vertretungspläne lösten zwar keine Begeisterung aus, aber als ungerecht wurden sie nicht empfunden. Das wusste sie.

Ich kenne meine Leute, dachte sie, ganz sicher besser als sie mich kennen. Ich sehe ihre Stärken und Schwächen so, wie ich sie früher bei meinen Schülern gesehen habe. Deshalb weiß ich, was ich von jedem Einzelnen erwarten kann – und was nicht. Es gibt welche, die sich gerne drücken. Denen muss man manchmal ein bisschen Dampf machen. Aber es gibt auch die Überfleißigen, die zu viel von sich selbst verlangen. Frau Brunn ist dafür ein Paradebeispiel: zuverlässig und unermüdlich, eine der Leistungsträgerinnen dieser Schule, aber auch perfektionistisch bis zur Schmerzgrenze und tendenziell freudlos. Anne Karetzky machte sich Sorgen wegen ihr, denn die Kollegin wirkte in letzter Zeit sehr gestresst und dünnhäutig. Irgendetwas ist mit ihr, dachte sie, irgendetwas treibt sie um. Ich würde ihr ja eine Kur vorschlagen, überlegte sie, aber Fakt ist, dass ich Frau Brunn zurzeit nicht entbehren kann. Es gibt im ganzen Landkreis keinen einzigen Lehrer, den ich als Vertreter anfordern könnte. Und in den angrenzenden Landkreisen ist die Not genauso groß. Nein, die Gute muss uns erhalten bleiben, schloss sie, und hob den Hörer ab. Noch vor dem dritten Freizeichen ging der Gesuchte dran.

„Schwan"

„Joachim, grüß dich, hier ist Anne Karetzky."

Seit der hochdramatischen Sitzung in der Propsteisynode fühlte sich Joachim Schwan gesundheitlich angeschlagen. Sein Versuch, die Lage dort zu befrieden, war komplett fehlgeschlagen. Er hatte gehofft, dass Ernst Feig als erfahrener Kabarettist die verstockten Kirchenleute auf humorvolle Art aus der Reserve locken würde. Aber das hatte nicht funktioniert. Stattdessen hatte sein Co-Supervisor Partei ergriffen und ihn im Regen stehen lassen. Feigs überraschender und offensichtlich spontaner Pakt mit dieser Pröpstin war für Schwan wie eine kalte Dusche gewesen. Tatsächlich fröstelte es ihn seit dieser verunglückten Stunde. Seine Füße und Beine waren eiskalt, als würde er bis zur Hüfte im Wasser stehen. Diese Empfindung verwirrte und beunruhigte ihn, denn sie war neu und irgendwie unheimlich. Rätselhaft war auch das begleitende Gefühl. Seinen Misserfolg, diesen Schlag ins Wasser, erlebte er wie eine persönliche Zurückweisung. In diesem Moment, mit dem Telefon am Ohr, kam ihm in den Sinn, dass die ironische Pröpstin ihn beim Erstkontakt einen

Friedensengel genannt hatte. War er das? War er jetzt ein verschnupfter Friedensbote, enttäuscht und beleidigt, weil man ihm eine Abfuhr erteilt hatte? Er schob die Frage schnell beiseite und erkundigte sich professionell nach Annes Befinden.

Karetzky antworte freundlich, aber ohne allzu ausführlich zu werden. Sie wollte schnell zur Sache kommen. „Ich weiß, du machst eigentlich keine Einzelsupervision mehr, aber ich bitte dich um einen Gefallen." Dann erzählte sie ihm von Sylvia Brunn und meinte, die Kollegin stünde kurz vor einem Burnout. Sie bat Schwan, sie zu coachen. „Sie ist eine erstklassige Lehrerin, und ich möchte sie nicht verlieren."

„Wie kannst du sie entlasten?", fragte Schwan ohne Umschweife. Er wusste nur zu gut, dass Arbeitgeber und Vorgesetzte gerne Supervision orderten, um die Folgen schlechter Arbeitsbedingungen für ihre Mitarbeiter abzufedern. Für strukturelle Änderungen und nachhaltige Verbesserungen war kein Geld da – oder man wollte dafür keins ausgeben. Stattdessen sollten ein paar Stunden Supervision die Leute bei Laune halten. Die Bezahlung war im Bildungssektor gar nicht mal so schlecht – vor allem im Vergleich zum ganzen Pflegebereich. Aber die Gängelung der Pädagogen durch die Schulaufsicht einerseits und die immer größeren Ansprüche vonseiten der Eltern andererseits hatten bei vielen Lehrern den Eindruck geweckt in der Klemme zu sitzen. Verstärkt wurde dieses Gefühl von Ausweglosigkeit durch das Fehlen von Aufstiegsmöglichkeiten. Nicht zuletzt trug auch das geringe öffentliche Ansehen des Lehrerberufs dazu bei, dass Lehrer mit ihrer Arbeitssituation unzufrieden waren.

Die Rektorin seufzte. „Es wäre gut, wenn sie ohne eine Kur auskommen könnte."

Das habe ich nicht gefragt, dachte Schwan. Er wollte nicht, dass die Schulleiterin den Fall auf die leichte Schulter nahm. „Wenn ein Facharzt bei der Kollegin tatsächlich Burnout diagnostiziert, kannst du davon ausgehen, dass sie für mehrere Monate ausfällt. Und auch danach wäre wohl nicht mit ihrer vollen Arbeitsfähigkeit zu rechnen."

„Deshalb brauchen wir dich, Joachim. Ich habe mir gedacht, du könntest bei dieser Kollegin etwas mit autogenem Training oder so erreichen."

„Oder so…"

„Komm, Joachim, du weißt schon, was ich meine. Es wäre sicher schon viel damit getan, wenn meine Mitarbeiterin das Glas wieder als halb voll ansehen könnte."

Ausgerechnet diese abgegriffene Metapher, dieses achtlos benutzte Bild eines halbhohen Wassers brachte Schwan zum Einlenken. Wie die Redewendung auf ihn wirkte und was sie genau auslöste, war ihm nicht ganz bewusst. Sie ließ etwas in ihm anklingen, so als würde sie seine Lage, seine innere Gestimmtheit treffend in Worte fasste. Hätte er sich selbst in diesem Moment eine größere Kreativität im Denken erlaubt, wäre ihm der Zusammenhang zwischen dem scheinbar nebenbei gebrauchten Bild und seinem Körperempfinden aufgefallen. Denn in gewissem Sinne fühlte er sich ja selbst im halbhohen Wasser stehen, in einer Welt, die ihm einerseits nah und vertraut, andererseits aber auch fremd und beunruhigend vorkam. Und für ihn war diese Lage, bis zur Mitte im Wasser stehend, ebenfalls mit der Aufforderung verbunden sich zu entscheiden. Nur ging es dabei nicht um eine optimistische oder pessimistische Sichtweise, nicht um die Frage, ob das Wasser zu- oder abnahm. Es war auch nicht die Frage, ob er ganz hinein oder ganz hinausgehen sollte. Entscheidend war für ihn jetzt vielmehr, wie er dem Wasser begegnete. Blickte er lediglich auf die strahlende Oberfläche und ließ sich von seinem eigenen Spiegelbild täuschen? Oder vermochte er hindurch zu sehen, in die Tiefe zu blicken und dort das größere Ganze, das Wesentliche zu erkennen?

Die Metapher des zur Hälfte gefüllten Glases, das Sinnbild hüfthohen Wassers war wie eine spontan entstandene Synapse, über die Joachim Schwan eine Botschaft empfing. Rein assoziativ brachte es ihm ein Wissen in Erinnerung, das den vor ihm liegenden Weg – wenn auch nur blitzartig – zu erhellen vermochte. Also nahm er den Auftrag an und machte zwei Terminvorschläge für ein erstes Treffen. Karetzky versprach erleichtert, dass sich die Kollegin bald bei ihm melden würde.

Auch Franziska Dunker, die stolze Pröpstin, meinte ihren Weg deutlich vor sich zu sehen, den Weg des Geistes durch eine Welt, die vom Geist nichts wissen wollte. Die letzte Zusammenkunft der Synode, supervidiert von diesem ungleichen Beraterpaar, hatte ihr noch einmal deutlich vor Augen geführt, dass sie ihr Licht nicht unter den Scheffel stellen durfte. Sie ging den Weg des Herrn und indem sie das tat, war sie anderen ein Vorbild, ein leuchtendes Vorbild. Sie durfte sich von kleinlicher Kritik nicht beirren lassen. Natürlich versuchten die, die noch sehr im Weltlichen verstrickt waren, sie in das „Klein-Klein" ihres uninspirierten Alltags hineinzuziehen. Aber Franziska Dunker sah nun klar wie lange nicht, dass sie sich von den Ängsten und Zwängen dieser Kleingläubigen nicht beeindrucken lassen durfte. Es war vielmehr ihre Pflicht ihr Licht zu hüten, es hochzuhalten und nicht vom Dunkel der irdischen Welt verschlucken zu lassen. Sie sah sich in der Tat nicht berufen, mit ihrem Licht durch die trüben Tümpel der diesseitigen Probleme und Sorgen zu waten. Über ihre Gemeinde musste sie sich erheben, damit diese erhellt wurde. Nur so konnte sie ihrem Auftrag gerecht werden.

Indem sie sich von den kleinen Lichtern im Umkreis der Kirche abwandte, hielt sie unwillkürlich Ausschau nach geistverwandten Seelen. Sie sehnte sich nach einem Menschen, der sie verstand. Und da kam ihr in letzter Zeit immer wieder diese Ärztin in den Sinn, diese glanzvolle Heilerin, die sie von den unerträglichen Schmerzen ihrer Nierenkolik befreit hatte. Sie war wie ein Engel, eine lichte Botin des Heils an ihrem Bett gestanden. Franziska Dunker hatte die Medizinerin gleich als eine Erscheinung aus einer anderen Welt erkannt. Ausgeschlossen, dass es sich um eine Halluzination handelte, hervorgerufen durch chemische Präparate. Man hatte sie bei der Einlieferung zwar mit einem Opioid narkotisiert, aber dieses wirkte nicht bewusstseinsverzerrend. Das hatte sie sich später extra nochmal bestätigen lassen. Die Ärztin war wirklich eine Lichtgestalt.

Franziska Dunker stand vor dem Eingang der Notaufnahme, wo es gerade ungewöhnlich ruhig war. In Gedanken versunken strich sie mit der Rechten über ihre Schultertasche, in die sie das kleine, samtene Schmuckbeutelchen gesteckt hatte. Sie wollte ihrer Retterin ein Geschenk machen. Es sollte ein Ausdruck des Dankes, vielmehr aber noch ein Zeichen der Verbundenheit sein. Deshalb war ihre Wahl auf etwas Persönliches gefallen. Sie hatte nicht lange überlegen müssen. Das Halskettchen mit dem kleinen goldenen Kreuz war ihr vor vielen Jahren von ihrer Großmutter geschenkt worden. Der Anhänger war nicht sehr groß, aber aus 585er Gold gefertigt und auch das Kettchen war vergoldet. Früher hatte sie dieses Wahrzeichen aller Christen ständig getragen, aber in den letzten Jahren war es meistens in ihrer kleinen Schmuckkassette gelegen. Der emotionale Wert war allerdings geblieben. Sie hatte sich immer schon besser mit der Mutter ihres früh verstorbenen Vaters als mit ihrer eigenen Mutter verstanden. Während zu Hause in wesentlichen Fragen oft nur Sprachlosigkeit herrschte, vermochte es die Großmutter scheinbar spielend Dunkers verborgene Sehnsüchte und Herzenswünsche in Worte zu fassen. Ihre Oma wurde uralt, viel älter als ihre Mutter. Und als sie verstand, dass ihr Leben zu Ende ging, schenkte sie ihrer geliebten Enkelin diesen Anhänger.

Franziska Dunker wusste nicht, ob die Ärztin irgendwie christlich erzogen war, ob Religion überhaupt für sie eine Bedeutung hatte. Im Grunde wusste sie fast gar nichts über die Nothelferin. Aber sie spürte eine spirituelle Verbindung zu ihr. Der plötzliche Schmerz, ausgelöst durch den Nierenstein, hatte sie vor wenigen Tagen in die Obhut dieser Heilerin geführt. Dunker war zeitlebens kinderlos geblieben, nun aber hatte sie deutlich das Gefühl – tatsächlich im Schweiße ihres Angesichts – eine symbolische Geburt durchlebt zu haben. Und ihre Geburtshelferin war eben diese besondere Frau gewesen. Obwohl ihr die Ärztin nie zuvor begegnet war, wusste sie sofort, dass sie einander nicht fremd waren. Sie kannten sich und es war sogar eine sehr vertraute, intime Bekanntschaft.

Sie betrat die Notfallstation und schritt direkt auf die Meldestelle zu. Ein bärtiger junger Mann, offenbar ein Pfleger, studierte eine Liste auf einem Klemmbrett. Er ließ sich etwas Zeit, bevor er aufschaute. Als Dunker erklärte, zu wem sie wollte, erwiderte der Angestellte kurz angebunden, dass Doktor Conradi beschäftigt sei und kaum Zeit für Besucher habe. Dunker verlieh ihrer Bitte etwas Nachdruck und versicherte, dass sie nicht gekommen wäre, um bloß Höflichkeiten auszutauschen. Ihre energische Art blieb nicht ohne Wirkung und der Pfleger versprach die Ärztin zu informieren. Betont lässig griff er nach dem Telefonhörer. Da am anderen Ende der Leitung offenbar niemand abnahm, verschwand er bald darauf durch die Tür zu den Behandlungsräumen.

Die Pastorin setzte sich so in den Warteraum, dass sie diese doppelte Schwingtür im Blick hatte. Es passierte nichts. Der Pfleger kam nicht zurück, die Meldestelle blieb unbesetzt. Sie fühlte, wie ihre Fokussierung, ihre Zielgerichtetheit sich langsam auflöste. Bald fing sie an sich umzuschauen. Außer ihr saß nur eine muslimische Mutter mit Kopftuch zusammen mit einem erschreckend fettleibigen Sohn im Warteraum. Der Junge starrte unentwegt auf sein Handy, während sich seine kurzen Daumen wieselflink über die Oberfläche bewegten. Die Augen der Mutter wirkten starr und schienen die Umgebung nicht wahrzunehmen. Vielleicht war sie auch bloß in sich gekehrt. Die Innenwände des Zimmers bestanden vorwiegend aus Glas, so dass es Dunker wie eine überdimensionierte Bushaltestelle vorkam. Die Tür stand offen und auch die Tür nach draußen war geöffnet. Es war zugig und frisch, was den Eindruck verstärkte, irgendwo am Straßenrand zu sitzen. Auf der Suche nach Anregung für ihren Verstand begann sie ein bebildertes Plakat zu studieren. *Was tun im Notfall?* stand darüber. Es war eine knappe Einführung in die zehn wichtigsten Grundsätze der Ersten Hilfe. *Was tun bei Nierenkolik?* kam nicht vor.

„Frau Dunker, schön Sie zu sehen!"

Die Angesprochene war überrascht, dass sie die Ärztin gar nicht hatte kommen hören. Sie erhob sich rasch und ging mit ausgestreckter Hand auf die Medizinerin zu. Sie wollte etwas sagen, aber es kam kein Wort über ihre Lippen. So konnte sie nur nicken und ihre Retterin anstrahlen. Ich verhalte mich wie eine Schwachsinnige, dachte sie. Aber zum Glück reagierte Doktor Conradi ganz ungezwungen und herzlich.

„Kommen Sie!"

Die Ärztin drehte sich ihr halb zu und berührte sie mit der offenen Hand leicht am Rücken. Gemeinsam gingen sie in ein Ärztezimmer, in dem außer Schreibtisch und Liege auch noch ein paar übervolle Bücherregale standen.

Doktor Conradi bot der unerwarteten Besucherin an, Platz zu nehmen, was diese jedoch ignorierte. So standen sich beide Frauen einen Augenblick lang schweigend gegenüber. Es war eine merkwürdige Situation, die Franziska Dunker bei jedem anderen Menschen mit Sicherheit peinlich gewesen wäre. Doch in der Gegenwart dieser Heilerin fühlte sie sich angenommen und irgendwie unbeschwert. Sie musste nichts tun oder sagen, um ihre warmherzige Zuwendung zu erhalten. Dabei wirkte die Frau ganz spontan und ungekünstelt. Die stille Begegnung hatte etwas durchaus Intimes. Gleichzeitig fühlte sich Franziska Dunker in keiner Weise bedrängt oder überrumpelt. Sie genoss den Moment.

Dann entsann sie sich des Schmuckstückes und sie griff suchend in ihre Schultertasche. Doch bevor sie den kleinen Beutel fassen konnte, legte die Ärztin ihr eine Hand auf den Unterarm.

„Behalten Sie es, bitte!"

Dunker blickte auf und starrte Doktor Conradi mit offenem Mund an. Verwirrt versuchte sie etwas zu erwidern. „Was … was meinen Sie?"

Die Ärztin lächelte nachsichtig. „Behalten Sie es! Elfriede hat es Ihnen gegeben – und das nicht ohne Grund. Halten Sie ihr Andenken in Ehren!"

Die Pastorin war so verblüfft, dass sie zunächst gar nicht in der Lage war irgendetwas zu sagen, geschweige denn nachzufragen, woher Conradi ihre Großmutter kannte. Und dann, in der Stille dieser Verwunderung verstand sie auf einmal, dass die Ärztin ihr geradewegs ins Herz schaute. Tränen liefen ihr übers Gesicht, als ein überwältigendes Glücksgefühl sie ergriff.

Doktor Conradi ließ Dunkers Unterarm los und legte ihr eine Hand auf die Schulter. „Sie und ich", sagte sie aufmunternd, „ brauchen kein Andenken."

Als Franziska Dunker eine halbe Stunde später in ihr Büro kam, beschloss sie spontan den Mann anzurufen, der sie damals in ihrem Auto auf der Straßenkreuzung gefunden hatte. Von Doktor Conradi hatte sie seine Nummer bekommen und erfahren, dass er Bertram Vogel hieß und offenbar Journalist war. Sie erinnerte sich. Der Mann hatte diesen Artikel geschrieben, in dem es um Sicherheit und Glauben ging. Wie war nochmal die Überschrift gewesen? Irgendetwas mit Überzeugung und Überwachung? *Überzeugung statt Überwachung.* Genau, das war's. Es hatte sie nicht überrascht, dass auch die Ärztin diesen Artikel kannte.

Zufälliger- oder nicht zufälligerweise überlegte Bertram Vogel gerade, wie er seine Artikelserie weiterführen könnte. Er saß an seinem Schreibtisch und versuchte auch bei der Internetrecherche neue Wege einzuschlagen. Aber er merkte, dass das gar nicht so einfach war. Er brauchte ganz neue Kontakte, denn seine bisherige Umgebung – auch die im Netz – war voller Skepsis und Zynismus. Wahrscheinlich war das immer so gewesen. Misstrauen hatte seine ganze Welt geprägt. Dass ihm das jetzt auffiel und störte, konnte nur bedeuten, dass er sich inzwischen verändert hatte. Natürlich war er nicht über Nacht ein anderer Mensch geworden. Ab und zu flammte der alte Zweifel wieder auf. Aber er bemerkte es und konnte diesen Reflex wie aus der Distanz betrachten. Er spürte instinktiv, dass *der* Teil in ihm, der ständig Einwände erhob, im Grunde angstgetrieben war – auch wenn er nicht hätte sagen können, wovor er sich fürchtete. Aber alleine das so wahrzunehmen, wäre ihm noch vor wenigen Wochen unmöglich gewesen. Als das Telefon klingelte und er sah, dass es ein unbekannter Anrufer war, wollte er zunächst nicht rangehen. Doch dann kam ihm in den Sinn, dass er sich gerade selbst auf Unbekanntes hinbewegte. Er nahm sein Handy und meldete sich: „Vogel".

„Ja, guten Tag, Herr Vogel. Mein Name ist Dunker. Sie kennen mich nicht… Das heißt, doch, Sie kennen mich schon, also in gewissem Sinne, meine ich. Immerhin …"

Bertram Vogel merkte, wie er ungeduldig wurde. Was war das jetzt? Er unterbrach sie. „Worum geht's, ähm, Frau Dunker?"

„Ich wollte mich bedanken."

Wieder eine Leserin, dachte Vogel, jetzt rufen sie schon an. Aber er täuschte sich.

„Sie sind mir in höchster Not beigesprungen. Mir ging es richtig schlecht. Sie haben mir geholfen und solch eine Hilfsbereitschaft ist heute – leider, muss man sagen – keine Selbstverständlichkeit.

Allmählich verstand Vogel. „Ach, die Frau im Auto?"

„War wohl kein so schöner Anblick."

„Wenigstens war unübersehbar, dass Sie dringend einen Arzt brauchten."

„So kann man es auch sagen. Sehr diplomatisch. Man merkt, dass Sie ein Mann des Wortes sind."

Es wurde einen Moment still und Vogel überlegte, was er jetzt noch sagen konnte. „Also, es geht Ihnen inzwischen besser?"

„Ja, alles überstanden. Es war eine Nierenkolik, wissen Sie, sehr schmerzhaft. Aber der Stein des Anstoßes wurde fachgerecht zertrümmert. Es lebe die Apparatemedizin!" Dunker bemerkte selbst die polemische Schärfe in diesen Worten. „Nein, streichen Sie das! Ich habe überhaupt keinen Grund mich zu beklagen. In der Klinik bin ich wirklich gut betreut worden. Insbesondere die Notfallärztin war großartig, ein echtes Juwel, einfach sehr menschlich, verstehen Sie?

Wir haben uns sogar noch kurz über Ihren Artikel unterhalten, das Interview mit diesem Sicherheitsunternehmer."

Vogel horchte auf.

„Ja, das war interessant. Doktor Conradi ist nämlich mit diesem Unternehmer befreundet."

Vogel dachte an sein kurzes Telefonat mit der Ärztin zurück. Es war ein merkwürdiges Gespräch gewesen. Und sich erinnernd wunderte es ihn, wie präsent ihm das Gespräch von damals noch war.

Die Frau in der Leitung redete schon weiter. „Wenn Sie mich fragen, ist Doktor Conradi sogar seine Inspirationsquelle, wo doch dieser Unternehmer so auf Vertrauen und Glauben setzt. Doktor Conradi hat auf jeden Fall eine beeindruckende Glaubenskraft. In ihrer Gegenwart fallen Ängste und Sorgen einfach von einem ab."

In Bertram Vogel regte sich die alte Skepsis. „Sehr schön, Frau Dunker, aber nichts für ungut: Der Glaube allein hat ja nicht gereicht, Ihre Leiden zu beenden."

„Ganz im Gegenteil, Herr Vogel! Ich habe geglaubt, dass die Ärztin mir hilft und so war es dann auch. Ich habe daran geglaubt, dass dieser Apparat mich von meinem Nierenstein befreit – und genau das ist eingetreten."

Bei diesen Worten musste Vogel lächeln. Das klang doch alles recht naiv. Aber er wollte der Frau ihren Glauben nicht nehmen. Da nun alles gesagt schien und das Gespräch abflachte, hatte er es plötzlich eilig. Ihm war ein Gedanke gekommen, eine Idee. Er notierte sich noch schnell die Namen Conradi und Mehrings und zeichnete einen Pfeil von diesem zu jenem. Dann bedankte er sich bei Dunker für ihren Anruf und wünschte ihr weiterhin alles Gute.

Bertram Vogel lehnte sich zurück und verschränkte die Hände hinter dem Kopf. Warum eigentlich nicht, dachte er. Wenn ich die *innere Sicherheit* als eine Frage der Prophylaxe verstehe, ist der Bezug zur Heilkunde doch naheliegend. Bei Mike Mehrings und seiner Firma *Trust Security Service* geht es letztlich um die Frage: Wie kann ich Einbrecher am Einbrechen hindern? Geht es in der Medizin nicht ganz ähnlich um die Frage: Wie kann ich dafür sorgen, dass keine Viren oder schädliche Keime eindringen? Er kannte sich mit Gesundheitsfragen nicht gut aus, aber er wusste, dass seit einigen Jahren vermehrt über Salutogenese diskutiert und geforscht wurde. Er beugte sich vor und gab den Begriff in seine Suchzeile ein. Nach wenigen Klicks landete er beim Zentrum für Salutogenese und fing an zu lesen.

Der Begriff Salutogenese, so erfuhr er, war die Wortschöpfung des amerikanisch-israelischen Medizinsoziologen und Stressforschers Aaron Antonovsky. Wörtlich übersetzt hieß das Wort so viel wie „Gesundheitsentstehung" oder „Gesundheitsentwicklung". Offenbar war der Terminus bewusst im Gegensatz oder in Ergänzung zum Begriff der Pathogenese gewählt. Pathogenese war ja bekanntlich die Lehre der Entstehung von Krankheiten. Aber man wollte nicht nachforschen, was krank macht, sondern wie man es schafft gesund zu bleiben. Die Forschungsergebnisse waren durchaus interessant. Grundlegend für unsere Gesundheit, so las Bertram Vogel, war ein beständiges Gefühl des Vertrauens, eine Art Urvertrauen. Er dachte an den Anruf von soeben. Wahrscheinlich hatte diese Frau aus dem Auto, diese Dunker, auch so ein Urvertrauen. Sie nannte es bloß Glauben. Er las weiter. Gesund ist oder bleibt, so hieß es, wer sich und seine Lebensumstände in irgendeiner Weise versteht, wer das Gefühl hat, dass sein Dasein einen Sinn hat, und wer ferner überzeugt ist, mit seinem Leben zurechtkommen zu können.

Vogel registrierte natürlich sofort, dass es um eine subjektive Wahrnehmung ging. Offenbar war es nicht nötig, dass der Gesunde seinen Lebenssinn nachwies, etwa so wie Laboranten Leukozyten im Blut nachwiesen. Es ging nicht darum, dass er sein Selbstverständnis in irgendeiner Weise objektivierte, so dass jeder andere Mensch auf Grund dieser Daten zum gleichen Verständnis kommen würde. Es hieß nicht: Machen Sie das und das, und Sie bleiben gesund. Es gab keine Ratschläge in Bezug auf Ernährung, Schlaf oder Bewegung. Wenn der Gesunde glaubte, sein Leben handhaben zu können, war das tatsächlich in erster Linie genau das: ein Glaube, eine innere Überzeugung. Und doch, so las er, schützte uns gerade dieses Gefühl von Stimmigkeit – man sprach von „Kohärenzgefühl" – vor Krankheit, indem es uns widerstandsfähiger und flexibler machte.

Erneut lehnte sich Bertram Vogel zurück. Das passte ja perfekt zu seiner Neudefinition von *innerer Sicherheit*. Er nahm sein Handy und suchte nach der Nummer der Notaufnahme der Uniklinik. Er würde diese Ärztin um ein Treffen bitten. Die Entscheidung fühlte sich gut an. Sein neues oder besser gesagt modifiziertes Konzept nahm immer mehr Gestalt an. In diesem Kontext schien ein Gespräch mit Doktor Conradi einfach nur folgerichtig. Er gestand es sich nicht ein, aber die Frau hatte in ihm ein Interesse wachgerufen, das weit mehr war als bloß intellektuell oder professionell. Er spürte eine tiefe innere Verbindung zu ihr, die er sich aber nicht erklären konnte. Deshalb blieb sie seinem Ich unbewusst.

Was ist nur mit diesem Esel los? Sonst ist das Tier eigentlich ganz willig und gutmütig. So oft schon hat es ihn anstandslos getragen. Immer wieder ist das ältere, aber kräftige Geschöpf ihm ein treuer Diener gewesen. Aber heute ist es störrisch und nur schwer zu lenken. Den steinigen und steilen Weg hinauf zum Haus seines Großonkels will Judas aber nicht zu Fuß gehen, nicht heute. Demetrius, der jüngere Bruder seiner Mutter, hat in den Hügeln östlich der Stadt ein ansehnliches Stück Weideland mit einer großen Schafherde und mehreren Ställen. Meistens ist der Schafzüchter mit seiner Familie und seinen Knechten unterwegs. Judas hofft aber Unterschlupf in einem der Ställe zu finden. Er muss raus aus der Stadt. Die Lage ist verworren und durchaus gefährlich. Verwirrt und enttäuscht sind die einen, streitsüchtig und engstirnig die anderen. Bevor man sichs versieht, gerät man in eine bedrohliche Auseinandersetzung. Man weiß nicht, wem man trauen kann. Verrat ist an der Tagesordnung. Oben in dem einsamen Gelände wird er vor Verfolgung und Gewalt sicher sein.

Judas trauert um den Tod seines Freundes. Die letzten Jahre ist er fast ständig an seiner Seite gewesen. Er zog mit ihm durch Galiläa, von Ort zu Ort. Sie waren unzertrennlich. Zusammen verteilten sie Speisen an die Armen, spendeten Trost den Traurigen und heilten die Kranken. Von Gadara bis hinunter nach Sidon sind sie gewandert. Und überall begrüßte sie eine große Schar armer, einfacher Leute. Manchmal kamen auch vermögende Herren und unterstützten Jeschuas Arbeit mit Silber und anderen Gaben. Ihm, Judas, oblag es, diese Spenden zu verwalten und dafür zu sorgen, dass ihre Ausgaben nicht ihre Einnahmen überstiegen. Das ist nicht immer einfach gewesen, denkt er, da die Zahl der Bedürftigen mit der Zeit gewaltig anwuchs. Aber es ist ihm gelungen, ihre Pleite zu vermeiden. Dank seiner Sparsamkeit war sein Beutel am Ende des Tages mindestens halbvoll. So ist er es gewesen, der die Wanderungen Jeschuas mit seiner wachsenden Gruppe von Jüngern überhaupt erst möglich machte. Der Meister hat das natürlich auch so gesehen. Sie standen sich nahe. Nun ist er tot.

Er wollte hierherkommen, nach Judäa, unbedingt, wollte

hinauf in die Stadt Salomos. Judas hat ihm davon abgeraten, denn als Judäer wusste er nur zu gut, wie die Lage dort war. Er warnte seinen Freund wiederholt und eindringlich vor dem Hochmut und Neid der Priester, vor der Macht des Sanhedrins, vor den Kriechern aus dem Gefolge des Königs. Jeruschalajim, so sagte er Jeschua, gleicht einer Grube voller Vipern. Schon eine falsche Bewegung oder ein falsches Wort kann dir zum Verhängnis werden. Oh, und Jeschua hörte ihm aufmerksam zu. Deshalb ist sich Judas sicher, dass der Freund genau wusste, was ihn in der Stadt des Tempels erwartete. Dennoch ging er hin. Er wollte es nicht anders. Jeschua hat sein Schicksal am Zion herausgefordert und musste sich ihm fügen.

Judas empfindet Schmerz und Trauer über den Tod des Freundes. Er bedauert zutiefst, dass es so weit gekommen ist. Aber Jeschua hat sich dieses bittere Ende selbst zuzuschreiben. Es ist verrückt oder einfach nur niederträchtig, ihm jetzt die Schuld am Tod des Rabbi in die Sandalen zu schieben. Er hat immer getan, was er für richtig hielt und Jeschua hat ihn auch immer dazu ermutigt. Wer jetzt mit dem Finger auf ihn zeigt und ihn einen Verräter schimpft, weiß schlicht und einfach nicht, was hier gespielt wird. Es sind ganz schön viele Spinner unterwegs, falsche Hirten, denen die Einfältigen und Arglosen wie Schafe hinterherlaufen. Keiner von ihnen gehörte je zum inneren Kreis. Sie sind laut und angriffslustig, aber ohne Wissen.

Nach dem ersten Anstieg führt der Weg jetzt durch ebenes Gelände und der Esel verfällt in einen leichten Trab. Doch dann, während sein Reiter über die Geschehnisse der letzten Wochen nachdenkt, hält das Tier plötzlich inne. Wie versteinert steht es da. Für einen Beobachter am Wegesrand hätte es so ausgesehen, als ob sich die Kreatur ruckartig eines Vorfalls oder einer Wahrheit entsinnt, und dass diese Erinnerung seinen gewohnten Gang unterbricht. Judas kann gerade noch das Seil ergreifen, das er dem Tier um den Hals gebunden hat, um zu verhindern, dass er abgeworfen wird. Er flucht laut. Er versteht nicht, warum das Vieh nicht will, wie er will. Er lässt seine Gerte auf die graubraune Flanke des Esels niedersausen. Das alte Tier schreit kurz auf, macht aber keinen Schritt. Es schüttelt nur kurz den Kopf, als wollte es Fliegen verscheuchen.

Judas gleitet vom Rücken des Esels runter und versucht das eigenwillige Geschöpf am Seil nach vorne zu ziehen. Vergebens. Er atmet laut aus und schaut sich um. Der Weg ist hier nicht gar so felsig und in der Nähe stehen ein paar Kiefern, die hinreichend Schatten spenden. Er beschließt eine kurze Rast zu machen, holt aus seinem Beutel ein Stück Brot und geht zu den Bäumen hinüber. Doch kaum hat Judas seinen ersten Bissen hinuntergeschluckt, sieht er, wie sein Esel davonläuft. Willst du mich zum Narren halten, denkt er, und springt verärgert auf die Füße. Er muss richtig rennen, um das Tier einholen zu können. Schließlich erwischt er das Seil und zieht kräftig daran. Doch genauso wenig wie er den Esel vorhin zum Gehen bringen konnte, vermag er ihn jetzt aufzuhalten. Vielmehr zerrt das Vieh ihn förmlich hinter sich her. Judas bleibt nichts anderes übrig, als sich im Laufen auf den Rücken des Tieres zu schwingen. Sobald er es geschafft hat, verlangsamt der Esel seinen Schritt und trottet nur noch dahin. „Bist du blöd oder böse?", ruft Judas entnervt. Aber das Tier scheint nicht gewillt, ihm eine Antwort zu geben.

Judas lässt sich forttragen, tiefer in die karge Hügellandschaft hinein, forttragen aber auch von rückwärtsgewandten Gedanken. Sie entführen ihn zu den Geschehnissen der letzten Wochen. Wieder und wieder bedrängen ihn die Bilder der Verhaftung und Verschleppung des Freundes, düstere Bilder begleitet von düsteren Gefühlen. Er ist ihnen im Grunde *wehrlos ausgeliefert, da mag er noch so oft versuchen, sie mit Worten der Rechtfertigung zu verscheuchen. So sehr hängt er seinen Gedanken nach, dass er gar nicht bemerkt, was auf ihn zukommt. Er sieht das Neue nicht, das Land, in das er sich gerade hineinbegibt.*

Spät erst erkannte er, dass Jeschua in den Tod gehen wollte. Es hätte so nicht kommen sollen. Ihr Lehrer wäre ja jederzeit in der Lage gewesen, seinen Häschern zu entkommen. Er verstand sich darauf zu verschwinden, abzutauchen und unsichtbar zu werden. Die Jünger können es alle bezeugen. Wenn ihn die Menge bedrängte oder die Pharisäer drohten ihn festzunehmen, entzog er sich rasch ihren Blicken. Auch sie, seine Schüler, wussten dann nicht mehr, wo er sich aufhielt. Als es zum ersten Mal passierte, hatten sie ihn gesucht, waren stundenlang umhergelaufen und schließlich ebenso erfolglos wie verwirrt ins Lager zurückgekehrt. Mit der Zeit machten sie aber die Erfahrung, dass Jeschua wieder erschien, sobald die Gefahr vorüber war. Er wusste sich zu schützen. Nur dort unten, in diesem verfluchten Jeruschalajim, ließ er sich bereitwillig festnehmen. Und auch als sie ihn schlugen und quälten, verzichtete er darauf, sich selbst in Sicherheit zu bringen. Das war verrückt, Wahnsinn und so gar nicht geplant.

Er hätte sich befreien und wehren sollen, hätte den Heuchlern am Hof, den verhassten Besatzern und ihren Speichelleckern zeigen sollen, wie groß die Herrlichkeit des Einen ist. Der Herr hatte ihn mit so viel Macht ausgestattet, doch Jeschua hat sich im entscheidenden Moment geweigert, diese Gaben zu nutzen. Dadurch ist alles schiefgelaufen. Dort, wo die Feinde der Iwri vor dem strahlenden Ruhm des Herrn hätten zusammenbrechen sollen, verdunkelte sich stattdessen der Himmel über dem auserwählten Volk.

Und dann verdunkelt sich auch der Himmel des Judas.

Vielleicht hat eine Viper seinen Esel erschreckt, vielleicht ist das Tier von einem Skorpion gebissen worden. Auf jeden Fall macht es ganz unvermittelt einen Satz nach vorne, wobei es kräftig nach hinten ausschlägt. Judas ist zu überrascht, um sich halten zu können. Er fällt rückwärts runter vom Rücken des Tieres, fällt mit seinem Kopf auf einen Stein am Wegesrand und bricht sich das Genick.

Ernst Feig fühlte sich leicht wie lange nicht. Sein Auftritt im Kreis der Kirchenleute war ein voller Erfolg gewesen. Am Anfang, als er deren heilige Halle betrat, hatten sie alle noch verkniffen und gehemmt dreingeschaut. Aber es war ihm gelungen die Frommen und allzu Freundlichen aus der Reserve zu locken. Am Ende war richtig Leben in der Bude gewesen. Schluss mit scheinheilig! Das schien auch die Devise der Vereinschefin zu sein. Ein Teufelsweib war das, scharfsinnig und geradeheraus, aber auch ziemlich hochmütig. Wusste gar nicht, dachte er vergnügt, dass Kirchenleute so kämpferisch sein können.

Feig lächelte zufrieden. Selbst sein Motorrad, seine geliebte Yamaha, schien leichter zu sein. Er hatte das Gefühl, dass sein Bike so weich über den Asphalt dahinglitt, als würde es schweben. Und da gerade nicht viel Verkehr auf der Straße war, fuhr er ein wenig Slalom. Die XJR folgte jeder Schräglage willig und leicht und als er wieder beschleunigte, genoss er den Durchzug des Vierzylinders. Kein Schlagen im Antriebsstrang, kein Rucken – das Bike zog sauber davon.

Joachim Schwan hatte sich ziemlich einsilbig von ihm verabschiedet. Der Unternehmensberater war wohl nicht ganz zufrieden mit dem Verlauf seiner Supervisionsstunde gewesen. Dabei, so fand Feig, hat der Mann gar keinen Grund sich zu beschweren, im Gegenteil: Er müsste hochzufrieden sein.

Schließlich hat er bekommen, was er wollte. Der ganze Frust der Vorzeigechristen, der Ärger, die Anwürfe und Abneigungen waren auf den Tisch gekommen. Die Stänkerer aus der dritten Reihe hatten sich aus der Deckung gewagt und die kritisierte Chefin hatte Tacheles geredet. Das war doch Schwans Absicht gewesen, oder etwa nicht? Klar, sein Versuch die Wogen zu glätten war fehlgeschlagen.

Offensichtlich hatte der Beraterprofi nicht erkannt, was dort gespielt wurde. Aber das sollte er ja nicht ihm, seinem neuen Co-Supervisor anlasten. Hätte Schwan die ganze Situation realistischer betrachtet, wäre er gar nicht erst auf die Idee gekommen, versöhnen zu wollen. Denn kitten konnte man in dieser Synode nicht mehr viel. Die Zeichen standen vielmehr auf Trennung. Die Oberpastorin, diese Dunker, musste sich durchsetzen und er, Feig, hatte sie darin bestärkt. Klare Sache, klare Frontlinie. Kampf den Heuchlern, grinste Feig. Ja, das hat Spaß gemacht.

Spontan einer Eingebung folgend riss er plötzlich den Gasgriff auf. Er fühlte sich nicht nur leicht und beschwingt, er hatte auch das Bedürfnis irgendwie abzuheben. Und dieser Drang übernahm die Führung über ihn und seine Maschine. Wie erwartet ging das Vorderrad seiner leistungsstarken Yamaha hoch. Bei früheren Versuchen hatte er solche *Wheelies* immer gleich wieder beendet. Er ging nur bis zum Kipp-Punkt hoch und nahm dann sofort das Gas weg. Heute aber machte ihn sein Hochgefühl übermütig. Er stabilisierte den Wheeliewinkel mit der Hinterradbremse. Einen kurzen Moment hatte er das Gefühl zu fliegen und er lehnte sich entspannt nach hinten. Dadurch verlagerte sich sein Schwerpunkt geringfügig und gleichzeitig zog er etwas stärker am Gasgriff. Es ging alles ganz schnell und doch war es ihm, als würde er sich selbst dabei zuschauen. Sein Bike bäumte sich auf, er ließ instinktiv den Lenker los und die Maschine schoss nach vorne.

Seine Füße suchten den Boden, waren aber nicht schnell genug und er fiel rückwärts auf die Straße. Ernst Feig landete hart auf Schulter und Oberarm seiner linken Seite. Blitzschnell war er wieder auf den Füßen und sprang zur Seite. Aber von hinten kam nichts, die Straße war frei. Sein Motorrad schlitterte noch 30-40 Meter weiter und er konnte hören, wie Blech und Stahl krachten und quietschten. Er fluchte laut und lief hinterher, um den Schaden in Augenschein zu nehmen. Erst als er seine Maschine aufrichten wollte, merkte er, dass ihm sein linker Arm nicht gehorchte. Und dann kamen auch die Schmerzen.

Es war ein Glück im Unglück, dass wie aus dem Nichts plötzlich zwei Jogger auftauchten. Die beiden jungen Sportler kamen sofort zu ihm herüber und halfen ihm, das Bike von der Straße zu rollen. Einer der beiden erkundigte sich, was passiert sei. Aber der andere grinste ihn an und erwähnte nur den Namen *Evel Knievel*. Feig wusste nur so viel, dass das ein berühmter Motorradstuntman war, ein extrem waghalsiger Typ, der immer wieder schwere Unfälle hatte. Er versuchte das Grinsen zu erwidern, aber da er zeitgleich eine unbedachte Bewegung machte und Schmerz ihn durchfuhr, brachte er nur eine schiefe Grimasse zustande. Die beiden Männer halfen ihm sein Motorrad abzusperren. Derweil fummelte Feig sein Handy aus der Jacke und bestellte ein Taxi. Seine Helfer wollten mit ihm gemeinsam auf den Wagen warten, aber er winkte ab. Der Verunglückte bedankte sich für ihre Hilfe und versicherte ihnen, dass er jetzt alleine zurechtkomme.

Es vergingen fast 20 Minuten, bis das Taxi endlich erschien. Feig inspizierte in der Zeit sein Bike und musste feststellen, dass beide Rücklichter und der linke Spiegel zerschmettert waren. Es gab einige hässliche Kratzer, aber Motorblock und Tank hatten den Unfall offenbar unbeschadet überstanden. Pedale, Hebel und Lenker schienen nicht verbogen. Er würde die Maschine später von seiner Garage abholen lassen. Es wird eine Weile dauern, dachte er frustriert, bis ich wieder fahren kann. Sein Schultergelenk war offensichtlich ausgekugelt, aber schlimmer dran war sein Oberarm, der inzwischen richtig wehtat.

Der Taxifahrer schaute ihn zunächst skeptisch an und fragte dann betont heiter: „Ins Krankenhaus?"

Feig warf seinen Helm in den Fußraum und nahm vorsichtig neben dem Fahrer Platz. Dann blickte er dem jungen Mann ohne den Anflug eines Lächelns ins Gesicht. „Wonach sieht's denn aus?"

Der Fahrer zuckte bloß die Schultern, verzichtete ansonsten aber auf eine Erwiderung und fuhr los. Er fühlte sich von diesem mürrischen, glatzköpfigen Fahrgast durchaus etwas eingeschüchtert. Vor der Notaufnahme sprang er sogar raus, lief um den Wagen, öffnete Feig die Tür und bot ihm seine Hilfe beim Aussteigen an. Der ignorierte den hingehaltenen Arm und zog sich stattdessen an der offenen Tür aus seinem Sitz. Aber er gab dem Fahrer ein großzügiges Trinkgeld, worauf dieser ihm den Helm reichte. Der junge Mann blieb stehen und zögerte einen Moment. „Verzeihen Sie, aber sind Sie nicht …"

Feig fiel ihm ins Wort. „… wenn Sie mich jetzt nach einem Autogramm fragen, sehen Sie mich nie wieder."

Der Fahrer reagierte schnell. „Und wenn nicht?"

Feig fixierte den jungen Mann, das Gesicht leicht vom Schmerz verzerrt. „Wie heißen Sie?"

„Stefan"

„Kann ich Sie über die Zentrale erreichen?"

„Ja, klar."

„Gut, Stefan! Ich rufe Sie an, wenn ich hier fertig bin." Und damit wandte er sich ab und betrat die Klinik. Er ging zur

Pforte, klingelte, wartete bis jemand erschien und streckte sich unwillkürlich, ehe er sich anmeldete. „Ich bringe eine Humerusfraktur und eine Schulterluxation – beide links wie man sieht – und brauche dringend etwas gegen die Schmerzen."

Die resolute Pflegerin am Empfang schaute gar nicht erst auf, sondern schrieb sofort eine Notiz, so als wäre es absolute Routine, dass sich Patienten hier mit einer fachmännisch formulierten Diagnose meldeten. „Krankenkasse?"

„Privat." Er nannte den Namen seiner Versicherung.

„Wie ist es passiert?"

„Motorradunfall."

Als er nicht weitersprach, blickte die Frau ihn fragend an.

Feig erwiderte den Blick mit stoischer Miene. „Andere Verkehrsteilnehmer waren nicht involviert. Reicht das?"

Die Pflegerin hob kurz die Brauen, bevor sie weitertippte. „Ich denke schon."

Kurz darauf wurde der Verletzte von zwei Pflegern mit einer Fahrtrage abgeholt. Der Männer schoben ihn in ein Behandlungszimmer, stellten ihn ab und deckten ihn zu. Der Ältere kündigte das baldige Erscheinen eines Arztes an. Als sie den Raum verließen, waren die Pfleger bereits in ein angeregtes privates Gespräch verwickelt.

Tatsächlich trat kurze Zeit später eine Ärztin an seine Trage, begrüßte ihn und stellte sich vor. Sie schaute ihn prüfend an. „Sind Sie Mediziner, Herr Feig?"

„Nein, ich bin Komiker."

Die Ärztin lächelte. „Schön, dass Sie Ihren Humor nicht verloren haben."

„Humor? Sie sind gut! Komiker haben nichts zu lachen."

„Nun ja, Sie auf jeden Fall gerade nicht. Was ist denn passiert?"

Er erzählte ihr in knappen Sätzen von seinem selbstverschuldeten Unfall. Es gelang ihm dabei so viel Würde auszustrahlen, dass die Ärztin erst gar nicht auf den Gedanken kam, ihn zu tadeln.

Danach unterzog ihn die Medizinerin einer allgemeinen Untersuchung, wobei sie ihm eine Vielzahl von Fragen stellte. Schließlich erhielt er das ersehnte Schmerzmittel.

Als er wieder zu sich kam, war er bereits operiert worden. Er lag auf dem Rücken in einem Krankenzimmer. Oberarm und Schulter waren offenbar eingegipst oder zumindest straff bandagiert. Als er erkannte, wie sehr seine Bewegungsfreiheit eingeschränkt war, stöhnte er auf. „Scheiße!"

Als ob sie vor der Tür auf dieses Lebenszeichen gewartet hätte, trat die Ärztin ein. „Sie hatten Recht, Herr Feig, Glückwunsch zur perfekten Selbstdiagnose! Der Humerus ist tatsächlich gebrochen, sauber durchgetrennt, keine Absplitterungen. Das umliegende Gewebe ist etwas gequetscht, aber nicht ernsthaft verletzt. Das Schultergelenk war in der Tat ausgekugelt. Wir haben es wieder schön eingerenkt, aber benutzen können Sie den Arm eine Weile lang nicht. Die Schäden am Band-Kapsel-Apparat sind zwar vergleichsweise gering, aber es gibt eine Einblutung des Gelenks. Glauben Sie mir, da macht das Bewegen keinen Spaß."

Feig verzog das Gesicht. „Wann kann ich hier raus?"

„Ich würde Sie gern eine Nacht zur Beobachtung dabehalten. Wenn's keine Komplikationen gibt, können Sie morgen nach Hause."

Feig atmete geräuschvoll aus und sein kahler Schädel sank noch etwas tiefer in das Kopfkissen. Und in diesem Moment, als die Ärztin sah, wie sich ihr Patient in seine Lage fügte, kam ihr doch noch ein zurechtweisendes Wort über die Lippen. Doktor Conradi fixierte den Mann und schüttelte den Kopf. „Seien Sie dankbar, Herr Feig, Sie hätten sich auch das Genick brechen können."

3. Resonanzen

Seine Augen waren geschlossen, die zuckenden Schnurrhaare zeigten, dass er träumte. Sein dunkelgraues Fell schimmerte seiden im Licht der untergehenden Sonne. Libero war, könnte man sagen, *online*, denn er stand in Verbindung mit anderen Dimensionen der Realität, Dimensionen, deren Existenz er im Wachzustand nicht einmal vermutete. Wie Glasfasern schienen die langen, feinen Schnurrhaare Botschaften aus fernen Welten in sein Bewusstsein zu übertragen. Aber was hieß hier fern? Musste man denn lange reisen, um dorthin zu gelangen, womöglich gar den Weltraum durchqueren? Würde es lange dauern? Jahre? Lichtjahre? Es hatte nicht den Anschein. Die anderen Dimensionen waren da und träumend bewegte er sich in ihnen. Überhaupt war alles da, als hätte man die Welt auf einen Punkt gebracht, das Hüben und Drüben, das scheinbar Vergangene und das scheinbar noch nicht Gewordene.

Und so war auch Istet da, die feingliedrige Katze, die ihren Dienst in Bethanien versah, einem Ort, der von Menschen hinreichend locker besiedelt war, so dass sie genügend Spielraum hatte, ihre Erfahrungen nach eigenen Vorstellungen zu gestalten. Während sich Istet ihm näherte, spürte sein zusammengerollter Leib die trockene Hitze der Steppenluft. Der Geruch verschiedener Wildkräuter und staubiger Erde stieg ihm in die Nase und unwillkürlich gab er ein paar schmatzende Laute von sich. So wie sie sich ihm zeigte, schien die Katze abgemagert. Libero verstand, dass ihre Nahrung genauso karg war wie die Vegetation in ihrem Jagdrevier. Ohne seinen Schlummer zu unterbrechen registrierten seine inneren Sinne, wie viel besser genährt er selbst war, worauf sich seine Nackenmuskeln etwas entspannten.

Istet war da mit allem, was Istet ausmachte. Und das war viel. Ein farbenfrohes, vielschichtiges Gemälde, eine ganze Landschaft mit erstaunlichen Tiefen, zahllosen Spuren und

Gerüchen öffnete sich seinem Bewusstsein. Er sah und fühlte die Gefahren, denen ihr zarter Leib so oft ausgesetzt war, tauchte ein in die Freude, die ihr ein Dasein als streunende Katze bereitete. Er spürte die Lebendigkeit ihrer Abenteuer, das Ausmaß ihrer Neugierde, die sie immer wieder in unerforschte Winkel hineindrängte. Sie war freiheitsliebend – genauso wie er. Denn auch er mochte es nicht abhängig zu sein. Wo es ihm gefiel, verweilte er. Anlocken und binden ließ er sich nicht. Istet ging den gleichen Weg, stolz aber leichtfüßig. Sie kannten sich.

Um die schlanke Katze herum waren auch Menschen, insbesondere eine junge Frau, eine Magd, wie man dort sagte. Sie wurde Maria genannt. Hungrig nach neuen Erfahrungen, aber auch, weil es einer ihrer Aufgaben entsprach, hatte sich Istet dem Mädchen angenähert. Sie sollte und wollte diesem Menschen helfen mit seiner inneren Wirklichkeit in Berührung zu kommen. In der Welt des Leibes war Maria schon länger darauf vorbereitet worden. Zu anderen Zeiten, an anderen Orten hatten sich Istet und sie bereits öfter getroffen. Auch diese Schauplätze waren da. Libero ahnte sie mehr, als dass er sie sah. Aber er fühlte unmittelbar die Beschaffenheit, den Wert jener Begegnungen. Das alles war gefügt, zusammengefügt zu einem einzigen Bild mit einem einzigartigen Geschmack und Geruch. Er tauchte darin ein und ward von alledem umfangen. Scheinbar unbeeindruckt schlug derweil das Herz in seiner Katerbrust ruhig weiter, während seine Leber ihre Aktivität kaum merklich erhöhte. Aber Zirbeldrüse und Nebennieren schütteten plötzlich verstärkt Hormone aus.

Istets Erfahrungen waren nun auch die seinen und die schmale Katze lenkte seinen Blick auf das Mädchen, das ihr ans Herz gewachsen war. Wie unter Menschen üblich, hatte sich auch bei dieser Maria das Bewusstsein weitgehend mit dem Leib verbunden. Und doch war in ihrem Fall das Band nicht gar so fest. Träumend konnte sich die Magd mit Leichtigkeit von der Schwere des schlafenden Körpers lösen. Das konnten die meisten. Aber Marias Bewusstsein ging auch tagsüber immer wieder mal auf Reisen. Istets Aufgabe war es, sie dabei zu unterstützen, sie in eine Wirklichkeit hinein zu begleiten, in der die Zeit nicht verging, in der vielmehr alle Zeit aufgehoben war. So wurde Maria behutsam herangeführt an das Licht, das bald aus höchster Ebene herabsteigen würde. Denn sie war im großen Plan dazu bestimmt, bei der Verbreitung dieses himmlischen Lichts unter den Menschen in bedeutendem Maße mitzuhelfen.

Libero nahm das alles staunend zur Kenntnis. Er war beeindruckt. Seine Seelenfreundin leistete einen wichtigen Beitrag. In der Welt des reinen Bewusstseins war alles ein Geben und Nehmen. Und so stellte er im Gegenzug seine Erfahrungen der inneren Weisheit Istets zur Verfügung. Dadurch erfuhr die viel gewanderte Katze aus Bethanien von einem unglücklichen Menschen namens Sylvia, einer Frau, um die ihr Wesensfreund sich kümmerte. Denn Libero hatte den Auftrag übernommen, seine Herrin so weit wie möglich aus den Fesseln ihrer Angst zu lösen. Er war entschlossen ihr zu zeigen, wie wenig es brauchte, Freude zu empfinden. Schließlich musste dieser ungelenke, verkrampfte Mensch im Grunde nichts tun – eigentlich nur das eine oder andere lassen. Während Istet in die Erfahrungswelt ihres Freundes eintauchte, spürte sie fast schmerzhaft die Anspannung dieser fremden Frau. Ihr schauderte, als sie in ihrem Kiefer die Kraft nachempfand, mit der dieser Mensch an seinem Unglück festhielt. Ein Seufzen ging durch ihren dürren Leib. Sie beneidete Libero wahrlich nicht.

Was sich ihrem Bewusstsein eröffnete, war für Istet nicht nur neu und interessant. Überraschenderweise erhielt der

Erfahrungsschatz ihres Freundes für sie wichtige Hinweise, und zwar in einem sehr praktischen Sinne. Denn sie sah sofort, dass sie selbst einen ähnlich sich sorgenden, plagenden Menschen in ihrem leiblichen Umfeld hatte. Martha, die ältere Schwester Marias, wehrte sich ebenfalls hartnäckig gegen jede Änderung ihrer freudlosen Lage. Die Glaubenssätze dieser tüchtigen und unermüdlichen Haushälterin waren wie in Stein gemeißelt. Istet hatte das über ihre Verbindung zu Maria erfahren. Das Mädchen litt unter dem Starrsinn seiner Schwester und Istet litt unwillkürlich mit. Durch den Kontakt mit ihrem Seelenbruder erhielt sie eine neue Sicht auf das Verhältnis der beiden Schwestern. Die Mittel und Wege, die Libero erprobt hatte, standen nun auch ihr zur Verfügung. Waren seine Bemühungen von Erfolg gekrönt, würden es die ihren ebenso sein.

Aber auch Libero profitierte von diesem Austausch, wie er so nur in der verborgenen Tiefe eines Traumes möglich war. Denn er sah, fühlte und verstand, was dieser Martha widerfährt, als das Licht plötzlich in ihr Leben tritt. Der große Lichtträger, Rabbi Jeschua, ist bei ihr zu Gast, besucht das Haus ihrer Eltern. Doch selbst in dieser Stunde gelingt es Martha nicht, ihre Sorgen und Ängste beiseite zu schieben – nicht einmal im Angesicht des erleuchteten Heilers, der wahrlich ein Friedensfürst ist. Sie schuftet freudlos am Herd, weil sie glaubt, es gehöre sich, dem hohen Gast ein Mahl vorzusetzen. Als sie dann auch noch sieht, dass sich ihre jüngere Schwester ganz dem Augenblick hingibt und wie weltverloren dem Wunderheiler zu Füßen sitzt, wird sie zornig. Sie klagt dem Gast ihr Leid. Und dieser? Voller Mitgefühl sieht er die ältere Tochter des Hausherrn an. Schon dieser Blick ist geeignet die Mauer zu sprengen, die Martha um ihr Herz errichtet hat. Und dann verweist der Lichtträger auch noch auf die jüngere Schwester, deutet auf Maria und erklärt, dieses

Mädchen habe sich für das Bessere entschieden.

Das war eine wundervolle Geschichte, fand Libero, die sich wie eine Urgestalt unter seine eigene Erfahrung schob. Martha kümmerte sich zu sehr um das leibliche Wohl ihres Gastes. Aber das war gar nicht nötig. Denn Rabbi Jeschua war nicht gekommen, um seinen Leib zu ernähren. Ihn interessierte allein das seelische Wohl seiner Gastgeber. Die Gegenwart des Lichtes war für alle Anwesenden eine einmalige Gelegenheit, ein Bewusstsein zu erfahren, das weit über das Alltägliche hinausging. Martha verpasste die Gelegenheit. Die Ähnlichkeit, ja die innere Verwandtschaft war für Libero nicht zu übersehen. Auch seine Herrin, dieser trübsinnige Mensch, der ihm Obdach bot, mühte sich immer, ihm ein gutes Mahl vorzusetzen. Aber sie tat es ohne innere Anteilnahme, ohne echte Freude, das empfand er mit allen Sinnen. Deswegen hatte er sich seinem Fressen stets mit der größten Hingabe gewidmet, hatte sie seine Ekstase spüren lassen, die Glückseligkeit sorglosen Seins. Er hatte sie einzuweihen versucht in das Glück der reinen Gegenwart. Aber der Durchbruch war ausgeblieben.

Libero sah den Sinn seiner Erfahrung im Lichte des Bewusstseins, das er selbst war. Die Geschichte dieser Martha zeigte ihm einen Weg, den er bisher nicht in Betracht gezogen hatte. Es gab ja unendlich viele Wege, eine schier grenzenlose Anzahl kreativer Möglichkeiten, seinen Auftrag zu erfüllen – alle mehr oder weniger wahrscheinlich. Nun war eine dieser Wahrscheinlichkeiten in sein Blickfeld gerückt, eine, die ihn erregte. Und diese Erregung erstreckte sich bis in seinen Leib. Dessen Haare stellten sich auf, der Schwanz zuckte, das Herz schlug schneller. Die kreativste Lösung seiner Aufgabe – so wollte es ihm nun scheinen – war der Tod, sein endgültiger Rückzug aus dem wohlgenährten Leib eines Katers, dem man den Namen Libero gegeben hatte, ein perfekter Schritt, der höchste Wirkung versprach.

Denn was hatte die weitere Geschichte Marthas gelehrt? Was war im tiefsten Inneren der Sinn dieses Bildes? Auch wenn die Begegnung mit dem Lichtbringer und dessen Liebe und Wahrheit Martha bis ins Mark erschüttert, bleibt sie doch gefangen in ihren Sorgen und Ängsten. Erst der Tod des Rabbis, die Hinrichtung seines Leibes, bringt den Wandel. Das dramatische Ende Jeschuas trifft Martha mitten ins Herz. Als ihr klar wird, dass der Meister sie verlassen hat, schlägt eine Welle der Reue über ihr zusammen. Nun erst, da der Rabbi nicht mehr da ist, erkennt Martha, welche Gelegenheit sie versäumt hat. Und diese Reue bringt ihre ganze Abwehr zum Einsturz. Der Tod ist der Schock, den es gebraucht hat, Marthas Erstarrung ein für alle Mal zu lösen.

Istet spürte, welche Schlussfolgerung ihr Seelenfreund gerade zog. Sie wusste, dass der Tod immer eine Wahrscheinlichkeit war, eine Wahrscheinlichkeit, die man wählen oder nicht wählen konnte. Die Menschen, das hatte Istet aus ihren vielen Erfahrungen gelernt, waren meistens von der Unvermeidlichkeit ihres Todes überzeugt. Deshalb starben sie oft viel früher als nötig. Bei Katzen war das anders. Wir nehmen den Tod nicht so ernst, dachte sie, wir erlauben ihm nicht diese Macht über uns. Für andere zu sterben war etwas, was Menschen taten. Unter ihnen gab es immer wieder welche, die glaubten, mit ihrem Tod für andere wertvoll sein zu können. Istet bezweifelte das und in Gedanken mahnte sie den Freund, seine Schritte genau zu prüfen. Doch der Kater lächelte nur.

Chefredakteur Peter Mattes hatte schlecht geschlafen, war immer wieder aufgewacht, den Kopf voll wirrer Gedanken und Bilder. Er hatte geträumt, so viel wusste er noch. Aber an irgendetwas Konkretes konnte er sich nicht erinnern. Es hätte auch nichts ausgemacht. Träume waren bedeutungslos, ein Sammelsurium willkürlich zusammengewürfelter unverdauter Tagesreste. Wir werden von Hormonen gesteuert, dachte er, mehr als die Meisten wahrhaben wollen. Sein Mitarbeiter Bertram Vogel gehörte nicht zu dieser Mehrheit, bis jetzt zumindest. Mattes hatte immer den Eindruck gehabt, dass Vogel ein mutiger Journalist war, einer, der sich traute der Wahrheit offen gegenüberzutreten, unvoreingenommen, skeptisch, scharfsinnig. Aber er hatte sich getäuscht.

Vogel geriet auf Abwege. Er hatte ihm ein neues Konzept geschickt, das nicht die Handschrift eines kritischen Geistes trug, eher die eines Spinners. Gut, die Bedeutung von *innerer Sicherheit* so zu verschieben, wie Vogel es tat, das hatte schon etwas Geniales. Das musste er ihm lassen. Wie wir unseren gesunden Menschenverstand in Zeiten von selektiver Berichterstattung und *Fake News* schützen konnten – das war aktuell eine der wichtigsten Fragen überhaupt. Damit war das Ganze ein brisantes Thema. Aber Vogels Antwort verstörte. Er setzte offenbar nicht länger auf seriösen Journalismus und Aufklärung. Er schien dem Aberglauben verfallen zu sein und wollte offenbar die Wirklichkeit beschwören.

Mattes fühlte sich an Harry Potter erinnert, *Fantasy*-Geschichten, die er zusammen mit seinen Kindern gelesen hatte. Einen kurzen Moment wurde er melancholisch. Wie lange war das jetzt schon her, fünfzehn Jahre? Er schüttelte unwillkürlich den Kopf, um einen Anflug von Sentimentalität zu verscheuchen. Vogel verhielt sich wie der berühmte Zauberlehrling. Kraft seiner Gedanken schuf er sich, wie er meinte, einen imaginären Schutzschild gegen das Böse, das ihn mit üblen Absichten, Lügen und Schmeicheleien bedrängte. Er glaubte offenbar, einen Schutzgeist herbeirufen zu können, einen – wie hieß das nochmal bei Potter? – *Pat-*

ronus. Und der Glaube reichte schon. Man musste an das Gute glauben und schon war das Böse machtlos. Ausgerechnet Bertram Vogel, der ungläubige Thomas der Redaktion, war diesem Schwachsinn aufgesessen. Wie ein glühender Renegat schwärmte er von der Kraft des Glaubens.

Mattes überlegte, wie er am besten vorgehen sollte. Dieses esoterische Gesülze konnte er Vogel nicht durchgehen lassen. Das war klar. Aber klar war auch, dass der Mann ein erstklassiger Journalist war, auf den er nicht verzichten wollte. Vogel hatte einen guten Riecher für aktuelle Themen, einen Reporterinstinkt, wie man ihn selten antrifft. So jemand musste auch mal irren dürfen. Er brauchte eine Kurskorrektur, aber ihn ganz von seinen Recherchen abzuziehen war riskant. Vogel hatte seinen eigenen Kopf. Er würde dagegenhalten, würde toben und am Ende vielleicht sogar die Brocken hinwerfen.

Der Chefredakteur starrte auf sein Telefon. Er wog seine Optionen ab. Schließlich fasste er einen Entschluss. Vogel durfte sein Thema *innere Sicherheit* weiterverfolgen, allerdings nicht jetzt und auch nicht so, wie er sich das vorstellte. Zunächst einmal brauchten sie dringend weitere Artikel zum Thema Sicherheitsdienste. Die musste Vogel liefern – ohne Wenn und Aber. Er griff zum Hörer. Noch vor dem zweiten Klingeln hob Bertram Vogel ab.

„Chef?"

„Komm bitte kurz rein!"

Kurz darauf betrat Vogel das Büro, ging federnden Schrittes die paar Meter bis zum Schreibtisch und setzte sich ohne ein weiteres Wort auf den Besucherstuhl. Er trug schwarze Jeans, ein helles T-Shirt mit Knöpfen und darüber ein offenes, blaugraues Blouson. Seine dunklen Locken umrahmten ein gebräuntes Gesicht, das von einer modischen Brille dominiert wurde.

Wie jung er noch ist, dachte Mattes, während er den Reporter beobachtete. „Setz' dich!", begann er nicht ohne Ironie.

Bertram Vogel grinste, deutete ein Nicken an, sagte aber nichts.

Mattes räusperte sich. Er wusste plötzlich nicht mehr so recht, wie er anfangen sollte. „Wie läuft's?"

„Gut!"

„Gut."

„Ja, gut. Ich bin gerade am Thema *Salutogenese* dran. Das ist …"

Mattes winkte ab. „ … Ich weiß, was das ist, Bertram. Aber solltest du nicht eigentlich an den Wachdiensten dran sein, Sicherheitsfirmen, Bürgerwachten, Objektschützern und so? Darauf hatten wir uns doch geeinigt, oder? *Das Geschäft mit der Angst*, das ist das Thema. Und ich brauche deine Beiträge, Bertram, lieber heute als morgen."

Vogel blieb ruhig. Er blickte mit großer Klarheit auf die Zusammenhänge. Das von seinem Chef zitierte Schlagwort, der Ausgangspunkt seiner Recherchen, führte dem jungen Journalisten vor Augen, welchen Weg er inzwischen gegangen war. „Ja, *das Geschäft mit der Angst*. Das war durchaus kritisch gemeint."

Mattes zuckte mit den Schultern. „Natürlich! Sollte es ja auch." Er beugte sich vor. „Hör mal, Bertram, du darfst gern nachbohren, was wirklich dran ist an der vermeintlich gestiegenen Einbruchsgefahr. Und wenn du belegen kannst, dass da Faktenverdreher am Werk sind, gutbezahlte Lobbyisten der Sicherheitsunternehmen – bitte schön, nur her damit!"

Bertram Vogel nickte, er bezweifelte das nicht. Wir decken Machenschaften auf, dachte er. Wir zeigen gerne mit dem Finger auf andere und werfen ihnen Unehrlichkeit, Manipulation und Geldgier vor. Und dann suchen wir welche, die dagegenhalten, die den Verlust von Arbeitsplätzen beschwören oder den Behörden Versagen vorwerfen. Aber wir selbst sind immer fein raus. Wir sind ja nicht das Thema. Er blickte seinen Chef an. „Ist das nicht auch unser Geschäft?"

Mattes verstand nicht, hob fragend die Brauen.

„Das Geschäft mit der Angst, meine ich. Vielleicht sind wir nicht diejenigen, die Angst machen, aber wir tun doch viel dafür, sie am Leben zu erhalten, oder? Die Angst vor Terror und Krieg, vor Klimakatastrophen, Epidemien, Flüchtlingswellen, Einbrecherbanden oder dem Verlust von Arbeitsplätzen. Räumen wir solchen Themen nicht immer wieder viel Platz ein?"

Der Chefredakteur ließ seine Rechte flach auf den Tisch fallen und wurde plötzlich laut. „Es ist das, was die Leute lesen wollen, Bertram. Und das zu hinterfragen, ist nicht deine Aufgabe. Wenn sich Krieg und Hass besser verkaufen als Friede, Freude, Eierkuchen, dann haben wir das zu akzeptieren. Ohne Leser keine Zeitung! Die Leute wollen nichts über ehrliche Politiker wissen, über sittsame Pfarrer und bescheidene Wirtschaftsbosse. Nein, das ist langweilig, das interessiert kein Schwein. Man mag das bedauern, aber Korruption, Kindesmissbrauch oder Profitgier stoßen auf eine weitaus größere Nachfrage. Leistet irgendwo in der Welt eine Regierung gute Arbeit, wirst du es kaum erfahren. Droht aber irgendein Regierungschef mit Krieg, ist er sofort in den Schlagzeilen. So ist die Welt, Bertram."

Nun wurde auch Vogel lauter. „So *ist* die Welt nicht, Peter, wir machen bloß glauben, dass sie so ist."

Mattes schnaubte. „Das ist doch verrückt, Bertram. Du kannst doch nicht im Ernst behaupten, dass es die Übel der Welt nicht gäbe, wenn keiner darüber berichten würde. So naiv kann doch kein Mensch sein! Klar, man kann sich weigern, die Fakten zur Kenntnis zu nehmen, aber man sollte nicht meinen, dass man damit die Realität ändert. Das wäre Aberglaube in Reinform, Bertram, Rückzug in ein Wolkenku-ckucksheim, Selbsthypnose. Mit Journalismus hat das nichts, aber auch gar nichts zu tun."

Vogel schien von dieser scharfen Kritik nicht sonderlich überrascht zu sein. Er ließ sich nicht aus dem Konzept bringen. „Naiv, Peter, ist in meinen Augen der Glaube an eine" – er deutete Gänsefüßchen an – „objektive Realität. Es gibt keine Wirklichkeit irgendwo da draußen, die unabhängig von uns existiert. Wir sehen, was wir erwarten, etwas, von dem wir glauben, dass es die Wirklichkeit ist. Und wenn wir uns fürchten, haben wir eine andere Realität, als wenn wir voller Zuversicht sind."

Vollkommen gaga, dachte Mattes, aber er schwieg. Instinktiv spürte er, dass die Kluft zwischen ihm und Vogel zu groß war. Und obwohl ihm das in dem Moment nicht ins Tagesbewusstsein drang, er es also nicht hätte aussprechen können, verstand er in den tieferen Schichten seiner Persönlichkeit doch, dass Bertram und er bald getrennte Wege gehen würden.

Jasmin Conradi schlief. Aber was hieß das genau? Ihr Körper ruhte, das war offensichtlich. Er lag mehr oder weniger untätig in seinem Bett und schlaff waren seine Glieder. Seine Sinne funktionierten weiter, auch wenn sie zum Teil nach innen gewandt waren und physiologische Prozesse registrierten. Aber es schien niemand da zu sein, um die von ihnen gelieferten Informationen zu verarbeiten, kein Ich, das sich tagsüber in diesem Körper wie eine Hausherrin aufführte. Wer an ihr Bett trat, sah eine scheinbar bewusstlose Jasmin Conradi. Auch Ferdinand, der eben von der Toilette kam, bot sich ein solches Bild. Seine Frau war nicht ansprechbar, der regungslose Leib wie verlassen. Niemand zu Hause. Wo war das Bewusstsein?

Das Bewusstsein war *online*. Es war auch tagsüber *online*, aber nachts war die Verbindung stärker, direkter, ausschließlicher. Tagsüber war Jasmin Conradis Bewusstsein mehr oder weniger stark mit ihrem Körper verbunden und mit all seinen Verrichtungen in der Welt der Dinge. Dann überstrahlte ihr waches Ich die ansonsten schier endlose Weite und Tiefe ihres Bewusstseins, so wie die Sonne die rätselhafte Weiträumigkeit des Sternenhimmels überstrahlte. Diese Sonne war nur ein kleiner Stern, aber am Tage trat sie so stark in den Vordergrund, dass sie den Himmel vollständig beherrschte. Das Universum war natürlich trotzdem da, aber die Sonne entriss es unseren Blicken. Nachts war es anders. Nachts bot die Erde Abhilfe. Dann war sie es, die diesen nahen Stern in den Schatten stellte. Genau besehen also schenkte uns die Erde jede Nacht die freie Sicht auf den Sternenhimmel. Jasmin Conradis Ichbewusstsein lag ebenfalls im Schatten, im Schatten des Schlafes. Es war in den Hintergrund getreten und dieser Umstand erlaubte ihr nun eine freie Sicht auf Welten, von deren Existenz sie tagsüber kaum etwas ahnte.

Wie in letzter Zeit fast jede Nacht stand sie auch diesmal in Resonanz mit Simon Bar Jona, dem wortgewaltigen Freund der Wahrheit, jenem unermüdlichen Prediger der Liebe, dem großen Versöhner. Sie kannten sich aus vielen anderen Zusammenhängen und waren sich nahe in gemeinsam geteilten Gedanken. Die innere Natur, die Geistnatur Jasmin Conradis betrat die Sphäre dieser Begegnung mit allem, was ihr in der Welt der Dichte und Enge widerfahren war. Dort hatten sich ihr nicht nur vielfältige Erfahrungen eingeprägt, sondern auch deren Bedeutung und Quintessenz – also nicht bloß Abbilder, sondern Sinnbilder, keine Unmenge wahllos gesammelter Wortlaute, sondern maßvoll gefügte Lautwerte. Kurz: Sie brachte die Ernte des Tages, die Poesie ihres Lebens in die Zusammenkunft mit ihrem Seelenfreund ein. Und Simon Bar Jona vermochte zu sehen, zu lesen und zu hören, was in ihr und um sie war.

Er war herzlich wie immer, aber heute fiel seine Begrüßung kürzer aus als sonst. Offenbar wollte er gleich zur Sache kommen. *Judas gibt Anlass zur Freude. Sein Wandel verläuft nach Plan.*

Ihre Geistnatur wusste, von wem Simon Bar Jona sprach. Wie üblich benutzte er nur die Namen der Grundtöne, jener Schwingungsfrequenzen, die im weiten Resonanzraum des Geistes reihenweise Obertöne hervorbrachten. Simon, der ewige Seelenfischer, sprach von der Judasschwingung, aber im gemeinsamen Feld eines höheren Bewusstseins vermochte sie den Namen ins Konkrete, Gestalthafte zu übersetzen. Und sie sah den Menschen, von dem die Rede war, spürte seine Energie, erfasste seine äußere und innere Form. Und indem sie ihn anblickte, fühlte sie die Würde und Strenge, die von ihm ausgingen. Es lag etwas Gebieterisches im Wesen dieses Mannes, aber gleichzeitig auch Erhabenes, Großzügiges. Sie war ihm begegnet, dort unten im Feld der Eingekörperten. Ja, der Mann war im Umbruch und es war ihm gelungen, die Gefahr eines harten Abbruchs zu umgehen. Sie erkannte den tieferen Sinn der Worte, die sie an seinem Bett stehend gesprochen hatte. Nun stand der stolze Einzelgänger in der Tat vor einem Durchbruch.

Simon Bar Jona folgte ihrer Wahrnehmung, hielt einen Moment inne und wandte sich dann einer anderen Entwicklung zu. Stimmung und Farbe der Szenerie änderten sich. *Thomas überwindet seine Hindernisse besser als erwartet. Damit sind auch für uns Hindernisse beseitigt. Seine Kanäle haben angefangen sich zu öffnen und er empfängt jetzt mehr Licht.*

Die Thomasschwingung – natürlich! Jasmin Conradis innere Natur wusste, um wen es ging. Wieder nahm sie intensiv wahr, wovon gesprochen wurde, sah die unterschiedlichen Facetten eines viel gewanderten Menschen. Sie spürte die Kraft seiner Skepsis, die Lebendigkeit seines Intellekts. Ein Gefühl der Freude und Dankbarkeit durchdrang sie, als sie seiner Fortschritte gewahr wurde. Der junge Mann, der er nun war, überwand mit erstaunlicher Leichtigkeit die tiefen Zweifel, die sein Wesen schon so lange begleiteten. *Werde ich ihm helfen können weiter zu wachsen?*

Der geistverwandte Freund richtete sich noch etwas stärker auf und betrachtete sie liebevoll. *Du tust schon viel, J.C., du erfüllst deinen Plan meisterhaft. Aber du ahnst richtig. Bald wird sich Thomas dir nähern, um von dir zu lernen. Er ist bereit, etwas von deinem Wissen und deiner Weisheit in sich aufzunehmen. Trotzdem sollst du nicht vergessen: Du bist selbst dein wichtigster Beitrag. Sei, der du bist!*

Im nächsten Augenblick lenkte Simon Bar Jona ihre Aufmerksamkeit zu einer Frauengestalt hin, die ihr auf merkwürdige Weise bekannt vorkam. Sie war sich zwar sicher, diesem Menschen noch nie gegenübergestanden zu sein. Dennoch wirkte sein Wesen durchaus vertraut. Es zeichnete sich durch eine außergewöhnliche Beharrlichkeit aus, eine Beharrlichkeit, die die ganze Gestalt prägte. Ihr fiel sogleich auf, wie wenig weiblich der Gesamteindruck ihrer Erscheinung war. Jasmin Conradis Geistgestalt schien sich zusammenzuziehen. Sie blickte auf den festen, standfesten Körper vor ihr und spürte den Willen alles festzuhalten, was Sicherheit versprach. In diesem Willen beschlossen lag eine große Kraft, eine stehende Kraft, die ein ganzes Leben zusammenzuhalten schien. Aber damit war diese Stärke – das spürte sie fast schmerzhaft – zugleich eine große Schwäche, denn sie machte ihren Träger starr und unbeweglich. Tatsächlich kam es ihr vor, als würde dieser Mensch sich gegen jede Veränderung stemmen und den Lauf des Lebensflusses selbst aufhalten wollen. Und nun drohte sein Wesen hinter mühsam errichteten Dämmen zu verkümmern. Ihm fehlte die Freude und – fast noch schwerwiegender – ihm fehlte ein Bewusstsein dafür, der Freude zu ermangeln.

Martha ist am kritischen Punkt. Hilfe ist da, aber sie reicht vielleicht nicht.

Die Angesprochene verstand, dass Simon Bar Jona inzwischen zu seinem eigentlichen Anliegen gekommen war.

Wir brauchen einen Tröster; Johannes soll helfen. Er könnte Martha dabei unterstützen, überhaupt ein Gespür für ihre innere Natur zu entwickeln. In ihrer momentanen Verfassung ist die Frau nicht in der Lage meine Schwingung aufzunehmen. Ich habe versucht ihr auf dem physischen Plan meine Hilfe anzubieten. Aber sie wollte nichts davon wissen.

Intuitiv erfasste Jasmin Conradi das Problem. Ihrer Weisheit eröffnete sich sogleich die näherliegende Lösung, eine von mehreren Möglichkeiten. *Es gibt eine Pastorin mit guten Voraussetzungen. Ich könnte noch heute Nacht versuchen zu ihr in Resonanz zu treten.*

Simon Bar Jona zögerte. *Ich sehe, wen du meinst, J.C., und in ihr ist tatsächlich der Ton des Trösters. Ich selbst brachte sie mit Judas in Verbindung und die Begegnung der beiden wird ihre Früchte tragen. Aber die Pröpstin kennt Martha nicht und dass sie einander begegnen, ist bisher nicht vorgesehen.*

Dieser Einwand beeindruckte die geistverwandte Zuhörerin nicht. *Ich denke, mein Freund, die Situation rechtfertigt Änderungen im Plan. Wir sehen doch beide, dass hier eine größere Kreativität nötig ist. Es wird sich fügen.*

Der alte Gefährte schien sich mit dem Gedanken anzufreunden. Tatsächlich liefen vor seinem inneren Auge bereits verschiedene Szenarien ab, wobei er seinen Willen mit Bedacht zurückhielt, um nicht vorschnell Realitäten zu schaffen. Ja, J.C. hatte Recht, es würde sich fügen. Dann besann er sich kurz, denn eine fehlte noch in ihrem Gespräch, eine der Sieben. Im gleichen Moment sah er sie vor sich und ein warmes Lächeln erfüllte seine Augen. *Wie macht sich Maryam? Sie scheint sehr durchlässig.*

Durch Conradis Geistnatur zog ein Gefühl, das auf der physischen Ebene ein Strahlen hervorgebracht hätte. Tatsächlich erhöhte es in ihrem schlafenden Körper, den sein eigenes Bewusstsein hütete, die Aktivität der Nebennieren, was eine verstärkte Hormonausschüttung zur Folge hatte. Sie konzentrierte sich auf die Resonanz. *Maryam ist ein Grund zur Freude, Simon, sie bringt gerade sehr viel Bewusstsein in die physische Ebene hinunter. Der männliche Körper, den sie sich geschaffen hat, hilft ihr sehr, ihr aggressives Potential ohne Schuldgefühle zu entfalten. Das beschleunigt ihre Entwicklung und öffnet ihr Bewusstsein für höhere Einsichten. Im Innern ist sie sich unserer gemeinsamen Vorgeschichte bewusst und die Erinnerung daran steht kurz vor dem Durchbruch nach außen.*

Simon Bar Jona hob die Augenbrauen. *Keine Verwirrung?*

Einen Augenblick lang fragte sie sich, worauf Simon anspielte. Dann schüttelte sie den Kopf. *Nein, keine Verwirrung. Maryams Verstand ist gut entwickelt und auch sonst ist sie so erdzugewandt, dass eine Geistesstörung nicht zu befürchten ist.*

Simon Bar Jona lächelte nachsichtig. *Das ist auch nicht die Art Verwirrung, die ich meine. Du weißt, dass sie ihrem Grundton entsprechend immer zur Kreativität drängen wird. Und wenn sie eingekörpert ist, dehnt sich dieser Drang ganz natürlich auf ihren Leib aus. Ich brauche dir nicht zu sagen, was das heißt.*

Plötzlich stand der inneren Natur der Angesprochenen das Bild eines kräftigen, muskulösen Mannes vor Augen. Sie sah die vertrauten dunklen Locken im breiten Nacken, die martialischen Tätowierungen am Unterarm. Sie spürte intensiv die geballte Kampfkraft dieses Menschen, seine Sehnsucht nach Hingabe, seine Bereitschaft, ohne Rücksicht auf das eigene Wohl zu schützen, zu verteidigen, aber auch vorzustoßen, zu erobern und zu mehren. In Anbetracht dieses Gegenübers war ihr Geist ganz klar. *Es gibt keine Verwirrung, mein Freund, weder auf ihrer noch auf meiner Seite. Wir variieren das uns vorgegebene Thema, aber wir verlassen es nicht. Sex wäre eine von vielen möglichen Variationen – nicht mehr und nicht weniger.*

Mike Mehrings trank ein Bitburger, zum ersten Mal seit Wochen, aber es schmeckte ihm nicht. Er hatte gehofft, eine Flasche Bier würde ihm helfen sich zu entspannen, aber er blieb merkwürdig überdreht. Schon das Abendessen – auf Wunsch seines Sohnes hatte er Schnitzel mit Pommes gemacht – war für ihn ohne Reiz gewesen. Lustlos hatte er das panierte Fleisch zu sich genommen. Am Ende schaute er eigentlich mehr seinem Sohn beim Essen zu. André vertilgte problemlos ein großes Schnitzel und dazu eine Unmenge Pommes. Nun war der Junge im Bett und schlief wahrscheinlich selig. Mehrings hatte beim Vorlesen zufrieden festgestellt, dass André schon bald die Augen zugefallen waren. Gut, dass wenigstens er abschalten kann, dachte der verwitwete Vater.

Gedankenverloren schob er die halbvolle Flasche von sich. Er war durcheinander, verstand nicht so recht, was gerade passierte. In seinem Kopf schien sich alles um Jasmin zu drehen. Fast unwillkürlich eilten seine Gedanken immer wieder zu der attraktiven Ärztin. Es schien so, als würde sich ihm das Bild dieser Frau ständig aufdrängen. Aber Mehrings kannte sich gut genug, um zu wissen, dass er die betörende Vorstellung selbst rief und schuf. Nach Annikas Tod war sein Interesse für andere Frauen gleich null gewesen. Der Schock über den plötzlichen Verlust saß zu tief und André und die Arbeit nahmen ihn voll in Anspruch. Natürlich war ihm dieses Gefühl der Verzauberung an sich nicht fremd. In seinen jungen Jahren hatte er sich öfter unsterblich verliebt. Und doch war jetzt alles ganz anders.

Auf einmal stand André in der Tür und blinzelte im Licht der Deckenleuchte. Barfuß kam er rüber und kletterte seinem Papa auf den Schoß. Er hatte böse geträumt, wie er sagte. Nun war er den Geistern der Nacht entflohen und suchte Schutz und Geborgenheit beim Vater. Mehrings drückte den Jungen an sich. Dann legte er eine Hand auf die schlanken Füße des Sohnes. Sie waren überraschend warm. Die Wunde am rechten Fuß war gut verheilt. André trug keinen Verband mehr und konnte inzwischen wieder normal auftreten. Der Unfall, dachte Mehrings, war für ihn bloß noch eine böse Erinnerung – ein schlechter Traum der anderen Art.

Und doch, überlegte er, hatte damit alles angefangen. Sicher, die Verletzung des Jungen war eine schlimme Sache, aber ohne sie hätte ich Jasmin nicht kennengelernt. Rückblickend schien ihm der Unfall alles andere als ein Zufall zu sein. Schon allein diese merkwürdige Verwundung! Die Schicksalsgötter hatten seinen Sohn festgenagelt, ihn auf geradezu archaische Weise an den Boden gebunden, ihn mit Eisen geerdet. Und tatsächlich war der Junge seitdem weniger verträumt und abgehoben. Der Zwischenfall war für André gewiss nicht ohne Bedeutung. Aber der Fügung Weisheit ging viel weiter. Denn dieser Nagel hatte eben auch Jasmin und ihn verbunden, als ob – so dachte Mehrings spontan – als ob der eisendurchbohrte Fuß uns an ein gemeinsames Schicksal erinnerte. Und er staunte selbst über den Gedanken, der ihm da in den Sinn gekommen war.

Der Unfall hatte seinem Sohn Schrecken und Leid beschert, ihm selbst aber zu seinem Glück verholfen. Diese Feststellung ließ kurz eine dunkle Wolke in seinem Gemüt aufziehen, ein lastendes Schuldgefühl. Aber Mehrings war innerlich gereift. Er schaute bloß hin, blieb ganz ruhig und ließ es vorüberziehen. Nein, er war nicht schuld daran, dass André hatte leiden müssen, auch wenn er in gewissem Sinne von der Verletzung seines Sohnes profitiert hatte. Mehrings schüttelte unwillkürlich den Kopf und lächelte schwach, weil er eines seiner Denkmuster wiedererkannte. Nein, es war eine ganz und gar abwegige Vorstellung, dass er wie ein Magier quasi unbewusst seinen Jungen in die Verletzung gedrängt hätte, um ihm, seinem Papa, die Begegnung mit dieser Frau zu ermöglichen. Er würde seinem Jungen nie Schmerzen zumuten, egal wozu sie gut sein könnten. Doch was war mit André selbst? Ein neuer Gedanke nahm vor dem inneren Auge des Vaters Gestalt an. Was wenn sein Junge – natürlich ganz unbewusst – sich zur Inszenierung des Unfalls bereit erklärt und entschlossen hätte? Einerseits sagte sich Mehrings, dass eine solche Überlegung ja wohl noch abwegiger sei, andererseits aber erfüllte ihn im gleichen Moment ein Gefühl der Dankbarkeit seinem Jungen gegenüber.

Der übermüdete Unternehmer drückte seinen Sohn an sich, erhob sich und brachte ihn zurück ins Bett. Mehrings legte sich zu ihm und hielt ihn im Arm, bis er erneut einschlief. Dann löste er sich vorsichtig aus der Umarmung und ging wieder runter. Er betrat die Küche, schloss die Tür leise hinter sich und fing an aufzuräumen. An Schlaf war immer noch nicht zu denken.

Jasmin und er hatten in den letzten Wochen immer mehr

Zeit zusammen verbracht. Ihre Begegnungen waren sehr intensiv, in gewissem Sinne auch intim. Wenn sie einander gegenübersaßen, schien die Luft zwischen ihnen elektrisch aufgeladen. Tatsächlich durchzuckten kleine Stromstöße seine Hand, sobald sie mit ihren Fingern darüber strich. Trotzdem waren sie kein Paar, zumindest nicht im üblichen Sinne. Es war nicht so, dass er sich dagegen sträubte. Im Gegenteil! Und auch Jasmin schien seine Nähe und Wärme zu genießen. Aber es lag ein milder, fast heiterer Ernst in ihren Augen, der jeden Gedanken an Sex zu zerstreuen schien. Ihr Blick war stets weich und mitfühlend, aber wenn er ihr in die grünblauen Augen schaute und darin eintauchen, sich darin verlieren wollte, vermochte er es nicht. Es war, als ob etwas im Blick dieser Frau ihn zurückhielt. Mehrings war sich sicher, dass er für sie etwas bedeutete, dass er ihr nicht gleichgültig war. Es lag keine Kälte in Jasmins Augen. Er sah in ihnen keine unbewegten Seen, deren glatte Oberflächen ihn lediglich spiegelten. Aber hineinschauend erinnerte er sich eines tieferen, größeren Sinnes.

Ob sie irgendwann einen gemeinsamen Weg gehen würden, hatte er sie gefragt. Er wusste, dass sie verheiratet und Mutter zweier Söhne war. Sie hatte ihn darüber nie im Unklaren gelassen. Gleichwohl träumte er davon mit ihr zusammenzuleben. Doch Jasmin hatte lediglich erwidert, dass er und sie bereits seit langem auf einem gemeinsamen Weg wären. Und obwohl das irgendwie versponnen und ein bisschen irre klang, war es ihm in dem Moment ganz natürlich vorgekommen, wie die Feststellung einer schlichten Tatsache. Die Vorstellung war ja auch verlockend, dass sie beide von Anbeginn an füreinander vorgesehen waren, zwei verwandte Seelen, die sich im ganzen Universum lange gesucht und nun endlich gefunden hatten.

Mehrings lehnte sich an die Arbeitsfläche neben der Spüle

und blickte auf die schwarzglänzende Ceranplatte des Herdes. Jetzt, da er über ihre Worte nachdachte, konnte er nicht behaupten, sie zu verstehen. So sehr er auch sein Gedächtnis durchforschte, fand er keine Antwort. Indem er auf sein Leben zurückblickte, sah er Menschen und Orte, die für ihn bedeutend waren oder es zumindest einmal gewesen waren. Jasmin kam in diesem Reigen nicht vor. Und so vermochte er nicht nachzuvollziehen, dass das, was ihn heute mit ihr verband, auch früher schon eine Rolle gespielt hatte.

Schließlich ließ sein Verstand das Thema fallen. Die Müdigkeit und der inzwischen ungewohnte Biergenuss dämpften die Tätigkeit seines Gehirns. So stand er etwas verloren in seiner langsam kalt werdenden Küche und war leer im Kopf. Und da, in dieser einsamen Stunde am Ende des Tages, fühlte er mit einem Mal ganz stark, wie Jasmins Erwiderung tief in seinem Innersten Anklang fand. Ihm war, als würde ihre lapidare Feststellung erst jetzt, zeitverzögert, eine Erinnerung wachrufen, den Nachhall einer uralten Erzählung, die wie ein Genom in der Substanz seines Leibes aufgehoben war. Nachdem sein Kopf vergeblich über die Aussage gebrütet hatte, schaffte nun sein Leib auf die ihm eigene Weise für Klarheit. In der Mitte seiner stattlichen Brust spürte Mehrings eine Wärme, die sich wie Schallwellen in seinem Rumpf ausbreitete. Durch seine Glieder und an seiner Wirbelsäule entlang zog ein angenehmes Kribbeln, das ihn ganz leicht und beschwingt machte. Die Wahrheit, die Jasmin ausgesprochen hatte, berührte ihn in einer Schicht seiner Persönlichkeit, die so tief lag, dass sie von seinem alltäglichen Selbstverständnis nicht erfasst wurde.

Mehrings atmete tief durch, legte den Kopf in den Nacken und schloss für einen Moment die Augen. Was also soll das werden, fragte er sich nicht zum ersten Mal, eine spirituelle Verbindung mit erotischem Knistern, eine geschwisterliche

Freundschaft zwischen verwandten Seelen oder doch ein gemeinsamer Haushalt, in dem Bett und Tisch geteilt werden? Oder vielleicht alles zusammen? Unwillkürlich musste Mehrings grinsen. Ja, dachte er, warum nicht ein Sowohl-als-auch?

Sylvia Brunn saß über Schülerhefte gebeugt und korrigierte Aufsätze. Der Stapel vor ihr wollte nur ganz allmählich kleiner werden. Das lag natürlich vor allem daran, dass sie die Texte gründlich und mehrfach las und bei jedem Schüler versuchte zu erkennen, wie sein Ausdruck verbessert werden konnte – oder seine Leserfreundlichkeit. Manche schrieben buchstäblich ohne Punkt und Komma, da dauerte die Lektüre naturgemäß länger. Andere rutschten von der Er-Erzählung unversehens in die Ich-Erzählung und wieder zurück, oder wechselten munter zwischen Vergangenheit und Gegenwart hin und her. Auch störende Wiederholungen von einzelnen Wörtern oder Formulierungen waren der Leserlichkeit zumeist abträglich. Brunn vermerkte es und machte gelegentlich Alternativvorschläge. Das dauerte. Und dann gab es natürlich noch die Rechtschreibung, die bei manchen so katastrophal war, dass sie gar nicht wusste, wo sie ansetzen sollte. Nicht dass sie die Orthographie überhaupt korrigierte. Die Fehlerquote wäre bei vielen Schülern einfach zu hoch und der Originaltext am Ende vor lauter Korrekturzeichen kaum noch zu erkennen. Aber natürlich war es ihr wichtig, das Augenmerk ihrer Schüler auch auf die Rechtschreibung zu lenken. Sie stöhnte, als sie das nächste Heft aufschlug. Sie blickte auf eine Schrift, die so unregelmäßig und krakelig war, als hätte da jemand mit verbundenen Augen geschrieben. Sie wusste, dass sie für solche Aufsätze gleich dreimal so lange brauchte.

Obwohl die Arbeit nur schleppend vorankam und insgesamt ziemlich eintönig war, konnte sich Brunn nicht freuen, als sie von der Schulsekretärin unterbrochen wurde. Sie wollte so schnell wie möglich fertig werden und hatte sich vorgenommen, nicht eher von ihrem Platz aufzustehen. So blieb sie denn auch sitzen, als Frau Schneider ihr Klassenzimmer betrat, obwohl das etwas war, was nur sehr selten vorkam. Brunn konnte sich gar nicht erinnern, wann die Sekretärin sie zuletzt in ihrem Klassenzimmer besucht hatte. Inge Schneider war ihr nie sonderlich sympathisch gewesen. Die Frau machte ihre Arbeit sicher gut, schien das Sekretariat fest im Griff zu haben und war immer hilfsbereit. Aber für Brunns Geschmack war Frau Schneider – sie siezten sich auch nach vielen Jahren immer noch – etwas zu bestimmend, ja herrisch. So etwas mochte Sylvia Brunn nicht.

Inge Schneider schien aufgewühlt und in Sorge zu sein. Sylvia Brunn schlug das Schülerheft zu und zeigte auf den Stuhl ihr gegenüber, wobei sie nun doch ein Aufstehen andeutete. Seufzend ließ sich die Sekretärin mit ihrer ganzen Körperfülle nieder. „Gut, dass Sie noch da sind!"

Brunn blickte unwillkürlich auf die Uhr an der Wand. Fast halb drei.

Frau Schneider atmete schwer. „Ich weiß nicht, an wen ich mich wenden soll. Aber eigentlich sind Sie ja genau die Richtige. Ich meine … wie gut, dass Sie noch da sind!"

Brunn übte sich in Geduld und atmete betont langsam. Wie die meisten Lehrer glaubte auch sie, durch ihr Vorbild positiv auf andere einwirken zu können. Sie schaute Frau Schneider fragend an, sagte aber nichts. Die Sekretärin beugte sich vertrauensvoll zu ihr hin, wobei ihr mächtiger Busen noch mächtiger zu werden schien. Auf Brunn wirkte die Annäherung fast ein wenig bedrohlich.

Inge Schneider legte die flache Hand auf Brunns Schreibtisch, als würde sie darauf Anspruch erheben. „Ich brauche ihre Hilfe, Frau Brunn."

Ach nein, bitte nicht, dachte Sylvia Brunn, zeigte aber nach außen nur eine leichte Verwunderung.

„Sie sind doch jemand mit Prinzipien, Frau Brunn, geradeheraus und gerecht. Nein, Sie müssen jetzt nichts dazu sagen. Aber ich schätze das sehr, dieses Unparteiische, Unbestechliche. Sehen Sie, das ist genau das, was mir jetzt helfen würde. Ich brauche nämlich eine Zeugin … ich meine, ich möchte Sie bitten, als unabhängige Beobachterin bei einem Gespräch dabei zu sein." Und dann erzählte Inge Schneider, worum es ging.

Sylvia Brunn hatte Mühe dem etwas atemlosen Bericht in allen Einzelheiten zu folgen. Immerhin verstand sie, dass es Probleme in der Propstei gab, in der sich Schneider ehrenamtlich engagierte. Bald war vor allem von einer Person die Rede und in jedem zweiten Satz erwähnte die Sekretärin „die Dunker". Die Dunker dies, die Dunker das. Erst als sie nachfragte, erfuhr Sylvia Brunn, dass es sich dabei um die Leiterin der Propstei handelte. Frau Schneider hatte sich gleich mit ihrer obersten Vorgesetzten angelegt. Brunn musste sich ein Grinsen verkneifen. Das zu hören überrascht mich nicht wirklich, dachte sie. Die Pröpstin! Klar, darunter tut sie es wohl nicht. Diese Dunker, so erfuhr sie, war eine ganz und gar schwierige, hochmütige und eigenwillige Person, die ihre fleißige Mitarbeiterin immer wieder auflaufen ließ.

„Ja, aber jetzt …" Frau Schneider atmete tief durch, offenbar in dem Versuch, ihre Erregung in den Griff zu bekommen. „Jetzt tut sich endlich was. Stellen Sie sich vor, Frau Brunn, die Dunker hat mich soeben angerufen, einfach so, hier im Sekretariat! Ich habe immer geglaubt, die feine Herrin weiß gar nicht, wo ich arbeite. Die interessiert das doch überhaupt nicht. Immerhin hat sie sich erkundigt. Ruft mich an, als ob nichts gewesen wäre, und will mit mir reden."

Sylvia Brunn wurde allmählich unruhig. Sie hatte noch zu tun, aber die Sekretärin hatte offenbar alle Zeit dieser Welt. „Und dann haben Sie also mit ihr geredet." Sie formulierte das nicht als eine Frage. Unwillkürlich wollte sie, hoffte sie, dass Frau Schneider bereits mit ihrer Kontrahentin gesprochen hatte. Denn allmählich ahnte Brunn, was auf sie zukam, was genau die eingangs geäußerte Bitte der Sekretärin für sie bedeutete.

Wieder ließ Frau Schneider ihre fleischige Hand schwer auf den Schreibtisch fallen. „Eben nicht, Frau Brunn! Sie will sich mit mir treffen. Sie meinte, es sei an der Zeit für ein Vieraugengespräch. Ich dachte, okay, irgendwann in den nächsten Wochen bei ihr im Büro. Aber da überraschte mich die Dunker erneut. Sie sei gerade in der Nähe, meinte sie. Ob man sich nicht spontan treffen könne. Ich war ein bisschen überrumpelt, willigte dann aber ein und schlug ihr das Café Weber vor, Sie wissen schon das …"

Brunn nickte. Jede Lehrerin hier kannte das Café Weber. Es schien im ganzen Viertel für Backwaren aus eigener Konditorei bekannt zu sein. Sie selbst konnte sich für Kuchen nicht so begeistern, aber sie schätzte die ruhige, gepflegte Atmosphäre. Und natürlich lag das Kaffeehaus nur fünf Gehminuten entfernt.

Frau Schneider schwieg einen Moment, so als schien alles gesagt zu sein. In Wirklichkeit war sie plötzlich unsicher, ihre Bitte noch einmal, nun ganz konkret zu äußern.

Brunn ahnte, was das hieß. „Und wann …?"

Die Schulsekretärin lächelte schwach. „Um vier."

„Um vier …" Brunn zögerte.

Frau Schneider nickte und schaute ihrem Gegenüber erwartungsvoll an. „Zunächst freute ich mich über die Gelegenheit, endlich einmal direkt und unter vier Augen mit ihr zu reden. Die Dunker ist ja wahnsinnig beschäftigt; für eine persönliche Unterredung war bisher nie Zeit. Aber dann wurde ich plötzlich unsicher. Wissen Sie, Frau Brunn, die Pröpstin ist eine sehr redegewandte Person. Ich habe zwar keine Angst vor ihr, aber trotzdem war ich mir auf einmal nicht mehr sicher, ob ich in der Lage sein würde, mir wirklich Gehör zu verschaffen." Die Sekretärin lächelte fast ein wenig verlegen und legte den Kopf schief. „Sie kennen mich ja, manchmal gehen meine Gefühle mit mir durch, das weiß ich selber. Die Dunker ist da viel beherrschter, abgeklärter und mir einfach überlegen. Na ja, auf jeden Fall kam mir dann spontan die Idee, Sie zu bitten dabei zu sein."

Was soll ich da?, dachte Sylvia Brunn, aber sie brachte ihre Bedenken nicht zum Ausdruck. Ihr Kater kam ihr in den Sinn. Libero würde länger auf sein Fressen warten müssen. Wie lange dauerte so ein Gespräch, eine Stunde, zwei Stunden?

Die Schulsekretärin bemerkte das Zögern der Lehrerin und beugte sich erneut vor. „Ich wäre Ihnen sehr dankbar, Frau Brunn. Ich habe einfach das Gefühl, dass es gut wäre, wenn Sie mit am Tisch säßen. Die Dunker wird bestimmt nichts dagegen haben. Die hat neulich selbst einen Moderator in die Propstei geholt."

Sylvia Brunn war keinesfalls überzeugt. Im Gegenteil, die Aussicht auf ein ausuferndes emotionsgeladenes Krisengespräch reizte sie überhaupt nicht. Und doch gab es in ihr eine Stimme, eine zwar leise aber durchaus vernehmliche Stimme, die ihr nahelegte, der Bitte der Sekretärin zu entsprechen. Eine Begründung mit nachvollziehbaren Argumenten lieferte sie nicht, diese Stimme, dafür aber ein überzeugendes Gefühl der Richtigkeit oder – um im Bilde zu bleiben – der Stimmigkeit. Sie atmete tief ein und nickte. „Also gut. Eine Stunde, nicht länger. Ich komme Viertel vor vier zu Ihnen ins Büro, dann gehen wir gemeinsam rüber."

„Also, dann fangen wir jetzt an." Bertram Vogel aktivierte die Aufnahmefunktion seines Handys, richtete sich auf und warf einen Blick auf seine Notizen. „Erste Frage: Frau Conradi, Sie sind Medizinerin. Wie würden Sie Ihre Kernaufgabe definieren?"

„Leid zu lindern."

Vogels Augen weiteten sich etwas überrascht. „Zu lindern? Nur zu lindern?"

Die Ärztin nickte. „Ja."

„Nehmen Sie es mir nicht übel, Frau Doktor, aber das scheint mir ein bisschen wenig. Hat denn der Patient nicht die berechtigte Erwartung von seinen Leiden erlöst zu werden?"

„Wahrscheinlich schon und die Erwartung ist zweifelsohne berechtigt. Nur wäre es ein Irrtum, sie an die Medizin zu richten."

Vogel hakte sofort nach. „Und wer ist dann Ihrer Meinung nach zuständig, wenn es darum geht, uns von unseren Leiden zu befreien?"

Jasmin Conradi strich sich kurz über ihr dunkelblondes Haar. „Nun, Herr Vogel, ich sage Ihnen doch bestimmt nichts Neues, wenn ich Sie darauf aufmerksam mache, dass die Erlösung vom Leid in erster Linie eine religiöse Verheißung ist."

„Wollen Sie damit sagen, Frau Doktor, dass sich Ihre Patienten lieber an Gott wenden sollen?"

„Das hängt vom Gott ab."

„Sie meinen es hängt davon ab, an welchen Gott ich mich wende?"

„Ich meine, es hängt davon ob, wie Sie sich Gott vorstellen."

Bertram Vogel blickte die Ärztin fragend an.

Die erwiderte amüsiert seinen Blick. „Aber das ist doch klar. Wenn Sie an einen strafenden Gott glauben, dann werden Sie immer wieder Leid in der einen oder anderen Form erfahren. Denn Sie glauben, nur durch Leid lernen und ein besserer Mensch werden zu können. Leid ist dann der Beweis dafür, dass sich Gott Ihnen zugewandt hat, dass er Sie fördert. Verstehen Sie? Wenn Ihr Gott aber ein Gott der Liebe ist, räumen Sie dem Leid und dem Schmerz nicht diese Macht ein. Sie leiden dann naturgemäß weniger, am Ende vielleicht gar nicht."

Bertram Vogel runzelte die Stirn. „Also, wenn ich Sie richtig verstehe, ist es nicht Gott, der mich vom Leid erlöst, sondern mein Glaube."

Jasmin Conradi nickte. „Ja, und das heißt im Endeffekt: Sie selbst. *Medias curat, natura sanat* meint nichts anderes. Wir Ärzte behandeln, aber die Heilung – die Erlösung vom Leid – liegt in der Hand der Natur und zwar der inneren Natur des Patienten."

„Und was behandeln Sie?"

Die Ärztin strich sich eine Haarsträhne hinters Ohr. „Wie Sie wissen bin ich Notfallmedizinerin. Jeder, der zu uns in die Klinik kommt oder gebracht wird, ist im Grunde überzeugt, dass er für seine weitere Entwicklung eine bestimmte Erfahrung mit Leid und Schmerz braucht. Ich behandele die Folgen dieser Überzeugung. Wenn sich jemand das Bein gebrochen hat, können wir verhindern, dass er zum Krüppel wird. Wenn der Patient es will, wird er irgendwann wieder gehen. Wir schwächen also die Folgen seiner Leid-Fixierung ab. Aber wenn der Patient seinen Glaubenssatz nicht ändert, wird er sich unweigerlich neue Verletzungen oder auch Krankheiten zuziehen."

Bertram Vogel hob den Kopf und neigte ihn skeptisch nach hinten. „Das klingt nun aber mehr nach Tiefenpsychologie als Notfallmedizin."

„Ich spreche von ganz reellen Dingen, Herr Vogel, von Zusammenhängen, die Sie selbst überprüfen können."

Der Journalist entschied, diese Frage vorerst nicht weiter zu verfolgen. Die Ärztin hatte ihm nur eine Dreiviertelstunde, „allerhöchstens 60 Minuten" für das Interview gewährt. Und er wusste, dass sie jeden Moment von ihrem Piepser unterbrochen werden könnten. Er war froh, dass es so kurzfristig möglich gewesen war, sich mit ihr zu treffen. Sie hatte vorgestern am Telefon spontan zugesagt, ihre heutige Mittagspause mit ihm zu verbringen. Nun saßen sie in einer der beiden Personalkantinen, ziemlich weit hinten in einer Nische, halbwegs abgeschirmt durch zwei Kübelpflanzen. Er schaute kurz auf die Uhr und räusperte sich. „Ich kann mir nicht vorstellen, dass viele Kollegen ihre Ansicht teilen. Gibt es überhaupt welche?"

Dr. Conradi lächelte. „Ist das jetzt Ihre zweite Frage?"

„Eine Zwischenfrage."

Sie legte die geöffneten Hände vor sich auf den Tisch. „Ehrlich gesagt habe ich keine Ahnung, was meine Kollegen über die Macht von Glaubenssätzen denken. Ich spreche für mich, Herr Vogel, nicht für meine Zunft. Wenn Sie etwas über das offizielle Berufsverständnis erfahren wollen, wenden Sie sich am besten an den Ärztebund." Sie merkte, dass ihre Antwort ein bisschen unfreundlich klang, also versuchte sie, ihre Worte mit einem Lächeln abzumildern. „Wenn Sie eine Wahrheit erkennen, Herr Vogel, berichten Sie dann darüber, oder warten Sie erst, bis alle Ihre Kollegen sie auch erkannt haben? Sie sind zu mir gekommen und ich nehme an, das war kein Zufall."

Bertram Vogel quittierte diese Bemerkung mit einem Schmunzeln. „Würden Sie sagen, dass ein Arzt grundsätzlich anstreben sollte, nicht länger gebraucht zu werden?"

Jasmin Conradis Augen leuchteten auf. „Aber natürlich! Schließlich hätten wir dann eine Lage, in der es kein Leid mehr gäbe. Wer würde einen solchen Zustand nicht wollen?"

„Nun ja, Sie und Ihre Kollegen wären dann alle arbeitslos."

Conradi schüttelte energisch den Kopf. „Kein Arzt wünscht sich Kranke oder Verletzte."

„Ganz sicher? Kein einziger?"

„Ganz sicher!"

„Und was ist mit den vielen überflüssigen Operationen, die alljährlich durchgeführt werden? Allein bei den Knieoperationen sollen es deutschlandweit Tausende sein. Wird da den Patienten nicht eingeredet, dass es um sie schlimmer steht, als es tatsächlich der Fall ist? Anders gefragt: Haben Ärzte nicht ein handfestes, wirtschaftliches Interesse daran, ihre Patienten möglichst lange krank und hilfsbedürftig zu halten?"

Die Ärztin zuckte leicht mit den Schultern. „Das ist alles Teil einer Inszenierung, Herr Vogel. Die Patienten glauben an die Macht des Mediziners und die Mediziner versuchen der Heilserwartung ihrer Patienten gerecht zu werden. Was meinen Sie, wie der Durchschnittspatient mit einem Bandscheibenvorfall reagieren würde, wenn sein Orthopäde ihm statt einer Operation eine Klangmassage verordnen würde – oder tägliches Meditieren oder positives Denken?"

„Sie behaupten also, dass die meisten Patienten Operationen wollen."

Die Ärztin widersprach prompt. „Nein, Sie *wollen* sie nicht. Sie fürchten sich sogar davor. Aber sie sind eben auch überzeugt, dass nichts so wirksam ist wie der direkte Eingriff in die Physis."

„Das ist ja irrational!"

„Die Arzt-Patient-Beziehung ist irrational, Herr Vogel – zumindest in vielerlei Hinsicht. Wenn Sie über dieses Verhältnis schreiben wollen, sollten Sie sich besser gleich daran gewöhnen, dass man es mit Logik oder dem gesunden Menschenverstand kaum erklären kann."

Vogel machte sich eine Notiz und warf erneut einen Blick auf die Uhr. Er legte zwei Finger unter sein Kinn und formulierte in Gedanken seine nächste Frage, bevor er sie aussprach. „Würden Sie sagen, dass es zu den Aufgaben einer Medizinerin gehört, die Überzeugungen oder Glaubenssätze ihrer Patienten zu verändern?"

Wieder dieses leichte Zucken der Schultern, das milde Lächeln. „Aufgabe oder nicht, Fakt ist, dass Ärzte die Überzeugungen ihrer Patienten immer schon beeinflusst haben. Meine Elterngeneration zum Beispiel war noch überzeugt, dass man mit 65 alt sei und bloß noch ein bisschen im Garten arbeiten oder Kreuzworträtsel lösen könne. Unzählige Ärzte haben die Rentner seitdem animiert sich nicht so schnell aufzugeben, mehr zu unternehmen, beweglich zu bleiben. Zudem haben medizinische Alters- und Gesundheitsforschung zu einer Enttabuisierung von sexueller Aktivität im Alter beigetragen. Und was sehen wir heute? Deutlich fittere Alte und eine signifikante Zunahme von Alterspubertät."

„Hat das nicht auch damit zu tun, dass die Alten sich heute besser ernähren und insgesamt gesünder leben?"

Die Ärztin nickte nachdenklich, als würde sie diesen Einwand ernsthaft prüfen. „Das mag so aussehen, aber im Grunde ist es genau umgekehrt. Die Alten ernähren sich gesünder und treiben mehr Sport, *weil* sie inzwischen überzeugt sind, nicht bereits zum alten Eisen zu gehören. Sie *glauben* an ein kreatives, produktives und freudvolles Leben im Alter. *Deshalb* kümmern sie sich jetzt deutlich mehr um den Erhalt physischer Gesundheit."

Bertram Vogel hob die offenen Hände und hielt in der Bewegung inne, als könne er es nicht richtig fassen. „Aber dann entscheiden ja die eigenen Gedanken über Gesundheit und Krankheit?"

„Genau, so ist es. Und so wie Sie als Journalist die Gedanken Ihrer Leser beeinflussen, nehmen auch wir Ärzte Einfluss auf die Gedanken unserer Patienten – mehr oder weniger natürlich. Wissen Sie, ich begegne meinen Patienten manchmal absichtlich ohne Ärztekittel. Ich möchte ihnen demonstrieren, wie sehr sie an diesen Kittel glauben. Sie halten an der altvertrauten Inszenierung fest, wollen eine Göttin in Weiß. Entgegen ihrer Erwartung trete ich dann in Alltagskleidung an ihr Bett und stelle mich mit ihnen auf eine Ebene."

„Und?"

„Manche sind irritiert, andere verstehen sofort, worum es mir geht. Ich möchte die Verantwortung für ihre Gesundheit wieder in ihre Hände legen. Ich bin da und stehe ihnen helfend zur Seite. Aber sie selbst entscheiden zu jeder Zeit, welchen Weg sie einschlagen."

Das Café Weber war gediegen eingerichtet, mit hellem Mobiliar, gestärkten Tischdecken und romantischen Kunstdrucken an den Wänden. Für die Bedienung waren zwei freundliche ältere Damen zuständig, die mit ihrer etwas betulichen Art Ruhe und Nostalgie verbreiteten. Allen, auch den Stammgästen, schien es, als wären die beiden schon immer dagewesen. Mit tadellos weißen Schürzen, Dauerwelle, fleißigen Händen und einem Lächeln in den Augen entsprachen sie dem Mutti-Archetypus nahezu perfekt. Sie schafften es, jedem das Gefühl zu geben nicht nur willkommen, sondern irgendwie auch zu Hause zu sein. Ganz anders war die junge Verkäuferin an der Kuchentheke, ein sehr geschäftstüchtiges, energisches und manchmal auch schnippisches Wesen. Wer sich nicht bald entscheiden konnte, wurde von ihr prompt zugunsten des nächsten Kunden stehengelassen. Und wehe dem, der anfing nach Zutaten zu fragen. Die ratterte sie dann so schnell herunter, dass es fast unmöglich war, sich irgendetwas davon zu merken. Gleichzeitig war man aber von der zackigen Antwort so eingeschüchtert, dass man lieber nichts mehr fragte. Trotzdem ging das Gebäck weg wie die sprichwörtlich warmen Semmeln. Die Konditorei Weber war eine lokale Institution.

Als Sylvia Brunn zusammen mit Inge Schneider die Konditorei betrat, die dem Café vorgelagert war, wusste sie bereits, was sie bestellen wollte. Auch die Sekretärin hatte sich offenbar im Voraus entschieden. Während Brunn um ein bescheidenes Stück Rüblikuchen bat, orderte Frau Schneider sogleich Sachertorte mit einer großen Portion Schlagsahne. Sie bekamen je einen Notizzettel mit einer Nummer ausgehändigt und gingen damit auf Platzsuche. Die gestaltete sich unproblematisch, da im Café nicht viel los war. Pastorin Dunker hatte sich offensichtlich noch nicht eingefunden. Die beiden Frauen entschieden sich für einen der größeren Tische mit Eckbank.

Kaum hatten sie ihre Mäntel abgelegt und Platz genommen, da erschien Franziska Dunker in der Tür. Sie blickte sich kurz um, erkannte die Schneider in Begleitung eines fremden Mannes und ging auf deren Tisch zu. Sie sah, wie die beiden sich erhoben, und wandte sich dem Unbekannten zu. Erst als sie die fremde Person begrüßte und ihr die Hand reichte, erkannte sie, dass sie sich geirrt hatte. Es war kein Mann, es war eine Frau, allerdings eine, die auffallend maskulin wirkte: groß, eckig und grobschlächtig, kurze glatte Haare. Eigentlich so ziemlich das Gegenteil von mir, ging es der Pröpstin durch den Kopf, während sie ihr Gegenüber musterte. Als Mittfünfzigerin war sie immer noch von schlanker, zierlicher Statur. Ihr silbergraues Haar umfasste ein fein geschnittenes Gesicht aus dem zwei wache Augen strahlten. Eine attraktive Erscheinung, wie ihr sowohl Männer als auch Frauen versicherten.

Sie wechselte ein paar Sätze mit der Großen, bevor sie sich der Schneider zuwandte und diese ebenfalls begrüßte. Sie wusste, die Vorzeige-Christin würde das als eine Zurücksetzung empfinden. Sollte sie ruhig. Sie konnte ja nicht immer im Mittelpunkt stehen und alles an sich ziehen. Da wären wir gleich beim Thema, dachte Dunker zufrieden. Von der Schneider erfuhr sie dann, dass die Große als Schützenhilfe dabei war. Natürlich sagte ihre überengagierte Mitarbeiterin das so nicht, aber es war offensichtlich, dass sie diese Frau Brunn deswegen mitgeschleppt hatte. Die Dicke und die Große, amüsierte sich Dunker, wie nett.

Natürlich hatten die beiden ihr den Platz gegenüber der Schneider gelassen. Sie setzte sich hin. Die Bedienung kam, nahm ihre Getränkebestellung auf und verschwand wieder. Dann wurde es kurz still und Dunker nutzte die Möglichkeit, sogleich das Wort zu ergreifen. „Also, was wollen Sie von mir?"

Frau Schneiders Augen weiteten sich und für einen Moment schien es ihr den Atem zu verschlagen. „Was ich … Ich meine, wieso ich? *Sie* haben doch *mich* angerufen."

„Na und? *Sie* haben *mich angeschrien*, Frau Schneider, schon vergessen. Ich dachte, wir könnten einmal etwas zivilisierter miteinander kommunizieren."

„Wie bitte? Sie wollen mir beibringen, was ein zivilisierter Umgang ist? Das ist ja …"

„Das ist doch jetzt unwichtig, Frau Schneider. Beruhigen Sie sich wieder, okay, und dann erzählen Sie mir, was Ihr Problem ist."

Das fängt nicht gut an, dachte Sylvia Brunn, und wunderte sich über die schroffe Eröffnung der Pröpstin.

Frau Schneider hatte sich inzwischen gefangen. „*Mein* Problem? Sie meinen, *ich* hätte ein Problem. Na, wenn Sie es so formulieren, kann ich nur sagen: Mein Problem sind *Sie*,

Frau Dunker. Die Kirche nutzt gern das Engagement der Ehrenämtler. Ohne unseren unermüdlichen Einsatz könnte sie viele Dienste am Menschen gar nicht mehr leisten. Und als Dank dafür werden wir von Ihnen, von unserer Pröpstin, wie Luft behandelt."

Die Bedienung kehrte wieder und stellte betont heiter und freundlich Kaffee und Kuchen auf den Tisch. Als ob nichts gewesen wäre, bedankte sich Dunker bestens gelaunt, scherzte sogar ein wenig. Dann, als die Serviererin gegangen war, nickte sie nachdenklich und gab sich einsichtig. „Sie haben Recht", erwiderte sie ihrem Gegenüber. „Ich sollte Sie nicht wie Luft behandeln. Luft ist wirklich keine passende Metapher – ihr fehlt die Schwere." Eine gezielte Beleidigung. Sie merkte, wie die Große neben ihr den Atem anhielt. Das erweckte nun nicht den Eindruck, dass diese Frau Brunn in irgendeiner Weise einzugreifen gedachte. Also verlieh Dunker ihrer Abneigung noch etwas stärker Ausdruck. Sie blickte kurz nach oben, als würde sie nachdenken. „Jedes andere Element wäre besser, Feuer, Wasser, Erde. Ja genau, vielleicht sollte ich Sie eher wie Erde behandeln."

Die Sekretärin war empört. Diese Pastorin nahm sie – wieder einmal – nicht ernst. Und dann auch noch diese gezielte Provokation! Ihr war klar, dass es am besten wäre, sie zu ignorieren. Aber sie konnte sich der entstandenen Dynamik nicht entziehen. Sie nickte grimmig. „Tun Sie doch schon! Sie treten doch mich und meine Arbeit die ganze Zeit schon mit Füßen."

„Was wollen Sie, Frau Schneider? Sie sind an der Basis – das sagen Sie ja selbst immer wieder: Der Boden auf dem die Kirche steht, das Erdreich, aus dem der Lebensbaum der Gemeinde erwächst." Sie hielt kurz inne und tat dann so, als wäre ihr plötzlich ein Licht aufgegangen. „Aber vielleicht wären Sie lieber in luftigen Höhen, dort, wo die Macht residiert.

Vielleicht *wollen* Sie ja wie Luft behandelt werden. Schließlich ist Luft das höhere, lichtere, geistigere Element."

Und so ging es weiter. Die beiden Frauen schenkten sich nichts. Brunn betrachtete das Spektakel von der Seite. Sie registrierte jede Reaktion, ob verbal oder nonverbal. Und bald staunte sie selbst darüber, wie sehr die Auseinandersetzung der ungleichen Kontrahentinnen sie faszinierte. Obwohl sich beide auf die Worte der jeweils anderen bezogen, redeten sie doch ständig aneinander vorbei. Brunn griff nicht ein. Sie kam gar nicht auf den Gedanken. Tatsache war, dass sie sich in der Position der Unparteiischen ausgesprochen wohl fühlte. Mehr noch, sie genoss es, einmal nicht Partei zu sein. Wie oft hatte sie schon schwierige Elterngespräche geführt, sich dabei heillos in Konflikte verheddert und schließlich sowohl den Überblick als auch die Contenance verloren? O ja, sie war oft genug Partei gewesen, mehr oder weniger bedrängt von Emotionen oder genervt von den irrationalen Reaktionen ihres Gegenübers. Aber das Ganze vom Spielfeldrand her zu betrachten, das hatte seinen Reiz. Jetzt war sie unbeteiligt. Nein, das stimmte nicht ganz. Sie spielte nicht selbst mit, aber sie nahm Anteil am Spielverlauf. Und während sie das Hin und Her beobachtete, war es ihr, als würde sie einen Blick in ihre Vergangenheit werfen.

Das Streitgespräch der beiden Frauen nahm immer groteskere Formen an, aber Brunn war weder verärgert, noch fühlte sie sich davon bedroht. Auch als sie bemerkte, dass andere Cafégäste missbilligend herüberschauten, blieb sie erstaunlich gelassen. Das Ganze kam ihr wie ein lautstarkes Theaterstück vor, eine aufdringliche Inszenierung mit Knalleffekten. Sie konnte es nicht ernst nehmen. Zwar erlaubte sie ihren Lippen nicht zu lächeln, aber ihre Augen leuchteten vor Vergnügen. Denn was hier aufgeführt wurde, war nicht bloß ein Stück aus dem Tollhaus – es war ein Stück aus ihrem

Leben. Das war keine Erkenntnis, die sie hätte in Worte fassen können, eher eine gefühlte Wahrheit. Sie sah und fühlte, wie sehr sie sich das Leben immer wieder selbst zur Hölle gemacht hatte. Sie war selbst unzählige Male dagesessen und hatte rechthaberisch ihren Standpunkt verteidigt, ohne zu bemerken, dass sie ihrem Gegenüber gar nicht begegnete – so wie diese beiden Streithennen.

Sylvia Brunn empfand ihre Reaktion darauf nicht als fragwürdig. Ihr war in diesem Augenblick gar nicht bewusst, dass sie sehr wohl auch ganz anders auf diese Einsicht hätte reagieren können. Das war vielleicht ganz gut so, denn wenn sie erkannt hätte, in welcher sensiblen Lage sie sich gerade befand, hätte der Schreck sie womöglich gelähmt. Es war für sie auf jeden Fall ein großes Glück, eine wirkliche Gnade, dass ihre Beobachtung und ihre Einsicht sie freudig und heiter stimmten. Sie fühlte sich erleichtert und befreit in Hinblick auf den Weg, der vor ihr lag. Aber eine ganz andere Wahrscheinlichkeit lag gleich daneben. Hätte sie sich dafür entschieden, wäre sie von der Last des Vergangenen niedergedrückt worden. Dann hätte sie das Wissen um die Vergeblichkeit, um das, was all die Jahre augenscheinlich vermeidbar gewesen wäre, in eine tiefe Trauer gerissen. Ohne es zu bemerken bewegte sich Sylvia Brunn also in diesem Moment auf einem schmalen Grat. Ein Fehltritt, besser gesagt ein falscher Gedanke und sie wäre in eine gefährliche Depression gestürzt.

Plötzlich sprang Frau Schneider auf, packte ihre Sachen, legte zehn Euro auf den Tisch, meinte, das müsse sie sich nicht länger gefallen lassen und stürmte aus dem Café. Brunn folgte der Sekretärin mit den Augen, bis sie den Raum verlassen hatte. Danach wandte sie ihren Blick zur zierlichen Pastorin. Sie versuchte aus dieser Frau schlau zu werden. War sie mit dem Verlauf des Gesprächs zufrieden? Lächelte sie gar?

Scheinbar ungerührt trank Franziska Dunker einen Schluck Kaffee. Die Art, wie sie sich anschließend mit der Serviette den Mund abtupfte, verriet dann aber doch, dass sie innerlich erregt war. Ihren Unmut zeigen würde sie nicht, denn damit wäre offensichtlich geworden, dass diese Schneider Macht über sie hat. Und das wollte sie vermeiden, selbst jetzt, nachdem die überengagierte Ehrenämtlerin davongebraust war. Sie erwiderte den Blick der großen Frau am Tisch, zog kurz die Brauen hoch, zuckte mit den Schultern, schaute flüchtig in Richtung Ausgang und seufzte. „Lassen Sie sie laufen! Man kennt das von ihr, diese dramatischen Abgänge. Die Gute scheint es nötig zu haben."

Auch Sylvia Brunn hob die Brauen. Die unterkühlte Reaktion, ja das ganze Gebaren dieser Pastorin passte so gar nicht zu dem, was sie sich unter einer Geistlichen vorstellte.

Ernst Feig erholte sich stetig von seinem Motorradunfall, zumindest körperlich. Die Hämatome im Schultergelenk hatten sich inzwischen zurückgebildet. Schmerzen verspürte er kaum noch. Allerdings waren Schulter und Oberarm mit einer Orthese so ruhiggestellt, dass er sie nur sehr eingeschränkt bewegen konnte. Zum Glück befand er sich nicht gerade mitten in einer Tour, so dass er nur wenige Termine hatte absagen müssen, darunter den Auftritt auf einem Kabarettfestival und eine Besprechung mit seiner Lektorin am Rande der Frankfurter Buchmesse.

Er saß zu Hause und hatte sich vorgenommen, die Zwangspause für die Arbeit an seinem neuen Programm *„Mal ganz Ernst"* zu benutzen. Aber er kam überhaupt nicht voran. Eineinhalb Stunden lang saß er bereits an seinem Laptop und hatte nur zwei-drei Zeilen geschrieben. Das lag nun aber nicht an seiner Verletzung. Die Beweglichkeit seiner Hände und Finger war mehr oder weniger wie immer. Tippen konnte er. Das Problem war, dass ihm nichts einfiel. Er wusste nicht, ob man das eine Schreibblockade nennen konnte. So etwas war ihm bisher nicht untergekommen. Es war ja auch nicht so, dass ihm einfach die Ideen ausgegangen waren. Vielmehr schaffte er es nicht, sich in die Bühnenfigur des Ernst Feig hineinzuversetzen. Er hatte das *Feig-Feeling* verloren und das beunruhigte ihn.

Was war passiert? Bis vor kurzem konnte er sich stets spielend in die Charakterrolle hineindenken und -fühlen, die ihm wie auf den Leib geschnitten war. Die herrische Art, die keinen Widerspruch duldete, die unumstößliche Gewissheit, dass die Dinge so waren, wie man sie selbst definierte, die Schlagfertigkeit, der Sarkasmus – all das war für ihn stets leicht zugänglich gewesen. Eigentlich ging es dabei um mehr als bloß eine Rolle. Der Ernst Feig der Bühne war ein Teil von ihm, ein Teil, den er im Rampenlicht Abend für Abend mit Witz und Boshaftigkeit ausgestaltete. Er hatte Züge seiner Persönlichkeit hineingelegt, die Selbstzensur aufgehoben und gesellschaftlich umstrittenen oder politisch inkorrekten Neigungen freien Lauf gelassen. Herausgekommen war jedoch keine Karikatur, kein aberwitziges Zerrbild, sondern etwas durchaus Wahrhaftiges. Bei aller Einseitigkeit und Intoleranz gegenüber den Meinungen der mutmaßlich Dummen, war diese ungeschminkte Selbstdarstellung für sein Publikum doch nicht unsympathisch gewesen. Er wusste, dass der Erfolg dieser Bühnenkreation genau daher rührte – von ihrem wahren, wahrhaftigen Kern. Doch jetzt schien ihm dieser Teil seiner selbst abhandengekommen zu sein. Wenn er die Texte las, die er in den letzten zwei Monaten geschrieben hatte, kamen sie ihm fremd vor und ihr Ton war ihm fast ein bisschen peinlich.

Er wusste nicht genau, *was* passiert war, aber er wusste, *wann*. Es gab einen zeitlich fixierten Vorfall, der den Beginn dieser irritierenden Befremdung markierte. Und das war sein unglücklicher Sturz vom Motorrad. Bis ihm der Zusammenhang aufgegangen war, hatte es ein paar Tage gedauert. Dann stand für ihn fest, dass der Verlust seiner Bühnengestalt auf diesen Unfall zurückging. Sie war zwar noch da, diese Gestalt, aber nur so, wie sie auch für sein Publikum da war. Er schaffte es nicht mehr mit ihr zu verschmelzen.

Dem Ernst Feig, der abends auf der Bühne stand und das Publikum mit seinem unerbittlichen Realismus zum Lachen brachte, konnte er keinen Satz mehr in den Mund legen. Und nicht nur das. Er spürte ganz deutlich, dass er ihn auch nicht mehr spielen konnte. Noch war er nicht in der Lage die Erkenntnis in Worte zu fassen. Aber in seinem Innern ahnte er, was sich verändert hatte: Er *glaubte* nicht mehr an diesen vermeintlich letzten Realisten. Seine Vorstellung von dem, was reell und Realität war, hatte sich nachhaltig gewandelt.

Er legte seine Rechte aufs Gesicht und rieb sich die Haut um die Augen herum. Seufzend fuhr er sich über den stoppeligen Schädel, tastete ihn ab, als würde er dort etwas suchen. Aber von außen fühlte sich alles wie immer an. Nein, dachte er, mir sind keine Hörner gewachsen und die Wölbungen, die schon da waren, sind immer noch da. Er kniff die Augen zu und legte den Kopf in den Nacken. In dem Moment brachte sich ihm wie aus dem Nichts ein Traum in Erinnerung und stand auf einen Schlag mit allen Einzelheiten vor seinen Augen. Nun, da die eindrücklichen Bilder aus den Tiefen seines Bewusstseins wieder aufgetaucht waren, wunderte er sich, dass er sie überhaupt hatte vergessen können.

Er stand in einer Höhle, in der es zwar dunkel, aber merkwürdigerweise nicht ganz lichtlos war. Da er sich in einer Art von Gang befand, konnte er tatsächlich aufrecht stehen. Die-

ser unterirdische Weg erschien ihm überhaupt ziemlich geräumig, fast wie ein Stollen, etwa so breit wie hoch. Trotzdem kam er nicht vorwärts. Der Weg war versperrt. Der Durchgang wurde von einer riesigen, vollkommen gerundeten Steinkugel ausgefüllt. Zumindest nahm er an, dass es sich um eine Kugel handelte, denn er sah nur die eine Seite des Hindernisses. Unvermittelt hob er seine Hände und legte sie auf die gewölbte Fläche. Auch seine Beine und Füße legte er an den massigen Steinball. Sein ganzer Leib schien daran zu kleben. Es sah so aus, als wolle er die Kugel mit seinem Körper umfassen. Dann kletterte er hoch und erinnerte dabei an eine Echse. Es zeigte sich bald, dass der Durchgang unterhalb der Decke nicht ganz verschlossen war. Er kroch durch den verbliebenen Spalt und auf der anderen Seite kopfüber an der Steinkugel entlang nach unten. Der Boden hier war ganz anders beschaffen und als er ihn mit seinen Händen berührte, wurde ihm klar, dass er auf dieser Seite nicht weitergehen sollte. Also kletterte er zurück, was ihm scheinbar mühelos gelang. Doch als er in den Gang vor der Kugel zurückkam, erkannte er die Höhle nicht wieder. Alles hatte sich verändert. Nicht nur der Raum war anders, auch die Zeit schien eine andere zu sein. Ja, es kam ihm vor, als wäre er über die Kugel in eine ganz andere Welt gekrochen. Wie durch Zauberhand hatte gerade die Umkehr ihm einen neuen Weg eröffnet.

Das Traumbild war nicht nur klar und lebendig, es fühlte sich auch sehr vertraut an. Es war wie die intim-persönliche Darstellung seiner inneren Lage, kreativ, originell und gleichzeitig äußerst präzise. Ernst Feig spürte, dass er tatsächlich nicht weitermachen konnte wie bisher. Nichts anderes besagte ja auch seine angebliche Schreibblockade. Ich muss einen anderen Kurs nehmen, dachte er, muss abdrehen und zwar deutlich. Kleine Kurskorrekturen werden nicht reichen.

Er dachte über die Konsequenzen nach. Er würde sein

Programm umgestalten, es komplett neu schreiben müssen – und das wenige Monate vor Saisonstart! In vier bis sechs Wochen musste das Programm stehen. Dann ging es in die Probephase. Er wusste, dass eine Herkulesaufgabe vor ihm lag, eine Herausforderung, für die seine Ressourcen vielleicht nicht ausreichten. Dennoch geriet er nicht in Panik oder Verzweiflung. Im Gegenteil: Er betrachtete seine Lage ganz gelassen, erfüllt von einer Zuversicht, die er so bisher nicht kannte. Er fühlte, dass er das neue Programm schnell und leicht würde schreiben können. Seine Intuition sagte ihm, dass es bereits da war, komplett vorhanden mit allen Einzelheiten. Es war in greifbarer Nähe. Er musste sich ihm lediglich zuwenden und es in Worte fassen. Und wie zur Bestätigung kam ihm in diesem Moment der Titel des neuen Programms in den Sinn. Er sah ihn als Ankündigung auf einem großen Plakat ganz klar vor Augen und spürte im gleichen Augenblick, dass er perfekt war. Sein Programm würde und konnte nur *„Ernsthaft abgedreht!"* heißen.

Libero ging es schlecht und Sylvia Brunn machte sich Sorgen. Seine ganze Erscheinung war elend und jämmerlich. Er schlich nur noch durch die Wohnung und lag meistens schlaff auf dem Sofa. Das Schleckermaul von einst war kaum wiederzuerkennen. Der Kater fraß nichts mehr und hatte bereits deutlich Gewicht verloren. Wenn er vor seinem vollen Napf saß, drehte er lustlos den Kopf weg und schmatzte mit leerem Maul. Dafür schien sein Durst umso größer. Milch verweigerte er zwar, aber Wasser trank er in großen Mengen. Kein Wunder, dass er häufiger und mehr pinkelte. Überdies hatte er in den letzten Tagen schon zwei oder drei Mal Durchfall gehabt.

Anfangs hoffte Sylvia Brunn noch, dass sich ihr geliebter

Kater bloß einen grippalen Infekt zugezogen hatte. Das Tier war noch keine fünf Jahre alt und immer kerngesund und vital gewesen. Aber als die Symptome schlimmer wurden, wuchs ihre Unruhe. Schließlich schnappte sie sich ihren abgemagerten Freund und fuhr mit ihm zum Arzt.

Der hörte sich geduldig ihre Schilderung an, betastete den schwachen Leib des Katers, machte eine Ultraschalluntersuchung und nahm eine Blutprobe. Er kam vorerst nicht zu einer eindeutigen Diagnose. „Seine Lymphknoten sind zwar angeschwollen", meinte er, „aber das könnte tatsächlich auch von einem Infekt herrühren. Appetitlosigkeit und Durchfall weisen jedoch auf eine ernsthaftere Erkrankung hin. Es tut mir leid, Frau Brunn, aber ich vermute, dass es Lymphdrüsenkrebs ist. Wir müssen die Laborwerte abwarten. Danach kann ich mit größerer Sicherheit dieses oder jenes ausschließen."

Libero bekam Cortison gespritzt, die Praxishelferin gab Sylvia Brunn einen neuen Termin und wünschte ihrem Kater alles Gute. Der ließ sich von seiner Herrin müde und teilnahmslos zum Auto tragen.

Die Spritze wirkte und einige Tage lang ging es Libero besser. Doch dann kehrten seine Symptome wieder, heftiger denn zuvor. Der kümmerliche Zustand des Katers berührte Sylvia Brunn in einer Weise, die ihr bislang fremd war. Mit den Jahren war es ihr zur Gewohnheit geworden, sich selbst als eine nüchterne, eher unempfindliche und manchmal etwas starrsinnige Frau zu sehen, keine, die sich von ihren Gefühlen davontragen ließ. Sie war stolz darauf gewesen, ihre Schulklasse, ihre Emotionen, ja ihr ganzes Leben fest im Griff zu haben. Kopfschüttelnd hatte sie auf die bedauernswerten Mitmenschen geschaut, die nicht über so viel Pragmatismus und gesunden Menschenverstand verfügten wie sie selbst. Viele, so war es ihr immer vorgekommen, machten sich das

Leben unnötig schwer. Man brauchte feste Prinzipien, eine klare Struktur und eine gute Portion Disziplin – und schon war man für das Leben gerüstet. So hatte sie immer geglaubt. Aber das waren lediglich Rationalisierungen gewesen, intellektuelle Erklärungen für eine Lebenseinstellung, die weit tiefer, als sie ahnte, in ihrem Wesen begründet lag. Nie war es ihr zur Frage geworden, woher sie selbst ihren Halt bekam. Ihr fester Stand, die Unerschütterlichkeit, mit der sie im Alltag ihren Kurs beibehielt, war für Sylvia Brunn eine Selbstverständlichkeit, die sie fraglos akzeptierte.

Nun aber schien es so, als würden die Leiden Liberos ihr den Boden unter den Füßen wegziehen. Man konnte nicht sagen, dass es die Sorgen um den kranken Kater waren, die ihre Selbst- und Lebensbeherrschung unterminierten. Sorgen hatte es schon früher gegeben, aber auch die hatte sie im Griff gehabt. Ebenso wenig war es die Möglichkeit oder gar die Nähe des Todes, die ihre Stabilität nun zerstörte. Denn sogar den Tod, genauer gesagt das Sterben der anderen, hatte sie stets gut im Griff gehabt. Der Tod war Teil des Lebens, kein Grund zur Aufregung. Irgendwann war es soweit, man konnte das weder verändern noch verhindern. Und weil es nun einmal unmöglich war den Tod unter Kontrolle zu haben, war er für Sylvia Brunn uninteressant. Wenn Libero jetzt sterben musste, konnte sie das akzeptieren, so wie sie scheinbar alle Unwägbarkeiten des Lebens hinzunehmen vermochte. Natürlich würde sie eine Weile traurig sein, aber gewiss nicht ihre gesamte Orientierung verlieren.

In den letzten Tagen saß Sylvia Brunn öfter da und betrachtete schweigend ihren beklagenswerten Kater. Und während ihr Blick auf ihm ruhte, nahm sie Anteil an seinem Leid. Das offensichtliche Elend des Tieres weckte in ihr ein Mitgefühl, das sie überraschte, fast ein wenig verwirrte. Die Herzensregung war so stark und intensiv, dass sie alles andere überstrahlte. Brunn war wie gelähmt, zumindest rein äußerlich. Ihrer Überlebensstrategie entsprechend hatte sie in der Vergangenheit immer irgendetwas Praktisches in Angriff genommen, etwas Konkretes getan, sobald eine unangenehme Situation eingetreten oder auch ein Gefühl der Hilflosigkeit aufgetaucht war. Jetzt nicht. Jetzt blieb sie untätig, fing nicht etwa an die Wohnung zu putzen oder ihren Schreibtisch aufzuräumen. Und wenn ihr jemand zugesehen hätte, wie sie bei ihrem Kater saß, wäre der wohl zu der Einschätzung gekommen, dass sie passiv oder gar apathisch war. Doch das entsprach nicht der Wirklichkeit.

Denn in ihrem Herzen, in ihrem Gemüt, ja in ihrem ganzen Wesen gab es viel Unruhe und Bewegung. Was dort stattfand, konnte man ohne weiteres mit einem tiefgreifenden Umbau vergleichen: Wände wurden eingerissen, Leitungen verlegt, das Dach ausgebaut und Türen dort eingesetzt, wo vorher keine waren. Ohne dass Sylvia Brunn es zunächst selbst bemerkte, wurde die Art, wie sie sich im Leben eingerichtet hatte, einer grundlegenden Sanierung unterzogen. Realitäten, die sie bislang ausgeklammert hatte, traten nunmehr in ihr Blickfeld. Enge Vorstellungen wurden weiter, halbdunkle Ecken, in denen sich allerlei Ängste verbargen, wurden überraschenderweise ausgeleuchtet. Neue Durchgänge und Wege taten sich vor ihr auf. Auf einmal schienen ihre intellektuellen Konzepte allesamt fad wie vergilbte Tapeten. Farblos geworden waren die Glaubenssätze, mit deren Hilfe sie ihr Leben so lange bestritten hatte. Die Gegenwart des Leids stellte ihre bisher gültigen Einstellungen radikal in Frage.

Wenige Tage später nahm sie Libero erneut zum Tierarzt und erfuhr, dass ihr Kater tatsächlich an Lymphdrüsenkrebs erkrankt war. Da bereits mehrere Lymphdrüsen befallen waren, musste mit einer geringen Heilungschance gerechnet werden. Als Sylvia Brunn den Arzt direkt nach Liberos Lebenserwartung fragte, schien er zunächst nicht gewillt sich festzulegen. Doch dann entschied er wohl, dass es besser war nichts zu beschönigen und sprach von zwei, höchstens vier Monaten. Er schlug eine sofortige Chemotherapie vor, wies aber auch auf die Möglichkeit einer immunologischen Behandlung mit dendritischen Zellen hin. Während der Veterinär über die Vor- und Nachteile verschiedener Therapien referierte, betrachtete Sylvia Brunn ihren Kater, der ziemlich hilflos auf dem Behandlungstisch aus Edelstahl lag. Sie hörte nicht richtig zu, denn sie hatte längst erkannt, dass ihr Freund wieder vollständig genesen würde – ganz ohne medizinische Behandlung.

Sylvia Brunn war erfahren und realistisch genug um zu wissen, dass man über bestimmte Dinge besser schwieg. Sie war eine alleinstehende Witwe im mittleren Alter, der Arzt deutlich jünger und sein Intellekt ganz offensichtlich naturwissenschaftlich geschult. Sie konnte sich denken, was er für einen Eindruck erhielte, wenn sie ihm von ihrer inneren Wahrnehmung erzählen und ihm sagen würde, was für sie eine absolute Gewissheit war. Natürlich konnte sie sich das gut vorstellen, denn lange Zeit hatte sie selbst so gedacht. Der Mann würde meinen, sie wäre nicht in der Lage die bittere Realität zu akzeptieren, würde sich stattdessen in eine utopische Heilserwartung flüchten und einem naiven Wunschdenken erliegen. Deshalb schwieg sie. Deshalb gab sie sich Mühe, Interesse zu zeigen und den ernsten Ausführungen des Mediziners zu folgen.

Aber in ihrem Innern wusste sie, dass es nicht um diese oder jene Therapie ging – zumindest nicht im Sinne der Veterinärmedizin. Vielmehr ging es um sie. Die Erkrankung des Katers hing mit ihr zusammen. Der Gedanke mochte einem Außenstehenden verrückt erscheinen, aber er traf zu. Ihr

Verstand war keineswegs von Kummer oder Sorge vernebelt. Im Gegenteil, sie sah ganz klar: Die Gesundheit Liberos lag in ihrer Verantwortung. Freilich glaubte sie nicht, über besondere Heilkräfte zu verfügen. Es war nicht ihre Aufgabe, dem Tier ihre Hand aufzulegen und so seine Tumore verschwinden zu lassen. Überhaupt ging es nicht um ein Verschwinden, nicht um ein Wegmachen oder Wegnehmen. Sie musste vielmehr gemeinsam mit ihrem Kater durch diese Phase des Leids hindurchgehen, musste ihm beistehen und durfte dem existentiellen Schmerz nicht ausweichen. Es galt nicht, das arme Tier aufzumuntern oder abzulenken, auch nicht es zu bedauern. Die Situation verlangte nur eines von ihr: Sie musste bei ihm sein, körperlich natürlich, aber auch emotional. Sogar gedanklich durfte sie sich nicht aus dem Moment der Begegnung entfernen. Sylvia Brunn war sich sicher: Wenn es ihr gelänge zusammen mit Libero dem Leid in die Augen zu schauen, würde das Tier wieder gesund werden.

Joachim Schwan saß am Computer und arbeitete an einer Abschlusspräsentation für einen größeren Auftraggeber. Es ging um ein komplexes Fusionierungsprojekt, für das er zusammen mit leitenden Angestellten ein Managementkonzept erarbeitet hatte. Er hatte aber Mühe, sich auf die Arbeit zu konzentrieren. Aus irgendeinem Grund gingen seine Gedanken immer wieder zu der unbefriedigenden Propstei-Beratung zurück. Seit dieser Sitzung herrschte Funkstille zwischen ihm und der dortigen Pastorin Dunker. Auch der Kontakt zum eigensinnigen Kabarettisten Ernst Feig ruhte, war vielleicht sogar endgültig abgebrochen.

Schon am Tag nach der missglückten Sitzung hatte er seine Sekretärin angewiesen, der Propstei eine Rechnung über vier Beratungsstunden zu schicken. Er bat sie denselben

Satz zu fordern, den er auch mittelständischen Unternehmen in Rechnung stellte. Ohne irgendeine Beanstandung oder Nachfrage war ihm sein Honorar inzwischen überwiesen worden. Nun, dachte er, die Pröpstin war mit dem Verlauf der Sitzung ja ganz zufrieden gewesen. Unübersehbar hatte sie am Co-Supervisor Feig einen Narren gefressen. Also war es doch eine gute Idee gewesen, diesen „Narren" zu engagieren, versuchte Joachim Schwan sich selbst zu überzeugen. Ich hatte den richtigen Riecher. Aber er konnte sich weder über sein Eigenlob noch über die damalige Entscheidung wirklich freuen. Tatsache war, dass er immer noch mit dem Scheitern der Propstei-Beratung haderte.

Aber war es überhaupt ein Scheitern gewesen? Für ihn fühlte es sich so an. Denn er hätte die zerstrittene Gemeinde dort gerne befriedet und im Zeichen des ... ja, man musste es tatsächlich so sagen, im Zeichen des *Kreuzes* die ordinierten und nichtordinierten Mitarbeiter geeint. Die Pastorin hatte ihn einen Friedensengel genannt und das war gewiss ironisch gemeint. Aber die Priesterin war Schwans Wesen mit dieser Charakterisierung durchaus nahe gekommen. Im Grunde wollte er immer das Ganze befrieden, emphatisch die Gemeinschaft beschwören. Als erfolgreicher Berater strebte er grundsätzlich danach, alle ins Boot zu holen und gemeinsam einen sicheren Hafen anzusteuern.

Aber der von ihm selbst in Spiel gebrachte Joker, dieser unberechenbare Narr, hatte seine Pläne durchkreuzt. Ernst Feigs Absicht war es ganz offenbar gewesen, die Gemeinde aufzumischen und einen Keil zwischen die Ordinierten und Nichtordinierten zu treiben. Er hatte keinerlei Versuch gemacht, die erhitzten Gemüter zu kühlen, sondern vielmehr zusätzliches Öl ins Feuer gegossen. Und dennoch – das musste Schwan anerkennen – hatte der Provokateur einen faulen Frieden verhindert. Dank seiner Intervention waren tieferliegende Ressentiments zutage gefördert und jeder Teilnehmer gezwungen worden, die eigene Motivation radikal zu prüfen. Friedlich war es nicht zugegangen, aber wenigstens ehrlich.

Sein Handy klingelte und riss ihn aus seinen Gedanken. Er meldete sich.

„Ja, Mehrings hier von *Trust Security Service*."

Schwan brauchte einen Moment, den Anrufer einzuordnen. „Ach, Herr Mehrings! Ich grüße Sie. Wie geht's Ihnen?" Sie tauschten sich kurz aus. Währenddessen rief sich Schwan ins Gedächtnis, was ihn mit Mehrings verband. Zusammen mit zwei Partnern hatte er das Unternehmen des Mannes bei der Entwicklung und Implementierung eines neuen Leitkonzepts beraten. Wie lange war das jetzt her? Zwei Jahre? „Was kann ich für Sie tun?"

„Unser Markt ist ordentlich in Bewegung, Herr Schwan, und wir sind mittendrin. Die Nachfrage nach unseren Produkten hat in den letzten Monaten kontinuierlich zugenommen. Ich rede nicht von einem oder zwei Prozentpunkten, sondern von zweistelligen Wachstumsraten."

Joachim Schwan freute sich über die Erfolgsmeldung. Die guten Geschäftszahlen von *Trust Security Service* sah er auch als das Ergebnis seiner Arbeit an. Er hatte mitgeholfen das Unternehmen chancenreich am Markt zu positionieren. Gewiss war er damals skeptisch gewesen, ob die Ausrichtung des Unternehmens weg von Sicherheitstechnik und Überwachungssystemen hin zu Bildungsarbeit funktionieren würde. Schließlich war es aber die charismatische Persönlichkeit des Unternehmensgründers gewesen, die ihn überzeugt hatte. Mike Mehrings beeindruckte nicht nur mit seinen Überzeugungen, sondern auch mit klarer Entschlossenheit, Pragmatismus und Leidenschaft.

„Sie wissen, was das heißt, Herr Schwan. Wir müssen expandieren."

„Verstehe."

„Der Markt drängt uns zur Expansion. Und genau da liegt das Problem, denn ich möchte mich gar nicht drängen lassen. Ich möchte vielmehr durchdacht und kalkuliert erweitern. Ich fürchte unkontrolliertes Wachstum, denn für mich ist das wie Krebs und ich will mein Unternehmen nicht zu Tode wachsen lassen."

Joachim Schwan schmunzelte und nickte anerkennend. Der Mann war bodenständig. Der Erfolg war ihm nicht zu Kopf gestiegen. „Ich verstehe Ihre Befürchtung, Herr Mehrings. Sie möchten die Expansion gründlich planen."

„Richtig! Es geht nicht nur um die Frage, wo neue Standorte entstehen sollen. Wir brauchen mittelfristig auch neue Führungsstrukturen. Da kann ich mir vieles vorstellen, auch die Beteiligung von Partnern. Natürlich ist die Finanzierung eine große Baustelle. Ich brauche ein Konzept, mit dem ich Banken oder andere Investoren überzeugen kann."

Schwan kannte solche Prozesse in- und auswendig. Gerade mit Erweiterungen hatte er viel Erfahrung. Er wusste, dass er Zuversicht ausstrahlte, als er nun wieder das Wort ergriff. „Wir stehen Ihnen mit unserer Expertise gerne zur Seite, Herr Mehrings."

„Das ist gut. Es freut mich, dass wir mit Ihnen rechnen können. Wissen Sie, wir brauchen vor allem jemanden, der in dieser ganzen Wachstumsdynamik unser Kerngeschäft, unsere Kernbotschaft nicht aus den Augen verliert. Wir haben eine Vision, Herr Schwan, und die soll nicht dem Profitstreben geopfert werden."

Schwan nickte erneut. „Ihr Leitgedanke."

„Genau! Sie kennen unsere Unternehmensphilosophie wie kaum ein Außenstehender. Deshalb sind Sie der Richtige, um mit uns gemeinsam die nächsten Schritte zu gehen."

Sie vereinbarten einen ersten Termin, bei dem sie einen Beratungsplan erstellen wollten. Später sollten dann die führenden Mitarbeiter hinzugezogen werden.

Als er das Gespräch beendet hatte, war sich Joachim Schwan eines lukrativen Auftrags sicher. Er schätzte dessen Volumen auf mindestens 40 Beratungsstunden. Trotzdem stellte sich keine Euphorie ein. Im Gegenteil: Seine Stimmung war trübe und er fühlte sich bedrückt. Er konnte nicht erkennen, woher diese Traurigkeit kam. Sie passte überhaupt nicht zum Erfolg des eben geführten Telefonats und das irritierte ihn. Derlei Diskrepanzen konnte er nicht gut aushalten und so verdrängte er seinen Trübsinn und widmete sich seiner Arbeit an der PowerPoint Präsentation. Hätte er sich jedoch die Zeit genommen länger bei seinem Gefühl zu verweilen, wären ihm wohl ein paar Zusammenhänge klar geworden. Denn es war tatsächlich das Telefongespräch, das diese Tristesse in ihm ausgelöst hatte, genauer gesagt ein einziger Satz daraus: *Wir müssen expandieren*.

Expandieren, investieren, Kunden akquirieren, Produkte präsentieren – über zwanzig Jahre lang war er bemüht gewesen seine Geschäfte voranzutreiben und sich am Beratermarkt zu etablieren. Und das durchaus mit Erfolg. Er hatte sich einen Namen gemacht und einige renommierte Firmen zählten mittlerweile zu seinen Klienten. Doch inzwischen war er dieser ständigen Erweiterung und Ausdehnung überdrüssig. Er konnte es sich selbst zwar noch nicht eingestehen, aber die Jagd auf Erfolg und Gewinn deprimierte ihn. Er hatte nicht mehr das Gefühl damit etwas Sinnvolles zu tun. Weiter in diese Bereiche vorzustoßen, seinen Umsatz zu steigern, seinen Einfluss zu vergrößern, Marktanteile zu erobern – das alles überzeugte ihn nicht mehr. Es war, als ob ein innerer Sinn ihm die Vergeblichkeit solcher Bemühungen vor Augen führte.

Von außen betrachtet war Joachim Schwan ein dynamischer, gut vernetzter Unternehmer, der in Kontakt mit vielen Kollegen und Managern im gesamten deutschsprachigen Raum stand. Durch regelmäßige Fortbildungen und Lektüre von Fachzeitschriften war er auf der Höhe seiner Zeit geblieben. Er kannte den *State of the Art* seiner Profession. Man konnte also wahrlich nicht behaupten, dass er eingleisig unterwegs war. Trotzdem hatte er unterschwellig ein Gefühl von Sackgasse – *dead end*, wie der Engländer sagen würde.

Für seine Recherchen war Bertram Vogel immer schon viel im Internet unterwegs gewesen. Oft war er dabei auf den *Sites* der Nachrichten- und Presseagenturen gelandet. Wie die meisten seiner Kollegen hatte er zu ap, dpa und Reuters Verknüpfungen auf seinem Desktop eingerichtet. Regelmäßig sah er sich auch die Webpräsentationen der Wirtschaftsverbände oder Wirtschaftsforscher an. Staatliche Stellen wie die Bundesagentur für Arbeit oder das Statistische Bundesamt besuchte er ebenfalls häufig. Mit der Zeit war ein ganzes Netzwerk von Links entstanden, das den komplexen Verlauf seiner Suchwege abbildete. Kurz gesagt, er kannte das Internetangebot an Nachrichten und Hintergrundinformationen durch und durch. Das zumindest hatte er immer geglaubt. Natürlich wusste er, dass sich abseits der gepflegten Landschaft dieser seriösen Angebote mit verifizierten Fakten eine schier grenzenlose Wildnis ausbreitete, in der sich Lobbyisten, Blogger, Aktivisten und radikale Spinner tummelten. Von dem, was dort lebte und diskutiert wurde, hatte er allerdings nur eine vage Vorstellung. Als er sich nun mehr und mehr in diesen Urwald hineinwagte, überraschten ihn daher die Themenpalette und die Qualität mancher Beiträge sehr.

Er meldete sich für online-Kongresse an und wurde zu einem regelmäßigen Besucher von alternativen Internet-TV-Sendern, die alle in vielfachen Variationen von der Behauptung ausgingen, dass sich jeder seine Realität selbst erschafft: *Welt-im-Wandel.tv, Quer-Denken.tv, Bewusst.tv.* Einiges von dem, was er dort hörte und sah, beleidigte seinen kritischen Verstand und widersprach seiner Vorstellung von gutem Journalismus: Da wurden Fakten auf unverantwortliche Weise verkürzt, aus dem Zusammenhang gerissen und mit kruden, unbewiesenen Behauptungen garniert. Für die drängenden Probleme unserer Zeit gab es einfache, fantastisch klingende Lösungen, von denen wir bisher nur deshalb nichts erfahren hätten, weil „die Mächtigen" alles täten, um uns diese Wahrheit vorzuenthalten.

Als seriöser Journalist hatte er gelernt, mit einer Mischung aus Abscheu und Dünkel auf solche „Scharlatane" und „Rattenfänger" herabzusehen. Nun aber war sein Interesse geweckt und er konnte seinen anfänglichen Ekel und Zynismus im Zaum halten. Er ließ sich – kritisch zwar, aber doch offen – auf das Angebot dieser alternativen Wirklichkeitsdeuter ein. Es gelang ihm, sich auf die Tugenden seines Berufsstandes zu besinnen. Vorurteilsfrei und gewissenhaft fing er an, die Spreu vom Weizen zu trennen. Und so erkannte er bald, dass an manchen Stellen, inmitten von viel Ausschuss und Unrat, Edelsteine aufblitzten.

Er hatte gerade ein Video auf YouTube angeschaut, in der es um die Fähigkeit des Wassers ging Informationen zu speichern. Mit dieser Speicherfähigkeit ließe sich zum Beispiel die Wirkungsweise homöopathischer Medizin erklären. Früher hätte er natürlich von einer „angeblichen" Fähigkeit gesprochen und die „so genannten" Beweise als gefälscht diffamiert. Inzwischen aber hatte er mehr Abstand. Und es fiel ihm auf, dass es überhaupt viele Vorwürfe und Unterstellungen gab. Dabei wurde keineswegs bloß sachlich argumentiert. Heftige Emotionen waren im Spiel. Es gab Angriffe und Schmähungen, die viel Hass offenbarten. Der Mainstream-Presse wurde vorgeworfen, Wirklichkeiten gezielt auszublenden und einem zynischen, lieblosen Weltbild das Wort zu reden. Überzeugte Materialisten und atheistische Hardliner, unter ihnen Naturwissenschaftler und Journalisten, wehrten sich und sparten ihrerseits nicht mit Kritik. Esoterische Spinner, Wichtigtuer, Abzocker und Verschwörungstheoretiker waren die gängigen Beschimpfungen, die von dieser Seite kamen.

Letztlich, so überlegte Vogel, ging es wohl um die Frage, wer die Realität definierte. Da gab es die unterschiedlichsten Glaubenssätze, Weltanschauungen, wenn man so wollte. *Wirklich ist das, was ich sehe, wenn ich meine Augen aufmache.* Diese Maxime kannte er zur Genüge. Sie war lange Zeit seine eigene gewesen. Inzwischen aber war er sich nicht mehr so sicher, dass seine Augen und Ohren ihm eine getreue Abbildung der Realität lieferten. Und so öffnete er sich für andere Weltanschauungen. *Wirklich ist das, was ich sehe, wenn ich meine Augen schließe.* So etwas war ihm früher wie der Leitsatz mystischer Träumer erschienen. Jetzt konnte er es immerhin als eine legitime Perspektive annehmen. Versenkung war nicht gleich Flucht; man schloss nicht die Augen vor den harten Tatsachen der Welt. So viel verstand er inzwischen. Denn die so genannten „harten Tatsachen" waren oft auch nicht mehr als eine Interpretation, eine Sichtweise, die nur besonders aggressiv verbreitet wurde. Das war ja viele Jahre sein Metier gewesen. *Wirklich ist das, was in der Zeitung steht.* Bertram Vogel musste schmunzeln, denn das zu glauben erschien ihm nunmehr naiv und beschränkt. Der Anspruch der Nachrichtenmedien, die Wirklichkeit faktisch darzustellen, war in seinen Augen nicht länger glaubwürdig. Er kannte das Geschäft zu gut. Er wusste, wie in den Redaktionen gewertet und entschieden wurde. Die Nachrichtenmacher gingen äußerst selektiv vor, ohne freilich ihr eigenes Weltbild ernsthaft zu hinterfragen. Jede Erkenntnis ist interessegeleitet. Wer hatte das nochmal gesagt? Habermas? Mit gleicher Berechtigung, dachte er, konnte man sich auf Märchen und Mythen berufen. *Wirklich ist das, was in der Bibel steht.* Was ihm da spontan in den Sinn kam, war nicht bloß eine provokative These. In seinem Bewusstsein leuchtete eine intuitiv erfasste Wahrheit auf und ließ die Kulissen seines Alltags für einen kurzen Moment durchsichtig werden. Und er ahnte, dass das Buch der Bücher von einer Wirklichkeit erzählte, die tiefere Schichten seines Seins berührten.

Als er wenig später in der Mediathek von *Welt-im-Wandel.tv* stöberte, entdeckte er ein Interview mit dem Kabarettisten Ernst Feig. Das war nun nicht irgendjemand, sondern einer von Deutschlands talentiertesten und erfolgreichsten Künstlern des Kabaretts. Vogel war überrascht, eine so profilierte Persönlichkeit aus dem Showgeschäft dort anzutreffen, inmitten von fröhlichen Gesundbetern und Wahrsagern, harmlosen Veganern und enthusiastischen Propheten einer neuen Zeit. Der Mann hatte einen Ruf zu verlieren, zumal er bis jetzt als kompromissloser Rationalist und bisweilen sarkastischer Kritiker in Erscheinung getreten war. Vogel hatte ihn einmal in einem großen, sehr renommierten Theater erlebt. Der Auftritt wurde damals fürs Fernsehen aufgezeichnet. Viel Prominenz im Publikum, viel Bildungselite und noch mehr Gutverdiener. Das aber hinderte Ernst Feig nicht daran, seine Zuhörer aufs Korn zu nehmen und ihre kleineren und größeren Lügen ins Scheinwerferlicht zu zerren. Er tat das jedoch so souverän und abgeklärt, dass alle befreit darüber lachen konnten. Er war ein Narr im besten Sinne des Wortes, ein scharfzüngiger Witzbold, der gerade den vermeintlich wichtigen Leuten einen Spiegel vorhielt und somit ihre Bedeutung schonungslos relativierte.

Bertram Vogel klickte das Video an. Schon nach wenigen Minuten war ihm klar, dass der Mann hier nicht als Komiker in Erscheinung trat. Nichts an seinem Verhalten wirkte inszeniert. Er sprach zwar immer noch sehr gewandt, druckreif könnte man sagen, ließ aber jede Ironie, jeden sarkastischen Unterton vermissen. Und so redete der Kabarettist allen Ernstes von seiner inneren Wandlung, von den Lehren des Schicksals und der Notwendigkeit seiner Umkehr. Dabei sparte er nicht mit Selbstkritik. Aber anders als Bertram Vogel das sonst von derlei intimen Offenbarungen kannte, wirkte sie im Falle Feigs keineswegs peinlich. Der Mann zeigte sich durchaus schonungslos in seiner Selbstanalyse, tat jedoch in keiner Weise zerknirscht. Gott sei Dank, dachte Vogel erleichtert, verzichtete der Geläuterte auf die Pose des Proselyten nach seinem Erweckungserlebnis. Statt Bußfertigkeit strahlte der Kabarettkünstler so viel Würde aus, dass der Impuls ihn zu belächeln erst gar nicht aufkam. So schaffte er es, Vogels notorische Zweifel im Keim zu ersticken und den kritischen Journalisten mit einem nüchternen, unaufgeregten Auftritt zu überzeugen.

Diese „Begegnung" im Netz kam für Bertram Vogel fast schon einer Initiation gleich, war wie ein länger erwartetes Zeichen, die Ermahnung eines Freundes seinen Gedanken endlich Taten folgen zu lassen. Es würde noch einige Wochen, alles in allem eher zwei Monate dauern, bis es tatsächlich so weit war. Aber die Entscheidung fiel in dieser Stunde, in diesem Moment der Nähe zu einem Menschen, den er persönlich gar nicht kannte. Er wusste aus langer Erfahrung, dass der Zweifel grundsätzlich vor nichts Halt machte. Skepsis hatte seine Berechtigung, ganz klar, denn vieles musste man wirklich anzweifeln – *Fake News* waren überall. Aber es gab eine innere Wahrnehmung, der man vertrauen konnte, eine

Stimme, die einem sagte: Das ist dein Weg. Du siehst vielleicht nicht, wohin er dich führen wird, und die Ungewissheit mag dich beunruhigen. Doch das Gefühl ist unmissverständlich: Diesen Weg zu gehen, hast du dich vor langer Zeit entschieden. Ernst Feig ging den seinen. Er hatte dafür eine Kurskorrektur vornehmen müssen, aber das hatte seiner Glaubwürdigkeit nicht geschadet, im Gegenteil! Der Kabarettist erschien ihm jetzt authentischer denn je zuvor.

Während Bertram Vogel dem Bericht des Bühnenkünstlers lauschte, umstanden ihm bereits die Ereignisse seiner eigenen nahen Zukunft, ein Reigen von Wahrscheinlichkeiten, die es in die engere Auswahl geschafft hatten. Manche dieser Pläne waren noch schemenhaft, andere wiesen bereits deutliche Konturen auf. Würde er sich ihnen in den nächsten Wochen entschieden zuwenden, – und vieles deutete jetzt darauf hin – kämen damit einige Veränderungen auf ihn zu. Das Szenario ging aufs Ganze: Er kündigt seinen Job bei der *Hartmann Medien Gruppe*, wird Freelancer und Internetaktivist. Mit einer Mischung aus Skepsis, gründlicher Recherche und innerer Überzeugung rüttelt er viele Menschen im In- und Ausland wach und berührt ihre Herzen. Seine Botschaft trifft auf Resonanz: Schenkt den Medien und Meinungsmachern nicht zu leichtfertig euren Glauben! Bezweifelt, was andere euch erzählen über das, was sie die Realität nennen, und vertraut auf eure innere Wahrnehmung, euer inneres Wissen! Er wechselt den Wohnort, verliert die meisten seiner Freunde – vorwiegend Kollegen – lernt eine Reihe von starken, durch und durch unangepassten Persönlichkeiten kennen und – etwas später – den Mann seines Lebens.

Sylvia Brunn hatte sich entschieden: Es gab Wichtigeres im Leben als Arbeit. Libero, ihr kranker Kater, brauchte sie jetzt.

Im Lichte dieser schlichten Feststellung verblassten ihre beruflichen Verpflichtungen. Der Unterricht in der Schule war lange nicht so wichtig, wie viele glaubten. Alle, die mehr Geld für Bildung verlangten, mehr Lehrer, mehr Computer, kleinere Klassen und dergleichen, hatten keine Ahnung von den wirklichen Grundlagen des Lernens. Gefühlt hatte sie es schon lange, doch nun wurde daraus ein klarer Gedanke: Ihre Schüler brauchten den Unterricht nicht wirklich. Eine Schulklasse war im Grunde wie ein Theater, der Unterricht eine Inszenierung. Den Schülern wurde eingetrichtert, dass sie von ihren Lehrern lernten, und die allermeisten glaubten es. Die Art, wie sie ihre Lehrer betrachteten, die Ängste und Erwartungen, die sie auf diese Erwachsenen projizierten, all das war Ausdruck ihres Glaubens. In Entsprechung dazu waren die Lehrer überzeugt, dass ihre Schüler von ihnen lernten. Es gab eine klare Rollenverteilung.

Im Grunde – und das sah Sylvia Brunn jetzt sehr klar – war es eher so, dass eine Lehrerin von ihren Schülern zur Lehrerin gemacht wurde, indem sie an sie glaubten. Und dann erlaubten sie ihr, in ihnen ein Wissen zu wecken, das dort immer schon gewesen war. Auf subtile Weise hatte man ihnen beigebracht, dass sie ihr Wissen von außen bekamen, von Eltern, Lehrern, Gleichaltrigen oder Institutionen. Und da sie das bereitwillig glaubten, schien es so, als würden sie tatsächlich jemanden brauchen, der die Autorität eines Wissenden verkörperte, um das, was bereits in ihnen vorhanden war, zu aktivieren. Es gab natürlich Schüler, die es nicht glaubten, nicht glauben konnten. Die waren also im falschen Film und hatten Schwierigkeiten sich zurechtzufinden. André Mehrings fiel ihr dazu ein, der Junge, der sich einen Nagel in den Fuß getreten hatte. So einer wie er fiel aus dem Rahmen. Und während er Sylvia Brunn jetzt in den Sinn kam, verstand sie auf einmal, was sie die ganze Zeit an ihm irritiert hatte.

André war ihr nie wie ein Schüler gegenübergetreten, hatte von Anfang an die typische Schülergestik vermissen lassen. Folglich war sie von ihm auch nie in ihrer Rolle als Lehrerin bestätigt worden. Er zeigte sich nicht unhöflich oder gar respektlos, aber er verbeugte sich ganz offensichtlich nicht vor ihrer Kompetenz oder Autorität. Er begegnete ihr auf Augenhöhe, von Mensch zu Mensch, und erinnerte sie daran, dass er und sie im Wesentlichen alterslos waren.

Erstaunlich, geradezu wundersam, dass ihr heute solche Gedanken und Deutungen kamen! Es war Sylvia Brunn nicht bewusst, aber das Leid ihres Katers hatte in ihr bislang verschlossene Bereiche zugänglich gemacht, Bereiche des Mitgefühls und der Toleranz gegenüber allem, was ihr Wertesystem in Frage stellte. Dadurch waren ihre Prioritäten verschoben, oder anders gesagt ihre Glaubenssätze verändert worden. Sie konnte nun entspannter auf die Anforderungen des Alltags reagieren. Dass aber ein Haustier in der Lage sein sollte, den Impuls zu einer solchen Wandlung zu geben, konnte sich Sylvia Brunn nicht vorstellen. Allerdings ahnte sie einen Zusammenhang und so lag durchaus Wertschätzung in ihrer Handlung, als sie das Tier, das neben ihr auf dem Sofa lag, behutsam streichelte. Libero war abgemagert und schwach, aber er schien keine Schmerzen zu haben. Auch er wirkte entspannt, so als wüsste er, dass das Schlimmste überstanden war.

Sylvia Brunn schaute zu ihrem Gast hinüber, der ihr lächelnd zunickte. Dann vibrierte ihr Handy, das wenige Meter entfernt auf dem Sofatischchen lag. Sie heftete ihren Blick darauf und es hatte einen Augenblick lang den Anschein, als wollte sie rein gedanklich, quasi auf telepathischem Wege, den Anruf entgegennehmen. An der Peripherie ihres Blickfeldes nahm sie wahr, dass ihr Gast sie beobachtete. Sie holte tief Luft, erhob sich und streckte die Hand nach dem Gerät aus. Als sie die Nummer des Anrufers sah, seufzte sie und schüttelte leicht den Kopf. Dann meldete sie sich.

„Frau Brunn, hier Karetzky. Wie geht es Ihnen?"

Der freundliche Ton ihrer Rektorin fiel Sylvia Brunn sofort auf. Einen kurzen Moment schloss sie die Augen. Sie wusste, dass Karetzky kaum etwas gegen ihre „Amtspflichtverletzung" unternehmen konnte. Natürlich stand es ihrer Chefin frei, ihr unerlaubtes Fernbleiben bei der Regierung zu melden und irgendein Jurist dort würde vielleicht, aber nur ganz vielleicht, ein Disziplinarverfahren gegen sie erwägen. Karetzky allerdings hätte davon gar nichts. Schon seit Jahren gab es zu wenige Lehrer im Land und mittlerweile sprachen nicht nur die Bildungspolitiker der Opposition von einem Lehrernotstand. Die Rektorin hatte also keine Wahl. Ob sie wollte oder nicht, sie musste ihre Mitarbeiterin an der langen Leine lassen und währenddessen irgendwie versuchen, die eigenwillige Kollegin zu überreden wieder an die Schulfront zurückzukehren. Eine so erfahrene, ja überhaupt irgendeine Lehrerin zu verlieren, käme für Karetzky zum jetzigen Zeitpunkt einer Katastrophe gleich.

„Mir geht es gut, danke." Noch während Sylvia Brunn ihre Antwort formulierte, wunderte sie sich, dass es ihr tatsächlich überraschend gut ging. Sie war etwas müde, weil sie nachts öfter nach ihrem Kater schaute. Aber ansonsten war sie guter Dinge. Sie schwieg und Karetzky verstand die Pause als Aufforderung.

„Und wie geht es Ihrer … Ihrer Katze?"

„Kater."

„ … Ihrem Kater."

Brunn hatte ihrer Vorgesetzten noch am Tag der endgültigen Diagnose in einer E-Mail mitgeteilt, dass sie sich in den nächsten Wochen um ihr krankes Haustier würde kümmern müssen. Was die Rektorin den Schülern und deren Eltern erzählt hatte, wusste sie nicht. Sie vermutete aber, dass sie zurzeit offiziell als krank gemeldet galt. Sie schaute Libero an. „Er ist sehr schwach und müde. Aber immerhin hat er wieder angefangen zu fressen."

„Was sagt der Arzt?"

„Was Ärzte eben sagen müssen."

„Sie halten nicht viel davon?"

„Ich will meinen Freund nicht vergiften, Frau Karetzky. Das kann nicht die Lösung sein."

„Aber Ärzte kennen sich aus."

„Wer's glaubt."

„Sie also nicht." Karetzky schluckte trocken. „Aber Ihr Kater könnte sterben."

„Das glaube ich nicht."

Anne Karetzky schwieg. Sie sah sich in ihrer Befürchtung bestätigt. Frau Brunn schottete sich ab, war für vernünftige Argumente offensichtlich nur noch bedingt zugänglich. Die Rektorin wusste nicht so genau, wie sie zu ihrem Anliegen überleiten sollte. „Und Sie?"

„Ob ich sterben könnte?"

„Nein, ähm … Entschuldigung, ich meine natürlich, wie es Ihnen damit geht?"

„Ja, wie gesagt, mir geht es gut."

„Nun, das freut mich natürlich. Es war ja doch alles ein bisschen viel für Sie in letzter Zeit."

Was meint sie denn, dachte Brunn.

„Ich habe mir überlegt, dass Sie ein bisschen Unterstützung gebrauchen könnten."

Brunn schwieg, ahnte nichts Gutes.

„Ja, Sie arbeiten viel, Frau Brunn, da ist es wichtig zwischendurch zu entspannen, Abstand zu gewinnen. Zeitmanagement und Arbeitsorganisation beherrschen Sie, keine Frage! Aber ich habe den Eindruck, dass Sie sich zwischendurch zu wenig erholen, zumindest nicht ausreichend."

Will die mich verarschen, fragte sich Brunn. Erholung nicht ausreichend? Hallo! Sie blieb gerade pflichtwidrig ihrer Arbeit fern und döste auf dem Sofa. Angestrengt horchte sie die Worte ihrer Vorgesetzten nach Ironie und Sarkasmus ab. Aber sie kam zu keinem eindeutigen Ergebnis. In der Hoffnung auf baldige Klärung, versuchte sie ihre Unsicherheit zu überspielen. „Also eher eine Fünf."

„Wie bitte? Ach so ja, nicht ausreichend." Vorsicht, mahnte sich Karetzky. Betont lässig, fast beiläufig fuhr sie fort. „Na, um im Bilde zu bleiben, ich habe mir gedacht, Sie könnten ein bisschen Nachhilfe vertragen. Ein gutes Coaching wirkt manchmal Wunder. Ich kenne einen sehr guten und erfahrenen …"

„Nein!"

Anne Karetzky zuckte leicht zusammen. „Aber Frau Brunn …"

„Nein, ich brauche keinen Coach, keinen *Personal Trainer*, keinen Schlaumeier, der mir erklärt, wie ich meine Leistungsfähigkeit erhöhen kann."

„Aber, es geht doch nicht um Leistung, Frau Brunn."

„Doch, natürlich geht es um Leistung; es geht immer um Leistung. Sie sind doch nur daran interessiert, … ich meine, Sie als Rektorin müssen natürlich daran interessiert sein, meine Leistungsfähigkeit nachhaltig zu sichern. Aber seien Sie beruhigt, Frau Karetzky, ich weiß, was mir guttut. Jetzt brauche ich vor allem Trost und den kann mir kein Berater geben."

Anne Karetzky schwieg und atmete tief durch. Sie wusste, dass auch sie nicht die Richtige war, um ihrer Mitarbeiterin Trost zu spenden. Es stimmte natürlich, sie wollte Frau Brunn möglichst schnell wieder im Dienst haben. Das war ja wohl ihr gutes Recht. Aber gefühllos war sie nicht und ihre Sorge um die altgediente Kollegin war echt. Der ging es nicht gut, das spürte sie. Als sie schließlich weitersprach, versuchte sie, ihre Stimme warm und vertraulich klingen zu lassen. „Jemand sollte sich ein bisschen um Sie kümmern, Frau Brunn."

Diese Feststellung entlockte Sylvia Brunn ein Schmunzeln. Sie blickte zu ihrem Gast hinüber, der gerade die Kaffeetasse an den Mund führte und ihr über den Tassenrand hinweg zuzwinkerte. „Machen Sie sich keine Sorgen, Frau Karetzky, ich bin in guten Händen. Ich melde mich, wenn es Neuigkeiten gibt." Und damit beendete sie das Telefonat und wandte sich wieder ihrer Besucherin zu.

Franziska Dunker, die drahtige, energische Pastorin war ihrem Notruf gefolgt und hatte eingewilligt sie zu besuchen. Es war erst wenige Wochen her, dass sie sich im Café Weber nähergekommen waren. Nach dem lautstarken Abgang Inge Schneiders, ihrer Schulsekretärin, waren Franziska und sie zunächst schweigend am Tisch gesessen und hatten in ihren Kuchen herumgestochert. Schließlich war es die Pröpstin gewesen, die die Sprachlosigkeit durchbrochen und gemeint hatte, sie brauche jetzt einen Grappa. „Sie auch?" Und noch bevor Brunn hatte antworten können, war die Bedienung schon dagestanden und hatte die Bestellung zweier Grappa wiederholt. Aus einem Gläschen wurden schließlich drei und die beiden Frauen unterhielten sich angeregt über Gott und die Welt. Sylvia Brunn hatte zeitweilig sogar ihren Kater vergessen.

Franziska Dunker lehnte sich zurück, während die Hausherrin ihr vom Anruf berichtete. Sie hätte selbst nicht sagen können, weshalb sie hier saß und sich seelsorgerisch um diese etwas eigensinnige Lehrerin kümmerte. Hausbesuche machte sie schon lange nicht mehr, mal abgesehen davon, dass sie dazu auch kaum noch Zeit hatte. Aber sie war ihrem Gefühl gefolgt. Es war fast so, als hätte eine innere Stimme sie aufgefordert dieser Frau beizustehen.

Im Innenleben Jasmin Conradis überschlugen sich die Ereignisse. Sie schwankte zwischen freudiger Erregung, ehrfürchtigem Staunen und kritischem Denken. Die Grenzen ihres bisherigen Bewusstseins lösten sich offenbar auf und sie machte Erfahrungen, die sie wenige Monate zuvor kaum für möglich gehalten hätte. Wo fange ich an, wo höre ich auf? Diese Frage ging ihr durch den Kopf, während sie ihren Blick über die anderen Fahrgäste in der gut gefüllten U-Bahn gleiten ließ. Bin ich ein Teil dieser Leute, so wie eine Zelle Teil eines Organs ist? Sind wir alle in einer höheren Ordnung vereint? Manche steigen aus und andere steigen zu, aber so lange wir zusammen hier drinnen sind, bilden wir eine eigene Gestalt mit einer eigenen Richtung. Ist das Für-sich-Sein bloß eine Illusion?

Sie war schwanger. Sie, eine Mittvierzigerin, Mutter zweier halbwüchsiger Söhne, erwartete wie aus heiterem Himmel ein Kind. Das war an sich schon so unwahrscheinlich, dass es ihr wie ein Wunder vorkam. Ihre Wechseljahre hatten zwar noch nicht angefangen, aber sie war bis vor kurzem überzeugt gewesen, dass ihre Fertilität mittlerweile nur noch ein müde flackerndes Lichtlein war. Von wegen! Natürlich waren sie trotzdem vorsichtig gewesen, ihr Seelenfreund und sie. Von Anfang an hatten sie beide sehr klar gesehen, dass ein gemeinsames Kind vieles im Leben komplizierter machen würde, in seinem und in ihrem. Abgesehen davon war ihr als Medizinerin natürlich bewusst gewesen, wie dramatisch hoch mit 45 das Risiko war ein behindertes Kind auf die Welt zu bringen. Aber ihre Vorkehrungen hatten die Empfängnis nicht verhüten können und – wie sich bald zeigte – nicht verhüten dürfen. Ihre Verbindung mit Mike war ein kostbares

Gut, ein Born hervorquellender Kreativität. Bereits von der ersten Begegnung an hatte Jasmin immer wieder erlebt, wie sehr Mikes Gegenwart sie zu schöpferischen Gefühlen, Gedanken und Visionen anregte. Da war es kein Wunder, dass aus dieser Beziehung nun auch ein neues Leben erwuchs.

Eine Menschenseele wollte mit ihrer Hilfe inkarnieren, ein Wesen, das bereits jetzt mit ihr in Kontakt trat, das Gespräch suchte. Da sie sich nicht an frühere Begegnungen zu erinnern vermochte, war Jasmin anfangs überrascht gewesen. Ihr Gefühl hatte sie aber gelehrt, dass sie diesem Menschen vertrauen konnte. Die Annäherung war sorgfältig vorbereitet worden und so blieb die werdende Mutter ohne Furcht oder Sorge. In ihren Träumen erschien ihr dieses Wesen in Kindergestalt, was ihr half, sich emotional mit ihm zu verbinden. Das kleine Mädchen sprach gleichwohl mit der Weisheit einer gereiften oder alten Frau. Es nannte sich selbst *Miriam*.

Als Jasmin Conradi eines Tages aufwachte, wusste sie sogleich und mit absoluter Sicherheit, dass eine Befruchtung stattgefunden hatte. Zu dem Zeitpunkt gab es noch keine körperlichen Anzeichen. Ihre Periode sollte regelkonform erst in zwei-drei Tagen einsetzen. Alles schien wie immer. Sie drehte sich auf den Rücken, wunderte sich, schloss erneut die Augen und versuchte ihrer Gewissheit auf den Grund zu kommen. Da sackte sie noch einmal in einen leichten Schlaf, eher einen Halbschlaf, und aus diesem erwachte sie kurze Zeit später mit einer klaren Traumerinnerung. *Miriam*. Sie formte das Wort mit den Lippen, den eben in ihrem Innern erklungenen Namen. Und mit ihm war – quasi in einem Atemzug – auch dem Wunsch des werdenden Menschen Form verliehen, seinem Verlangen, nunmehr nennbar, rufbar zu sein. Ihre Lippen formten den Namen ein zweites Mal und dieses Mal brachte sie die Form zum Klingen. In dem Moment ergriff eine helle Freude Besitz von ihr, eine Freude ob der Geburt des Namens. Es war das überschäumende Hochgefühl einer Seele, die sich mit diesem Namen ankündigte, der es gelungen war, ihn und damit einen Teil ihrer selbst in die Welt vorauszuschicken.

So lebendig war ihre Erinnerung, so lebhaft ihre Erfahrung, dass Jasmin Conradi erst gar nicht auf die Idee kam, die Wirklichkeit des im Traum Vernommenen anzuzweifeln. Vielmehr spürte sie die Nähe Miriams auch tagsüber immer wieder. Sogar jetzt, hier in der U-Bahn, konnte Jasmin das allmählich vertrauter wirkende Wesen um sich herum wahrnehmen. Es war da und nahm Anteil an ihrem Leben. Es beeinflusste immer stärker ihre Gedanken und Gefühle. Ihr kamen Bilder und Geschehnisse in den Sinn, die ihrem Verstand fremd und abwegig anmuteten, während sie gleichzeitig wahrnahm, wie sie in der Tiefe ihres Wesens auf eine starke Resonanz stießen. Ganze Geschichten umstanden sie wie die Gestalten ferner Ahnen und möglicher Nachkommen. In der Gegenwart dieses fremden Seins sah sie, was geworden war und werden wollte. Sie spürte seine starke Energie, einen Gestaltungswillen gepaart mit großer Einfühlsamkeit, ein heilsames Wesen, das kraft seiner Gedanken zu heilen vermochte. Und heil war es selbst an Leib und Verstand. Körperlich und geistig war es ohne Makel und würde es zeitlebens sein. So beruhigte der werdende Mensch die werdende Mutter: Du wirst mich heil gebären und auch selbst daran keinen Schaden nehmen.

Dieser innige innere Dialog verhalf der Ärztin zu einer großen Klarheit. Und mit Blick auf die anstehenden Entscheidungen brauchte sie die auch. Ihre Ehe war am Ende und war es bereits gewesen, bevor sie Mike kennenlernte. Sie mochte Ferdinand, aber teilte kaum noch seine Interessen und seine Gedanken waren ihr oft fremd. Sie liebte ihre Söhne, aber die beiden gingen inzwischen immer deutlicher ihre eigenen

Wege. Daher schien nun auch für sie die Zeit gekommen, einen neuen Weg einzuschlagen. Die Freude, mit der diese Aussicht sie erfüllte, ließ sie erkennen, dass sie mit diesem Schritt ihrer Bestimmung näherkäme. Denn intuitiv spürte sie, dass sie sich vor langer Zeit schon für ein Leben an der Seite Mikes entschieden hatte. Das war keine romantische Idee göttlicher Vorherbestimmtheit, einer Fügung des Himmels. Sie neigte nicht dazu, die Dinge zu verklären und sich in Wunschdenken zu ergehen. Die Bilder, die sie sah, waren jedoch real, genauso real wie die Menschenansammlung hier in dieser U-Bahn. Es war ein Schauen wie im Traum, wo Sehen und Wissen oft ein und dasselbe sind.

Seit Tagen tauchten in ihrem Bewusstsein lebendige Bilder einer Frau auf, einer liebenden und im Lieben ihr zugeneigten Begleiterin. Ähnlich dem Wesen, das sich *Miriam* nannte, war diese Frau auf merkwürdige Weise fremd und vertraut zugleich. Jasmin sah ein Glühen in den Augen der schönen Gefährtin, die Bereitschaft um ihrer Liebe willen jedes Ungemach zu ertragen. Mit diesem Glühen kam eine Hingabe zum Ausdruck, die die Entflammte über sich selbst hinauswachsen ließ. Die Gestalt dieser Liebe im Blick, spürte Jasmin Conradi in ihren Gliedern und ihrem Gemüt eine Kraft, die sie überraschte, denn es war eine zutiefst männliche Kraft, die sie wie ihre eigene erlebte. Sie fühlte die Entschlossenheit eines Mannes, die junge Frau an seiner Seite zu beschützen, Schmerz und Kummer von ihr fern zu halten. Und dieser tapfere Mann blickte mit ihren, Jasmin Conradis Augen auf seine junge Begleiterin. Sie wusste, was sie sah, musste die Bilder nicht deuten, denn sie sprachen eine unmittelbare Sprache. Die freundschaftliche Verbindung zweier Seelen war vielgestaltig. In ihrem jetzigen physischen Leben, so wie sie es erlebte, trat dieses Seelenpaar als Mike und Jasmin in Erscheinung. In anderen Dimensionen waren die Energien offenbar anders verteilt und er existierte in weiblicher, sie in männlicher Gestalt. Die Liebe war die gleiche, nur die Perspektive wechselte immer wieder.

Die Ärztin lehnte ihren Kopf an die Rückenlehne und schloss die Augen. Sie wusste, was zu tun war, denn mit diesen inneren Bildern brachte sich ihr ein Sinn in Erinnerung, der sie in der Gegenwart, im jetzigen Augenblick, für künftige Schritte befreite. Und während sie darüber nachdachte, fiel ihr Mikes Sohn ein, André. Ein merkwürdiger Junge, dachte sie, einerseits verträumt und versponnen, andererseits aber auch sehr wach und präsent. Eine seltsame Aura umgab ihn, fast etwas Mystisches. Ihm habe ich es zu verdanken, stellte sie fest, dass ich Mike überhaupt kennenlernte. Jasmin Conradi hatte das sichere Gefühl, dass Andrés Unfall und sein Notfall in der Klinik in einem höheren Sinn kein Zufall gewesen waren. Das Ganze hatte etwas von einer Inszenierung, einer nahezu archetypischen Begegnung. Andrés Verletzung konnte man vielleicht nicht als ungewöhnlich bezeichnen. Aber ein von einem Nagel durchbohrter Fuß war ein starkes Bild, eine bildliche Aussage, eine Botschaft. Der Nagel hatte sein Fleisch verletzt, aber am Ende auch zwei oder mehrere Seelen verbunden, erzverbunden.

„Turbe! Wie schön deine Schwingung einmal mehr zu spüren! Ah und wie rein und stark sie geworden ist! Ich freue mich sehr, mein Mutiger."

„Hethera, meine Förderin, allein schon durch Eure Gegenwart wird meine Liebe lauterer. Ich bin Euch ewig dankbar für Eure unerschöpfliche und simultane Präsenz in all meinen Realitäten. Ohne Eure Hilfe hätte ich viele meiner Aufgaben kaum bewältigen können."

Hethera schüttelt bedauernd ihr Haupt. „Ich fürchte, so

unermüdlich war mein Einsatz gar nicht, Turbe, zumindest nicht zu deinen Gunsten. Neue Herausforderungen in der fünften Dimension zwangen mich zu einer starken Konzentration meines Bewusstseins auf die dortigen Probleme."

„Ihr schient mir so nah, Meisterin."

Hetheras Augen ruhen sanft auf ihrem Schüler. „Was du fühltest, war vielmehr deine eigene innere Hethera, eine spontane Reproduktion meiner Energie, die nun Teil deiner Essenz geworden ist."

„Aber es war nicht bloß Einbildung."

„Nein, ganz und gar nicht! Wir sind uns nahe, mein Freund. Unsere Verbindung wird immer Bestand haben, zumindest so lange, wie du und ich dies wünschen. Und so weiß ich auch, weil ich sie sehe, wie deine Fortschritte im Einzelnen gestaltet sind. Was ich in dir wahrnehme, erfüllt den Kern meiner Energiestruktur mit zärtlichen Gefühlen der Freude. Die Art und Weise, wie du die Unvoraussagbarkeit sämtlicher Situationen gemeistert hast, offenbart eine erfreuliche Erweiterung deines Bewusstseins."

„Das habe ich Euch zu verdanken, Hethera. Mein Erfolg ist Euer Erfolg."

Die so Gelobte lächelt freundlich, wird dann aber wieder ernst. „Eine Realität allerdings ist für mich nur noch schwer zu durchdringen, Turbe. Du weißt, welche ich meine. Es kostet mich sehr viel Kraft, die Existenzebene verdichteter Formen zu durchdringen, insbesondere jene Welt, deren Mitte der physische Körper des Planeten Erde bildet. Deshalb bitte ich dich, mein Guter, mir von deinen Erfahrungen ebendort zu berichten."

Turbe nickt und fängt sogleich an. „Wie Ihr wisst, meine Förderin, wählte ich den Ersten der Sieben Strahlen für meinen Eintritt in die Sphäre des Planeten Erde. Die weisen Hüter des Schicksals hatten mir diese Wahl nahegelegt. Sie zeigten *mir, dass ich durch die Energie des Ersten Strahls unmittelbarer als sonst mit allen Lebewesen dort in Berührung kommen würde. Wie Ihr wisst, befasst sich meine dortige Seelenfamilie mit dem großen Spektrum leiblicher Verletzungen und erforscht Möglichkeiten, solche Schäden für eine Erweiterung des Bewusstseins zu nutzen. Eine meiner Erdexistenzen ist ein Junge, der den Namen André trägt. Er untersucht, inwiefern es möglich ist, mittels eigener Körperverletzungen Erkenntnisprozesse in seinem Umfeld zu initiieren."*

Hethera hebt ihre Augenbrauen. „Interessant."

Turbe nickt erfreut, doch dann werden seine Züge weich, als sich eine Mischung aus Schmerz und Mitgefühl darin zeigt. „Ihr kennt die spezifischen Schwierigkeiten aller inkarnierten Wesen auf der Erde des vierten Zyklus; ihr kennt sie gewiss besser als ich. Mir fehlt es noch an Erfahrung und ich habe damit zu kämpfen. Durch die hohe Dichte der Materie bedeutet die Existenz in menschlicher Form häufig ein Dasein in weitgehender Dunkelheit. Mutmaßlich verloren in scheinbar bedrohlicher Düsternis klammert sich jede Verkörperung dort an seine Leuchte, das kleine Scheinwerferlicht, das die allumfassende kosmische Weisheit ihr an die Hand gab. Damit leuchtet der Mensch seine unmittelbare physische Umgebung aus. Das reicht ihm zur Existenzsicherung. Bedauerlicherweise nimmt er aber die Welten jenseits seines kleinen Lichtkreises nur schwach und bruchstückhaft wahr. Mehr noch, er glaubt in vielen Fällen selbst nicht mehr zu sein als das, was das schwache Lichtbündel ihm offenbart. Würde jedoch die Sonne des Bewusstseins über der Szenerie aufgehen, verlöre seine Leuchte ihre Bedeutung. Und das, tragischerweise, erfüllt ihn mit einer energetischen Ladung, die es so nur auf der Erde gibt – mit Angst."

Während Hethera ihrem Schüler zuhört, wird ihr Mund ganz klein, ein Zeichen ernster Konzentration. Ihre Augen gleichwohl strahlen vor Güte. „Du wurdest vorbereitet, Turbe. Man hat dir gezeigt, wie die Menschen ihr Dasein fristen und welche Sonderbarkeiten ihre Existenzform aufweist. Aber du hast natürlich Recht. Die Erfahrung in einem menschlichen Körper ist einmalig. Sie kann durch nichts ersetzt oder vorweggenommen werden."

Turbe schüttelt den Kopf. „Ich beklage mich nicht, geliebte Förderin. Dazu habe ich in der Tat keinen Grund. Ich erwähne die Schwierigkeiten nur, um daran zu erinnern, dass jeder, der sich bemüht das menschliche Bewusstsein zu erweitern, mit Widerständen rechnen muss, Widerständen, die sich aus dem Energiereservoir existentieller Angst speisen. Um mein Ziel zu erreichen, musste ich also behutsam vorgehen. Das war nicht einfach, denn es liegt in der Natur meines spezifischen Auftrags andere zu erschüttern. Und Erschütterung kann sehr schnell die Kräfte der Angst mobilisieren. Ich musste also ein dramatisches Geschehen inszenieren, das in der Lage war tiefere Schichten des Menschenwesens so anzusprechen, dass die erzeugte Neugierde stärker sein würde als jede Angst."

Nach diesen Worten hebt Hethera ihr strahlendes Haupt und Turbe hält inne. Sie mustert ihren Schüler eingehend. Dann legt sie ihren Kopf schräg, einmal nach rechts, einmal nach links. Es sieht fast so aus, als wollte sie Turbes Ohren genauer betrachten. Dann nickt sie erneut. „Ja, ich sehe; sehr schön, sehr intelligent! Du hast dich eines archaischen Bildes bedient, eines Bildes, das schon vor Äonen in das Erbgut des Menschen eingepflanzt wurde. Hervorragend! Wenn man es geschickt anstellt, – und ich bin mir sicher, dass du das getan hast – kann ein solches Urbild tief verschüttetes Wissen in Erinnerung rufen."

Turbe macht eine abwehrende Geste mit seiner Rechten. „Der Plan zu dieser Inszenierung ist natürlich im Austausch mit allen Beteiligten entstanden." Dann paraphrasiert er et-

was holperig das zweite Kreativitätsgesetz: „Kommunikation und Komplexität steigern die Kreativität."

Hethera lächelt. „Natürlich!"

Da muss Turbe grinsen und einen kurzen Moment senkt er verlegen den Kopf. Dann besinnt er sich und setzt seinen Bericht fort. „Nun, auf jeden Fall stellte sich heraus, dass sowohl der Vater Andrés als auch die behandelnde Ärztin starke Bezüge zu bestimmten religiösen Unterströmungen hatten. Daraus ergab sich dann fast wie von selbst die notwendige Dramaturgie."

Das Licht Hetheras pulsiert nun ruhig und ihre Stimme klingt tiefer. „Und wurde das erwünschte Ergebnis erreicht?"

Turbe will schon antworten, da hält er noch einmal inne und überlegt. Er hat auf einmal das Gefühl, seine Lehrerin wolle ihn prüfen, die Weisheit ihres Schülers einer Probe unterziehen. Er beschleunigt sein Denken und verlangsamt seine Sprache. „Eine gute Frage, Hethera, Herrin. Einmal impliziert sie eine Wesenheit irgendwie außerhalb des Geschehens, die einen bestimmten Ausgang der Geschichte wünscht. Aber natürlich ist das nur scheinbar der Fall, denn Alles-das-was-ist wirkt in allem und jedem, also auch in den hier beteiligten Menschenwesen. Wirklich problematisch aber ist Eure Frage wegen des Zeitkonzeptes, das dem Wort erreichen zugrunde liegt. Für das Durchschnittsbewusstsein menschlicher Wesen sieht es so aus, als gäbe es ein Vorher und ein Nachher. Tatsächlich aber war das, was jetzt da ist, schon immer existent. Das Gleiche gilt für das, was nach irdischen Maßstäben erst in der Zukunft sein wird."

Hethera nickt langsam, abwartend, offensichtlich hoch konzentriert.

Turbe registriert diese Reaktion in seinem eigenen Energiefeld und bemerkt eine Änderung seiner Muster. Er nutzt diese Energie und fokussiert sie auf die vorliegende Frage.

Plötzlich sieht er die Zusammenhänge ganz klar. „Das Ergebnis wurde also nicht erreicht, *sondern vielmehr* verwirklicht. *Raum und Zeit im irdischen Sinne spielen dabei gar keine Rolle. Jeder Mensch verwirklicht ständig irgendwelche Ergebnisse, ob er sich dessen nun bewusst ist oder nicht. Das Problem ist, dass sein Vorstellungsvermögen extrem beschränkt ist und er an Überzeugungen festhält, die ihn hilflos und schwach erscheinen lassen.“*

„Und das heißt?“

„Das heißt ... Erlaubt mir, Hethera, darauf mit einer Feststellung zu antworten, die aus der erwähnten religiösen Unterströmung stammt. Mit Blick auf die beteiligten Menschen möchte ich also sagen: Ihr Glaube hat sie heilgemacht.“

Joachim Schwan starb kurz nach dem Aufstehen. Das hatte gewiss etwas Tragikomisches, denn wieso sollte man aufstehen, wenn man eh bald zu sterben hatte. Da konnte man doch besser gleich liegen bleiben, erst recht wenn man wusste, was die Stunde geschlagen hatte. Und Joachim Schwan wusste es – im Grunde zumindest. Das Problem war nur, dass sein ganzes Vorstellungsleben, sein sorgsam gebildetes Denken auf dem Konzept einer linearen Zeit fußte. Er glaubte fest an Vorher und Nachher und dieser Glaube war für ihn so selbstverständlich, dass er gar nicht auf die Idee kam, ihn in Frage zu stellen. Hätte jemand versucht ihm die Gleichzeitigkeit von Vergangenheit, Gegenwart und Zukunft nahezulegen, wäre er wohl schreiend davongelaufen. Deshalb lag das Wissen seines bevorstehenden Todes für ihn unzugänglich verborgen im Innern seines Wesens. Er konnte einfach nicht glauben, dass solche Kenntnisse möglich waren. Und aus diesem Grund konnte er sie nicht in sein Bild der Wirklichkeit integrieren.

Also verrichtete er seine allmorgendlichen Handlungen, leerte die Blase, putzte die Zähne, duschte und verzichtete bei all dem auf künstliches Licht, um den Zauber der frühen Stunde nicht zu vertreiben. Anschließend ging er, lediglich gekleidet in seiner Unterwäsche, ins Wohnzimmer, richtete seine Kamelhaardecke auf dem Boden aus und stellte sich auf den Kopf. Und dabei machte sich dann doch eine gewisse Unruhe bemerkbar. Immer wieder schwankte er leicht und öfter drohte er umzukippen, was er mit einer knappen ruckartigen Bewegung zwar zu verhindern wusste, aber er fand nicht zu der sonst üblichen Stabilität. Auch im Kopf konnte er keine Ruhe einkehren lassen. Ein Gedanke schien den anderen zu jagen, ohne dass er zwischen ihnen irgendeinen Zusammenhang erkennen konnte. Doch er führte diese Rastlosigkeit darauf zurück, dass er am Vorabend – anders als üblich – noch länger ferngesehen hatte. Es war eben seine Gewohnheit, in äußeren Reizen die Ursache für innere Regungen zu suchen. Und so sah er sich bei seiner Yogaübung eher wie eine Boje, die auf den Wellen schaukelte, und nicht etwa wie einen Bachlauf, der sich von einer Klippe hinunter ins Meer ergoss. Er konnte nicht erkennen, dass sein Körper die kommenden Ereignisse in der ihm eigenen Weise vorwegnahm.

In der vergangenen Nacht allerdings, in der grenzenlosen Weite seines Traumbewusstseins, hatte er sich mit Vertrauten über sein bevorstehendes Ende unterhalten. Das waren alte Freunde, die sich alle mit dem Sterben bestens auskannten. Mit ihnen diskutierte er Pläne, die über den morgigen Tag weit hinausgingen. Nach dem Erwachen war von diesen Unterredungen aber bloß eine leise Ahnung zurückgeblieben, weniger als ein Schattenriss, weniger noch als der Nachhall einer fernen, fremdartigen Musik. Die Ahnung war zu schwach, um es auf den Radarschirm seines Verstandes zu schaffen. Kurz: Es war ihm nicht bewusst, dass der heutige Tag ein besonderer war.

Andererseits vermochte dieses dumpfe Vorgefühl durchaus sein Verhalten zu steuern. Es bewegte ihn dazu, sich heute besonders herauszuputzen, sich nass zu rasieren, seine Haare mit Gel in Form zu bringen und ein feines Hemd anzuziehen. Er hätte nicht sagen können, warum er ausgerechnet heute Morgen den Impuls verspürte sich fein zu machen. Ich hatte einfach Lust dazu – So oder ähnlich wäre wahrscheinlich seine Erklärung gewesen. Doch seine Teilzeitsekretärin, die ihn später fand, kam dem wahren Grund intuitiv näher. Abends würde sie ihrem Ehemann gegenüber die Vermutung äußern, dass Herr Schwan geahnt haben musste, dass er sterben würde. Er war ein eitler Mann; er wollte wenn, dann schön gefunden werden.

Er hatte sich gerade einen Espresso gemacht und stand mit seiner Tasse in der Küche seiner Luxuswohnung, als sein Herz versagte. Das letzte, was er sah, waren die Baumwipfel vor dem Küchenfenster, und er hörte noch, wie seine Tasse am Boden zerschellte. Da krallten schon seine beiden Hände in seine Brust, wo wie aus dem Nichts ein heftiger Schmerz eingesetzt hatte. Das überwältigende Stechen, wie von einem glühenden Messer, strahlte in Bauch, Arme und Schulterblätter aus. Ihm war, als würde sich ein Eisenring um seinen Brustkorb zusammenziehen. *Für mich keine Expansion mehr*, dachte er noch, *keine Ausdehnung in die Welt hinein*. Es war sein letzter Gedanke. Dann blieb ihm die Luft weg. Er konnte nicht mehr atmen und sank auf einen Küchenstuhl nieder. Es war mehr ein Fallen und der Stuhl krachte gegen die Wand. Er riss den Kopf nach hinten, die Augen vor Schreck weit geöffnet. Und dann war er gelöst, losgelöst vom erstarrten Körper, entbunden.

Joachim Schwan versteht sofort, dass er tot ist. Sein Zustand lässt keinen Zweifel zu. Das ist nicht so sehr wegen des gleißenden Lichts am Ende von dem, was wie ein Tunnel aussieht. Alle Nahtodkundigen sprechen und schreiben so euphorisch darüber, dass jeder halbwegs Lebendige zumindest schon mal davon gehört hat. Dieses Licht gibt es tatsächlich. Man kann dorthin, ja man *will* sogar dorthin. Aber offenbar gibt es von jenem Vorhof des Himmels noch ein Zurück. Nein, was Joachim Schwan wirklich überzeugt, endgültig tot zu sein, ist die schier grenzenlose Weite, in der er sich plötzlich befindet. Ihm ist, als hätte er eine schwere Last abgelegt oder nach langer Gefangenschaft eine enge, dunkle Höhle verlassen. Die Weite fühlt sie so gut an, dass ihn keine zehn Schutzengel mehr in seinen kranken Körper brächten. Sie wären einfach deshalb nicht dazu in der Lage, weil er sich anders entschieden hat – und seine Entscheidung zählt. Kraft seiner Gedanken hat er die Verbindung zum reglosen Leib sauber durchtrennt. Selbst im Tod, stellt er zufrieden fest, ist der Mensch nicht ohne eine Wahl. Man wird keineswegs einfach übergangen. Wenn man unbedingt will, kann man schon noch mal ins Leben zurück. Schwan will aber nicht. Er hat den *Orontes* überquert.

Merkwürdig, er sieht tatsächlich einen Fluss. Und noch merkwürdiger ist, dass er dessen Namen weiß. Orontes. Der kommt ihm bekannt vor. Wo hat er ihn schon mal gehört? Egal! Er wird erwartet. Ein hochgewachsener, bärtiger Mann in einem langen Gewand steht drüben am Ufer. Schwan watet auf ihn zu. Das Wasser ist angenehm frisch und sehr dunkel. Offenbar lichtet sich der Himmel gerade und unter seinem rosarötlichen Glanz erscheint der Fluss unergründlich. Die Sonne ist noch nicht erschienen. Oder ist sie vielmehr bereits untergegangen und das dort oben sind nicht die letzten, sondern die ersten Sterne? Er blickt voraus und betrachtet den Fremden, der auf hellen steinernen Stufen steht. Mit seiner Linken hält der Mann einen Stab umklammert, der neben seinen Füßen auf dem Boden ruht. Er trägt Sandalen. Alles an ihm wirkt altertümlich, aber das stört Schwan gar nicht. Im Gegenteil, genau so hat er sich den Empfang vorgestellt.

Aber wann hat er das? Woher kommt dieses merkwürdig vertraute Szenenbild? Und noch im Fragen, quasi zeitgleich mit der Frage, taucht die Antwort auf, taucht wie aus dem schwarzen Wasser ans Licht empor. Da sieht er, dass es immer schon da war, dieses Bild, dass es ihn durchs Leben begleitet hat, Teil von ihm war. Schon immer ist er erwartet worden. Aber es ist kein Warten vom Ende her gewesen, kein „Wann kommst du endlich?" Es ist ein nebenherlaufendes Warten, wie ein ewiger Gefährte, der weder ungeduldig ist noch der Langmut bedarf, da er nicht im Strom der Zeit geht. Ewig, vom Ewigen her, wurde er erwartet – und hat es nicht bemerkt. Doch nun stellt sich dieses Bild, das Bild einer Begegnung, vor ihn hin, wird zur Vorstellung, zu einer Realität, die sich vor ihm, aber auch in ihm auftut. Und da erinnert er sich und erkennt, was ihn erwartet, was ihn hier am jenseitigen Ufer einholt.

Der Wartende nickt zum Gruße und ihm, dem Watenden, fällt im selben Augenblick dessen Name wieder ein. Kefa. Schwan bleibt stehen, als er sieht, wie der Mann seinen Stab weglegt und die Stufen hinabsteigt, hinuntersteigt ins Wasser und ihm entgegenkommt. Kein Laut ist zu hören. Sogar der Fluss scheint innezuhalten und die Bewegungen Kefas mit stummer Geste hinzunehmen. Dann steht der Mann vor ihm, fasst ihn an den Oberarmen, neigt sich vor und drückt ihm einen Kuss auf beide Wangen. Als er schließlich spricht, ist Schwan nicht länger Schwan, und alles fügt sich zu einem einzigen Bild. „Elihu, mein Bruder, wie schön, dass du deine Lektion gelernt hast!"

Genau an diesem Morgen legte Ernst Feig die letzte Hand an sein neues Programm *Ernsthaft abgedreht*. Er hatte die ganze Nacht durchgearbeitet, fühlte sich inspiriert wie lange nicht. Nun lehnte er sich müde in seinem Stuhl zurück und schaute zufrieden auf den Bildschirm seines Laptops. Dann stand er auf und ging ins Badezimmer, wo er seinen kahlen Schädel unter einen kalten Wasserstrahl hielt. In der Küche machte er sich anschließend einen Kaffee. Mit der dampfenden Tasse setzte er sich wieder an sein Notebook und begann zu lesen.

Wissen ist out. [Dann nachdrücklicher:] Wissen ist out! Glauben Sie es mir: aus und vorbei! Was es noch gibt, sind Meinungen, unendlich viele Meinungen – von Gutachtern, von so genannten Spezialisten und Fachleuten, von Staaten- und Firmenlenkern. Es gibt Behauptungen, Werbebotschaften, Überzeugungen, Bekenntnisse … aber Wissen? Nein! Schon verrückt, oder? Da leben wir in einer Informationsgesellschaft, werden pausenlos informiert und müssen nun erkennen: Unser Wissen ist samt und sonders ungewiss geworden. Es gibt überhaupt kein objektives Wissen mehr. Ist doch so! Sie können sich auf keine Information mehr verlassen. Alles Fake News! Ob es nun aus politischem Kalkül, Profitgier oder religiöser Engstirnigkeit geschieht – so oder so werden unsere Informationen immer selektiert, interpretiert, zensiert.

[Schaue stirnrunzelnd ins Publikum] Na, Sie blicken aber skeptisch drein. Ich sehe schon, Sie glauben mir nicht. Aber keine Sorge! Das kommt schon noch. Stellen Sie sich einfach mal Folgendes vor! Sie versuchen sich im Internet objektiv über eine x-beliebige Krankheit zu informieren. [Hebe mahnend den Finger:] Objektiv! Sie finden darüber in einer Millisekunde unglaublich vieles, was Ihnen als wissenschaftlich

und wissenswert präsentiert wird. Sie sind geplättet. Fasziniert fangen Sie an zu lesen. Dann stellen Sie fest, dass Sie auf der Website eines Pharmaunternehmens gelandet sind und Sie sagen sich: Vorsicht! Die wollen ja ihr Produkt verkaufen. Die haben ja ein Interesse daran, dass es diese Krankheit gibt. Die brauchen mich krank. Schnell klicken Sie einen medizinischen Ratgeber an. Jetzt taucht nirgendwo mehr Ratiopharm oder Novartis auf. Sie sind auf der sicheren Seite und bekommen endlich ehrliches Wissen, reine Fakten. Aber halt! Stimmt das? Sie graben ein bisschen tiefer und entdecken, dass Ihr quasi unparteiischer Ratgeber von eben diesen Pharmaunternehmen kräftige Finanzspritzen erhält. Frustriert fahren Sie Ihren Rechner herunter. Sie beschließen Ihren Arzt zu konsultieren. Aber sind Sie sicher, dass er Sie objektiv informieren wird? Wissen Sie etwa, wer seine letzte Fortbildung finanziert hat? Können Sie ausschließen, dass Ihr Arzt dort vorab ausgewählte Informationen erhielt und ihm andere vorenthalten wurden? Können Sie nicht, oder? Und eben deshalb gehen wir zum Arzt unseres V e r t r a u e n s . Was bedeutet das? [Blicke aufmunternd ins Publikum, dann nickend:] Genau! Wir hören auf den, den wir für glaubwürdig halten. Wir w i s s e n nicht, ob es stimmt, was er uns sagt, aber wir g l a u b e n es.

Also: Wissen ist zwar out, aber Glauben ist in! Wir wollen glauben, weil kein Wissen mehr sicher ist. Wir nennen es natürlich nicht so, sagen es nicht laut. Wir sind ja schließlich aufgeklärt, wie schon Goethe mit satter Ironie feststellte. [Unterbreche mich selbst, schaue fragend ins Publikum:] Goethe ist bekannt, oder? Klar, kennen Sie von Ihren Kindern! Jeder Halbwüchsige weiß ja aus dem Kino, wie lustig es in Goethes Gesamtschule zugeht. Da bleibt der Wissenserwerb natürlich auch auf der Strecke. Macht aber nichts, denn in Zukunft dreht sich sowieso alles nur noch ums Glauben.

Schauen Sie sich die sogenannten seriösen Nachrichten-medien an! Womit werben sie? Was betrachten sie selbst als ihr höchstes Gut? Richtig! Ihre Glaubwürdigkeit! Die New York Times zum Beispiel. Die New York Times hat zurzeit so viele Abonnenten wie nie zuvor. Offenbar hält eine ganze Menge Leute die Zeitung für glaubwürdig, seriös, objektiv, faktentreu und jeden Beitrag für ausgewogen und gründlich recherchiert. Mit anderen Worten: Die New York Times ist für viele Amerikaner das glatte Gegenteil ihres momentanen Präsidenten. Die, die ihrem Staatsoberhaupt nicht trauen, wenden sich an eine Instanz, eine Institution, der sie meinen, ihren Glauben schenken zu können. Aber w i s s e n die Le-ser mit Sicherheit, dass die Beiträge der New York Times der Wahrheit entsprechen? Können sie die Quellen befragen und deren Angaben verifizieren? In den meisten Fällen natürlich nicht. Und überhaupt, wer hätte schon die Zeit dazu? Nein, es bleibt dabei: Am Ende müssen sie es glauben. Und sie wollen es ja auch glauben. Wenn es die New York Times nicht gäbe, müsste sie glatt erfunden werden.

Und der Mann im Weißen Haus, der mit den alternativen Fakten? Wenn Sie mich fragen, sage ich: Der Mann hat eine Mission. Nein, nein, lachen Sie nicht! Glauben Sie mir, der Mann hat eine Mission. Die kommt aber so überraschend, dass wir sie gar nicht erkennen. Nicht einmal er selbst erkennt sie. Das ist nebenbei natürlich nicht weiter verwunderlich, denn er erkennt insgesamt wenig. Aber die Geschichtsschrei-ber werden ihn einst richtig einzuordnen wissen. Künftige Ge-nerationen werden seine wahre Bedeutung erkennen. Un-möglich, sagen Sie? Richtig! Ja! Der Mann benimmt sich un-möglich. Er kommt wie eine Scherzfigur daher, wie ein Witz. Aber er ist in Wirklichkeit ein Visionär, ein Prophet und mit Visionären und Propheten ist das eben so eine Sache. Sie ver-künden Unmögliches, völlig undiplomatisch und ohne Rück-

sicht auf Verluste. Sie irritieren und brüskieren ihre Zeitgenossen.

Ob es uns gefällt oder nicht: Dieser 45. Präsident der Vereinigten Staaten läutet einen Paradigmenwechsel ein, schrill und grotesk, aber unumkehrbar. Und wie macht er das? Er verleiht dem Glauben die Vorherrschaft über das Wissen. Er sagt: Ich glaube dies und das – und mehr muss ich nicht wissen. Unglaublich eigentlich! Und was noch mehr ist: Er zeigt uns damit, dass der Glaube tatsächlich Fakten schafft, während das Wissen bloß hinterherhinkt. Schauen Sie doch nur mal hin! Dieser Mann hat geglaubt, dass er als neuer Präsident ins Weiße Haus zieht. Keiner glaubte das! Er schon. Was dann kam, ist bekannt. Er glaubt auch, dass er ein hervorragender Präsident ist. Keiner glaubt das! Er schon. Und was daraus wird? Nun, alles kann daraus werden. Dem Glauben sind keine Grenzen gesetzt.

Aber, aber, höre ich Ihren Einwand, das ist doch alles nur Einbildung. Und ich gebe Ihnen Recht. Natürlich ist das Einbildung. Der momentane Präsident der Vereinigten Staaten ist ein Meister der Einbildung. Und Sie können an seinem Beispiel sehr schön erkennen, worauf es ankommt. Wichtig ist nicht, dass Sie die anderen überzeugen. Dazu müssten Sie bloß ein guter Schauspieler sein. Das ist dieser Präsident nicht; er ist ein miserabler Schauspieler. Entscheidend bei der Einbildung ist einzig und allein, dass Sie selbst glauben, was Sie sich einbilden. Und das tut dieser Mann. Er ist kein Zyniker, der die Klaviatur der Macht beherrscht und das Wahlvolk virtuos manipuliert. Nein, seine große Stärke – und nebenbei gesagt seine einzige herausragende Fähigkeit – ist, dass er vorbehaltlos von sich überzeugt ist.

Solange Sie also sagen, das ist doch alles n u r Einbildung, haben Sie das Neue noch nicht verstanden. Sehen Sie, Sie und ich haben ja noch gelernt, dass eine gute Ausbildung wichtig ist. Wir sind halt so erzogen worden, nicht wahr? Papa und Mama haben es uns immer wieder eingebläut: Du brauchst eine gute Ausbildung, damit du später ein sicheres Einkommen hast. Irgendwann haben wir es geglaubt. Aber jetzt sehen wir: Man erreicht viel mehr ohne Ausbildung. Man kann Präsident einer ganzen Supermacht werden ohne irgendeine relevante Ausbildung. Und was zeigt uns das? Genau! Einbildung übertrumpft Ausbildung! Einbildung ist Trumpf! Die Amerikaner wissen das schon länger. Bei ihnen heißt das: „Imagination is Trump."

Denken Sie doch mal, was uns das für Möglichkeiten an die Hand gibt. Natürlich kann nicht jeder Präsident der Vereinigten Staaten von Amerika werden. Aber, ganz ehrlich, wer will das schon? Wirklich erstrebenswert ist das ja nicht, oder? Sie sollten sich also schon genau überlegen, was Sie sich einbilden, damit Sie sich später nicht gegen Mitbewerber durchsetzen müssen. Sie könnten sich zum Beispiel einbilden, dass Sie ein guter Mensch sind. Aber, Achtung, nicht schauspielern! Sie müssen sich selbst überzeugen. Das könnte sogar jeder hier tun. Konkurrenz ist nicht zu befürchten. Man käme niemandem in die Quere, nähme niemandem etwas weg. Und das Ergebnis: Lauter gute Menschen.

Die Einbildung ist völlig verkannt. Sie steht erst am Anfang ihrer historischen Mission. Deshalb sehen wir zurzeit bloß die Zerrbilder dessen, wozu die Einbildung einmal imstande sein wird. Wenn wir heute vom Wissen eines Menschen beeindruckt sind, nennen wir ihn gebildet oder vielleicht sogar sehr gebildet. Das ist etwas Feines, eine Auszeichnung. In Zukunft wird das anders sein. Da werden wir auf die mustergültigen Menschen schauen und ins Schwärmen geraten: Dieser Mann ist so hervorragend eingebildet. Diese Frau hat eine wirklich bemerkenswerte Einbildung durchlaufen. Und in den Schulen werden alle miteinander die Einbildungskraft trainieren, um am Ende die nötige Einbildungsreife zu erlangen.

Das Neue hat bereits angefangen – auch bei Ihnen. Sicher! Wenn Sie Ihrem Kind Mut machen wollen, was sagen Sie ihm? Sie sehen es verzagt und unsicher. Es zweifelt an sich selbst. Sie wollen es in seinem Sosein bestärken. Was also sagen Sie ihm? [Kunstpause, dann mit Nachdruck:] Glaube an dich! G l a u b e an dich! Sehen Sie, das ist dasselbe. Sie könnten auch sagen: Bilde dir ein, dass du alles kannst, was du willst! Damit tun Sie intuitiv das einzig Richtige, denn wer nicht an sich glaubt, bildet sich ein, dass er schwach und unfähig ist. Er glaubt dann zu wissen, wie unbedeutend und machtlos er ist. Und diesen Glauben versuchen Sie Ihrem Kind auszutreiben, weil Sie genau spüren, dass er sonst zur Realität wird.

Nehmen Sie die Einbildung nicht auf die leichte Schulter! Richtiges Einbilden muss gelernt sein. Das erfordert Disziplin. Man kann sich ja im Prinzip alles einbilden, aber nicht jede Einbildung tut uns gut. Auch in der klassischen Bildung gab es viel Überflüssiges, Fachwissen, das man nie brauchte. Man schleppte es mehr oder weniger mühsam durch seine Schulzeit. Aber glücklicherweise vergaß man das meiste wieder. Bei der Einbildung ist das anders. Denn das Eingebildete ist nicht bloß ein Paket, das man herumträgt und irgendwann abstellt. Nein, die Einbildung verändert unsere Persönlichkeit.

Jetzt denken Sie vielleicht: Gut! Auch recht! Dann lass ich das eben mit der Einbildung. [Verziehe das Gesicht, schüttele den Kopf:] Ai, ai, ai, ganz schlecht! Ganz schlecht! Sie können sich nicht ausklinken. Es ist einfach unmöglich sich der Einbildung zu verweigern. Schon vor dem Versuch der Einbildungsverweigerung muss ich dringend warnen, denn wenn S i e sich gar nichts einbilden, dann w e r d e n Sie eingebildet. Die Meinungsmacher, die Marketingfachleute, die Ideologen jeder Couleur werden ihre Botschaften in Sie hineinbilden. Hoffen Sie aber nicht auf Abhilfe durch den Gesetzgeber! Von einer Einbildungspolitik ist kaum Unterstützung zu erwarten. Allgemeinverbindliche Einbildungsstandards sind nur schwer vorstellbar. Und sogar wenn sich künftige Einbildungspolitiker auf bundesweit gültige Inhalte verständigen sollten, würde das wenig nützen. Keine Technik der Welt wird ihre Einhaltung wirksam überwachen können.

Einbildungsdisziplin ist die Kernkompetenz von Morgen! Einbildungsdisziplin.

Ernst Feig lehnte sich zurück, trank seine Tasse leer und grinste. Wen werde ich damit wohl in die Säle locken? Er war sich ziemlich sicher, dass er mit seinem neuen Programm Gehör finden würde. Irgendwie traf er ja den Nerv der Zeit, das spürte er. Seine Fähigkeit, die Dinge auf den Punkt zu bringen, war ihm nicht abhandengekommen – Gott sei Dank! Aber diesmal war es anders. *Er* war anders. Und so ahnte der Kabarettist, dass er auch ein anderes Publikum haben würde. Nervös machte ihn das allerdings nicht, wenngleich er natürlich wusste, dass ein Flop ihn finanziell in Bedrängnis bringen würde. Er arbeitete für die Zeit – eine neue Zeit – und die Zeit arbeitete für ihn.

Er klappte seinen Laptop zu und schaute durchs Fenster hinaus, wo die ersten Sonnenstrahlen kleine Wölkchen am Himmel zum Leuchten brachten. Kein Realist mehr, dachte er, und schon gar kein letzter! Eher ein Realitätenforscher.

Danksagung

Wem gebührt mein Dank für die Entstehung dieses Buches? Wer hat mir geholfen? Woher bekomme ich Kraft und Ausdauer, die es mir ermöglichen Tag für Tag weiterzuschreiben? Immerhin bin ich beruflich vollzeitbeschäftigt. Und – viel wichtiger noch – woher bekomme ich meine Einfälle?

Stärker denn je zuvor habe ich beim Schreiben dieses Buches empfunden, dass ich es nicht alleine schreibe. Zwar gab es keinen Co-Autor im üblichen Sinne, erst recht keinen *Ghostwriter.* Niemand hat mir etwas diktiert. Jeden Morgen saß ich in aller Herrgottsfrühe alleine an meinem Laptop. Es handelt sich bei dieser Unterstützung eher um Anregungen und Vorschläge von sehr alten Freunden oder Seelenverwandten. In meinen Nacht- und Tagträumen waren sie mit Bildern und Worten zur Stelle. Sie halfen mir auch, alltägliche Erfahrungen als Hinweise zu verstehen.

Allerdings kann ich diese Helfer meinen Lesern nicht namentlich vorstellen. Sie treten nicht in Erscheinung, sind irgendwie anders da. Poetisch könnte ich sie als meine Musen umschreiben. Und vermutlich würde ein Psychologe den Begriff des Selbst ins Gespräch bringen. Aber es ist nicht wichtig, wie man sie nennt. Ich weiß nur, dass ich dieses Buch ohne ihre Inspiration nicht hätte schreiben können.

Eine Seelenverwandte hat sich aber auch physisch zu mir gesellt, meine Frau Jutta. Mit ihrer lebensfrohen Präsenz, ihrem agilen Verstand und ihrem unerschütterlichen Glauben bestärkte sie mich immer wieder darin, meine schriftstellerische Arbeit fortzuführen. Ihr danke ich von Herzen.

Für die zweite Auflage hat Daniela Pillwein das komplette Manuskript mit unglaublicher Sorgfalt lektoriert. Sie fand einige kleinere und leider auch ein paar größere Fehler und merzte sie aus. Ihr ist es zu verdanken, dass nun diese bereinigte Ausgabe vorliegt.

München, Februar 2019
LH